福泉骊珠

遵化汤泉诗文（上）

晏颖　晏子有　◎　编著

西南交通大学出版社
·成都·

图书在版编目（CIP）数据

福泉骊珠. 遵化汤泉诗文. 1：上/ 晏颖，晏子有
编著. —成都：西南交通大学出版社，2020.7
ISBN 978-7-5643-7503-4

Ⅰ. ①福… Ⅱ. ①晏… ②晏… Ⅲ. ①中国文学 – 古
典文学 – 作品综合集 – 遵化 Ⅳ. ①I218.224

中国版本图书馆 CIP 数据核字（2020）第 129297 号

Fuquan Lizhu　Zunhua Tangquan Shiwen
福泉骊珠　遵化汤泉诗文（上、下）
晏颖　晏子有　编著

责 任 编 辑	吴　迪
助 理 编 辑	李　欣
封 面 设 计	曹天擎

出 版 发 行	西南交通大学出版社 （四川省成都市金牛区二环路北一段 111 号 西南交通大学创新大厦 21 楼）
发行部电话	028-87600564　028-87600533
邮 政 编 码	610031
网　　　址	http://www.xnjdcbs.com
印　　　刷	四川煤田地质制图印刷厂
成 品 尺 寸	170 mm × 230 mm
总 印 张	25.5
总 字 数	404 千
版　　　次	2020 年 7 月第 1 版
印　　　次	2020 年 7 月第 1 次
书　　　号	ISBN 978-7-5643-7503-4
套　　　价 （上、下）	200.00 元

图书如有印装质量问题　本社负责退换
版权所有　盗版必究　举报电话：028-87600562

序一

福泉缘

遵化汤泉是世界上最早有文字记载的古老温泉之一。一千五百年前，郦道元《水经注》详细叙述了遵化汤泉。这部书是为《水经》作注的，而《水经》成书于公元前，由此可见遵化汤泉至少已有两千年为人类洗浴疗疾的历史。

遵化市政府凭借这一珍稀资源，成功招商引资，金融街控股公司投资一百亿元，规划打造金融街古泉小镇。

值此古泉小镇顺利开工之际，《福泉骊珠》一书即将出版，作者晏子有、晏颖父女约我写序，不敢推托，勉而为之。我与汤泉有着众多因缘：

一、第一次来汤泉是20世纪80年代初，刚满二十岁的我在计划生育宣传站工作，兼职电影放映员，来汤泉公社为社员放电影，宣传计划生育，匆匆忙忙洗了个温泉澡。1988年，扔掉公务员铁饭碗，下海来汤泉创业，一干就是十年。再后来离开工厂干建筑、干房地产、干商业、干旅游，但是冥冥之中好像有一种力量一直牵引着我，我的事业一直没离开过汤泉。三十五年间，汤泉水滋润着我的生命、生活、事业。

二、购买第一宗土地。2000年汤泉供销社改制，为安置职工，准备把院内土地出让。我闻讯后不假思索地就买下了当时出让的三千六百平方米土地，后又把余下的三千平方米地长期租用。后来，用这块土地置换了汤泉村老人在后峪子的一口温泉井。

三、这口井是老人为浇树投资挖掘的一口凉水井，不料喷涌而出的是热水，是温泉，而且自涌不息。为避免把周围庄稼烫伤，只好用铁盖把井封上。后来，这眼温泉井周围的三十余万平方米土地就作为今天福泉宫的选址。再后来，又有了袁果庄村两百万平方米的"中国汤泉养老城"的选址，再后来就有了二十六平方千米的"汤泉旅游集聚区"规划，有了招商引资金融街的标的。

四、探寻汤泉水资源。由于时代的变迁，地质条件和地质构造的变化，历史上好多温泉都消失了，《水经注》上记载的温泉有些也已无影无踪。遵化汤泉地下究竟蕴藏着多少热水，可开采储量多少，这是我十几年来一直探寻的问题！按最初国家地质普查和地方有关部门提供的资料，遵化汤泉可开采量较少，日用量两千吨左右，上限不能超过三千吨。

也就是说这点水做医疗健康产业可以，不足以支持大规模的旅游和商业开发。当今世界上很多国家都在开发利用地热资源，地下热能是已知的煤炭、石油、天然气等能源总和的上万倍。后来通过与天津地质研究院、北京地质研究院、中科院地理所、北京大学地球与空间学院的专家广泛合作研究，并大胆实践，扩大勘探和开采的深度和广度，经过反复实验探索，初步得出较为理想的结论。按目前已掌握的情况，汤泉十平方千米范围内，有巨量地热能可供开采，仅福泉宫周边日开采量就可达三万吨以上。开采范围和涌水量超出原来估计的十倍以上。按目前储量估算，汤泉地下热水储量可大规模进行医疗、养生、旅游、洗浴及商业房地产开发，还可适度开发新能源，利用地热供暖，甚至可以利用地热能发电。这一清洁能源的梯度综合利用，可在汤泉社区范围内实现生产、生活污染物零排放。

五、挖掘整理汤泉历史文化为深入挖掘遵化汤泉文化内涵，我于2004年经人介绍，辗转找到晏子有先生，邀请他为遵化汤泉写一部著作。当时他正忙于文物工作，且鉴于手头关于汤泉资料甚少，便婉拒了。在我的诚心邀约之下，晏子有先生终于同意了，经过两年努力，写成《驻跸汤泉》一书，出版之后深受广大读者喜爱。此后他父女二人同心协力广泛搜集,从瀚海般的古籍中,发现了大量描述遵化汤泉的诗文,写成《福泉骊珠——遵化汤泉浴日》《福泉骊珠——遵化汤泉诗文(上、下)》等系列著作。从这些著述中我们了解到,遵化汤泉作为一处天赐资源,早在一千五百年前,就已经被人们关注。到了明正德以后,更加声名显赫。作者经过认真翔实地考证,把"汤泉浴日"一景的确定时间从清乾隆九年(1744年),提前到明嘉靖三年(1524年),向前推了二百二十年。在明嘉靖三年蓟州知州熊相所修的《蓟州志》中,"汤泉浴日"被列入"蓟州八景"之一。从此以后,歌颂和描述遵化汤泉的诗文在地方志书中大量涌现。遵化得天独厚的地理条件,为封建帝王和士大夫,以及文人雅士们提供了理想的休闲沐浴场所。从明宣德年间到明末这段时期,帝王将相相继来到蓟州遵化市。他们在处理政务和军事的同时,还体验着沐浴汤泉的舒适生活。一些文人墨客也慕名来到遵化,享受上天赐予的温泉之水。这些饱受"四书""五经"熏陶的文人墨客,在嬉水娱乐的同时,面对汩汩喷涌的热水,诗兴大发,文思泉涌,华美辞藻喷薄而出,创作了一大批华彩无限的文赋,留下了众多美如珠玑的诗句。清朝时,清世祖福临的陵墓建造在距汤泉仅五千米的地方,所以遵化汤泉更为清朝皇家、贵族以及众多文士所瞩目。

读着北宋文学家苏轼的温泉诗，仿佛能看到他在洗浴温泉之后，那种大呼小叫欣喜欲狂的神态。古人创造出一个成语："秀色可餐"，从《福泉骊珠》一书中，我们能够体验到：遵化汤泉美景可餐，而且由于有了深厚的历史和文化，所以她的滋味更加悠长，更加隽永！

　　河北省区域内的天然温泉为数不少。如张家口市的赤城温泉、承德市的头沟温泉、汤头沟门温泉、石家庄市的平山县温泉等，都有自己独到的文化特色。通过深入挖掘遵化汤泉的历史和文化，以及对河北省汤泉资源的综合利用，整合历史文化资源，使二者相得益彰，起到积极的示范作用。同时，本系列著作对于遵化汤泉与天津市蓟州区盘山之间的文化历史联系也有所涉及，期待本书的出版能够对研究京津冀历史，促进京津冀一体化进程，起到一定促进作用。今天"全域旅游"的大幕已在我国拉开；"全域旅游"在 2017 年被写入《政府工作报告》后，遵化市也顺应发展大势，做出自己的旅游规划，并把建设汤泉小镇列入发展规划之中。相信《福泉骊珠》这套书的出版，能给"全域旅游"事业添砖加瓦。

遵化福泉宫温泉旅游度假有限公司发起人

马鸿鸣

序二

福泉赋

  京东二百里有座御温泉，燕山环拥，北枕长城。明代武宗皇帝驻扎狩猎，建"观音殿"，赐名"福泉庵"，自此福泉名扬天下。千年温泉汩汩泉涌，终年飞瀑流泉，雾霭云霞，依山卷舒，林木葳蕤。

  福泉置地古镇汤泉，属河北省唐山遵化市管辖。古镇历史悠久，久负盛名。北魏郦道元作《水经注》首次记述福泉："水出北山温溪，即温源也。养疾者不能澡其炎漂，以其过灼故也。"唐代遵化温泉被列入天下十二眼名泉，称为"神水"。唐太宗东征以温汤疗疾大安，亲口赐名为"汤泉"，赐建"汤泉寺"，大兴土木建"汤泉公馆"，为皇家御用。辽代太后萧燕燕至汤泉建设梳妆楼。明代刘侗撰写的《帝京景物略》中记载，天下温泉"最著者骊山，最洁者香溪，最热者遵化"，经历代宫廷拓建，汤泉市井繁华，清代康熙、乾隆多次驻跸。然风雨沧桑，如今古建筑多已荡然无存，仅留下明代蓟镇总兵戚继光建筑的"流杯亭""六棱石幢"和部分碑刻。帝王将相，骚人墨客留下了二百余篇吟咏汤泉的诗词歌赋，散落于沧海古籍中。

汤泉四季分明。地热和山环相依，气候独特，浅山林拥，栗树满坡，"戚家军"当年所植林木依稀可见，森林覆盖率百分之八十以上。空气中负氧离子浓度每立方米一万个。逢望之夜，山月上下，层峦叠翠，寒山远水，静谧清幽。景区内园林式建筑灰白相间，错落有致，现代化酒店拔地而起，绿树掩映，跌宕起伏，终年含水生烟。

在丰饶美丽的土地上，"绿、静、清、暖"四象横生，绿野无垠，静气无噪，清洁无尘，暖无严冬。四季有景，静怡安然，灵趣天成，风景甲江南。春来天地升温，枝梢新芽，青山流水鸟飞林，烟波雾霭化飞天。真个是春月暖风吹人醉，地表生翠草色新，山外寒风欺人面，福泉滚滚唱春音；夏至葱茏叠嶂，林壑静幽，栗花繁似锦，十里香雪海，凉风轻柔，空气清新，沁人心脾，避暑绝佳处；秋日淡泊平静，时空湛碧，疏影横斜，层林尽染，丰硕果实满枝头，绚丽多彩，华光如练，徐风吹过遍地黄金甲，阳光映枝头，斑驳满地金；冬天千杆万枝迎风俏，雪飘飞迎落日霜，披拂照耀明灭处，但见天边云起时。塞北诸山惟余莽莽，古长城尽收眼底，虎踞龙盘天地一色。间或，雪花飞扬，室内外汤池氤氲迷漫，水木清华，温暖如春。

古有"汤泉浴日"——红日凌空，清泉如银，旭日在底，宛如水中朱砂。今有内八景：玉香缥缈，曲水流觞，东山飞瀑，龙游花海，飘雪妃浴，汤泉浴日，紫烟沧浪，寿山福海；外八景：下院问道，灵岩叠翠，龙虎拱日，仙桃拜寿，望湖观塞，将军戍边，仙舟峒天，七十二峰，令人心旷神怡。曲径通幽处，安闲自在心。倘徉山水烟霞间，谈笑误归期，相忘于江湖。

昔日皇家御用温泉，今朝被河北省人民政府批准为省级旅游度假区，成为人民乐园，福泉更加风采照人。

如此，岁寒暑往，世代相传，生生不息，是为赋。

唐山市人民政府原副市长

王元孝

庚子年春作

前 言

  遵化汤泉自北魏时期郦道元写入《水经注》之后，历代皆有人在汤泉流觞吟咏。可惜遭逢岁月更替，年华流逝，所存于世的诗文，仅在明武宗正德年间以后有之，可惜这些吟诵之词，也都散落在数万卷书之中。如明珠沉落于沧海之底，似璞玉深埋于莽莽山间。

  那么是明代以前没有歌颂遵化汤泉的诗文吗？非也，乃因兵燹战乱之故，亦由风霜剥琢之因，致使随珠毁于战火，荆玉没于霜刀。此说言之有据，并不是无稽之谈。明朝著名将领戚继光在《葺汤泉记》一文中说道："余弱冠时部戍过之，环堵所刻如林。迨总镇之初再至，求其片石而不得，或以授梓无有也。盖窃伤之，而徘徊不能去。"戚继光于明世宗嘉靖二十七年（1548年）春正月，首次率本部兵戍守蓟门，时年二十一岁；此后于二十八年、二十九年、三十年、三十一年频繁率部戍守蓟门，三十一年秋九月，又入京会试，恰逢俺答之侵。而隆庆二年（1568年）

二月,又总理蓟昌辽保四镇练兵事务,后任蓟镇总兵,至万历十一年(1583年)春二月,跋涉奔波于蓟镇一十六年。恰如戚继光长子戚祚国在《戚少保年谱耆编》中所说:"家严频年戍蓟,习蓟事甚悉。"戚继光之言,乃其于世宗嘉靖年间至遵化汤泉时所亲身所经,亲眼所见,必定不虚。这些环堵所刻之碑如果幸存至今的话,其中当不乏宋、辽、金、元各个时期的佳作,甚至盛唐五季,以迄更远之瑰丽诗文,容或有之,思之至此,不禁令人拊髀太息!

我乏过人之才,受托于北京依水源房地产有限公司及遵化福泉宫度假置业有限公司,与小女一同浏览群书,广搜博采。探玉于群山之麓,撷珠于骊龙之颔。终于集明清以来帝王、官宦、文人骚客所作之遵化汤泉诗词二百七十首,加以注释,并缀以作者生平事迹。欲授梓传世,以使其不复蒙劫灰之难。

经过数年努力,关于遵化汤泉的文章搜集到了十余篇,如明代的戚继光、王衡、宋懋澄,清朝的陈梦雷、毛奇龄、徐乾学、彭孙遹等,他们在酣畅地享受遵化汤泉之后,写出了可以千古流传的华美篇章。而在诗歌方面,不仅那些帝王、官员有作品,更有大量名动天下的诗人到这里放歌,如明朝的唐顺之、徐渭、曹学佺等。清朝的诗词双峰——纳兰性德和顾太清，亦在这里挥毫泼墨。清初纳兰性德随康熙圣驾来此；清中期的顾太清，亦名西林太清，她更是陪同丈夫守护清东陵，在这里盘桓一年有余，熟悉了这里的山水，倾注了无限的柔情，写出了直抒胸臆的绝唱。而就女性来讲，前有明代的宫人王氏，后来清朝的西林太清，都是在文学界令女性扬眉吐气的英豪。她们的诗，使得遵化汤泉"山孕玉而生辉，水怀珠而川媚"！

  汤泉的美景，吸引着众多的文人骚客，他们与汤泉有了密切的联系，发生不少脍炙人口的故事。为了给这些人提供洗浴休闲养生的场所，还在这里兴修了大量的建筑。这些史料对于促进遵化地方经济发展，吸引天下游人，有着积极的作用，我们也把它整理成书，上册为诗歌，下册为文赋，以飨读者。

  这些历史，这些文章，这些诗，是天上的云锦，是海里的珠玑。而今不仅要把它们裁剪下来，打捞上来，呈现在世人面前，还要把它们整理出书，也算是我们对世人的一个贡献了！

晏颖　　晏子有
庚子年春于遵化市福泉宫

目录

明代编

王　氏 / 002
明武宗驻跸汤泉宫人题句 / 002

汪　滢 / 003
汤泉浴日 / 003

傅光宅 / 004
和王氏诗 / 004

张嘉宾 / 005
和武宗王氏诗 / 005

佚　名 / 006
汤泉读武宗宫人
王氏诗悲而次韵 / 006

唐顺之 / 007
游遵化汤泉 / 007
游汤泉四首 / 008

华　清 / 010
汤池 / 010

陈士元 / 012
汤池 / 012

吴元馨 / 014
汤池 / 014

戴九玄 / 015
汤泉 / 015

张舜选 / 016
汤泉 / 016

顾中行 / 018
游汤泉两首 / 018

陈万言 / 020
汤泉 / 020

汪道昆 / 021
汤泉 / 021
重过汤泉 / 022
蓟门会阅 / 023
仙舟洞 / 026

佚　名 / 028
仙舟洞同祝兰石、
黄中峰二阃司 / 028

刘日梧 / 029
汤泉 / 029

倪长犀 / 031
游汤泉 / 031

刘应节 / 032
蓟门会阅 / 032

戚继光 / 034
奉和司马刘公、中丞杨公过温泉
有作 / 035
汤泉大阅 有序 / 036
仙舟洞送郭建初 / 039
仙舟洞 有序 / 041
四时馆 / 042
病中偶成三首 / 043
送泾水王使君镇辽海 / 044
申用懋 / 046
蓟镇阅兵 / 046
薛三才 / 048
温泉 /048
周天球 / 049
秋过汤泉 / 049
梁云构 / 051
汤泉 / 051

徐 渭 / 052
萧后妆楼 / 052
曹学佺 / 054
福泉寺书与穑上人 / 054
柳永吉 /055
福泉寺 / 055
萧如薰 / 057
题缥缈亭 / 057
杨思裕 / 058
鲇鱼关 / 058
屈大均 / 059
辽官诗 / 060
李梦阳 / 061
萧后梳妆楼 / 061
王 照 / 062
汤泉再忆戚大将军 / 062

清代编

尤 侗 / 064
辽后洗妆楼 / 065
爱新觉罗·玄烨 / 066
温泉行 / 067
温泉流杯戏作 / 068
流杯亭晚眺有怀 / 069
晓起再赋 / 069
由鲇鱼石出关观瀑布水 / 070
雨后经明总兵戚继光所作八角石亭 / 070
季冬汤泉 / 071
汤泉应候 / 071

汤泉道上遇雪口占 / 072
康熙十七年九月初十日，奉太皇太后临御温泉，恭纪五言排律八韵 / 072
太皇太后驾到温泉 / 073
御制冬至回京斋戒夜坐诗 / 074
奉侍太皇太后临御温泉因孟冬享庙暂回京 / 074
爱新觉罗·胤禧 / 076
汤泉 / 076
纳兰明珠 / 077

汤泉应制有序 / 077

纳兰性德 / 080
扈驾马兰峪赐观温泉恭纪十韵
　 / 080
汤泉应制 / 081

张玉书 / 084
赐游汤泉应制有序 / 084

汤　斌 / 089
拟上赐大臣游汤泉诗四首
　 / 089

施闰章 / 092
送龙胪先宰遵化 / 092
太皇太后幸遵化温泉大驾侍从
恭纪二十韵 / 092

毛奇龄 / 095
驾幸温泉恭赋 / 095
温泉二十韵 / 097

徐元文 / 100
康熙辛酉季春圣祖仁皇帝驻跸
马兰峪召扈从诸臣赐观温泉应
制经筵讲官都察院左都御史徐
元文赋诗十二章章八句有序
　 / 100

潘　耒 / 108
从观温泉应制四首 / 108
福泉颂有序 / 110

曹　寅 / 114
冲谷四兄归溧阳予从猎汤泉同
行不相见十三日禁中见月感赋
兼呈二兄 / 114

叶方蔼 / 116
温泉恭纪 / 116

徐乾学 / 119
温泉十六韵 / 119

李　霨 / 122
康熙辛酉季春上驻跸马兰峪召
扈从诸臣赐观汤泉应制四首
　 / 122

梁清标 / 126
户部尚书臣梁清标亦赋赐观汤
泉应制 / 126

魏象枢 / 130
刑部尚书臣魏象枢亦赋赐观汤
泉应制四首 / 130

项景襄 / 133
汤泉应制 / 133

蒋弘道 / 136
日讲官起居注翰林院侍读学士
加二级加詹事府詹事臣蒋弘道
亦赋赐观汤泉应制四首 / 136

吴正治 / 139
经筵讲官礼部尚书加二级臣吴
正治亦赋赐观汤泉应制四首
　 / 139

李天馥 / 143
汤泉应制四首 / 143

高士奇 / 146
赐观温泉应制有序 / 146
皇上奉太皇太后驻跸温泉宫
恭纪 / 149

沈　荃 / 150
日讲官起居注詹事府詹事翰林
院侍读学士加礼部侍郎臣沈荃
亦赋赐观汤泉应制四首 / 150

朱之弼 / 154
工部尚书臣朱之弼应制 / 155
张　英 / 158
日讲官起居注翰林院学士兼礼
部侍郎臣张英赋汤泉应制 / 158
九月十日上侍太皇太后幸温泉
恭纪五言八韵 / 161
十月二十四日蒙恩自温泉颁赐
野鸡恭纪二首 / 162
从汤泉望长城 / 164
茅山僧二首 / 164
夜坐福泉庵三首 / 165
皇上自温泉宫奉太皇太后回銮
恭纪 / 167
李光地 / 168
恭和圣制汤泉应候诗 / 168
张云翼 / 170
大理寺卿张云翼亦赋赐观汤泉
应制四首 / 170
库勒纳 / 173
经筵日讲官起居注翰林院掌院
学士兼礼部侍郎加一级教习庶
吉士臣库勒纳亦赋赐观汤泉应
制四首 / 173
牛　钮 / 177
经筵侍讲官、起居注、翰林院侍
读学士加一级、臣牛钮亦赋赐观
汤泉应制四律 / 177
杨永宁 / 181
汤泉应制 / 181
陈廷敬 / 182
赐观御制诗并序 / 182

杜　臻 / 189
汤泉应制有序 / 190
彭孙遹 / 195
汤泉 / 195
爱新觉罗·胤禛 / 197
汤泉诗 / 197
爱新觉罗·弘历 / 199
乾隆十八年御制恭依皇祖
《温泉行》原韵 / 199
汤泉行宫叠旧韵 / 201
温泉行 / 202
阿克敦 / 203
温泉随辇敬赋二首 / 203
陈兆崙 / 205
上巳游福泉寺诗 / 205
孙士毅 / 208
鲇鱼关口占示园公 / 208
张永涟 / 210
汤泉 / 210
周履衢 / 211
汤泉 / 211
佚　名 / 212
同友人游汤泉 / 212
林允文 / 213
和宫人王氏汤泉韵 / 213
李维斌 / 214
汤泉和明宫人韵 / 214
傅　修 / 215
汤泉浴日 / 215
柏　葰 / 217
鲇鱼关口 / 217
福泉寺 / 218

顾太清 / 219

闰月十九夫子浴温泉回，马上见龙战于北山归示其状，赋诗颂之 / 219

寻辽后梳妆台故址 / 220

二十一日雪晴留题客舍 / 221

西江月 / 221

奕　绘 / 223

浴温泉用夜发邦均韵 / 223

丙戌正月五日题马兰关温泉龙女祠明总兵戚继光所建 / 224

次太清龙诗韵 / 225

茅山十韵 / 226

平山十韵 / 227

生查子题马兰关温泉龙女祠 / 228

奕　譞 / 229

上关小憩成什 / 229

十弟以前送镜照盘山遵化诸景赋诗见示次韵奉答（选三首） / 230

季春十四日纪事，敬依福泉寺碑刻圣祖温泉行元韵答叔平先生 / 231

翁同龢 / 234

福泉寺温泉行恭和圣祖御制诗韵 / 235

附

孙蓉图 / 238

汤泉 / 238

咏流杯亭诗 / 238

刘　章 / 240

山泉吟 / 240

福泉骊珠

明代编

王 氏

　　王氏，明武宗宫人，曾于正德三年（1508年）随武宗朱厚照临幸遵化汤泉。明末清初人钱谦益在其所作《列朝诗集小传》中这样写道："王妃，燕京人，能诗工书，以才色得幸于武宗。侍幸蓟州温泉，题诗，自书刻石，今石刻尚存。"王氏诗刻石，在清康熙年间高士奇陪驾来遵化汤泉时，还曾经见过。王氏所作汤泉诗句，对于后来描写遵化汤泉的诗赋，有很大影响。

明武宗驻跸汤泉宫人题句

　　绝塞穷冬[1]冻异常，小池何事暖如汤？可怜一脉溶溶[2]水，不为人间洗冷肠[3]。

注释：

  [1] 穷冬：深冬。此句一作："沧海隆冬也异常。"
  [2] 溶溶：和暖。此句一作："溶溶一脉流千古。"
  [3] 冷肠：指人心肠冷漠。颜之推《颜氏家训》："墨翟之徒，世谓热腹；杨朱之侣，世谓冷肠。"

汪 滢

汪滢,明朝安徽绩溪人(文中未做特别说明,皆指明清旧地名)。明成化十年(1474年)中举人,成化十四年(1478年)中进士。成化年间知玉山县,为政仁厚,对自己以清苦著称,每天食小菜、稀粥度日。汪滢曾经因公出差未能按时归来,以致于妻子儿女绝粮,县丞赠米,却被其妻子拒绝。因其正直且有能力,不久升任南台御史。

明朝时,遵化属顺天府蓟州管辖,所以明嘉靖三年(1524年)熊相所编纂的《蓟州志》一书,"蓟州八景"之中列入了"汤泉浴日"。这八景又称为"渔阳八景",分别是:青池春涨、白涧秋澄、采村烟霁、铁岭云横、盘山暮雨、独乐晨灯、汤泉浴日、瀑水流冰。在清康熙十八年(1679年)修纂的《蓟州志》中,则完整地记载了咏唱这八景的诗歌,此诗为其中之一。八景之下,各加以说明。其汤泉浴日下称:"在(蓟州)城东北六十里有汤泉,水热如沸,若经浴日者。今咫尺陵寝,修葺亭榭,无异帝京,上时观猎沐浴焉。"因清初在遵化兴建皇帝陵寝,所以遵化由县升为州,不再属蓟州管辖。为此,到道光十一年(1830年)编纂《蓟州志》的时候,把"汤泉浴日"从"蓟州八景"中剔出,补入"崆峒积雪",以足八景之数。

汤泉浴日

脉脉汤泉涌作潭,山中千古碧团圆。阳精闪烁沉波底,紫气翻腾绕石阑。远讶龙宫藏火伞[1],近临青镜[2]照金丸[3]。应知此景人间少,莫作寻常一样看。

注释:

[1] 火伞:比喻烈日。唐韩愈《游青龙寺赠崔大补阙》诗:"光华闪壁见神鬼,赫赫炎官张火伞。"

[2] 青镜:即青铜镜,用青铜制作的镜子。

[3] 金丸:比喻明亮的圆月。宋苏辙《中秋见月寄子瞻诗》:"浮云卷尽流金丸,戏马台西山郁蟠。"

傅光宅

　　傅光宅，山东聊城人，字伯俊，别号金沙居士。四岁诵诗，十六岁就学有小成。明朝万历三年（1575年），参加乡试中举人。万历五年（1577年）丁丑科考中进士，先是被授予灵宝县知县，未到任即丁父忧。后来，出任吴县县令。到任后，改革弊政，对贪官污吏严惩不贷，于百姓秋毫无犯。

　　万历十三年（1585年），傅光宅被拜为河南道监察御史。他上任之初就向皇帝提出了六条建议，受到皇帝的嘉奖和采纳。任监察御史不久，举荐以前的蓟镇总兵戚继光，请求重新起用戚继光，被罚俸两年。

　　傅光宅为人刚直不阿，侠肝义胆，平生好雅游，喜欢结交文人义士。他为官一方，堪称能吏，不仅善于为政，更勇于为民请命。

　　傅光宅非常重视后辈的教育，博闻强识，贯穿百家，落笔千言，词采流丽，善于书法，艺术精湛，其作品海内珍之。还曾为明朝熊氏所藏之《三字经》作序。万历十四年（1586年），又为嘉兴刻《大藏经》作募刻序。

和王氏诗

　　玉貌[1]当年从武皇[2]，临池和泪洗残妆[3]。诗成谩[4]自含愁思[5]，冷暖人间总断肠。

注释：

[1] 玉貌：称赞人容貌美丽如玉。也指美女。唐长孙佐辅《古宫怨》诗："三千玉貌休自夸，十二金钗独相向。"

[2] 武皇：明武宗皇帝朱厚照，年号正德。他曾带宫中妃嫔到过遵化温泉。

[3] 残妆：指女子残褪的化妆。

[4] 谩：徒然，白白地。

[5] 愁思：忧愁的思绪。唐柳宗元《登柳州城楼寄漳汀封连四州刺史》诗："城上高楼接大荒，海天愁思正茫茫。"

张嘉宾

张嘉宾,事迹不详。

和武宗王氏诗

君王雨露自非常,何事临流自感伤?莫怪千金求买赋[1],长门[2]寂寞断人肠。

注释:

[1] 千金求买赋:汉武帝与陈皇后的故事。据汉司马相如《长门赋序》记载:陈皇后很得汉武帝宠幸,但又善妒,被贬长门宫。皇后愁闷悲苦,听闻蜀郡成都司马相如,是天下善于写文之人,遂奉黄金百斤,为相如、文君买酒,为作解悲愁之词。于是相如写《长门赋》来感悟主上,陈皇后重新得幸。

[2] 长门:汉宫名。汉武帝陈皇后失宠后曾居此。后借指失意女子居住的寂寥凄清的宫院。

佚 名

汤泉读武宗宫人王氏诗悲而次韵

得宠无多失宠常,空留怨句[1]在温汤。君恩似水[2]东流去,冷暖人间总断肠[3]。

注释:

[1] 怨句:哀怨的诗句。宋陆游《临江川·离果州作》:"只道真情易写,那知怨句难工。水流云散各西东。"

[2] 君恩似水:比喻君王的恩宠似流水一样,容易失去或改变。

[3] 断肠:形容极度思念或悲痛。唐李白《清平调》词之二:"一枝红艳露凝香,云雨巫山枉断肠。"

唐顺之

  唐顺之,字应德,一字义修,江苏武进人。嘉靖八年(1529年),乙丑科会试第一,改庶吉士,后授予兵部武选主事之职,改任翰林院编修。不久,因病上疏乞归养。当时在朝中执政的张璁讨厌他,认为他不肯与自己亲近,因此命他以原官致仕。皇太子立,简选太子宫官,起右春坊司谏。与罗洪先、赵时春上疏,请朝东宫,又被削职为民。嘉靖三十三年(1554年),倭寇蹂躏东南,因赵文华举荐,起用为南京兵部主事,因守父丧,未赴任,后召为职方郎中,巡视蓟镇,条上便宜九事。不久,视师浙直,又因胡宗宪荐,超拜右佥都御史,代李遂巡抚淮扬,当时唐顺之已患病,因军事紧急,带病巡海,卒于广陵舟中。卒年五十四岁。崇祯初,追谥"襄文"。

  唐顺之对于各种学问,均有所涉及。大到天文地理,小则弓箭、数学、刺枪拳棍,无不精心研究,以利于世事之用。晚年受严嵩知遇,效力于行伍,为平定倭寇的入侵立下不少功劳。

游遵化汤泉

  绝塞[1]逢秋已觉凉,此中气候讶[2]非常。流金[3]每似临三伏,晞发真成向九阳[4]。山烟霭霭分朝润[5],草色青青敌夜霜。我亦临流堪一笑,稽生盥浴久相忘。

注释:

  [1] 绝塞:极远的边塞。

  [2] 讶:惊诧,疑怪。南朝梁简文帝《采桑诗》:"寄语采桑伴,讶今春日短。"

  [3] 流金:多形容气候酷热。晋陆机《演连珠》:"烈火流金,不能焚景。沈寒凝海,不能结风。"

  [4] 九阳:天地的边沿。《楚辞·远游》:"朝濯发于汤谷兮,夕晞余身兮九阳。"

  [5] 朝润:早晨的润泽。

游汤泉四首

（一）

幽都[1]自古号塞门，重纩[2]年年亦不温。信有烛龙蟠地底，乱泉喷出火珠翻。

注释：

[1] 幽都：北方之地。《汉书·扬雄传下》："夫天兵四临，幽都先加，回戈邪指，南越相夷。"颜师古注："幽都，北方，谓匈奴。"

[2] 重纩：厚丝绵，也指用厚丝绵制的衣被。潘岳《悼亡诗》之二："岂曰无重纩，谁与同岁寒？"

（二）

坐看池底绚霞光，疑是莲花火里藏。借问幻师[1]谁会此，乾坤炉冶[2]炭阴阳[3]。

注释：

[1] 幻师：古代对魔术艺人的称呼。《无量寿经》卷上："譬如幻师，现众异像，为男为女，无所不变。"

[2] 炉冶：冶炼。《晋书·王沈》："融融者皆趋势之士，其得炉冶之门者，惟挟炭之子。"

[3] 原文注"用贾生赋语"。贾生，即贾谊，西汉初期的政论家和辞赋家。他在《鵩鸟赋》中有"且夫天地为炉兮，造化为工；阴阳为炭兮，万物为铜"的句子。"乾坤炉冶炭阴阳"一句，即是从此句化出。

（三）

戎马驱驰[1]未息鞍，香风沂曲[2]一盘桓。试凭活水洪炉[3]暖，暂解儒生彻骨[4]寒。

注释：

[1] 驱驰：策马快跑。《史记·绛侯周勃世家》："壁门士吏谓从属车骑曰：'将军约，军中不得驱驰。'于是天子乃按辔徐行。"

[2] 沂曲：指在沂水边上逍遥唱歌。典出《论语·先进》："莫春者，

冠者五六人，童子六七人，浴乎沂，风乎舞雩，咏而归。"

[3] 洪炉：大火炉。《后汉书·何进传》："今将军总皇威，握兵要，龙骧虎步，高下在心，此犹鼓洪炉燎毛发耳。"

[4] 彻骨：透骨；入骨。形容程度极深。宋陆游《赠惟了侍者》诗："雪中僵卧不须悲，彻骨清寒始解诗。"

（四）

万树不知霜信[1]至，两厓[2]时见火云升。一就熏蒸[3]聊可喜，久来还想玉壶冰[4]。

注释：

[1] 霜信：霜期来临的消息。宋沈括《梦溪笔谈》："北方有雁，似雁而小，色白，秋深则来。白雁至则霜降，河北人谓之霜信。"

[2] 厓：水边高岸。郭璞《江赋》："触曲厓以萦绕，崩骇浪而相礧。"

[3] 熏蒸：烟熏气蒸。《参同契》卷上："若能练己，则真气熏蒸遍于一身。"

[4] 玉壶冰：壶水成冰，形容寒冷。唐杜甫《赠特进汝阳王二十二韵》："研寒金井水，檐动玉壶冰。"

华 清

华清，字廉清，湖北应城人，聪明博学。明景泰七年（1456年）乡试中举人，明成化八年（1472年）进士，以进士授苏州推官，因为官耿直，被免官归乡。此后闭门吟咏自适，为文尔雅，兼通文字学和绘画艺术，尤其工于写诗，其作品在文人中广泛流传。著有《东轩集》，牌位被奉祀于乡贤祠中。

汤池

赤日落旸谷[1]，造化开洪炉。玉泉[2]上阴火[3]，喷薄骊龙[4]珠。昔闻有神女[5]，于此濯肌肤。至今泉上花，空涵芙蓉渠。骊山甃文瑶，蒙被妖物[6]污。何如荒山中，游歌[7]续风雩[8]。

注释：

[1] 旸（yáng）谷：古称日出之处。《书·尧典》："分命羲仲，宅嵎夷，曰旸谷，寅宾出日。"孔传："旸，明也。日出于谷而天下明，故称旸谷。"孔颖达疏："日所出处，名曰旸明之谷。"

[2] 玉泉：清泉的美称。《群音类选·泰和记·桓元帅龙山会僚友》："嶙峋古石吐清烟，峭壁千寻挂玉泉。"

[3] 阴火：地火；地热。唐杜甫《奉同郭给事汤东灵湫作》诗："阴火煮玉泉，喷薄涨岩幽。"仇兆鳌注："《博物志》：'凡水源有硫黄，其泉则温，故云阴火若煮。'"

[4] 骊（lí）龙：黑龙。《庄子·尸子》卷下："玉渊之中，骊龙蟠焉，颔下有珠。"

[5] 神女：泛指仙女。北魏郦道元《水经注·渭水三》："始皇与神女游，而忤其旨。神女唾之生疮。始皇谢之，神女为出温水。"

[6] 妖物：不祥之物。《新唐书·柳玼传》："七十万钱，岂于女惜？但钗直若此，乃妖物也，祸必随之。"

[7] 游歌：优游歌舞。语出《诗经·卷阿》："岂弟君子，来游来歌，以矢其音。"陈奂传疏："游，优游也；歌，歌舞也。"

[8] 风雩（yú）：语出《论语·先进》："莫春者，春服既成，冠者五六人，童子六七人，浴乎沂，风乎舞雩，咏而归。"后即借"风雩"表示不愿出仕为宦之志向。

陈士元

陈士元（1516—1597年），字心叔，号养吾，小名孟卿，一号江潜夫，又称环中愚叟，湖北应城西乡陈岭人。嘉靖十三年（1534年），受学业于余胤绪。嘉靖十六年（1537年）乡试中举人，编成《缶鸣集》。嘉靖二十二年（1543年）编成《金陵集》。他的诗借景抒情，格调清新。时人将他的诗与诗坛"后七子"领袖王世贞相提并论，合称为"王陈"。

嘉靖二十三年（1544年）中进士，二十四年（1545年）任滦州知州。陈士元在滦州任期，为当地建文笔峰，造祭器，修仓廪，并编《滦州志》《海滨集》。嘉靖二十八年（1549年）三月辞去官职，回归故里。所著之书已刊行者有《易象钩解》《五经异文》《论语类考》《孟子杂记》《荒史》等二十六种，计二百五十二卷；未刊行者有《新宋史》《新元史》百余卷，《史纂》十卷；散佚不传者四百余卷。另编注有《古今韵分注撮要》五卷、《韵苑考遗》四卷、《古俗字略》七卷、《俚言解》二卷、《裔语音义》四卷、《五经异文》十一卷、《论语类考》二十卷、《孟子杂记》四卷、《孟子杂记》《荒史》《古俗字略》《梦林元解》《名疑》《姓汇》《姓觿》等著述。明万历二十五年（1597年）去世，享年八十二岁，葬在应城西北二十里的孙家山。

汤池

乘兴远寻丘壑[1]胜，清秋[2]此日浴温泉。漫疑水底潜生火，自是壶中别有天[3]。沙畔苔痕[4]斑绣合，云根石溜[5]白虹[6]穿。尘氛[7]涤却成闲坐，身世浑同[8]太古[9]前。

注释：

[1] 丘壑：山陵和溪谷。泛指山水幽美的地方。

[2] 清秋：明净爽朗的秋天。晋殷仲文《南州桓公九井作》诗："独有清秋日，能使高兴尽。"

[3] 别有天：即别有洞天之意。洞天，道教称神仙的居处，意谓洞中别有天地。后常泛指风景胜地。

[4] 苔痕：苔藓滋生之迹。唐刘禹锡《陋室铭》："苔痕上阶绿，草色入帘青。"

[5] 石溜：岩石间的水流。北魏郦道元《水经注·河水四》："北坎室上，有微涓石溜，丰周瓢饮，似是栖游隐学之所。"

[6] 白虹：日月周围的白色晕圈。《后汉书·郎颛传》："凡日傍气色白而纯者，名为白虹。"

[7] 尘氛：如同说凡俗的样子。

[8] 浑同：混同、等同。

[9] 太古：远古，上古。

吴元馨

吴元馨,字达天,襄阳人,由岁贡在应城训导,后转教谕,其他事迹不详。

汤池

水火原判然[1],云何有温泉?若云下有火,川流[2]岂中煎。沸珠已盈渚,仍可调烹[3]鲜。热水生活鳞,沸余堪种田。阴阳多不测,水火乃倒颠。坎离成既济,万里宜逆旋。变化无一定,不落寻常诠。不作冷暖态,长存此潺湲。不立冰炭[4]想,气焰恒接天。

注释:

[1] 判然:显然;分明。金王若虚《门山县吏隐堂记》:"嗟乎,出处进退,君子之大致,吏则吏,隐则隐,二者判然,其不可乱。"

[2] 川流:河流。三国魏曹丕《善哉行》:"汤汤川流,中有行舟。"

[3] 调烹:烹调。《明史·乐志三》:"天庖具丰膳,鼎鼐事调烹。岂但资肥甘,亦足养遐龄。"

[4] 冰炭:冰块和炭火。比喻性质相反,不能相容。或比喻矛盾冲突。

戴九玄

戴九玄，字大圆，浙江新昌人。万历年间进士，历任枣强、临安、会稽、文安四县知县。后升任工部员外郎。任县令时，写有《同张玄逸、胡实美、李云将招喻叔虞集滕王阁分好字》等诗，入京后又写有《南海子》诗，记叙明朝皇帝到南苑狩猎之事。不久归家，闭门作诗、吟咏。所著有《工部稿》《匡山社集》《酒人游》《饥驱草》《陆沉集》《落花吟》十余种。卒后奉祀于乡贤祠。

汤泉

为濯尘缨[1]到上方[2]，九新亭下石栏旁。静涵[3]萝月[4]光初满，暖合松云[5]气自香。别院[6]暗流开药圃[7]，前池分注作莲塘。时清[8]久已稀巡幸，却笑华清辇路长。

注释：

[1] 尘缨：比喻尘俗之事。孔稚珪《北山移文》："昔闻投簪逸海岸，今见解兰缚尘缨。"李周翰注："尘缨，世事也。"

[2] 上方：古代阴阳家指东方和北方。《汉书·翼奉传》："上方之情，乐也。乐行奸邪，辰未主之。"颜师古注："上方谓北与东也。阳气所萌生，故为上。"

[3] 静涵：静心涵泳。

[4] 萝月：在藤萝缝隙间的明月。

[5] 松云：青松白云。指隐居的境界。《南史·隐逸传上·宗测》："性同鳞羽，爱止山壑，眷恋松云，轻迷人路。"

[6] 别院：正宅之外的宅院。明高启《咏苑中秦吉了》诗："驾来别院未知迎，先听遥呼万岁声。"

[7] 药圃：种芍药的花园。

[8] 时清：时世清平。《敦煌曲子词·献忠心》："时清海宴定风波，恩光六塞，瑞气满山坡。"

张舜选

　　张舜选，字子直，河南商城人。大致与明朝著名的思想家李贽生活在同一时期。明万历时选贡，所以当时人称他为"张太学"。

　　张舜选家族在商城县是书香世家、官宦世家，张舜选有宦情，曾有高科登仕之念，想考取功名成就一番事业，无奈科举考场不顺，以明经终老。著有《四柏亭集》《懒夫慵语集》《燕子楼诗百篇》等篇。

　　万历二十八年（1600年）到万历二十九年（1601年），明朝杰出的思想家、文学家李贽避难商城黄柏山时，曾与张舜选诗画酬答；当时岁暮除夕，商城张太学张舜选不畏风雪交加、山路崎岖，上黄柏山拜访李贽，并画竹作诗以赠，落难赠诗现真情！张舜选与李贽结为好友，并且与李贽还是谊笃厚交。明万历二十九年（1601年）春二月，李贽受友人马诚之邀，离开河南商城的黄柏山法眼寺，北赴通州（今北京通州区）。临行时，李贽偕好友及僧众十数人，到河南商城的汤泉池游览并沐浴，相互间以诗酬答，寄托自己的感慨。当时张舜选与外甥盛朝衮、朋友陈璧、马诚等人一起在商城汤泉等候李贽。众人在商城汤泉连饮三日，然后又一同到北京通州。麻城杨定见，新安汪本钶及僧众十数人一同前往；而僧人通安与其徒孙，则从京师来到通州迎接李贽等人。张舜选写遵化汤泉的诗，当是此次与李贽一同到通州以后，又游览遵化温泉所作。

汤泉

　　火龙[1]日傍曦乌[2]飞，火焦毒杀扶桑[3]枝。上帝敕向深山中，穿石盘入山底泥。山中泉冷如冰雪，余沫吐出成蒸热。沸花滚滚耀明珠，宝光[4]点点沉星月。翻身一浴垢尘[5]除，塞外寒风空激烈。长鞭愿借祝融[6]驱，满地阳春[7]流大泽[8]。

注释：

　　[1] 火龙：传说中浑身喷火的神龙。宋梅尧臣《次韵和马都官苦热》："火龙将焚爇，阳鸟多渴心。"

　　[2] 曦（xī）乌：太阳。传说太阳是一只三足金乌，而曦和又为太阳

赶车,故以曦乌称太阳。

[3] 扶桑:神话中的树名,传说日出于扶桑之下,拂其树梢而得升,因而扶桑被称为是日出的地方。后世也以扶桑代指太阳。

[4] 宝光:神奇的光辉。《云笈七签》卷三十:"日月宝光,洞我躯形。"

[5] 垢尘:比喻尘俗之事。宋苏轼《祭张文定公文》:"我晚闻道,困于垢尘。"

[6] 祝融:神名。帝喾时给火神命名为祝融。

[7] 阳春:温暖的春天。唐酒肆布衣《醉吟》:"阳春时节天气和,万物芳盛人如何?"

[8] 大泽:大恩惠。司马相如《封禅文》:"诗大泽之博,广符瑞之富。"李周翰注:"大泽,谓天子之惠泽。"

顾中行

顾中行，河南商城人，生平事迹不详。

游汤泉两首

其一

边陲[1]非四塞[2]，水暖属温泉。雪浪[3]融金谷[4]，春流润玉田[5]。喜苏凡病骨，望出火坑莲。一脉从何近，遥瞻尺五天。

注释：

[1] 边陲（chuí）：边境。唐李白《代赠远》诗："鸣鞭从此去，逐虏荡边陲。"

[2] 四塞：指四方边塞，边境。《敦煌曲子词·定风波》："四塞忽闻狼烟起，问儒士，谁人敢去定风波？"

[3] 雪浪：白色浪花。唐元稹《遭风二十韵》："俄惊四面云屏合，坐见千峰雪浪堆。"

[4] 金谷：古地名。在今河南省洛阳市北。《水经注·谷水》："谷水又东，左会金谷水，水出太白原。东南流，历金谷，谓之金谷水。"

[5] 玉田：即今河北省玉田县。传说神人曾在此地种玉，故名。遵化汤泉之水向南流注，经今遵化市西南四十余里的石门口流入玉田县，并入浭水。故作者有"春流润玉田"之说。

其二

兹泉温可濯，无亦训维新[1]。地纪[2]循南极[3]，天行正北辰[4]。炎氛[5]能及冷，人物[6]共濡春[7]。每到浮杯[8]酌，醺然[9]胜饮醇。

注释：

[1] 维新：更新。清黄遵宪《流求歌》："一旦维新时势异，二百余蕃齐改制。"

[2] 地纪：维系大地的绳子。古代认为天圆地方，传说天有九柱支撑，使天不下陷；地有大绳维系四角，使地有定位。也以此借指大地。

[3] 南极：星名。即南极老人星。

[4] 北辰：指北极星。

[5] 炎氛：热气；暑气。宋朱熹《对雨》诗："凉气袭轻裾，炎氛起秋思。"

[6] 人物：人与物。

[7] 濡（rú）春：沾染到春天的温暖气氛。

[8] 浮杯：古代每逢三月上旬的巳日集会水渠旁，在上流放置酒杯，任其飘浮，停在谁的面前，谁即取饮，叫作"浮杯"，也叫作"流觞"。

[9] 醺（xūn）然：酒醉的样子。

陈万言

陈万言，明刘侗《帝京景物略》记载为明嘉靖年间通州人，其事迹不详。

汤泉

闻说先皇[1]到上方，汤泉从此引流长。传衣[2]僧记春迎驾，赐沐人题夜洗妆。蛟室[3]明珠空泣泪，华清脂粉尚留香。停车杯酌浑无赖[4]，借得禅栖[5]鹤梦[6]凉。

注释：

[1] 先皇：前代帝王。此处指明宣宗朱瞻基和明武宗朱厚照。这二位皇帝在率军出征乌梁海时，都曾经到过遵化汤泉。

[2] 传衣：谓传授师法或继承师业。宋黄庭坚《题山谷石牛洞》诗："司命无心播物，祖师有记传衣。"

[3] 蛟室：龙宫，也借指大江大海。杜甫《过洞庭湖诗》："蛟室围青草，龙堆拥白沙。"

[4] 无赖：无聊，因情绪无所依托而烦闷。明孟称舜《死里逃生》："甚情怀，睡起思无赖，日转纱窗外。"

[5] 禅栖：出家隐居。《水经注·清水》："南峰北岭，多结禅栖之士，东岩西谷，又是刹灵之图。"

[6] 鹤梦：指超凡脱俗的向往。唐司空图《与李生论诗书》："地凉清鹤梦，林静肃僧仪。"

汪道昆

汪道昆，字伯玉，号高阳生、南明、太函等，徽州歙县人。与王世贞、张居正同为嘉靖二十六年（1547年）榜进士。当年十二月任浙江义乌县知县。历任南京工部主事、北京户部主事、兵部员外郎、襄阳府知府、福建按察司副使、福建巡抚、兵部右侍郎等职。任兵部侍郎期间，他的主要任务是"筹边"。在任期内，他曾数次奉旨巡阅蓟辽、保定军务，并受朝廷派遣到遵化汤泉参加蓟镇阅兵。

在大学士张居正父亲的七十寿诞上，汪道昆撰写的祝寿文章符合张居正的心意，因而被其极力赞赏。当时著名的诗人王世贞，对他的才学也十分赏识。王世贞称赞汪道昆的文章："简练而合于法度。"由于受到当时人的激赏，所以汪道昆的名声大起，甚有文名。他与明朝后七子的领袖王世贞齐名，被并称为"文坛二司马"。汪道昆不但精于军事、文学，并且还精通音律，在戏曲创作方面有较高的成就，其杂剧清新俊逸，影响很大，有五种剧作传于世上：《高唐梦》《五湖游》《远山戏》《洛水悲》《唐明皇七夕长生殿》。

汤泉

上都[1]汤沐傍龙宫，内苑[2]汤泉径自通。云近楼台疑结蜃[3]，气蒸冰雪俨如虹。灵源半落双林[4]外，寒谷先回六琯[5]中。冠盖[6]漫怜行役[7]久，风尘又向塞门[8]东。

注释：

[1] 上都：指天宫。《后汉书·张衡传》："羡上都之赫戏兮，何迷故而不忘。"李贤注："上都，谓天上也。"

[2] 内苑：皇宫内的庭园。亦指皇宫之内。《天雨花》第二一回："此是宫娥内苑人，分明不是黄花女。"

[3] 蜃：即海市蜃楼。光线经过不同密度的空气层，发生显著折射或全反射时，把远处景物显示在空中或地面而形成的各种奇异景象，常发生在海上或沙漠地区。古人误认为是蜃吐气而成，故称。

[4] 双林：指释迦牟尼涅槃处。在今印度北方。

[5] 六琯（guǎn）：玉制的六律管。

[6] 冠盖：泛指官员的冠服和车乘。冠，礼帽；盖，车盖。《史记·魏公子列传》："平原君使者冠盖相属于魏。"

[7] 行役：旧指因服兵役或公务而出外跋涉。《诗经·陟岵》："予子行役，夙夜不已。"此处是指服兵役而外出。

[8] 塞门：边塞之门。指胡人所居之地。宋吴淑贞《塞门桂月》："塞门桂月，蔡琰琴心切。"

重过汤泉[1]

过雨沙场[2]尽耦耕[3]，垂杨野寺[4]到新莺。池头[5]似识重游客，垓下[6]曾看一洗兵。满瓮云蒸[7]春酒[8]熟，当杯月抱夜珠明。何来席畔钟声早，惆怅[9]风尘未濯缨[10]。

注释：

[1] 重过汤泉：乾隆朝傅修所纂《直隶遵化州志》中，此诗题为《汤泉》，署名为"前人"，据汪道昆《太函集》，改为本名，并归回汪道昆名下。

[2] 沙场：指战场。《直隶遵化州志》"沙场"作"沙堤"，从《太函集》改。

[3] 耦（ǒu）耕：二人并耕。后亦泛指农事或务农。晋陶潜《辛丑岁七月赴假还江陵夜行涂口》诗："商歌非吾事，依依在耦耕。"

[4] 野寺：野外庙宇。唐韦应物《酬令狐司录善福精舍见赠》诗："野寺望山雪，空斋对竹林。"

[5] 池头：犹池边。宋杨万里《晚凉散策》诗："饭余浴罢趁凉行，偶憩池头最小亭。"

[6] 垓（gāi）下：古地名。在今安徽省灵璧县东南，汉高祖刘邦曾围困楚霸王项羽于此。

[7] 云蒸：热气腾腾的样子。

[8] 春酒：冬酿春熟之酒，也称春酿秋冬始熟之酒。《诗经·七月》：

"为此春酒,以介眉寿。"

[9] 惆怅:因失意或失望而伤感、懊恼。宋苏轼《梦中绝句》:"落英满地君不见,惆怅春光又一年。"

[10] 濯缨(zhuó yīng):洗涤帽子上的缨。语本《孟子·离娄上》:"沧浪之水清兮,可以濯吾缨;沧浪之水浊兮,可以濯吾足。"后来以濯缨比喻超脱世俗,操守高洁。

蓟门会阅

(一)

年来汉戍[1]坐销氛[2],秋尽胡笳[3]夜不闻。节钺[4]九重[5]驰使者,旌旗十道出将军。凭陵[6]短景戈回日[7],睥睨[8]寒空阵作云。台上黄金[9]曾得士[10],元戎[11]恐是望诸君[12]。

注释:

[1] 戍:守边之事。《诗经·采薇》:"我戍未定,靡使归聘。"

[2] 销氛:指消除恶气,平定叛乱。唐骆宾王《宿温城望军营》:"烟疏疑卷幔,尘灭似销氛。"

[3] 胡笳:我国古代北方民族的管乐器。传说由张骞从西域传入。汉魏时鼓吹乐中常有之。汉蔡琰《悲愤诗》之二:"胡笳动兮边马鸣,孤雁归兮声嘤嘤。"

[4] 节钺:符节和斧钺。古代授予将帅,作为加大权力的标志。《孔丛子·问军礼》:"天子当阶南面,命授之节钺。大将受,天子乃东面西向而揖之,示弗御也。"

[5] 九重:指宫门,也指朝廷。唐卢纶《秋夜即事》:"九重深锁禁城秋,月过南宫渐映楼。"

[6] 凭陵:登高远眺,凌驾其上。

[7] 戈回日:即"挥戈回日"的缩写。《淮南子·览冥》:鲁阳公与韩作战,战斗正酣之时,太阳将要下山,鲁阳公挥戈而支住太阳,太阳又回反九十里。后多指人能够力挽危局。

[8] 睥睨(pì nì):斜视,含有厌恶、傲慢等意。《淮南子·修务训》:

"过者无不左右睥睨而掩鼻。"

[9] 台上黄金：战国燕昭王筑台，置千金于台上，延请天下名士。后世多用台上黄金或者黄金台为招揽贤士的典故。

[10] 得士：谓使士人投奔、归附。亦谓得士人的心。泛指获得贤士。明沈德符《野获编·科场二·乡试遇水火灾》："上命如鹤龄言，改用十五日为首场，是科更称得士。"

[11] 元戎：主将，统帅。唐柳宗元《故连州员外司马凌君权厝志》："以谋画佐元戎，常有大功。"

[12] 望诸君：战国名将乐毅的封号。乐毅伐齐大胜，只有单城未下。昭王死，燕惠王不喜欢乐毅，遂派骑劫代乐毅为将，乐毅惧被诛，于是西逃降赵。赵国封乐毅于观津，号曰"望诸君"。

（二）

汉使褰帷[1]按塞过，渔阳老将近如何？千山斥堠[2]材官急，万里亭障[3]猛士多。大漠风鸣苍兕甲[4]，层冰夜渡白狼河[5]。江东子弟[6]先锋在，乘月仍闻子夜歌[7]。

注释：

[1] 褰（qiān）帷：官吏撩开车帘以了解下情。以此为官吏接近百姓，实施廉政的典故。

[2] 斥堠（hòu）：用以瞭望敌情的土堡。

[3] 亭障（zhàng）：古代边塞要地设置的堡垒。《尉缭子·守权》："凡守者，进不郭围，退不亭障，以御战，非善者也。"

[4] 兕（sì）甲：用兕皮做的铠甲。兕如野牛，青毛，其皮坚厚，可制铠。

[5] 白狼河：即今之大凌河，古称白狼水。《水经注》：白狼水出右北平白狼县东南，故名。白狼县故城，在今辽宁省凌源市南。

[6] 江东子弟：江东，习惯上称自此以下的长江南岸地区为江东。江东子弟，即是指从江东地方带过来的士卒。

[7] 子夜歌：乐府曲名，写爱情中的悲欢离合，多用双关隐语。

（三）

塞门风急马萧萧[1]，报道沙场聚射雕[2]。杀气连营凭地险，军声一鼓破天骄[3]。合围共睹争先捷[4]，乘胜还看逐北[5]遥。咫尺飞书门下省[6]，明朝诏赐侍中貂[7]。

注释：

[1] 萧萧：象声词，形容马叫声、风雨声、流水声、草木摇落声、乐器声等。《诗经·车攻》："萧萧马鸣，悠悠旆旌。"

[2] 射雕：比喻善于射箭。明高启《赠马冠军诗》："欲行渡狼河，直擒射雕将。"

[3] 天骄：天之骄子的缩写，汉时匈奴自称。后世也用来泛称强盛的边地少数民族或其首领。唐王维《出塞诗》："居延城外猎天骄，白草连天野火烧。"

[4] 捷：快捷，此谓捷足先登。

[5] 逐北：追击败兵。

[6] 门下省：官署名。掌受天下之成事、审查诏令、驳正违失、受发通、进奏状、进请宝印等。其长官初名侍中，后又称左相、黄门监等。

[7] 侍中貂：唐朝门下省有侍中二人，正二品，其官帽以貂尾为饰。因以"侍中貂"借指朝廷珍贵的赏赐。

（四）

辕门[1]万骑鞬[2]弓刀，开府[3]亲酬百战劳。堂上升歌[4]传《杕杜》[5]，军中行酒泛葡萄[6]。扶风[7]地接长安近，落月天回太白[8]高。自是君恩兼挟纩，非关客礼遍投醪[9]。

注释：

[1] 辕门：领兵将帅的营门。《六韬·分合》："大将设营而陈，立表辕门。"

[2] 鞬（jiān）：马上盛弓矢的器具。《左传·僖公二十三年》："其左执鞭弭，右属櫜鞬。"

[3] 开府：古代指高级官员，如三公、大将军、将军等成立府署，选置僚属。宋周煇《清波别志》卷上："史君开府未浃旬，欲戴纶巾挥白羽。"

[4] 升歌：指祭祀宴会登堂时演奏的乐歌。《仪礼·燕礼》："升歌《鹿鸣》，下管《新宫》，笙入三成。"

[5]《杕（dì）杜》：指《诗经·杕杜》："杕杜，劳还役也。"

[6] 葡萄：即葡萄酒。唐王翰《凉州词》："葡萄美酒夜光杯，欲饮琵琶马上催。"

[7] 扶风：古郡名，旧为京师近郊之地，多豪迈之士。后以扶风指慷慨豪迈之士。唐李白《扶风豪士歌》："扶风豪士天下奇，意气相倾山可移。"

[8] 太白：星名，即金星。又名启明、长庚。古代星象家认为太白星主杀伐，故多用以比喻兵戎之事。唐李白《胡无人》诗："云龙风虎尽交回，太白入月敌可摧。"

[9] 投醪（láo）：醪，汁和渣混合的酒，又称浊酒，也称醪糟。《吕氏春秋》："越王苦会稽之耻，……下养百姓，以来其心。有甘脆不足分，弗敢食；有酒流之江，与民共之。"后因以投醪指与军民同甘共苦。

仙舟洞

塞垣[1]岩壑[2]有藏舟，晚饭招邀[3]傍舵楼。自信乘槎经绝域[4]，虚疑击楫渡中流。黄云瀚海[5]兼天[6]涌，紫气关门入夜浮。兴尽不妨归路黑，阴山雪照骕骦[7]裘。

注释：

[1] 塞垣：原指汉代为抵御鲜卑所设的边塞。后亦指长城或城关边墙。汉蔡邕《难夏育上言鲜卑仍犯诸郡》："秦筑长城，汉起塞垣，所以别内外异殊俗也。"

[2] 岩壑：山峦溪谷。明王守仁《登泰山》诗："阳光散岩壑，秋容淡相辉。"

[3] 招邀：邀请。宋苏轼《越州张中舍寿乐堂》诗："高人自与山有素，不待招邀满庭户。"

[4] 绝域：极远之地。《管子·七法》："不远道里，故能威绝域之民；不险山河，故能服恃固之国。"

[5] 瀚海：指沙漠。唐陶翰《出萧关怀古》诗："孤城当瀚海，落日

照祁连。"

[6] 兼天：连天。唐杜甫《秋兴》诗之一："江间波浪兼天涌，塞上风云接地阴。"

[5] 骕骦（sù shuāng）：良马名。《晋书·郭璞传》："昆吾挺锋，骕骦轩髦。"

佚 名

作者无考，诗载于清朝乾隆五十九年间傅修纂《直隶遵化州志》卷十八《艺文志》。

仙舟洞同祝兰石、黄中峰二阃司[1]

石洞拟仙舟，相逢偶共游。乾坤才一叶[2]，岁月几千秋。
君是乘槎客，吾非击楫俦。不须萍梗[3]叹，砥柱[4]在中流。

注释：

[1] 阃司：明代地方军事机构"都司"的别称。明刘基《夏夜台州城中作》诗："阃司恐畏破和议，斥堠悉罢云边烽。"

[2] 一叶：比喻小船。明宋濂《龙眠居士画十八应真相赞》："未入水时，一叶已渡。"

[3] 萍梗：浮萍断梗。因漂泊流徙，故以喻人行止无定。明陆采《明珠记·赘苹》："萍梗泊侯门，暂且度朝昏。"

[4] 砥柱：比喻能负重任、支危局的人或力量。清杨荣《感事》诗："方倚只身为砥砫，枉遭众口毁长城。"

刘日梧

刘日梧，号斗旸，江西南昌人，万历丙戌（1585年）进士，由中书迁监察御史，十七年后迁南京太常寺少卿。上疏请为太子朱标和建文帝上庙号、谥号，深为当时的舆论所赞赏。万历三十九年（1611年），朝廷进行官员大计。当时朝中门派林立，刘日梧看不惯这些丑恶现象，遂辞官归于故里。

五年后，即万历四十四年（1616年），刘日梧以佥都御史起用，并巡抚顺天。当时蓟镇因太平日久，边务废弛。于是刘日梧向皇帝上疏，请求兴利除弊，并将孙显祖提拔为副将。孙显祖被提拔后，在数次战斗中均立有战功，刘日梧也因此而受到皇帝的赏赐。在刘日梧的治理下，蓟镇军队声威大振。刘日梧还命所属各地分别建立义仓，买粮谷以备赈济灾荒。对于那些贪污虐民的官吏，刘日梧则不畏强暴，坚决予以惩处。天启五年（1625年），刘日梧以年老上疏乞归，当时军民相继攀扶车辆，加以挽留。

汤 泉

（一）

山河何事如汤涌，雪浪[1]冲寒[2]沸不平。应有阳春吹律转，故令火井洑流[3]生。潜通地脉长虹贯，散落天墟[4]委带[5]萦。闻说骊山饶[6]胜赏，皇图[7]犹是汉西京。

注释：

[1] 雪浪：白色的浪花。唐元稹《遭风二十韵》："俄惊四面云屏合，坐见千峰雪浪堆。"

[2] 冲寒：冒着风寒。唐杜甫《小至》诗："岸容待腊将舒柳，山意冲寒欲放梅。"

[3] 洑（fú）流：潜流，水潜流于地下。唐钱起《登覆釜山遇道人》诗之二："山阶压丹穴，药井通洑流。"

[4] 天墟：北面的天空。《文选·海赋》："南洽朱崖，北洒天墟。"

[5] 委带：弯曲、屈曲的带子。

[6] 饶：众多、多。南朝宋鲍照《拟古》诗之五："海岱饶壮士，蒙泗多宿儒。"

[7] 皇图：封建王朝的版图。《旧唐书·哀帝纪论》："宇县瓜分，皇图瓦解。"

（二）

塞上池亭[1]带薜萝[2]，轻裘[3]时复此经过。寒销幕府[4]投醪遍，暖入征衣挟纩[5]多。占瑞[6]漫夸名德水，洗兵何用挽天河。秦关汉月[7]烽烟[8]息，徙倚[9]临流击楫歌[10]。

注释：

[1] 池亭：池边的亭子；水池和亭台。

[2] 薜（pì）萝：薜荔和女萝，两者皆野生植物，常攀缘于山野林木或屋壁之上。后借以指隐者或高士的衣服。也借指隐士或高士的住所。

[3] 轻裘：轻暖的皮衣。《论语·雍也》："赤之适齐也，乘肥马，衣轻裘。"

[4] 幕府：本指将帅的营帐，后来也泛指军政大员所在的府署。《史记·李将军列传》："大将军使长史急责广之幕府对簿。"

[5] 挟纩（xié kuàng）：披着棉衣，也指因受到别人的抚慰而感到温暖。

[6] 占瑞：占卜以求祥瑞。

[7] 秦关汉月：互文，即秦汉时关隘秦汉时明月。唐王昌龄《出塞》诗："秦时明月汉时关，万里长征人未还。"

[8] 烽烟：即烽燧。古代边防报警的两种信号。白天放烟叫烽，夜间举火叫燧。

[9] 徙倚（xǐ yǐ）：徘徊；逡巡。

[10] 击楫（jí）歌：东晋时，祖逖率军北伐，渡江至中流时，他以手拍击船桨，放声高歌，立誓收复中原。后来用击楫表示收复失地，统一祖国的雄心壮志。

倪长犀

倪长犀,事迹不详。

游汤泉

(一)

一水溶溶涵太和,平池如镜泛清波。自从浴日承天后,散作熏风解愠[1]多。

注释:

[1] 愠(yùn):含怒。《诗·邶风》:"忧心悄悄,愠于群小。"

(二)

青山霭霭碧云[1]封,太液春深晓雾重。不信人间泉得似,自宜天上浴真龙[2]。

注释:

[1] 碧云:青云。碧空中的云。宋程善之《古意》:"高城回首碧云避,玉漏淙淙天未曙。"

[2] 真龙:真正的龙,而非龙的变种,也用于喻指皇帝。明高启《穆陵行》:"幸逢中国真龙飞,一函雨露江南归。"

刘应节

刘应节，字子和，山东潍县人。嘉靖二十六年（1547年）进士，授户部主事。历井陉兵备副使，嘉靖四十三年（1564年）以山西右参政升任右佥都御史，巡抚辽东。隆庆元年（1567年）巡抚河南，后来代替耿随卿巡抚顺天。隆庆四年（1570年）升任右副都御史，不久又升任兵部右侍郎兼右佥都御史，代替谭纶总督蓟辽保定军务。当时给事中陈渠请核蓟镇兵饷，刘应节上疏请增蓟镇兵，不行。万历元年（1573年），进右都御史兼兵部侍郎，照旧总督蓟辽保定军务。万历二年（1574年），晋升为南京工部尚书，后改为刑部尚书。因触怒锦衣卫冯邦达，被大太监冯保弹劾而免官。卒后赠太子少保。

蓟门会阅

大将临戎[1]亲合围，貔貅[2]十万铁为衣。月明虎帐[3]传刁斗[4]，风卷龙沙[5]列羽旗。转战河源[6]边地[7]动，屯军[8]塞口[9]阵云[10]飞。壮猷[11]此日推元老[12]，谈笑尊前赋采薇[13]。

注释：

[1] 临戎：亲临战阵，从军。唐李商隐《漫成》："不妨常日饶轻薄，且喜临戎用草莱。"

[2] 貔貅（pí xiū）：古籍中的两种猛兽。用来比喻勇猛的战士。

[3] 虎帐：旧时指将军的营帐。唐王建《寄汴州令狐相公诗》："三军江口拥双旌，虎帐长开自教兵。"

[4] 刁斗：古代行军用具。斗形有柄，铜质，白天用作炊具，夜晚用来打更。唐李顾《古从军行》："行人刁斗风沙暗，公主琵琶幽怨多。"

[5] 龙沙：泛指塞外漠北边塞之地；荒漠。

[6] 河源：河流的源头。古代特指黄河的源头。

[7] 边地：靠近国界或地区边界线的地方。《汉书·晁错传》："臣闻汉兴以来，胡虏数入边地，小入则小利，大入则大利。"

[8] 屯军：驻军。前蜀韦庄《赠戍兵》诗："止竟有征须有战，洛阳

何用久屯军。"

[9] 塞口：即塞门，指边关。

[10] 阵云：浓重厚积、形似战阵的云。古人以之为战争之兆。唐高适《燕歌行》："杀气三时作阵云，寒声一夜传刁斗。"

[11] 壮猷（yóu）：宏大的谋略。语出《诗经·采芑》："方叔元老，克壮其猷。"

[12] 元老：天子的老臣。《诗经·采芑》："方叔元老，克壮其猷。"毛传："元，大也。五官之长，出于诸侯，曰天子之老。"后称年辈、资望皆高的大臣或政界人物。

[13] 采薇：《诗经》篇名。喻指戍边战士艰苦的生活和对家乡的思念。

戚继光

戚继光（1528—1588年），字元敬，号南塘，晚号孟诸。他是明代杰出的军事家、民族英雄。山东登州府（今山东蓬莱）人。世袭登州卫指挥佥事。戚继光家贫，好读书，嘉靖中升署都指挥佥事。后守浙江台州等三郡。在驻守浙江时，他招募三千人，经过严格训练之后，组成了戚家军。在浙江、福建等地的抗击倭寇战斗中，戚家军屡建奇功。

明穆宗隆庆初年，因蓟门多警，为加强北部防御，朝廷召戚继光为神机营副将。当时明王朝召集步兵三万，浙江兵三千，命戚继光训练。隆庆二年（1568年）五月，戚继光又被任命为都督同知，总理蓟州、昌平、保定三镇练兵事务，总兵官以下都受其节制。又因平浙江倭寇之功，进职务为右都督。在蓟镇期间，戚继光请旨修长城、建墩台。又设立车营，创立车战的战术。

初到蓟镇时，各营兵卒涣散而无战斗力，经过戚继光严整治军之后，使得蓟镇兵之雄壮，为各军之冠。戚继光又擒蒙古朵颜部长秃，在朵颜部酋长长昂、董狐狸叩关请罪之后，将长秃释放。慑于戚继光的威望，在他镇守蓟镇期间，朵颜部长昂与董狐狸二人，不敢入犯蓟门。戚继光以军功进封左都督、太子太保。与辽东军一起击退敌军的进犯后，又加少保衔。

戚继光离开蓟镇四十年后，人们还在这样评价他："此继光之壁垒楼台也。非独其材力干具特与人殊，亦其处处皆心，处处皆实。独知有国，而其余一不问耳！"

张居正任首辅期间，戚继光为张居正所倚重。万历十年（1582年）六月，首辅张居正病逝后，戚继光受到朝中言官的攻击，万历十一年（1583年），改任广东总兵官。

一年之后，因在广东总兵任上郁郁不得志，戚继光称病辞官，但是仍遭到给事中张希皋等人的弹劾，终于被免官归乡。万历十五年（1588年）腊月初八，一代名将戚继光病逝于山东蓬莱城家中，时年六十岁，谥号"武毅"。

明代编

奉和司马刘公、中丞杨公过温泉有作

（一）

武帝[1]恩波在眼中，龙飞[2]气色[3]尚茏葱[4]。清时不减为霖意，沧海遥分浴日功。碧水浮觞摇夜月，玉虬[5]拖练动秋风。天私[6]三辅[7]余膏沐[8]，一脉汤汤万古同。

注释：

[1] 武帝：此处指明武宗朱厚照。

[2] 龙飞：帝王兴起或在位。汉张衡《东京赋》："我世祖忿之，乃龙飞白水，凤翔参墟。"

[3] 气色：景色，景象。明何景明《立春管汝济见过次韵》："胜日高人过，蓬门气色新。"

[4] 茏葱：即葱茏，草木茂盛青翠。《红楼梦》："只是佳森茏葱。"

[5] 玉虬：传说中的虬龙。唐温庭筠《奉天西佛寺》诗："忆昔狂童犯顺年，玉虬闲暇出甘泉。"

[6] 天私：苍天的特殊厚待。

[7] 三辅：西汉治理京畿地区的三个职官的合称。即左右内史和主爵中尉。后泛称京城附近地方为三辅。

[8] 膏沐：比喻德政和恩泽。王逸《九思·悯上》："思灵泽兮膏沐，怀兰英兮把琼若。"

（二）

几度临池愧病身，纶巾[1]犹自滞风尘[2]。三秋经略[3]秦封[4]壮，千载澄清汉泽[5]新。祇树[6]晴光分障塞[7]，中天[8]爽气动星辰。左贤[9]已属穹庐[10]部，愿理沧溟[11]旧钓缗[12]。

注释：

[1] 纶（guān）巾：古代冠名，用青色丝带做的头巾。相传三国诸葛亮在军中服用，故又称诸葛巾。宋苏轼《赤壁怀古》："羽扇纶巾，谈笑间，樯橹灰飞烟灭。"

[2] 风尘：战乱、战争之事。唐李端《代村中老人答》："京洛风尘后，村乡烟火稀。"

[3] 经略：筹划；谋划。《晋书·袁乔传》："夫经略大事，故非常情所具，智者了于胸心，然后举无遗算耳。"

[4] 秦封：秦始皇巡游各地时给予山川、物类的封号。此处指山河。

[5] 汉泽：汉朝皇帝所给予的恩泽和封号。

[6] 祇（qí）树：即祇园，祇陀太子所置的园林。后借指佛寺。南朝梁沈约《瑞石像铭》："莫若园妙像于檀香，写遗影于祇树。"

[7] 障塞：即障堡。《管子·幼官》："障塞不审，不过八日而外贼得间。"尹知章注："障塞者，所以防守要路也。"

[8] 中天：天运正中，盛世。清洪昇《长生殿》："端冕中天，垂衣南面，山河一统皇唐。"

[9] 左贤：即左贤王，匈奴贵族的高级封号。《史记·李将军列传》："匈奴左贤王将四万骑围广。"

[10] 穹庐：古代游牧民族居住的毡帐。泛指北方少数民族。南朝丘迟《与陈伯之书》："如何一旦为奔亡之虏，闻鸣镝而股战，对穹庐以屈膝。"

[11] 沧溟：大海。《汉武帝内传》："诸仙玉女，聚居沧溟。"

[12] 钓缗：钓竿上的线；垂钓。唐杜甫《谒先主庙》："迟暮堪帷幄，飘零且钓缗。"

汤泉大阅 有序

余自嘉靖庚戌[1]部民兵戍蓟，知蓟为虏所轻[2]，而以九边[3]当有重兵，乃可称雄宇内[4]。丁卯[5]，奉穆宗皇帝召，自闽、浙镇守入。忌者置副京营[6]，寻出总蓟[7]。因诸赴蓟践更[8]，遍察军情虏状，战守胥无足赖[9]，即挑壕自固，势或靡及[10]。且冬月地坚，尽为胡马所躁。惟恃家丁伺零贼[11]以邀数级赎刑[12]。否则为虏所资[13]耳，奚[14]能损虏而于国益也。旧制府宜黄谭公[15]措置边事，以宜久安为后世法，乃疏建骑墙空心台。余复陈边事得失，更议创车为战，五兵[16]长短以配，必求所与虏长[17]者习之，有《条约》《实纪》授将吏。尚有安故习者为虏不可敌，兵不必练，车马不相及，台墙不足据。群议哄然，闻于司马门[18]。越五岁，议乃寝[19]。士咸[20]移所习而知足赖为固。盖具甚设而势重故也。但兵未合练，如为屋乏材，不草具而试之，安能即建置而于绳尺不爽也。拟以辛未[21]初冬，合练于汤泉，适朝遣使者阅视，以歆人侍郎汪公至，而以职方郎[22]左公、天津道杨公、从总督刘公、巡抚杨公，陪密云王公、蓟州徐公、永平孙公，诸道咸集。余以故事，诸将平时竭军营数千以事家丁数百，不复之军士，比警，惟家丁得至，且置腹心于内府，则张伪捷[23]而直闻矣，故将不教士，而视练法为具文[24]。如是[25]，悉破其弊，军皆效情实愿[26]，请当虏一战，宜如对垒而练之。使者曰然。乃先阅烽火，不移晷[27]而千里，遂拒墙下，如平日墙操状，假为虏将入。次则内犯状，集全镇标路车骑，如期赴敌。次以车骑大纵野战，次为夜战。次为虏将出口状，诸步卒拒于墙，俟其出，截击之。凡标路骑兵俱下马步列，若为孤注[28]而殊死战者。其有奇兵南兵[29]，则机密不使之知矣。阅竣，大饮。使者同督抚前坐，以下左右之。置余宾席[30]，谢不敢当。使者举曰："是将天子命以待以功者，幸毋固辞。"予甚忑[31]焉。自引于侧，大酣而罢。是阅也，兵士以十万计，车为营者九，将帅自副总[32]而下以至提调[33]、材官[34]、客兵队，率无虑千员，协守则某某云。

使者临关日拥旄[35]，天威只尺[36]壮神皋[37]。指挥乍结车骑阵，战守还凭虎豹韬[38]。万阁凌霄[39]金作垒，五兵飞雪玉为刀。年来愧博君王宠，幸有边尘识二毛[40]。

注释：

[1] 庚戌：明世宗嘉靖二十九年（1550年）。

[2] 轻：看轻，轻视。

[3] 九边：本指明朝设在北方的九个边防重镇。后用为边境的泛称。《明史·兵士三》："初设辽东、宣府、大同、延绥四镇，继设宁夏、甘肃、蓟州三镇，而太原总兵治偏头、三边制府驻固原，亦称三镇，是为九边。"

[4] 宇内：天下、四境之内。《晋书·武帝纪》："朕以不德，托于四海之上，兢兢只畏，惧无以康济宇内。"

[5] 丁卯：明穆宗隆庆元年（1567年）。

[6] 副京营：隆庆初年（1567年），因蓟镇多警，召戚继光专训兵卒，

为神机营副将。

[7] 总蓟：隆庆二年（1568年）命戚继光以都督同知总理蓟州、昌平、保定三镇练兵事，总兵官以下受其节制。

[8] 践更：交替任职或先后任职。《旧唐书·杨于陵传》："居朝三十余年，践更中外，始终不失其正。"

[9] 无足赖：没有一个值得依靠。

[10] 靡及：不能够达到。

[11] 零贼：零星的或小股的敌人。

[12] 赎刑：用金钱来赎罪。《尚书·舜典》："金作赎刑。"

[13] 资：利用。

[14] 奚：哪里。

[15] 谭公：即兵部尚书谭纶（1520—1577年），字子理，号二华，宜黄人。嘉靖二十三年（1544年）进士，以兵备副使剿倭于福清、仙游、同安、漳浦诸处，皆歼之，遂无倭患。后以兵部侍郎抚两广，至即平七山诸贼。不久总督蓟辽，升为兵部尚书。年五十八岁卒。谭纶始终治理兵事，将近三十年，与戚继光齐名。

[16] 五兵：五种兵器，所指不一。《汉书·吾丘寿王传》："古者作五兵。"颜师古注："五兵，谓矛、戟、弓、剑、戈。"也泛指各种兵器。

[17] 与虏长者：与敌人比较，有长处的地方。

[18] 司马门：皇宫的外门。《三国志·陈思王植传》："植乘车行驰道中，开司马门出。"

[19] 寝：平息，停息。

[20] 咸：都，全都。

[21] 辛未：明穆宗隆庆五年（1571年）。

[22] 职方郎：职方，古官名。唐宋至明清皆于兵部设职方司。职方郎即职方司的郎中。

[23] 张伪捷：夸大战绩，虚报战功。

[24] 具文：只有形式而没有实际作用的空头文字。《汉书·宣帝纪》："上计簿，具文而已，务为欺漫，以避其课。"

[25] 如是：到这时。即戚继光到蓟镇以后。

[26] 效情实愿：效情，效忠；实愿，实心实意。即真心真意地想效忠。

[27] 移晷：日影移动。如同说过了一段时间。不移晷，即过了很短的时间。

[28] 孤注："孤注一掷"的缩写。孤注一掷。赌博的人把所有的钱一次投做赌注，企图最后获胜。掷，指赌徒掷骰子。比喻倾尽全力冒险行事，以求侥幸成功。

[29] 奇兵南兵：做奇袭之用的南方江浙兵。

[30] 宾席：宾客的席位。《仪礼·大射》："小臣设公席于阼阶上，西乡；司官设宾席于户西，南面。"

[31] 恧（nù）：惭愧。《方言》第六："恧，惭也。……山之东西，自愧曰恧。"

[32] 副总：副总兵。

[33] 提调：官名，负责管理、调度的人。《元典章新集·诏令·今上皇帝登宝位诏》："仰各处提调官，常切加意。"

[34] 材官：武卒或供差遣的低级武职。《史记·张丞相列传》："申屠丞相嘉者，梁人，以材官蹶张从高帝击项籍，迁为队率。"

[35] 拥旄：持旄，借指统帅军队。南朝梁虞羲《咏霍将军北伐》："拥旄为汉将，汉马出长城。"

[36] 只尺：同咫尺。形容距离短。唐钱起《江行无题》："只尺愁风雨，匡庐不可登。"

[37] 神皋（gāo）：指京师近地。《宋史·习衍传》："且神皋胜地，天子所居，岂使流囚于此聚役"

[38] 虎豹韬（tāo）：传为周吕望所著的《六韬》一书中，分韬、武韬、龙韬、虎韬、豹韬、犬韬六卷，后也以虎韬、豹韬代指兵法韬略。

[39] 凌霄：冲上云霄。晋陆机《遂志赋》："陈顿委于楚魏，亦凌霄以自濯。"

[40] 二毛：花白的头发。常用指老年人。此时戚继光43岁，估计头发已经斑白，故自称"二毛"。

仙舟洞送郭建初[1]

把酒[2]仙舟各怆神[3]，钓鳌[4]君去大江滨[5]。白云红叶看无际[6]，何处千峰是七闽[7]。

注释：

[1] 郭建初：福建人，名造卿，字建初。建初为诸生时，就受到马森的器重。后又受业罗洪先门下。当时倭寇侵扰闽中，建初到浙江一带出游。总督胡宗宪、李襄敏以礼邀请他到府中。新安人兵部侍郎汪道昆巡抚福建，一见就认为他文字奇绝而且道德高尚，待为上宾。戚继光在福建平倭，乘车前往拜望，与之真心相交。后建初入北京国子监读书，深得国子监祭酒王锡爵称赞。戚继光为蓟镇总兵时，为他筑书馆于汉庄，请他编辑《燕史》。书未成，而戚继光去蓟镇总兵任。建初说："我不可使已经做的事半途而废，使得后代没有人知道戚将军的事。"于是就留下来，完成《燕史》一书的编辑。建初为蓟镇顾养谦筹划海上漕运事，使得十余万辽东人得到粮食，从而存活下来。郭建初于九边、三辅等地道路的平坦险峻，以及如何攻守等事项，非常清楚。因久驻于塞上，当地人亲近他，想留下他而不得，晚年归于故乡。郭建初以豪爽闻名当时，所著有《燕史》《永平志》《卢龙塞略》《玉融古史》诸书，以及诗文集若干卷。

[2] 把酒：手执酒杯。指饮酒。宋苏轼《水调歌头》词："明月几时有？把酒问青天。"

[3] 怆（chuàng）神：伤心。宋陆游《夜登千峰榭》诗："危楼插头山衔月，徙倚长歌一怆神。"

[4] 钓鳌（áo）：《列子·汤问》：在渤海东部有五座神山，但是这五山都没有根，所以常随着海潮漂泊，而不能停留。山上居住的仙人，心怀恐惧，把此事上报给了天帝。天帝怕这五山漂流到西方，使仙人失去居所，命人派十五只巨鳌分为三拨来举着五座山，每六万年换一次班。这五座山才开始固定下来。很远的龙伯国有一个巨人，几步之间就到了五山所在之地。一连气钓走了六只巨鳌，并背负着它们回到龙伯国，灼烧巨鳌的骨头用来卜卦。此后，岱舆、员峤二山漂流到北极，沉没在大海底下去了。后因以常以"钓鳌"喻抱负远大或举止豪迈。

[5] 大江滨：大江的岸边。

[6] 无际：无边、无涯。《列子·力命》："窈然无际，天道自会。"

[7] 七闽：指古代居住在福建省和浙江省南部的闽人。因分为七族，故称。后世称福建省为"闽"或"七闽"。

仙舟洞 有序

洞旧当乱石中，惟有穴可伛偻[1]入耳。余阅边暇，遥见而异之。乃与诸山人[2]求之，得奇石甚多，各以其形名，见《汤泉记》中。兹因洞如舟而理之，中可列坐[3]传觞[4]矣。邀少司马[5]刘公、中丞[6]杨公饮。刘公命之曰"仙舟之洞"。口有石，雄伟如将军壁立，且对北山，即边墙，楼台罗列。石上有覆石如缨，名曰"长缨石"，而纪于诗。

天地无心凿似舟，岩扉[7]寂历[8]自春秋。一时偶见停桡[9]在，千载能令载酒游。洞口将军应化石，蓟门客子[10]尚存丘[11]。醉来欲掣神鳌[12]去，不掷任公[13]旧钓钩。

注释：

[1] 伛偻（yǔ lǚ）：俯身。唐施肩吾《诮山中叟》："天阴伛偻带咳行，犹向岩前种松子。"

[2] 山人：住在山里的人。《管子·轻重己》："趣山人断伐，具械器……三月之后，皆以其所有，易其所无。"

[3] 列坐：以次相坐。汉刘桢《感遇》诗："华月照方池，列坐金殿侧。"

[4] 传觞：传递酒杯。

[5] 少司马：兵部侍郎的别称。

[6] 中丞：汉代御史大夫下设两丞，一称御史丞，一称中丞。中丞居殿中，故以为名。东汉以后，以中丞为御史台长官。明清时用作对巡抚的称呼。

[7] 岩扉（fēi）：岩洞的门。唐孟浩然《夜归鹿门歌》："岩扉松径常寂寥，惟有幽人自来去。"

[8] 寂历：寂静；冷清。

[9] 停桡（ráo）：停下船桨。

[10] 客子：离家在外的人。宋蒋捷《虞美人·梳楼》词："天怜客子乡关远，借与花消遣。"

[11] 存丘：这里指怀念故乡。

[12] 神鳌：传说中灵异的龟。

[13] 任公：也称任公子、任父，古代传说中善于捕鱼的人。《庄子·外物》：任公子为大钩巨绳，用五十头牛为饵，蹲在会稽，投竿东海，每天去垂钓，一年仍钓不到鱼。最终大鱼食饵，钓钩陷入水中，大鱼扬起鱼鳍，海水震荡，声音类似鬼神，使千里以内的人都震惊。任公子得到这条鱼，切割以后晒成鱼干，使得浙江到湖南等地的人都吃腻了鱼味。后常用任公子指超世的高士。

四时馆

校武[1]开形胜[2]，论文[3]傍梵宫[4]。层阴三树合，复道[5]一泉通。环宇[6]寒暄[7]异，流觞左右同。醉来谁意气[8]，白眼[9]弄青虹。

注释：

[1] 校武：考核武艺。汉扬雄《长杨赋》："简力狡兽，校武票禽。"

[2] 形胜：谓地理位置优越，地势险要。《荀子·强国》："其固塞险，形执便，山林川谷美，天材之利多，是形胜也。"

[3] 论文：评论文人及其文章。唐杜甫《春日忆李白》诗："何时一樽酒，重与细论文。"

[4] 梵宫：佛寺。南朝梁沈约《瑞石像铭》："永言鹫室，栖诚梵宫。"

[5] 复道：楼阁或悬崖间有上下两重的通道，称复道。《资治通鉴·秦始皇二十六年》："自雍门以东到泾渭，殿屋复道，周阁相属。"

[6] 环宇：天下；宇宙。《水浒传》楔子："那天子扫清环宇，荡静中原，国号大宋，建都汴梁。"

[7] 寒暄：冷暖。明刘基《初夏即景》："前日大热释我裘，昨日一雨凉如秋。寒暄倏忽反复手，冰炭着体何由瘳？"

[8] 意气：志向与气概。

[9] 白眼：露出白眼仁，表示鄙薄或厌恶。《晋书·阮籍传》："籍又能为青白眼，见礼俗之士，以白眼对之。"

病中偶成三首[1]

（一）

燕越[2]烽烟二十春，一朝病集未闲身。忽来窗外黄梅雨[3]，又送新愁到耳频。

注释：

[1] 病中偶成三首：此三首诗，写成于明万历五年（1577年）。内容本非描写遵化汤泉，但据清朝乾隆年间任直隶遵化州知州的刘靖所著《片刻余闲集》卷二记载，"寺院前门内壁上嵌旧碑载公绝句三首。"所记者即此三首，可见此三诗曾刻于福泉寺前门墙壁上，故此收入。

[2] 燕越：燕即古燕国之地，此处即指今河北省北部。越即古越国之地，代称浙江或浙东地区。

[3] 黄梅雨：指夏天江淮流域持续较长的阴雨天气。因时值梅子黄熟，故称。此季节空气长期潮湿，器物易发霉，故又称霉雨。

（二）

边愁[1]隐隐上颠毛[2]，肺病那堪转侧[3]劳。惟有空庭[4]一片月，漫移花影护征袍[5]。

注释：

[1] 边愁：因边乱、边患引起的愁苦之情。唐杜甫《秋兴》诗之六："花萼夹城通御气，芙蓉小苑入边愁。"钱谦益注："禄山反报至，上欲迁幸，登兴庆宫花萼楼，置酒，四顾凄怆，此所谓'入边愁也'。"

[2] 颠毛：头发。《国语·齐语》："班序颠毛，以为民纪统。"韦昭注："颠，顶也。毛，发也。"

[3] 转侧：如同来去；辗转迁移。《明史·陈潜夫传》："潜夫转侧杞、陈留间，朝夕不自保。"

[4] 空庭：幽寂的庭院。南朝宋谢灵运《斋中读书》诗："虚馆绝诤讼，空庭来鸟雀。"

[5] 征袍：出征将士穿的战袍。明杨基《桂林与蒋张二指挥观兵》诗："大字青旗写豹韬，连环金锁束征袍。"

（三）

风尘已老塞门臣，欲向君王乞此身[1]。一夜寒霜侵短鬓，明朝不是镜中人。

注释：

[1] 乞此身：即乞身。古代以做官为委身事君，故称请求辞职为乞身。

送泾水[1]王使君[2]镇辽海[3]

使君开府滦东，内绥[4]遗黎[5]，外作[6]士气，大著[7]实政，而不能修津要[8]之情，遂还开元兵宪，道出旧治，余逆[9]之温泉，赋此。

注释：

[1] 泾（jīng）水：渭河的支流，在陕西省中部。也称泾河。

[2] 王使君：汉时称刺史为使君。后又尊称州郡长官。据清康熙五十年（1711年）宋琬撰次、张朝琮续纂的《永平府志》记载：明万历年间，王之弼曾任永平兵备道山东按察司副使，永平府即在滦河之东。他也曾任开原兵备副使，并且其籍贯是陕西泾阳。据此推测，此王使君，当是王之弼。

[3] 辽海：辽东。泛指辽河以东沿海地区。

[4] 绥：安；安抚。唐韩愈《顺宗实录五》："奉若成宪，永绥四方。"

[5] 黎：黎民，民众。《诗经·天保》："群黎百姓，遍为尔德。"郑玄笺："黎，众也。群众百姓，遍为女之德言则而象之。"

[6] 作：振作；激发。《左传·庄公十年》："一鼓作气，再而衰，三而竭。"

[7] 著：明显；显著。《礼记·乐记》："好恶著则贤不肖别矣。"

[8] 津要：比喻身居要职的人。《明史·张昭传》："师儒鲜积学，草野小夫夤缘津要，初解兔园之册，已厕鹓荐之群。"

[9] 逆：迎接。

天末[1]逢君感慨生，星轺[2]万里又东征。谁云斗氏终无国，独与王家旧有盟。去后儿童犹护辙，重来父老更含情。从今辽海休传箭[3]，仗剑[4]相看是此行。

注释：
　　[1] 天末：天的尽头。指极远的地方。唐杜甫《天末怀李白》诗："凉风起天末，君子意如何？"
　　[2] 星轺：使者所乘的车。亦借指使者。唐宋之问《奉和梁王宴龙泓应教》："水府沦幽壑，星轺下紫微。"
　　[3] 传箭：传递令箭。古代北方少数民族起兵令众，以传箭为号。
　　[4] 仗剑：持剑。《史记·淮阴侯列传》："及项梁渡淮，信仗剑从之。"

申用懋

　　申用懋，字敬中，江苏吴县（今苏州吴中区）人，明万历时中极殿大学士申时行之子。万历二年（1574年）癸未进士，累官至兵部职方郎中，后擢升为太仆寺少卿，仍任职方郎中事。天启五年（1625年），以副都御史巡抚顺天。因蓟镇兵缺饷八十余万两，申用懋命减少署衙内陈设和官厨费用以助饷，并命在后院种植蔬菜以自给。又议开凿蓟运河通至遵化，以方便百姓运粮。后因得罪明熹宗时的奸臣崔呈秀和太监魏忠贤，被罢职。崇祯初年，又任兵部左侍郎、右侍郎，再升任兵部尚书。致仕卒，赠太子太师。本诗写于明熹宗天启五年（1625年），申用懋任职顺天巡抚期间。

蓟镇阅兵

　　元戎[1]豹尾[2]驻中坚[3]，旗影如山北斗悬。浴铁[4]有声驱汗马[5]，轻裘[6]无策洗烽烟。已拼碧血凝燕市[7]，肯任黄花[8]莽戍田。雷电回旋诸队里，可能细柳[9]复如前？

注释：

　　[1] 元戎：主将、统帅。南朝陈徐陵《移齐王》："我之元戎上将，协力同心，承禀朝谟，致行明罚。"

　　[2] 豹尾：古代将帅旌旗上的饰物，或悬以豹尾，或在旗上画豹纹。《晋书·沈充传》："率兵临发，谓其妻子曰：'男儿不竖豹尾，终不还也。'"

　　[3] 中坚：指军队中最重要、最坚强的部分。《后汉书·光武帝纪》："光武乃与敢死者三千人，从城西水上冲其中坚。"李贤注："凡军事，中军将最尊，居中以坚锐自辅，故曰中坚也。"

　　[4] 浴铁：披挂铁甲，也指披有铁甲的骑兵和战马。

　　[5] 汗马：汗血宝马。唐杜甫《收京》诗之三："汗马收宫阙，春城铲贼壕。"

　　[6] 轻裘：轻暖的皮衣。《论语·雍也》："赤之适齐也，乘肥马，衣轻裘。"

[7] 燕市：指燕京，即今北京市。

[8] 黄花：菊花。宋李清照《醉花阴·重阳》："莫道不销魂，帘卷西风，人比黄花瘦。"

[9] 细柳：地名，在今陕西省咸阳市西南渭河北岸。即汉周亚夫屯军处。

薛三才

字仲儒,定海人,万历丙戌(1526年)科进士,选庶吉士,授兵科给事中。数次上疏言论边事,指责辽东总兵李成梁假冒功绩,欺君罔上。后迁礼科给事中。李沂以上疏言事下狱,薛三才上疏称:"不应该因上疏言事而惩治言官。"湖广地方,未能按旧制贡奉鲊鱼,布政使以下各级俱遭贬官。薛三才疏:"不应当因为未能满足朝廷的口腹之欲,而责罚地方官员!"给事中张涛言事被谪,三才也极力相救,又建言请求召还谏臣姜应麟诸人,从而博得一时舆论的好评。累官至宣府巡抚、蓟辽保定总督,召为兵部尚书,协理朝廷军机政务。大内禁军额数多有虚冒,内侍而为严重。三才锐意剔除各种弊端,以至于积劳成疾,卒于任上,赠太子太保,谥"恭敏"。

温泉

秋深沙石漾[1]清涟,怪问灵源入洞天。一派星河[2]翻石壁,千年灰劫沸珠泉。蒸蒸[3]草树常含润,漠漠[4]楼台不断烟。应是龙湫[5]通地脉,丹霞[6]直与赤城连。

注释:

[1] 漾:水面动荡。

[2] 星河:即银河。韦应物《新秋夜寄诸弟》诗:"两地俱秋夕,相望共星河。"

[3] 蒸蒸:上升的样子。

[4] 漠漠:密布貌;布列貌。《西京杂记》卷四引汉枚乘《柳赋》:"阶草漠漠,白日迟迟。"

[5] 龙湫:上有悬瀑下有深潭,谓之龙湫。

[6] 丹霞:红霞。

周天球

　　周天球（1514—1595年），明代书画家、篆刻家。字公瑕，号幼海，一作幻海，又号六止居士。诸生。明代吴县（今苏州吴中区）人，著名书画家。师从文徵明，善大小篆、隶、行、楷，文徵明曾经赞其："他日得吾笔者，周生也。"晚年能自辟蹊径，当时体量较大的碑碣上的文字，无不出于其手。以诗文画有名于当世。兼工花卉，善画兰，取法宋代画兰专家郑思肖标格，笔势一波三折，笔力老辣苍健，清劲飘逸。《明画录》谓："墨兰自赵松雪（孟頫）后失传，惟天球独得其妙。"李攀龙曾作《题周天球小像》诗："落魄吴门五十春，懒从高阁画麒麟。此中墨客争知妙，何处词人更有真。白眼自宜置丘壑，红颜元不染风尘。东墙休挂乔家女，夜恐周郎做后身。"

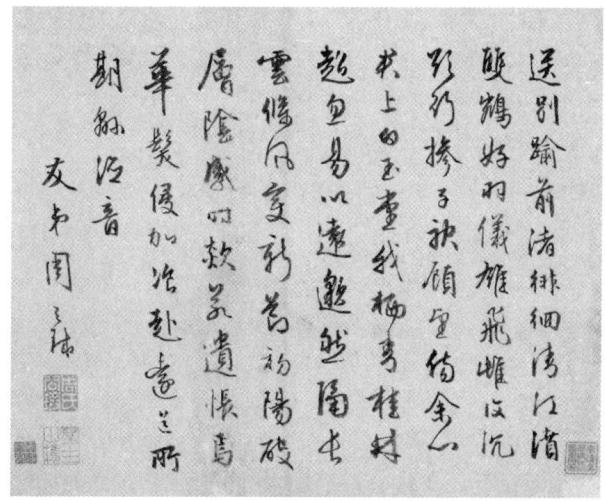

周天球书法

秋过汤泉

　　炎漂[1]一道傍禅宫，百沸腾波膏泽同。咒岭定持迦叶愿，浚源应藉郁攸[2]功。暖蒸寒谷吹嘘外，垢脱泥涂浣濯[3]中。塞上洗兵休沐日，不须挟纩有春融[4]。

注释：

[1] 炎漂：灼热的泉流。

[2] 郁攸：火气；灼热之气。

[3] 浣濯：洗涤。唐司空图《华帅许国公德政碑》："王恭勤备至，浣濯必亲。"

[4] 春融：春气融和。亦指春暖解冻。唐罗隐《春日湘中题岳麓寺僧院》诗："春融只待乾坤醉，水阔深知世界浮。"

梁云构

梁云构（1584—1649 年），字匠先，号眉居，明末清初人，河南兰阳（今河南兰考）人。明思宗崇祯元年（1628 年）进士，官至佥都御史。南明福王朱由崧时授兵部侍郎。后随大学士马士英降清，授通政司参议，迁大理寺卿，擢户部左侍郎。梁云构一生作词甚多，然《全明词》仅录其词二首。日本国会图书馆和内阁文库分别藏有明刊本《豹陵集》和《豹陵二集》，这两种稀见的梁云构别集都收录有词一卷，凡一百一十首。

汤泉

大漠[1]风高寒不偏，长城雪畔得春天。日经赤道朝流液，地驳金轮[2]火作泉。炎焰[3]沸汤先沸石，氤氲生雾不生烟。病除垢净心犹热，去促西成[4]入稻田。

注释：

[1] 大漠：指我国西北部一带的广大沙漠地区。汉班固《封燕然山铭》："遂陵高阙，下鸡鹿，经碛卤，绝大漠。"

[2] 金轮：喻太阳。北齐萧悫《和崔侍中从驾经山寺》："云表金轮见，岩端画栱明。"

[3] 炎焰：火焰。唐张说《安乐郡主花烛行》："丹炉飞铁驰炎焰，炎霞烁电吐明光。"

[4] 西成：谓秋天庄稼已熟，农事告成。《书·尧典》："平秩西成。"孔颖达疏："秋位在西，于时万物成熟。"

徐 渭

　　徐渭（1521—1593年），字文长，号青藤道人，山阴人。明代晚期杰出的文学艺术家，列为中国古代十大名画家之一。徐渭多才多艺，在书画、诗文、戏曲等领域均有很深造诣，且能独树一帜，给当世与后代都留下了深远的影响。其画吸取前人精华，脱胎换骨，一改因袭模拟之旧习，喜用泼墨勾染，水墨淋漓，不求形似求神似，以其特有之风格，开创了一代画风。山水、人物、花鸟、竹石无所不工，以花卉最为出色，公认为青藤画派之鼻祖。所著有《徐文长全集》《徐文长佚草》及杂剧《四声猿》，戏曲理论《南词叙录》等。他的画风，对明代八大山人，以至清朝的郑板桥都有重大影响。郑板桥对徐渭非常敬佩，曾刻一印"青藤门下走狗"；近代画家齐白石曾说："青藤、雪个、大涤子之画，能横涂纵抹，余心极服之，恨不生前三百年，为诸君磨墨理纸。诸君不纳，余于门之外，饿而不去，亦快事故"。青藤即徐渭，雪个是明末八大山人朱耷，大涤子是石涛。吴昌硕也说："青藤画中圣，书法逾鲁公。"

　　徐渭天才超群，诗文远超同辈。善草书、工画花草竹石。曾经自言："吾书第一，诗次之，文次之，画又次之。"公安袁宏道游浙闽，得到徐渭残帙，以示祭酒陶望龄，二人相与激赏，并刻其集行世。

　　徐渭幼年时就有盛名，嘉靖时总督胡宗宪招为幕府。渭知兵好奇计，胡宗宪擒倭寇徐海、诱捕王直等人，徐渭皆参与设谋。后来胡宗宪下狱，渭惧怕被牵连受祸，遂发狂。据传徐渭前后九次自杀，曾用大钉刺入耳道深达数寸，不死。嘉靖四十五年（1566年）因精神病发作杀继妻，论死入狱。状元张元忭力救出狱。游金陵、抵宣府、辽东，纵观北边关塞。因戚继光介绍，到辽东教授辽东总兵李成梁两个儿子李如松和李如柏兵法，并结识蒙古首领俺答夫人三娘子。《萧后梳妆楼》一诗，当是写于此时。

萧后妆楼

　　萧后梳妆别起楼，太湖石[1]在水空流。而今楼瓦飘零尽，只乞中官[2]看石头。

注释:

[1] 太湖石:江苏太湖产的石头,多窟窿和纹路,园林中用以叠造假山,点缀庭院。

[2] 中官:宫内、朝内之官。《后汉书·郎颛传》:"方今中官外司,各各考事。"

曹学佺

　　曹学佺，字能始，福建侯官人。明万历二十三年（1595年）乙未科进士。官至四川按察使。著《野史纪略》一书，揭露明末梃击案真相。天启六年（1626年）秋，曹学佺迁陕西副使，未赴任时，被魏忠贤党羽弹劾，诬陷曹学佺"私撰野史，淆乱国章"。遂被革职，并毁掉该书的雕版。崇祯初，起用为文本按察司副使，不就职。明福王朱聿键称帝，曹学佺被任命为礼部尚书。清顺治三年（1646年）八月，唐王朱聿键与其妃曾氏俱被清兵俘获。妃曾氏在九泷投水而死，朱聿键死于福州。闻讯后，给事中熊纬、尚书曹学佺、通政使马思礼等人在山中自缢而死。清乾隆四十一年（1776年）赐谥诸臣，曹学佺被谥为"忠节"。曹学佺生平诗文甚多，有《石仓集》二十四卷存世。

福泉寺书与穑上人

　　蜀僧出世[1]在空门[2]，心迹超然[3]离垢氛[4]。欲问安禅[5]最幽处，一潭秋月半山[6]云。

注释：

　　[1] 出世：指脱离凡尘俗事，此处指出家。清周亮工《题与然大师画册前》："公素精绘事，闻出世后，尚时时点染数峰以自适。"

　　[2] 空门：指佛寺。明华察《游善卷碧仙岩》诗："落日下空门，斋钟出林莽。"

　　[3] 超然：指离尘脱俗。唐李德裕《舴艋舟》诗："永日歌濯缨，超然谢尘滓。"

　　[4] 垢氛：污浊的气氛。南朝宋谢灵运《述祖德诗》："兼抱济物性，而不缨垢氛。"

　　[5] 安禅：佛教语。指静坐入定。俗称打坐。清黄景仁《题上方寺》诗："试问安禅者，能忘入世情？"

　　[6] 半山：山半腰。唐李颀《少室雪晴送王宁》诗："隔城半山连青松，素色峨峨千万重。"

柳永吉

柳永吉，明朝时朝鲜人。明朱彝尊辑《明诗综》和清王渔洋《池北偶谈》两部书中，都说柳永吉的诗，是明朝使者采自朝鲜的汉诗。《明诗综》中有相当一些诗是朝鲜人出使明朝时在中国写的。本诗是柳永吉出使明朝时，在遵化福泉寺所作。

据所查到的韩文资料记载：柳永吉，明朝时朝鲜人，字德纯，号月篷，籍贯朝鲜全州。他是柳轩的曾孙，祖父是柳世麟，父亲是参奉柳仪，母亲是卢盷的女儿。柳永吉还是领议政柳永庆的哥哥。朝鲜王朝中宗三十三年（1538年）生，朝鲜宣祖三十四年（1601年）卒。他生活的年代，相当于明王朝嘉靖十七年（1538年）至明万历二十九年（1601年）。

1559年考取别试文科，曾任副修撰、正言、兵曹左郎、典籍、献纳等官职，于1565年担任平安道道使，但是由于阿谀权臣李梁被弹劾罢职。1589年担任江原道观察使，承文院提调等官职。1592年倭寇入侵朝鲜，柳永吉在春川任江原道观察使，当时协助防守将领元豪在骊州甓寺阻止入侵的日本军队渡河。可是他却错误地发送檄书，把元豪的部队调动到本岛，从而使得日军有机会渡河。1597年，担任护军、延安府使，二年后担任兵曹参判，京畿道观察使，1600年，担任礼曹参判。柳永吉一生精于诗文，著作有《月篷集》。

柳永吉出使明朝的具体年代不详，但从诗中所表达的情绪，可见他出使明朝的时间，当是在政治上失意之后。

福泉寺

落叶鸣廊夜雨悬，佛灯[1]明灭客无眠。仙山[2]一到伤春暮，乌帽[3]欺人二十年。

注释：

[1] 佛灯：供于佛前的灯火。宋苏轼《是日宿水陆寺寄北山清顺僧》诗之一："农事未休侵小雪，佛灯初上报黄昏。"

[2] 仙山：比喻远离市区的幽静所在。明高濂《玉簪记·幽情》："芳

草掩重门,住仙山欲避秦,门前怕有渔郎问。"

[3] 乌帽:隋唐时人所戴的一种帽子,高直顶部圆而且尖。后传入日本和朝鲜。宋黄庭坚《奉呈外舅孙莘老》诗:"九陌黄尘乌帽底,五湖春水白鸥前。"

萧如熏

萧如熏,字季馨,延安卫人。明神宗万历年间由世荫百户,历官宁夏参将。明万历二十年(1592年),以守宁夏平定哱拜部巴拜之功,升任总兵官,以都督佥事尽统延绥、甘肃、固原诸援军。后历任七镇总兵。魏忠贤党劾之,夺职还。如熏为将,持重不苟趋利,轻财爱士,并且善于作诗,所在见称。此诗为萧如熏任蓟镇总兵时所作。

题缥缈亭

芙蓉高出一峰青,众壑遥连[1]缥缈亭。旭日当空低紫塞,朔云[2]横处俯沧溟。谁言世事同翻局[3],自信年华[4]似建瓴[5]。得道真源那可问,欲将心事答山灵[6]。

注释:

[1] 遥连:从远处与之相连。

[2] 朔云:北方的云气。

[3] 翻局:翻覆;变卦。《明史·倪元璐传》:"网已密而犹疑有遗鳞,势已重而或忧其翻局。"

[4] 年华:岁月;时光。唐许稷《闰月定四时》诗:"乍觉年华改,翻怜物候迟。"

[5] 建瓴:语本《史记·高祖本纪》:"譬犹居高屋之上建瓴水也。"建瓴,即"建瓴水"之省,谓倾倒瓶中之水,形容居高临下、难以阻挡的形势。

[6] 山灵:山神。班固《东都赋》:"山灵护野,属御方神。"李善注:"山灵,山神也。"

杨思裕

明朝人，事迹不详。

鲇鱼关

　　幽关[1]切傍马兰天，石势[2]鱼龙亦怪哉[3]。了近官人频击鼓，心惊戍妇[4]尽登台。池亭铜雀[5]荒姬馆，碑石燕然[6]乏史才[7]。但愿徜徉[8]好风日，甘将壮志付蒿莱[9]。

注释：

[1] 幽关：深邃的关隘；紧闭的关门。

[2] 势：姿态。

[3] 怪哉：奇怪，奇特。

[4] 戍妇：戍卒的妻子。

[5] 铜雀：即铜雀台。汉末建安十五年（210年）冬曹操所建。周围殿屋一百二十间，连接榱栋，侵彻云汉。铸大孔雀置于楼顶，舒翼奋尾，势若飞动，故名铜雀台。故址在今河北省临漳县西南古邺城的西北隅，与金虎、冰井合称三台。

[6] 燕然：山名，即今蒙古境内杭爱山。

[7] 史才：修史的人才。

[8] 徜徉：安闲自得貌。

[9] 蒿莱：草野。

明代编

屈大均

屈大均（1630—1696年）字翁山，又字介子，号莱圃。汉族，广东番禺人。明末清初著名学者、诗人，与陈恭尹、梁佩兰并称"岭南三大家"，有"广东徐霞客"的美称。曾与魏耕等进行反清活动。后为僧，中年仍改儒服。诗有李白、屈原的遗风，著作多毁于雍正、乾隆两朝，后人辑有《翁山诗外》《翁山文外》《翁山易外》《广东新语》及《四朝成仁录》，合称"屈沱五书"。

屈大均早年受业于陈邦彦门下，十六岁时补南海县生员。1646年清军陷广州，次年，十八岁的屈大均参加其师陈邦彦以及陈子壮、张家玉等组织的反清斗争，同年失败。后至肇庆，向南明永历帝呈《中兴六大典书》，授中秘书，不久因父殁急归。顺治七年（1650年），清兵再围广州，屈大均为避祸，于番禺县雷峰海云寺削发为僧，法名今种，字一灵，名其所居为"死庵"，以示誓不为清廷所用之意。

顺治十三年（1656年），以化缘为名开始云游四海，奔走吴越、幽燕、齐鲁、荆楚、秦晋大地，北游关中、山西，入会稽至南京谒明孝陵，又上北京，登景山寻得崇祯死所哭拜，与顾炎武、李因笃、朱彝尊等交往。又东出山海关，留意山川险阻，暗图兴复大明基业。他在辽东凭吊袁崇焕督师故垒，写下《出塞》及《塞上曲》等曲。返回关内后，积极游走于齐、鲁、吴、越之间，在会稽与魏阱、祁班孙等秘密联络郑成功，后张煌言率军沿江而上，克芜湖，取徽、宁下三十余州县。顺治十六年（1659年）十月事败，郑成功还至厦门，张煌言败走浙东天台。顺治十七年（1660年）秋，屈大均访南京，与朱彝尊同游山阴，参加祁氏兄弟的抗清活动。康熙元年（1662年）魏阱、钱瞻百、钱缵曾、潘廷聪等被杀于杭州，祁班孙遣戍宁古塔，屈大均避居桐庐。

清康熙十二年（1673年），平西王吴三桂在昆明起兵反清，屈大均赴桂，上书纵论兵事，被委为广西按察司副司、监督孙延龄军。不久，知吴只想划江称王，遂托病辞去。

康熙二十二年（1683年），郑成功的孙子郑克塽降清，屈大均大失所望，即由南京携家归番禺，终身不复出，著述讲学，移志于对广东文献、方物、掌故的收集编纂。先后有《广东文集》《广东文选》《广东新语》

等。康熙三十五年（1696年）五月十六日病逝。

辽官诗

辽后洗妆池，琵琶听罢时。杨花[1]莫飞去，留伴大阏氏[2]。

注释：

[1] 杨花：指柳絮。宋陈偕《满庭芳·送春》词："榆荚抛钱，桃英胎子，杨花已送春归。"

[2] 阏氏：汉代匈奴称君主的正妻。宋岳飞《送紫岩张先生北伐》诗："马蹀阏氏血，旗枭可汗头。"

李梦阳

李梦阳,明代文学家,字献吉,号空同子。庆阳(今属甘肃)人,出身寒微。明代"前七子"之一,与何景明并称"文坛领袖"。弘治六年(1493年)举陕西乡试第一,次年中进士。因连丧父母,在家守制。直到弘治十一年(1498年),出任户部主事,后迁郎中。弘治十八年(1505年)四月,因弹劾孝宗张皇后之弟张鹤龄,囚于锦衣狱,不久放出,被罚俸三个月。出狱后,途遇张鹤龄,李梦阳用马鞭打落其两颗牙齿,可见他疾恶如仇的态度。李梦阳被后人称为:"有明一代中国文坛上胆大包天的诗人"。正德元年(1506年),因替尚书韩文写弹劾刘瑾的奏章,被谪贬为山西布政司经历,不久又因他事下狱,幸有康海说情得释。刘瑾败,复起任原官,迁江西提学副使。后因替叛藩宁王朱宸濠撰写《阳春书院记》而被削籍。李梦阳鉴于当时台阁体诗文存在"缓冗沓,千篇一律"的弊端,决心倡导复古,以救其弊。主张古诗学魏晋,近体学盛唐。

然而,李梦阳过于强调格调、法式,未能很好地从复古中求创新,导致泥古不化的流弊,反而扼杀了诗歌创作的生机。到了晚年,他有所悔悟,在《诗集自序》里,承认"真诗乃在民间",而自己的诗是情寡词工,并非真诗。

萧后梳妆楼

萧后妆台换上阳[1],春风珠箔[2]舞垂杨。半夜开城归万马,至今迷失几鸳鸯。

注释:
[1] 上阳:即上阳宫。唐宫名,高宗时建于洛阳。
[2] 珠箔:即珠帘。《汉武故事》:"武帝起神室,以白珠织为箔。"

王 照

　　王照，河南汝宁府光州商城县人，字湛台。据雷鸣《史话商城人物》一文记载：王照是明万历十年（1582年）举人，万历二十六年（1598年）进士。自幼跟从兄长王煦学习，聪敏过人，读书过目不忘，时人以"神童"目之。万历二十七年（1599年），王照被授任山东冠县知县，洁己爱民，勤于政治，捐资助学，增修文庙。在冠县任审案，食一饼而讼词已结，群众颂扬为"王一饼"云。万历三十三年（1605年），升迁为苏州府同知，祀于冠县名宦祠。王照历官户部郎中，由从户部郎中转任刑部郎中。后感慨官场黑暗，不满权力场上的尔虞我诈，遂弃官归居故乡。回乡后，王照不置田产，调教儿孙子侄读书。天启二年（1622年），获得朝廷重新启用，调任淮南府当知府，后卒于官。

汤泉再忆戚大将军

　　灵源一脉自天来，塞北阳春大地回。乌拥赤云泉底浴，莲敲贝叶[1]火中开。铭借盘盂[2]新又日[3]，亭修兰禊旧传杯[4]。遥知池上兵如洗，赋槊[5]当年亦壮哉。

注释：

　　[1] 贝叶：古代印度用以抄写经书的树叶。所以也用贝叶来借指佛经。唐玄奘《谢敕集经序启》："遂使给园精舍，并入提封；贝叶灵文，咸归策府。"

　　[2] 盘盂（yú）：圆盘和方盂的合称。用于盛物，也用于在其上刻字纪功，或自我砥砺。

　　[3] 新又日：即又日新，道德日日更新。《礼记·大学》："汤之盘铭曰：'苟日新，日日新，又日新。'"

　　[4] 传杯：指在宴饮中传递酒杯劝酒。唐杜甫《九日》诗之二："旧日重阳日，传杯不放杯。"

　　[5] 赋槊（shuò）：横槊赋诗的简称。曹操南下征刘表、孙权，在战船上有感，而横槊赋《短歌行》诗。

福泉骊珠

清代编

尤 侗

尤侗（1618—1704年），字展成，一字同人，号悔庵，又号艮斋，晚年号西堂老人等，是明末清初著名的诗人和戏曲家，苏州府长洲人。曾被顺治皇帝誉为"真才子"；被康熙皇帝誉为"老名士"。

尤侗家世代书香，自称是"簪缨不绝"。父为明太学生，但终生未仕，在家课子读书。尤侗五岁开始居家习读四书五经，受业于父祖，天资聪颖，喜读《史记》《离骚》等，以博闻强记闻名乡里，世人称其为"神童"，入学为诸生，一时间颇负才名。

顺治三年（1646年）为副榜贡生。顺治九年（1652年）授永平推官。顺治十三年（1656年）春，他以大清典律杖责鱼肉乡里的"旗丁"后，反遭弹劾，刑部以"擅责投充"，例应革职，改为降二级调用。尤侗不等降级调用，愤然辞官，当年七月偕同妻儿返回故里，决定从此归隐，自号"晦庵"，将居处改为"看云草堂"，取杜甫"年过半百不如意，明日看云还杖藜"之诗意。尤侗精通南曲北曲，以一腔忧愤创作了许多剧本，杂剧《读离骚》《吊琵琶》《桃花源》《黑白卫》《清平调》五种，及传奇《钧天乐》，均在顺治十三年（1656年）至康熙七年间（1668年）完成。

康熙十八年（1679年）应诏入选博学鸿词科，以二等十二名授翰林院编修，参修《明史》，分撰列传三百余篇、《艺文志》五卷，"受知两朝，恩礼始终"。康熙二十一年（1682年）长子尤珍高中进士，替他完成了一生未了的"科名"夙愿，于是慨然引退："知足不辱，知止不殆。吾年逾六十，子幸成名，可以休矣！"康熙二十二年（1683年）在史局以撰述第一的成就致仕返乡，归隐苏州亦园。书斋名为"西堂"，故自号"西堂老人"。康熙三十八年（1699年）皇帝南巡，尤侗年近八旬，仍亲迎于道，三月十八日恰逢康熙帝诞辰，作《万寿词》以祝寿，"上嘉焉，赐御书'鹤栖堂'匾额，并称其为"老名士"。四十二年（1703年）康熙帝再度南巡，晋为侍讲。隔年六月卒，葬于苏州西郊太湖边光福镇官山姚姊坞。

尤侗著作浩繁，大都收入《西堂全集》和《余集》中，另有《鹤栖堂集》。"著书之多，同时毛奇龄外，甚罕其匹。"乾隆皇帝认为《西堂杂俎》"有乖体例，语多悖逆"，列为禁书，其诗文集不为《四库全书》所收录。

辽后洗妆楼

萧娘[1]美可怜[2]，十香[3]衔冤死。谁歌赤凤[4]来，昭阳殉燕子[5]。楼下春风吹，泪满胭脂水。

注释：

[1] 萧娘：辽国萧姓皇后。大辽的皇后，多为萧姓。此处是指辽道宗耶律洪基的懿德皇后萧观音。

[2] 可怜：可爱。

[3] 十香：即十香诗。辽道宗朝契丹宰相耶律乙辛勾引萧观音不成，遂勾结汉宰相张孝杰，请人撰写《十香诗》，称为皇后所写，并以此来诬陷皇后与宫中乐官赵惟一有奸情。道宗将萧观音赐死，尸体运回娘家。

[4] 赤凤：与汉成帝皇后赵飞燕通奸的宫奴名赤凤。后常以赤凤指情夫。

[5] 殉燕子：唐朝时，关盼盼被徐州守帅张愔以重礼娶回为妾。张愔死后，众姬妾皆散去，只有关盼盼在燕子楼为其守节。后因白居易写诗讽喻，关盼盼遂以身殉张愔。

爱新觉罗·玄烨

清圣祖爱新觉罗·玄烨，世祖第三子。顺治十一年（1654年）三月十八日生。顺治十八年（1661年），八岁的玄烨即位，世祖遗诏以四大臣索尼、遏必隆、苏克哈萨、鳌拜辅政。

康熙六年（1667年）玄烨开始亲政。在索额图等人的帮助之下，智擒权臣鳌拜，夺回了朝中大权。

康熙二十年（1681年），经过长达八年的平叛战争，清朝终于平定了三藩之乱，并平息王辅臣、察哈尔布尔尼之乱。

康熙二十二年（1683年），台湾郑氏集团发生内讧。玄烨派施琅为水师提督，七月郑氏集团奉表乞降。二十三年（1684年），清朝在台湾设置了一府三县，从而有效地维护了国家领土的完整与统一。

从康熙二十九年（1690年）七月起到三十六年（1679年）春，玄烨还三次御驾亲征，挫败了准噶尔部头目噶尔丹的分裂阴谋，维护了国家的统一和民族的团结。

玄烨在位期间，挫败了沙皇俄国入侵，并通过谈判与俄国签订了平等的《尼布楚条约》，划定了双方的边界，康熙五十九年（1720年），玄烨还派兵驱逐了入侵掠夺藏地的准噶尔部头目策妄阿喇布坦，开始对西藏的有效统治，从而基本上奠定我国领土的版图。康熙年间在治理黄河、淮河、子牙河、滏阳河、滹沱河等方面都取得了很大的成就。玄烨命人编写了《清文鉴》《康熙字典》，纂集了《古今图书集成》等书，但也制造了一些文字狱。

玄烨对西方自然科学表现出浓厚兴趣，他不但自己刻苦学习，还培养了一大批中国人学习自然科学。这些做法，在中国封建社会的帝王中是极为罕见的。

玄烨一生，为康乾盛世的形成，奠定了坚实的基础。在文治和武功等各个方面，都取得了极大的成就。

康熙六十一年（1722年）冬十月八日，六十九岁的玄烨偶感风寒，十三日卒于畅春园。

《温泉行》一诗，是玄烨于康熙十七年（1678年）恭谒孝陵后到遵化汤泉洗浴时所写，原诗为御笔行书。诗写成后刻于石碑上，竖立在汤泉水池东北角上。其碑座为须弥座形，上刻龙纹。20世纪60年代时，碑座被人凿为牲口槽。原碑已失。

温泉行

温泉泉水沸且清，仙源[1]遥自丹砂生。沐日浴月泛灵液，微波细浪流琮琤[2]。初经石窦漾暄溜，烈势直与炎曦争。潆洄[3]碧涧落花驻，掩映翠𪩘[4]霜林明。汀回溪转入栏槛[5]，甃以文石何澄泓[6]？方壶圆峤[7]时自暖，紫芝[8]朱草[9]冬长荣。殿启披香溢石髓，盘低承露浮金茎。冲融太和蓄元气，炎德利物功难名。氤氲沉瀣结紫雾，缥缈云霞连赤城。高秋九月天飒爽，鸾旗[10]凤节纷相迎。慈宁[11]翟辇[12]度阎闾[13]，绛霄[14]帐殿开蓬瀛。神泉淑景供游赏，流金漱玉堪怡情。时巡[15]岂必瑶圃[16]远，对此心意皆和平。华清绣岭杳寂寞，鲸鱼凫雁[17]徒纵横。曷若兹泉独标异，万年胜迹环神京[18]。岁时来往护仙跸[19]，点笔为赋温泉行。

康熙十七年九月暮秋书

注释：

[1] 仙源：借指风景胜地或安谧的僻境。清吴伟业《僻乱》："白云护仙源，劫灰应不扰。"

[2] 琮琤（cóng zhēng）：象声词。

[3] 潆洄（yíng huí）：水流回旋的样子。明《徐霞客游记》："然其境水石潆洄，峰崖倒突。"

[4] 翠𪩘（yǎn）：青翠的山峰。唐杜牧《半坡》："日痕细翠𪩘，陂影堕晴霓。"

[5] 栏槛（jiàn）：栏杆。宋叶适《齐云楼》诗："阊阖虽散阔，栏槛皆堪记。"

[6] 澄泓：水深而清。

[7] 方壶圆峤（qiáo）：传说中的神山名。《列子·汤问》："渤海之东，不知几万亿里，有大壑焉……其中有五山焉：一曰岱舆，二曰员峤，三曰方壶，四曰瀛洲，五曰蓬莱。"

[8] 紫芝：真菌的一种。也称木芝，似灵芝，菌盖半圆形，上面赤褐色，有光泽及云纹；下面淡黄色，有细孔。菌柄长，有光泽。生于山地枯树根上。可入药，性温味甘，能益精气，坚筋骨。古人以为瑞草。道教以为仙草。

[9] 朱草：一种红色的草。古人以为祥端之物。《鹖冠子·度万》："膏露降，白丹发，醴泉出，朱草生，众祥具。"

[10] 鸾旗：天子仪仗中的旗子，上绣鸾鸟，故称。《汉书·贾捐之传》："鸾旗在前，属车在后。"

[11] 慈宁：即慈宁宫。明清时期在皇宫中有慈宁宫，为太皇太后或皇太后居所，所以也用来指太皇太后或皇太后。

[12] 琱辇（diāo niǎn）：用玉装饰的车子。多用为对皇帝车驾的美称。《宋史·乐志》："回羽旆，驻琱辇，旧地访睢阳。"

[13] 阊阖（chāng hé）：传说中的天门。《离骚》："吾令帝阍开关兮，倚阊阖而望予。"王逸注："阊阖，天门也。"

[14] 绛（jiàng）霄：指天空极高处。

[15] 时巡：指天子按时出外巡狩。《尚书·周官》："又六年，王乃时巡，考制度于四岳。"孔颖达疏："周制十二年一巡守也。如《舜典》所云，春东，夏南，秋西，冬北。以四时巡行，故曰时巡。"

[16] 瑶圃：产玉的园圃，借指仙境。元周巽《梨花曲》："仙妃下瑶圃，靓妆乘素鸾。"

[17] 鲸鱼凫雁：据唐人郑处诲《明皇杂录》记载：唐玄宗时，安禄山任范阳节度使，为了取悦皇帝，以白玉石刻成鱼龙凫雁的形状，并雕刻石梁及石莲花以献，雕镌巧妙，巧夺天工。玄宗大悦，命陈于华清池中，又把石梁横亘在华清池上。上因幸华清宫，至其所，解衣将入，而鱼龙凫雁皆若奋鳞举翼，状欲飞动。上甚恐，遂命撤去，其莲花至今犹在。

[18] 神京：帝都，首都。

[19] 仙跸（bì）：指皇帝的车驾。

温泉流杯戏作

晓霜早落满池清，一气涓涓惬[1]胜情。偶坐浮杯几暇[2]日，君臣对景论平生。

注释：

[1] 惬（qiè）：快心，满足。

[2] 几暇（xiá）：少有的空闲时间，此处指处理繁多政务之后的闲暇时间。

流杯亭晚眺有怀

霁雨[1]开初夏[2]，临池晚景鲜。流觞观宇宙，列籍[3]念桑田。飞絮缘窗起，闲花傍槛妍。读书新月下，讲道勉尧篇。

注释：

[1] 霁雨：雨止。宋张元干《怨王孙》词："霁雨天迥，平林烟暝。"

[2] 初夏：夏季的第一个月。又称孟夏。唐孙逖《奉和四月三日上阳水窗赐宴应制得春字》诗："今日逢初夏，欢游续旧旬。"

[3] 列籍：名列官籍，指为官的时候。

晓起再赋

胜地堪修禊，斯泉乃得名。颇饶[1]松行趣，无待管弦[2]声。一水涵天象[3]，三阳[4]畅物情[5]。政余耽静赏，吟罢听流莺[6]。

注释：

[1] 饶：众多，多。

[2] 管弦：管乐器与弦乐器。亦泛指乐器。《淮南子·原道训》："夫建钟鼓，列管弦。"

[3] 天象：指天空的景象，如日月星辰的运行等。古人常用以占吉凶。《书·胤征》："羲和尸厥官，罔闻知，昏迷于天象，以干先王之诛。"

[4] 三阳：指春天。宋王安石《谢林肇长官启》："三阳肇岁，万物同春。"

[5] 物情：众情，民心。《后汉书·爰延传》："事多放滥，物情生怨。"

[6] 流莺：莺，黄莺，又称黄鹂、鸧鹒等。流，指鸟叫的声音婉转。南朝梁沈约《八咏诗·会圃临东风》："舞春雪，杂流莺。"

由鲇鱼石出关观瀑布水

巉岩[1]瀑布挂前川,树冷烟寒幂[2]碧天。关外黎民风俗厚,涵濡[3]威德[4]已多年。

注释:

[1] 巉(chán)岩:险峻的山岩。唐李白《北上行》:"磴道盘且峻,巉岩凌穹苍。"

[2] 幂(mì):覆盖。《战国策·楚第四》:"伯乐遭之,下车辇而哭之,解纻衣以幂之。"

[3] 涵濡(rú):滋润,沉浸。

[4] 威德:声威与德行;刑罚与恩惠。《汉书·赵充国传》:"吏士万人,留屯以为武备,因田致谷,威德并行。"

雨后经明总兵戚继光所作八角石亭

华清[1]雨后问安回,徐步[2]山椒[3]到水隈[4]。秋木荒池今白草,寒花故垒旧青苔。精灵销散人何处,功业流传志未灰。为将当年堪拊髀[5],亭开八角尚崔嵬[6]。

注释:

[1] 华清:陕西西安华清池,此处代指遵化汤泉。

[2] 徐步:缓慢步行。唐翁承赞《晨兴》诗:"披襟徐步一萧洒,吟绕盆池想狎鸥。"

[3] 山椒:山顶。南朝谢庄《月赋》:"洞庭始波,木叶微脱,菊散芳于山椒,雁流哀于江濑。"李善注:"山椒,山顶也。"

[4] 水隈(wēi):河流的岸边。

[5] 拊髀(fǔ bì):以手拍大腿,表示激动、赞赏等心情。《庄子·在宥》:"鸿蒙方将拊髀雀跃而游。"

[6] 崔嵬(wéi):本指有石的土山,后泛指高山。宋辛弃疾《沁园春·有美人兮》:"觉来西望崔嵬,更上有青枫下有溪。"

季冬汤泉

素雪[1]满川山未露，霜林[2]盈野日将斜。祈年正喜逢长至[3]，澡德非同玩物华。秉烛[4]检书[5]冬夕永，爇[6]香待旦[7]画屏[8]遮。灵泉每助消寒效，总为纯阳[9]辨正邪。

注释：

[1] 素雪：白雪。汉司马相如《美人赋》："流风冽惨，素雪飘零。"
[2] 霜林：带霜或经霜的林木。唐李颀《宿莹公禅房闻梵》诗："夜动霜林惊落叶，晓闻天籁发清机。"
[3] 长至：指夏至。二十四节气中，夏至日白昼最长，故称。《礼记·月令》："（仲夏之月）是月也，日长至，阴阳争，死生分。"一说指冬至。自夏至后白日渐短，自冬至日后白日又渐长，故称。
[4] 秉（bǐng）烛：持着蜡烛。
[5] 检书：翻阅书籍。唐杜甫《夜宴左氏庄》诗："检书烧烛短，看剑引杯长。"
[6] 爇（ruò）：烧，焚烧。
[7] 待旦：等待天明。《书·太甲上》："先王昧爽丕显，坐以待旦。"
[8] 画屏：有画饰的屏风。清蒲松龄《聊斋志异·道士》："两女对舞，长衣乱拂，香尘四散；舞罢，斜倚画屏。"
[9] 纯阳：纯正的阳气。古代以为阴阳二气合成宇宙万物，火为纯阳，水为纯阴。

汤泉应候

一为消疾[1]驻灵泉，步辇[2]平明[3]观插田。喜见薿华[4]方遍野，更看修竹[5]远笼烟。虽无玩赏因偕乐[6]，屡庆丰登[7]共息肩[8]。窗外雨声滴草舍，密林莺语亦欣然。

注释：

[1] 消疾：消除疾病。北周庾信《温汤碑》："岂若醴泉消疾，闻于建武之朝。"

[2] 步辇：古代一种用人抬的代步工具，类似轿子。《晋书·山涛传》："帝尝讲武于宣武场，涛时有疾，诏乘步辇从。"

[3] 平明：黎明，天刚刚亮的时候。唐李白《游太山诗》："平明登日观，举手开云关。"

[4] 蕣（shùn）华：蕣，木名，又名木槿，夏季开花，有白、红、淡紫等颜色，早开晚落，仅荣一瞬，故名。蕣华，即指木槿之花。

[5] 修竹：长长的竹子。明张四维《双烈记·访道》："门掩长松，篱编修竹，是好奇胜也。"

[6] 偕乐：共同快乐。

[7] 丰登：丰收。唐柳宗元《终南山祠堂碑》："植物擢茂，期于丰登。"

[8] 息肩：卸去负担。

汤泉道上遇雪口占[1]

种麦田间盼尺盈，牧羊沙漠恶飘霙[2]。王臣率土[3]分忧乐，须识天公[4]有不平。

注释：

[1] 口占：指作文或写诗不打草稿，随口而成。《资治通鉴》："善属文，多于马上口占，即成，不更一字。"

[2] 霙（yīng）：雪花。唐玄宗《喜雪》："风行未备礼，云密遽飘霙。"

[3] 王臣率土：指君主的臣民。出《诗经·北山》："率土之滨，莫非王臣。"

[4] 天公：天。以天拟人，故称。宋陆游《残雨》诗："五更残雨滴檐头，探借天公一月秋。"

康熙十七年九月初十日，奉太皇太后临御温泉，恭纪五言排律八韵

慈宁方晓日，披辇幸温泉。羽骑清尘道，华旗卫御前。九重双阙[1]迥，三辅万家连。葱郁[2]东皋[3]树，苍茫北岭烟。问安

频色喜[4]，侍膳每心悬。孝养[5]尊亲重，时巡法祖[6]虔。村村施化[7]溥，处处得恩光。更虑民情隐，深惭抚八埏[8]

注释：

[1] 双阙（què）：古代宫殿、祠庙、陵墓前两边高台上的楼观。借指宫门。

[2] 葱郁：青翠繁盛的样子。

[3] 东皋（gāo）：水边向阳高地。也泛指田园、原野。

[4] 色喜：喜悦流露在脸上。清侯方域《明都察院左都御史陈公墓志铭》："既长，有器量，举于乡，不色喜。"

[5] 孝养：竭尽孝忱奉养父母。明杨慎《丁丑封事》："两宫之孝养在陛下，臣民之覆庇在陛下。"

[6] 法祖：效法先祖。

[7] 施化：实施教化。宋曾巩《筠州学记》："以今之事，于人所难者既几矣，则上之施化，莫易于斯时，顾所以导之如何尔。"

[8] 八埏（yán）：八方边远的地方。

太皇太后驾到温泉

温谷神丹[1]力不穷，五云[2]暖溜绕行宫。圣躬[3]喜得今康豫[4]，宇宙欢忻[5]旧日同。

注释：

[1] 神丹：道教所炼的灵药，传说服之能成仙。宋陆游《斋中杂兴》诗之三："神丹卒难求，百疾起如猬。"

[2] 五云：五色瑞云，多作吉祥的征兆。明汪廷讷《广陵月》第三折："神霄绛阙，丽日五云浮，开绮宴，待宸游。"

[3] 圣躬：圣体。臣下称皇帝的身体。也代指皇帝。此处代指清孝庄皇后。

[4] 康豫：康健。

[5] 欢忻（xīn）：欢欣。宋陆游《书怀示子遹》诗："东望故山百余里，父老欢忻来接迎。"

御制冬至回京斋戒夜坐诗

一阳初发便知天，暂别慈颜日日悬。午夜斋明[1]湛[2]心志，梦中犹自侍温泉。

注释：

[1] 斋明：谨肃严明。明李东阳《西北备边事宜状》："臣愿陛下斋明治心，励精图治。"

[2] 湛：清澈。

奉侍太皇太后临御温泉因孟冬[1]享庙暂回京

金风[2]肃郊甸[3]，秋光弥颢穹[4]。晓钟出长乐，羽卫临新丰。重闱庆康悦，游豫温泉宫。鸣镳玉舆侧，侍跸清尘中。晨夕奉慈颜，婉愉[5]承欢衷。原野陪登览，瑞霭光熊熊。应钟忽届节，霜露霏空蒙[6]。夙兴[7]感时序[8]，庙祀[9]宜钦崇[10]。飨献荐圭璧[11]，对越[12]必微躬[13]。暂辞琼岛[14]月，还御瑶池[15]骢[16]。殿阙[17]欣在望，斋祓[18]明禋[19]通。眷言[20]整星驾[21]，依恋心靡穷[22]。

注释：

[1] 孟冬：冬季的第一个月。唐元稹《书异》诗："孟冬初寒月，渚泽蒲尚青。"

[2] 金风：秋风。张协《杂诗》："金风扇素节，丹霞启阴期。"李善注："西方为秋而主金，故秋风曰金风也。"

[3] 郊甸：城邑外百里及二百里之内。泛指郊畿。也泛指城外郊区。

[4] 颢穹（hào qióng）：指苍天。天博大而形穹隆，故称。《汉书·司马相如传下》："伊上古之初肇，自颢穹生民。"颜师古注："颢，穹，皆谓天也。颢，言气颢汗也；穹，言形穹隆也。"

[5] 婉愉：和悦。唐令狐楚《贺南郊表》："尽诚信以奉先，极婉愉而致养。"

[6] 空蒙：迷茫缥缈的样子。

[7] 夙（sù）兴：早起。《汉书·武帝纪》："今朕获奉宗庙，夙兴以求，夜寐以思，若涉渊水，未知所济。"颜师古注："夙兴，早起也。"

[8] 时序：节候，时节。唐李益《合源溪期张计不至》诗："霜露肃时序，缅然方独寻。"

[9] 庙祀（sì）：立庙奉祀。宋曾巩《为人后议》："号位不敢以非礼有加也，庙祀不敢以非礼有奉也。"

[10] 钦崇：崇敬。唐王维《贺神兵助取石堡城表》："元后钦崇之福，远至迩安。"

[11] 圭（guī）璧：古代帝王、诸侯祭祀或朝聘时所用的一种玉器。《周礼·考工记·玉人》："圭璧五寸，以祀日月星辰。"

[12] 对越：指帝王祭祀天地神灵。

[13] 微躬：谦词。卑贱的身子。

[14] 琼岛：传说中的仙岛，仙人的居所。明许然明《步步娇·题情》套曲："双星低碧汉，琼岛会群仙。"

[15] 瑶池：古代传说中昆仑山上的池名，西王母所居。《史记·大宛列传论》："昆仑其高二千五百余里，日月所相避隐为光明也。其上有醴泉、瑶池。"

[16] 骢：青白色相杂的马。宋孙光宪《生查子》词之二："暖日策花骢，鞿鞚垂杨陌。"

[17] 殿阙：古代殿前常有左右双阙，因称帝王宫殿为"殿阙"。亦指朝廷。

[18] 斋祓（fú）：斋戒沐浴，祓除秽恶。《史记·齐太公世家》："鲍叔牙迎受管仲，及堂阜而脱桎梏，斋祓而见桓公。"

[19] 明禋（yīn）：指明洁诚敬的献享。

[20] 眷言：多次陈说。《隋书·高祖纪上》："眷言诚节，实有可嘉，宜起恒赏，用明沮劝。"

[21] 星驾：星夜驾车而行。指起早出发。

[22] 靡穷：无穷。

爱新觉罗·胤禧

爱新觉罗·胤禧（1711—1758年），即慎郡王，号紫琼，又号紫琼崖道人、春浮居士。清圣祖第二十一子，母为熙嫔陈氏。康熙五十年（1711年）正月二十一日生，乾隆二十三年（1758年）五月二十一日卒，年四十八岁，谥"靖"。胤禧写诗风格清秀，尤其擅长绘画。远学明朝初期董源，近学明朝中期文徵明。著有诗集《花间堂》《紫琼崖诗草》。

汤泉

天地毓灵气，山川蕴神浆。涌此朱砂泉，乃在兰之阳。方池甃白石，晶晶[1]涵日光。万斛吐珠玑[2]，源深流自长。端应奉至尊，一派入红墙。行殿枕碧岑[3]，简朴唯焜煌[4]。泆流任通塞，膏泽何汪洋。蔀屋共沾被，亿兆同延昌[5]。

注释：

[1] 晶（xiǎo）晶：洁白明亮貌。

[2] 珠玑（jī）：诗文中常以比喻晶莹似珠玉之物体。此处代指温泉水池中喷出的气泡。

[3] 碧岑（cén）：青山。

[4] 焜（kūn）煌：明亮，辉煌。明沐璘《荔枝》诗："翠葆霞焜煌，锦幄风掀揭。"

[5] 延昌：绵延昌盛。《资治通鉴·唐玄宗天宝十三载》："甲辰，太清宫奏：'学士李琪见玄元皇帝乘紫云，告以国祚延昌。'"

纳兰明珠

纳兰明珠（1635—1708年），满洲正黄旗人，字端范。叶赫那拉氏，叶赫贝勒金台石孙。明珠为康熙朝重臣，康熙十四年（1675年）任吏部尚书，十六年（1677年）授武英殿大学士，充《实录》《方略》《大清一统志》《明史》等书总裁，累官至太子太师。后来因擅权专政，为御史郭琇所弹劾，罢大学士，但仍任领侍卫内大臣，后因征讨噶尔丹时督饷有功，恢复原官职。康熙四十七年（1708年）卒。

据专家考证，此诗是明珠之子性德代作，当时明珠虽身伴圣驾，却患疾病，所以只好由其子捉刀。

汤泉应制 有序

汤泉，在遵化州西北四十里福泉山下，宽平半亩。泉水沸出。傍有冷泉，均其气候。诚养德和神之用也。上以地近孝陵，频经临幸[1]，兼奉太皇太后岁时游赏[2]，建宫其上，朴而不华。康熙辛酉三月，驻跸马兰峪，召扈从诸臣观于温泉。命臣宣示[3]上意，使得周历[4]游眺[5]。诸臣欢欣鼓舞，咸颂皇上之孝思俭德，规模弘远[6]，足为千百世法。乃各赋诗应制。臣以愚陋[7]，不获赓扬[8]万一，然身际圣时，私愿托附不朽，勉成二十四韵，复序述其事，以志幸焉。

注释：

[1] 临幸：谓帝王亲临。帝王车驾所至曰"幸"，故称。《新五代史·杂传·王峻》："峻于枢密院起厅事，极其华侈，邀太祖临幸。"

[2] 游赏：游览观赏。

[3] 宣示：宣布，公布。宋王谠《唐语林·文学》："李赵公吉甫时为承旨，以圣人上顺天时，下尽物理，表请宣示天下，编之于令。"

[4] 周历：遍历，遍游。

[5] 游眺：即游览。明梅孝己《洒雪堂·魏生假寓》："钱塘此行来看潮，客意自风骚，把行程当游眺，春光更好。"

[6] 弘远：广大深远。《汉书·高帝纪下》："虽日不暇给，规摹弘远矣。"

[7] 愚陋：愚钝浅陋。宋苏轼《赵阅道高斋》诗："乃知贤达与愚陋，岂直相去九牛毛。"

[8] 赓（gēng）扬：指飞扬轻举连续而歌。

御天[1]来凤辇，浴日启龙池。淑景[2]黄图早，朝晖紫幄披。落花萦绿仗，初柳拂朱旗。野迥纡皇览，銮停拥地祇[3]。翠岩深窈窕，琼构郁参差。萝蹬时留跸，松门不剪茨。方塘含皎镜[4]，文鹜净涟漪。却望陵园近，弥深弓剑思。山川开丽瞩[5]，草木得华滋[6]。豫悦千秋洽，阳和庶物[7]宜。每勤长乐养，独奏广微诗。溜暖春频驻，波暄律罢吹。逾涯[8]涵帝泽，曲逮被臣私。并命观温渚，相将[9]陟涧湄。气凝浆五色，味绝露三危[10]。凛节何由度，恩光实在斯。赤鳞游自异，锦雁饰奚为？瑞已征灵液，祥应颂玉芝。远侔尧德俭，只法禹宫卑。孝理能驯鹿[11]，仁风遂化鸥[12]。抚躬[13]多窃幸，好爵[14]久相縻。喜共清泉挹，如从丹洞[15]窥。濯磨[16]欣有赐，调爕[17]愧无奇。愿托潺湲水，年年奉圣安。

注释：

[1] 御天：控御天道，统治天下。《易·乾》："时乘六龙以御天。"孔颖达疏："乾之为德，以依时乘驾六爻之阳气，以控御于天体。"

[2] 淑景：美好的时光。南朝齐谢朓《七夕赋》："嗟斯灵之淑景，招好仇于服箱。"

[3] 地祇（qí）：地神。

[4] 皎镜：指水面平静如镜。南朝齐谢朓《奉和随王殿下》之十一："方池含积水，明月流皎镜。"

[5] 丽瞩：犹美观。

[6] 华滋：形容枝叶繁茂、润泽。唐李白《大猎赋》："诞金德之淳精兮，漱玉露之华滋。"

[7] 庶物：众物，万物。汉桓宽《盐铁论·本议》："致远穷深，所以

交庶物而便百姓。"

[8] 逾涯：超过界限。唐柳宗元《代韦永州谢上表》："过量逾涯，每深兢惕。"

[9] 相将：相偕，相共。汉王符《潜夫论·救边》："相将诣阙，谐辞礼谢。"

[10] 三危：古代西部边疆山名。《书·禹贡》："三危既宅。"孔传："三危为西裔之山也。"

[11] 驯鹿：驯养的鹿。此处指能使鹿驯顺。

[12] 化鸱（chī）：使性情凶恶的鸱鸟改变得温顺仁义。

[13] 抚躬：即抚躬自问、反躬自问。指自我反省。

[14] 好爵：精美的酒器。借指美酒。《易·中孚》："我有好爵，吾与尔靡之。"高亨注："言我有美爵，与尔共之，即共饮此酒也。"

[15] 丹洞：指仙境。

[16] 濯（zhuó）磨：洗涤磨炼。比喻加强修养，以期有为。宋叶适《题贾俨不忘室》诗："子先法曹掾，仁义躬濯磨。"

[17] 调燮（xiè）：调养，调理。金朱之才《卧病有感二十韵》："齿发久已疏，又复失调燮。"

纳兰性德

纳兰性德（1655—1685年），一名纳兰成德，满洲正黄旗人，字容若，号楞伽山人，叶赫那拉氏。顺治十一年（1654年）生，死于康熙二十四年（1685年），年仅三十一岁。一生淡泊名利、善骑射、好读书、擅长于写词。他的词基本以一个"真"字取胜，写情真挚浓烈，写景逼真传神，但细读却又感淡淡忧伤。纳兰性德与清末女词人顾太清，合称为清朝诗词界的双峰。

《扈驾马兰峪赐观温泉恭纪十韵》，是纳兰性德在康熙二十年（1681年）三月扈驾来汤泉时，替其父纳兰明珠所作。

此诗初虽署名为纳兰明珠，但在纳兰性德病逝后，明珠整理其子遗作，仍将此诗归入性德的个人诗集中。但经与其父纳兰明珠的诗两相比较，本诗还是有很多的不同之处。

纳兰性德的词，在清朝时也有着很高的地位，因此他本人也深受推崇。当时人朱彝尊曾写《祭纳兰侍卫文》，称赞纳兰性德："君于儒术，繁学博通。文咏书法，靡有不工。""君之勇略，侍帝左右。骑则簉云，射必穿柳。出师绝漠，不惮虎口。"由朱彝尊所撰祭文中可见，纳兰性德确实是一位文武双全的人才。

由于性德善于骑马，据《纳兰性德年录》记载，大约在康熙十九年（1680年），性德由司传宣改经营内厩马匹，圣祖出巡用马，皆由他选择，所以此时的纳兰性德，职位是侍卫。虽然平生有拔剑从戎，建功立业的志向，最终却没有实现，竟然做了一名管马的官员，也许这就是性德郁郁不得志的原因。

纳兰性德一生著作有《通志堂集》《饮水词》《词韵正略》，辑有《陈氏礼记集说补正》《大易集仪萃言》《删补大学义粹言》等书。

扈驾马兰峪赐观温泉恭纪十韵

御天来凤辇，浴日启龙池。落花萦彩仗，初柳拂朱旗。行漏[1]三春拥，停銮万象随。瑞征[2]泉是醴，喜溢沼生芝。特许观灵液，相将陟禁墀[3]。气凝浆五色，味结露三危。仙跸程遥度，慈闱驾近移。倍隆长乐养，兼采广微诗。扈从诚多幸，重华[4]赏荐辞。

注释：

[1] 行漏：古代计时的漏壶。因水随时间推移而持续滴注，故有此称。用以指时间。

[2] 瑞征：吉祥的征兆。

[3] 禁墀（chí）：宫殿前的丹墀。亦指宫殿。明屠隆《彩毫记·团圆受诏》："任蛮烟莺花禁墀，冰壶朗照涟漪。"

[4] 重华：虞舜的美称。传说舜每只眼睛有两个瞳孔，故名。后亦用以代称帝王。

汤泉应制

（一）

清时[1]礼乐[2]萃朝端[3]，次第[4]郊原引玉銮[5]。河岳[6]千年归带砺[7]，寝园三月拜衣冠。便从畿甸[8]亲民隐[9]，更启神泉[10]示从官。非独炎灵[11]钟坎德[12]，恩波深处不知寒。

注释：

[1] 清时：清平之时；太平盛世。汉李陵《答苏武书》："勤宣令德，策名清时。"张铣注："清时，谓清平之时。"

[2] 礼乐：礼与乐的合称。《礼王制》："春秋教以礼乐，冬夏教以诗书。"

[3] 朝端：朝廷。

[4] 次第：依次，按照顺序。汉班固《汉书·燕剌王刘旦传》："及卫太子败，齐怀王又薨，旦自以次第当立，上书求入宿卫。"

[5] 玉銮：指仙、佛或天子的车驾。

[6] 河岳：黄河和五岳的并称。宋文天祥《正气歌》："天地有正气，杂然赋流形。下则为河岳，上则为日星。"

[7] 带砺(lì)：衣带和磨刀石。汉司马迁《史记·高祖功臣侯者年表》："封爵之誓曰：'使黄河如带，泰山若厉。国以永宁，爰及苗裔。'"裴骃集解引汉应劭曰："封爵之誓，国家欲使功臣传祚无穷。带，衣带也；厉，砥石也。河当何时如衣带，山当何时如厉石，言如带厉，国乃绝耳。"后因以"带厉"为受皇家恩宠，与国同休之典。

[8] 畿（jī）甸：泛指京城郊外的地方。

[9] 民隐：民间的情势。

[10] 神泉：灵异之泉。此处指温泉。唐徐坚《初学记》卷七引晋王虞《洛都赋》："鸡头温水，鲁阳神泉，不爨自沸，热若焦然。"

[11] 炎灵：指以火德而王的汉、宋王朝。

[12] 坎德：《易·说卦》："坎为水。"坎德，指水往低处流的性质。因以喻君子谦卑的美德。

（二）

六龙初驻浴兰天，碧瓦朱旗共一川。润逼仙桃红自舞，醉酣人柳[1]绿犹眠。吹成暖律回燕谷，散作熏风入舜弦。最是垂衣[2]深圣德，不须词笔颂甘泉。

注释：

[1] 人柳：树名。即柽柳。《三辅旧事》："汉武帝苑中有柳状如人，号曰人柳，一日三眠三起。"

[2] 垂衣：垂衣裳的省语。后用以称颂帝王无为而治。唐李世民《重幸武功》："垂衣天下治，端拱车书同。"

（三）

鱼鳞雁齿镜中开，溅沫为霖遍九垓[1]。不用劫灰[2]求仿佛，便从天汉象昭回[3]。桑坛法驾[4]乘春转，鹤禁[5]仙镳问寝[6]来。遥祝海隅[7]同帝泽，年年长听属车[8]雷。

注释：

[1] 九垓：从中央至八方极远之地。《明史·韩爌传》："念先帝临御虽止旬月，恩膏实被九垓。"

[2] 劫灰：本谓劫火的余灰。后指被战乱或大火毁坏后的残迹或灰烬。

[3] 昭回：谓星辰光耀回转。《诗经·云汉》："倬彼云汉，昭回于天。"朱熹集传："昭，光也。回，转也。言其光随天而转也。"

[4] 法驾：天子车驾的一种。天子的卤簿分大驾、法驾、小驾三种，其仪卫之繁简各有不同。

[5] 鹤禁：太子所居之处。清厉荃《事物异名录·宫室·鹤禁》："《汉宫阙疏》：'鹤宫，太子所居，凡人不得出入，故曰鹤禁。'"

[6] 问寝：问安视寝的简称，指问候尊长的起居。

[7] 海隅（yú）：海角；海边。常指僻远的地方。

[8] 属车：帝王出行时的侍从车。借指帝王。清顾炎武《路舍人家见东武四先历》诗："属车乍蒙尘，七闽尽戎垒。"

（四）

身向咸池傍末光[1]，三危露暖不成霜。金铺照日初涵影，玉甃生烟别作香。地接蓬莱通御气[2]，波翻豆蔻[3]散朝凉。微臣幸属赓歌[4]日，愿借如川献寿觞。

注释：

[1] 末光：余晖。当时纳兰性德为皇帝侍卫，地位较低，故有此说。

[2] 御气：帝王的气象。唐杜甫《秋兴》诗之六："花萼夹城通御气，芙蓉小苑入边愁。"

[3] 豆蔻：又名草果。多年生草本植物。高丈许，秋季结实。种子可入药，产岭南。诗文中常用以比喻少女。

[4] 赓歌：酬唱和诗。酬唱和诗。唐李白《明堂赋》："千里鼓舞，百寮赓歌。"

张玉书

张玉书，字素存，江南丹徒人。清顺治十八年（1661年）进士，选庶吉士，授为编修。迁左庶子，充日讲起居注官。康熙二十年（1681年）加内阁学士，充经筵讲官，不久即迁为礼部侍郎，兼翰林院学士。二十三年（1684年）升任刑部尚书，后调任兵部尚书。二十九年（1690年）拜文华殿大学士，兼户部尚书。康熙五十年（1711年），从驾至承德，病死于热河。

张玉书为官一生谨慎廉洁，不与权势往来，深为清圣祖所信任。死后加赠太子太保，谥"文贞"。

赐游汤泉应制 有序

皇上御极[1]之二十年，岁在辛酉[2]，序属仲春，车驾巡行左辅[3]，驻跸马兰峪，展谒[4]孝陵，典礼既秩，椒宫[5]园寝有待藏事[6]。维时扈从大学士臣霸等十有九人，列幕石门，祗候[7]进止。三月六日己未，上特命大学士臣明珠，召扈从诸臣，暨内廷供奉学士臣英等三人，偕诣福泉山麓，赐游汤泉。臣玉书备员宫僚，幸觌[8]殊遇。既至，周循温谷，环睹石池，瞻近行宫，徘徊殿砌。臣明珠因宣述谕旨，以兹泉气和阴阳，候均寒燠，太皇太后銮舆[9]贲止[10]，倍增庆豫，爰庀馆宇，用洽睿怀。而庭楹无崇侈之观，栋楣无金碧之饰，期于仰承懿德[11]，默佑寿祺。盖慈孝相成，华俭适度，史册所纪，未有若斯之盛者也。臣又窃综载籍[12]，考镜[13]源流，古右北平郡徐无城北，庚水出焉，西南流与灅水合，又东南流与温泉合。故《魏土地志》云：徐无城北有温汤。而《水经注》言：温泉水，源出北山溪。是今福泉山，疑即温源也。南流百步，伏入地中，又折而东南，径[14]石门峡，是即今石门口也。

洪唯天笃祯符[15]，孝陵叶卜，山隤[16]谷抱，龙踞虎蹲。而石门绝壁划开，如表双阙。飞流倒泻，众派同趋。则兹泉灵奇瑰异[17]，亦可睹矣。频岁以来，皇上屡驾朝陵，致斋斯地，凝神澡虑，攸芋攸宁[18]。岂非圣孝格天，神泉应地。既密卫乎陵寝，复丕协[19]于休征。以视仁寿峥嵘，华清娱燕。固有不可同语[20]者乎？臣职司珥笔，谊应摅[21]辞。谨赋五言古体诗四章，恭纪盛世。

注释：

[1] 御极：登极；即位。

[2] 辛酉：清康熙二十年，即公元1681年。

[3] 左辅：汉三辅之一左冯翊的别称。因在京兆尹之左（东）而得名。后世亦称京东之地为"左辅"。

[4] 展谒：敬词。如同说拜见，拜谒。

[5] 椒宫：后妃的园寝。

[6] 蒇（chǎn）事：事情办理完成。

[7] 祇（zhī）候：恭候。唐张鷟《游仙窟》："承闻此处有神仙之窟宅，故来祇候。"

[8] 觏（gòu）：遇见，看见。

[9] 銮舆：即銮驾，天子车驾。

[10] 贲（bēn）止：贲，同"奔"，行走。行走和停止。

[11] 懿德：美德。特指妇女的美德。唐韩愈《贺册皇太后表》："恭惟懿德，克配前芳。"

[12] 载籍：书籍，典籍。南朝梁刘勰《文心雕龙·事类》："夫经典沈深，载籍浩瀚。"

[13] 考镜：参证借鉴。明唐顺之《吏部郎中林东城墓志铭》："日以朱墨点记其向意，臧否醇杂，以自考镜。"

[14] 径（jìng）：经过；行经。

[15] 祯符：祥瑞；吉兆。《南史·宋纪中·文帝》："徐羡之、傅亮等以祯符所集，备法驾奉迎。"

[16] 嶞（duò）：山形狭而长。清钱谦益《憨山大师全身入五乳塔院》诗："嶞山如乳五峰垂，一塔岿然掩导师。"

[17] 瑰异：卓异；特异；珍奇。北魏郦道元《水经注·庐江水》："有

孤石，介立大湖中……矗然高峻，特为瑰异。"

[18] 攸芋攸宁：芋，同宇，居住。宁，安宁。在此居住而得以安宁。

[19] 丕协：非常和睦。

[20] 不可同语：即"不可同日而语"。不能够相提并论。

[21] 摅（shū）：抒发；表达。

（一）

神皋结灵异，温谷泻飞泉。百派绕山麓，累累殊光旋。甓石汇为沼，玉鉴凌空悬。积霭荡青碧，蒸液浮暖烟。俯瞰[1]丹砂沸，仰瞩银汉连。日月递吞吐，倒景环其间。胜境表殊状[2]，幽响争奇妍。渟泓[3]杳难测，帝泽涵深渊。

注释：

[1] 俯瞰：从高处往下看。唐元稹《松鹤》诗："俯瞰九江水，旁瞻万里壑。"

[2] 殊状：指特别的、与众不同的形状。

[3] 渟（tíng）泓：积水很深的样子。明申时行《瑞莲赋》："渟泓玄泽，酝酿醇和。"

（二）

离离[1]灌木冈，芊芊[2]芳草址。别馆引喧澜，茅茨覆阶坻[3]。松云自生牖，宁假雕扣[4]侈？眷言奉重闱，敦朴惬慈旨。星轩一以御，淑气纷兰芷[5]。四序[6]鳞次[7]周，春波常如绮。濯龙侵晓辟，銮铃[8]时至止。笃孝叶神符[9]，千秋绥福履[10]。

注释：

[1] 离离：植物茂盛的样子。

[2] 芊（qiān）芊：草茂盛的样子。《列子·力命》："美哉国乎，郁郁芊芊。"

[3] 坻（shì）：堂廉。亦指堂廉下的台阶。一说坻为庭阶两旁自堂至地所砌的斜石。

[4] 扣（kòu）：敲打。汉扬雄《蜀都赋》："雕镂扣器，百伎千工。"

[5] 兰芷：兰草与白芷，二者都是香草。《楚辞·离骚》："兰芷变而不芳兮，荃蕙化而为茅。"

[6] 四序：指春、夏、秋、冬四季。清顾炎武《华山》诗："四序乘金气，三峰压大河。"

[7] 鳞次：像鱼鳞那样依次排列。明蒋一葵《长安客话·卢师山》："诸寺鳞次其间，曰清凉，曰证果，曰平坡，皆古刹也。"

[8] 鸾铃：皇帝所乘车上的铃。晋崔豹《古今注·舆服》："《礼记》云：'行前朱鸟，鸾也。前有鸾鸟，故谓之鸾；鸾口衔铃，故谓之鸾铃。'"

[9] 神符：神灵赋予的统治天下之凭信。《剧秦美新》："于是乃奉若天命，穷宠极崇，与天剖神符，地合灵契。"李善注："分天之符，合地之契，言应录而王也。"

[10] 福履：如同说福禄。明张居正《答翰学陈玉垒书》："询之来使，知我师翁，福履茂绥，神理愈王，耄期之寿，勿问可知。"

（三）

遥岑[1]带长薄，曲渚连西畴[2]。融风万汇滋，瑞泽孰与侔？迢递[3]石门峡，淼漾灃水流。兹泉互回伏，涌秀成奥邱。郁郁望孝陵，岭接烟岚[4]稠。翠华虔展谒，肃此驻宸斿[5]。斋祓心神莹，遐览物象[6]收。扶舆[7]浩旁礴[8]，王气蟠神州。

注释：

[1] 遥岑：远处陡峭的小山崖。

[2] 西畴：西面的田野。泛指田地。晋陶潜《归去来兮辞》："农人告余以春及，将有事于西畴。"

[3] 迢递：高峻的样子。晋陶潜《读〈山海经〉》诗之三："迢递槐江岭，是为玄圃丘。"

[4] 烟岚：山林间蒸腾的雾气。唐宋之问《江亭晚望》诗："浩渺浸云根，烟岚出远村。"

[5] 斿（liú）：旌旗上面的飘带。泛指旌旗。

[6] 物象：景物，风景。唐杜牧《题吴兴消暑楼十二韵》："晴日登攀好，危楼物象饶。"

[7] 扶舆：盘旋升腾貌。明刘基《满庭芳·寿石末公》词："收拾尽，

乾坤清淑，为瑞在扶舆。"

[8] 旁礴：广大；宏伟。清李慈铭《越缦堂读书记·刘蕺山集》："蕺山先生不以文章名，其叙事亦多循俗称，未尝讲求义法，然真气旁礴，字字由衷之言，转非文士所能及。"

（四）

奇迹绝跻攀[1]，矫首[2]天际隔。温纶[3]忽下逮，神山欣咫尺。盥涤[4]烦疴[5]蠲，饮吸疵疠[6]释。三巳良未远，追禊许共适。宸心轸荒遐，流润及蚁蝈。爰弘慈孝理，遍濡膏雨泽。载溥仁俭恩，尽起沟壑瘠。四海登春台，庥[7]声永金石。

注释：

[1] 跻攀：攀登。清王士禛《池北偶谈·谈献一·长白山》："臣等不胜骇异。又正值一路，可以跻攀。"

[2] 矫首：昂首；抬头。

[3] 温纶：皇帝诏令的敬称。清陈康祺《郎潜纪闻》卷七："吴江陆朗夫中丞耀外任时，母已年高……及为方伯，母夫人以痰疾颠狂益甚，必中丞侍侧，少息叫号，乃上疏陈情，即蒙温纶垂允。"

[4] 盥（guàn）涤：洗涤；清除。《金史·乐志下》："神无常享，时歆精诚。惟诚惟洁，感通神明。先事盥涤，注兹清泠。"

[5] 烦疴（kē）：扰人的疾病。唐韦应物《郡斋雨中与诸文士燕集》诗："烦疴近消散，嘉宾复满堂。"

[6] 疵疠（cī lì）：疵，小病。疠，疫病也；也指恶疮。

[7] 庥：美善。

汤 斌

汤斌，字孔伯，睢州人。顺治九年（1652年）进士。由翰林院出任陕西按察司副使，备兵潼关。后升任岭北道参政。在江西各地任职时，所到之处都有突出的政绩。康熙十七年（1678年），以博学宏词科荐授翰林院侍讲，破格提拔为内阁学士。康熙二十三年（1684年），外任巡抚江苏。在江苏时，移风易俗，教化百姓。康熙二十五年（1686年），清圣祖谕：江宁巡抚汤斌，自身说法，率领下属实心办事，应该提拔重用。于是升任礼部尚书，后转工部尚书。卒于任上。赐祭葬。归葬时，江苏数千人痛哭失声。雍正十二年（1734年），奉旨崇奉贤良祠。汤斌学问渊博，以孙奇逢为师。做人以忠孝诚正为本，著有《潜庵集》流传于世。

拟上赐大臣游汤泉诗四首

（一）

山陵叠翠[1]倚层霄[2]，瑞霭[3]晴临碧涧遥。石上泉声随玉漏[4]，岩边树色暎金镳。云峰远结盘龙气，瀑水近当踞虎桥。一奉恩荣[5]歌镐燕[6]，长从仙跸听萧韶[7]。

注释：

[1] 叠翠：层叠的翠绿色。指层叠的山色。元萨都剌《溪行中秋玩月》诗："四山叠翠开画图，溪濑漱石如笙竽。"

[2] 层霄：高空。晋庚阐《游仙诗》之三："层霄映紫芝，潜涧泛丹菊。"

[3] 瑞霭：吉祥之云气。也用来美称烟雾。唐杨巨源《春日奉献圣寿无疆词》之四："瑞霭方呈赏，暄风本配仁。"

[4] 玉漏：古代计时漏壶的美称。龚骞《无题》诗："玉漏有声沉画角，金钗无计叩重门。"

[5] 恩荣：指承受皇帝恩宠的荣耀。

[6] 镐（hào）燕：镐京和燕京。镐京是西周的首都。燕京，指北京。

泛指京师。

[7] 箫韶（sháo）：虞舜时的乐曲名。《书·益稷》："箫韶九成，凤皇来仪。"

（二）

　　碧潭波绕翠微回，帐殿红云覆绿苔。阆苑[1]烟深朝绛节[2]，华清春晓对蓬莱。山光献寿天杯[3]永，宝翰[4]腾辉[5]御牓[6]开。万国共瞻隆孝治，漫言骊阜重仙台。

注释：

　　[1] 阆（làng）苑：阆风之苑，传说中仙人的住处。

　　[2] 绛节：传说中上帝或仙君的一种仪仗。清吴伟业《清凉山赞佛》诗之三："诸天过峰头，绛节乘银鸾。"

　　[3] 天杯：指天子宴饮时所用之杯。唐杜审言《岁夜安乐公主满月侍宴应制》诗："戚里生昌胤，天杯宴重臣。"

　　[4] 宝翰：皇帝的手迹。明顾起元《客座赘语·仁宗皇帝御笔》："院判蒋恭靖公用文，家藏宝翰一巨册，乃恭靖在太医院时，仁宗皇帝居东宫示病症取药御笔也。"

　　[5] 腾辉：闪耀光辉。

　　[6] 御牓（bǎng）：皇帝亲手题的牌匾；匾额。

（三）

　　傍岩依岫敞离宫，诏赐恩波卿贰[1]同。阁道[2]周回香溜里，衣冠趋步[3]彩云中。不须雕斫[4]伤元化[5]，唯有真淳[6]表圣功。何事露台[7]诵汉主，万年俭德仰皇风[8]。

注释：

　　[1] 卿贰：次于卿相的朝中大官。

　　[2] 阁道：即复道，楼阁或悬崖间所建的上下两重通道。

　　[3] 趋步：行走。

　　[4] 雕斫：刻削。清吴伟业《归云洞》诗："归云何屡颜，雕斫自太古。"

[5] 元化：造化；天地。唐陈子昂《感遇》诗之六："古之得仙道，信与元化并。"

[6] 真淳：真率淳朴。

[7] 露台：露天台榭。《史记·孝文本纪》："孝文帝从代来，即位二十三年，宫室苑囿狗马服御无所增益，有不便，辄弛以利民。尝欲作露台，召匠计之，直百金。上曰：'百金中民十家之产，吾奉先帝宫室，常恐羞之，何以台为！'"后遂以"露台"为帝王节俭之典。

[8] 皇风：皇帝的教化。汉班固《东都赋》："觐明堂，临辟雍；扬缉熙，宣皇风。"

（四）

蓟北烟峦[1]俯大溪，甘泉春色接丹梯[2]。晓来岚气[3]当窗入，雨过花光拂座低。摇曳霓旌[4]依涧转，参差[4]豹尾与云齐。愿将景物同民乐，薄海[5]烝生[6]望紫泥[7]。

注释：

[1] 烟峦：云雾笼罩的山峦。清吴伟业《送许尧文之官莆阳》诗："乌石烟峦列画图，双旌遥喜入名都。"

[2] 丹梯：指高入云霄的山峰。谢朓《敬亭山诗》："要欲追奇趣，即此陵丹梯。"

[3] 岚（lán）气：山中雾气。晋夏侯湛《山路吟》："冒晨朝兮入大谷，道逶迤兮岚气清。"

[4] 参差：纷纭繁杂。三国魏左延年《秦女休行》："平生衣参差，当今无领襦。"

[5] 薄海：泛指海内外广大地区。宋陈亮《祭丘宗卿母硕人臧氏文》："闺闱之懿不出于乡间，而足以起薄海之敬。"

[6] 烝（zhēng）生：众生。

[7] 紫泥：古人以泥封书信，泥上盖印。皇帝诏书则用紫泥。清吴伟业《九峰草堂歌》："紫泥欲下早蝉蜕，掉头不肯随东封。"

施闰章

施闰章，字尚白，号愚山，江南宣城人。顺治六年（1649年）进士。授刑部主事。用刑部侍郎衔任山东学政。顺治十八年（1661年）升任江西参议。分守湖西道。曾招安群盗，在任内爱护百姓，礼敬士人。尤其重视改变世风民俗。兴建昌黎学院、白鹭书院，督导学子认真读书，聘请名师任教。康熙十八年（1679年），主试博学宏词科，授翰林院侍讲。又参与纂修《明史》，主持河南科举考试。二十二年（1683年）任翰林院侍读，不久病逝。著有《愚山集》。

送龙胪先宰遵化

才誉南金[1]重，分符[2]古北平。严城[3]切畿辅，茂宰[4]易声名。土沃屯兵在，官劳策马行。温泉清可爱，正好濯尘缨。

注释：

[1] 南金：比喻南方的优秀人才。《晋书·薛兼传》："兼清素有器宇，少与同郡纪瞻、广陵闵鸿、吴郡顾荣、会稽贺循齐名，号为'五俊'。初入洛，司空张华见而奇之，曰：'皆南金也。'"

[2] 分符：剖开符信。古代帝王封官授爵，分与符节的一半作为信物。清吴伟业《赠家园次湖州守五十韵》："乞外名都重，分符宠命仍。"

[3] 严城：戒备森严的城池。南朝梁何逊《临行公车》诗："禁门俨犹闭，严城方警夜。"

[4] 茂宰：旧时对县官的敬称。

太皇太后幸遵化温泉大驾侍从恭纪二十韵

两宫圣善[1]重禧日，五位[2]晨昏[3]侍膳[4]年。鸾辂和鸣游胜地，龙旗侍从幸灵泉。才人[5]列骑威仪[6]肃，仙仗[7]千官拥卫全。汤谷倒输蒸日月，素山回令暖云烟。飞来姑射[8]从天上，涌出瑶池在日边。密迩神皋犹禁苑[9]，久晴霜候[10]当春天。一泓瀹沸[11]如潮溢，半亩冲融[12]似火然。沿浦曲房[13]嫔御满，临流帐殿起居便。湘妃[14]出舞迎环佩，海若[15]趋承捧翠钿。丹凤沼中冯盥漱，赤龙川畔恣盘旋。波恬早觉轻寒散，濯久潜驱宿疾蠲。欢动慈颜留汗漫[16]，坐沾香雾弄潺湲[17]。寝门[18]数问勤天语，珍馔[19]频移接御筵。预敕行厨[20]赉玉粒[21]，肯烦属邑费金钱？洗头华岳[22]盆何在，取石银河兴眇然[23]。珠献鲛人纷上下，旌麾玉女暗联翩。祓除有喜坤维奠，奉养无方孝治传。不数骊山污粉泽，羞称汝水漫流连。朱砂矾石谁能辨，暖液温涛洵可怜。稍待九霄回辇后，掖庭[24]还奏祝釐[25]篇。

注释：

[1] 圣善：专用以称颂母亲的美德。《后汉书·邓骘传》："伏惟和熹皇后圣善之德，为汉文母。"

[2] 五位：九五之位，指帝位。唐元稹《郊天日五色祥云赋》："陛下乘五位而出震，迎五帝以郊天。"

[3] 晨昏："晨昏定省"的略语，指朝夕慰问奉侍。南朝梁任昉《启萧太傅固辞夺礼》："饥寒无甘旨之资，限役废晨昏之半。"

[4] 侍膳：陪从尊长用膳。《旧唐书·肃宗纪》："俟平寇逆，奉迎銮舆，从容储闱，侍膳左右，岂不乐哉。"

[5] 才人：有才能的人，有才情的人。明胡应麟《诗薮·古体上》："百代而下，才人学士，追之莫逮，取之不穷。"

[6] 威仪：帝王或大臣的仪仗、扈从。宋陆游《老学庵笔记》卷九："天下神霄，皆赐威仪，设于殿帐座外。"

[7] 仙仗：指皇帝的仪仗。唐岑参《奉和中书贾至舍人早朝大明宫》诗："金阙晓钟开万户，玉阶仙仗拥千官。"

[8] 姑射（yè）：诗文中常以"姑射"为神仙或美人代称。五代王周《大石岭驿梅花》诗："仙中姑射接瑶姬，成阵清香拥路岐。"

[9] 禁苑：帝王的园林。清黄宗羲《陈伯美七十寿序》："内侍引入禁苑，遍观玉堂、神明、渐台、太液之胜。"

[10] 霜候：下霜季节。

[11] 觱（bì）沸：泉水喷涌而出的样子。《诗经·采菽》："觱沸槛泉，言采其芹。"毛传："觱沸，泉出貌。"

[12] 冲融：水波荡漾的样子。唐杜甫《渼陂行》："半陂已南纯浸山，动影袅窕冲融间。"杨伦笺注："冲融，谓水波溶漾。"

[13] 曲房：内室；密室。汉枚乘《七发》："往来游燕，纵恣于曲房隐间之中。"

[14] 湘妃：舜二妃娥皇、女英。相传二妃没于湘水，遂为湘水之神。此处借指康熙的妃嫔。

[15] 海若：传说中的海神。

[16] 汗漫：形容漫游之远。明张煌言《冬怀》诗之八："万里孤槎真汗漫，十年长剑总蹒跚。"

[17] 潺湲：指流水。南朝宋谢灵运《入华子冈是麻源第三谷诗》："且申独往意，乘月弄潺湲。"

[18] 寝门：古礼天子五门，诸侯三门，大夫二门。最内之门曰寝门，即路门。后泛指内室的门。《仪礼·士丧礼》："君使人吊，彻帷，主人迎于寝门外，见宾不哭。"郑玄注："寝门，内门也。"

[19] 珍馔（zhuàn）：珍美的食物。《东观汉记·威宗孝桓皇帝纪》："祠用三牲，大官饰珍馔，作倡乐，以求福祥也。"

[20] 行厨：指出游时携带酒食；亦指传送酒食。北周庾信《咏画屏风诗》之十七："行厨半路待，载妓一双回。"

[21] 玉粒：指米、粟。南朝梁简文帝《〈昭明太子集〉序》："发私藏之铜凫，散垣下之玉粒……受惠之家、餐恩之士，咸谓栎阳之金自空而坠，南阳之粟自野而生。"

[22] 华岳：指西岳华山。晋郭璞《山海经图赞·华山》："华岳灵峻，削成四方，爰有神女，是挹玉浆。"

[23] 眇（miǎo）然：高远的样子；遥远的样子。

[24] 掖庭：亦作"掖廷"。宫中旁舍，妃嫔居住的地方。《汉书·杜延年传》："时宣帝养于掖庭，号皇曾孙。"

[25] 祝厘：祈求福佑，祝福。

毛奇龄

毛奇龄（1623—1716年），明末清初经学家、文学家，与兄毛万龄并称为"江东二毛"。原名甡，又名初晴，字大可，又字于一、齐于，号秋晴，又号初晴、晚晴等，萧山城厢镇人。因祖籍在西河，故称西河先生。少时聪颖过人，以诗名扬乡里，十三岁应童子试，名列第一，被视为"神童"。明亡，哭于学宫三日。后曾参与南明鲁王军事，鲁王败后，化名王彦，亡命江湖十余年。明亡，清兵南下，他与沈禹锡、蔡仲光、包秉德避兵于县之南乡深山，筑土室读书。康熙十八年（1679年）举博学鸿儒科，授翰林院检讨、国史馆纂修等职，参与纂修《明史》。康熙二十六年（1687年）辞职归隐，居杭州竹竿巷兄长万龄家，专心著述所著《四诃合集》分经集、史集、文集、杂著，共四百余卷。从

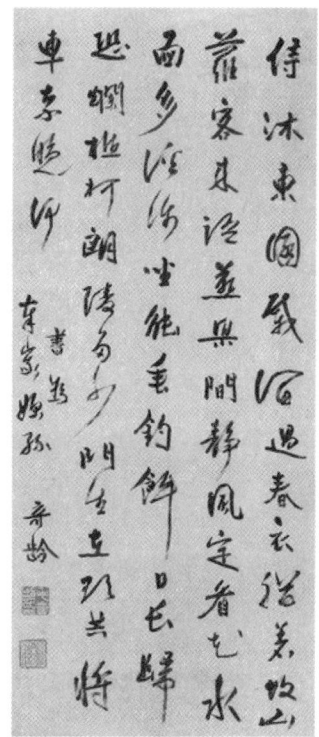

毛奇龄书法

学者甚多，著名的有李塨、邵廷采等。毛奇龄七十岁时，自撰墓志铭，提出死后"不冠、不履，不易衣服，不接受吊客"。康熙五十五年（1716年）在家病逝。著有《西河诗集》。

驾幸温泉恭赋

羽肃句陈[1]外，波开帐殿[2]中。咸池[3]长浴日，华渚[4]自流虹。晓度榆关[5]远，春从黍谷[6]通。慈宁扶葆驭，神策驾丰隆[7]。盘溢铜仙露，窗含玉女风。青泥[8]分太液，紫气接居庸。净可

捐烦虑，温能养圣躬。醴原逢处合，仙井[9]凿来空。衣藻沿涡碧，岩花入照红。漾阶将赴壑，听水似呼嵩[10]。钟乳浮银碗，松云锁玉栊[11]。起居长乐辇，扈从华清宫。舜德时存坎，汤田岁转丰。甘泉徒有赋，未敢拟扬雄。

注释：

[1] 句陈：星名。《乐府诗集·燕射歌辞三·隋元会大飨歌》："句陈乍转，华盖徐移。"

[2] 帐殿：古代帝王出行，休息时以帐幕为行宫，称帐殿。北周庾信《三月三日华林园马射赋序》："止立行宫，裁舒帐殿。"倪璠注："帐殿，天子行幸所在，以帐为殿也。"

[3] 咸池：神话中指日浴之处。《淮南子·天文训》："日出于旸谷，浴于咸池。"

[4] 华渚（zhǔ）：古代传说中的地名。宋柳永《送征衣》词："过昭阳。璇枢电绕，华渚虹流，运应千载会昌。"

[5] 榆关：泛指北方边塞。北周庾信《周柱国大将军大都督同州刺史尔绵永神道碑》："武成二年（560年），有诏进公都督瓜州诸军事、瓜州刺史。是以名驰梓岭，声振榆关。"

[6] 黍谷：山谷名。在今北京市密云区西南。又称寒谷、燕谷山。《太平御览》卷八四二引汉刘向《别录》："传言邹衍在燕，有谷地美而寒，不生五谷。邹子居之，吹律而温至生黍，到今名黍谷焉。"

[7] 丰隆：丰盛隆厚。《宋书·礼志三》："其优衍丰隆，无所取喻。"

[8] 青泥：相传神仙服食的一种泥浆、泥土。《醒世恒言·李道人独步云门》："岂知神仙窟宅，每遇三千年才一开底里，迸出泥来，叫作'青泥'，专是把与仙人做饭吃的。"

[9] 仙井：即仙井监，监名。其地有盐井，相传为汉张道陵所开，因名仙井。北宋熙宁五年（1072年）置陵井监，宣和四年（1122年）改名仙井监。治所在仁寿，辖境相当于今四川省仁寿、井研两县地。

[10] 呼嵩：据《汉书·武帝纪》，元封元年（前110年）正月武帝亲登嵩高山，吏卒高呼"万岁"三声。后因以"呼嵩"指对君主祝颂。

[11] 玉栊：精美的窗。借指闺阁。唐元稹《杂忆》诗之一："忆得双文通内里，玉栊深处暗闻香。"

温泉二十韵

璇图[1]开永命[2]，宝历[3]卜遐昌[4]。河洛争凝瑞，山川竞效祥[5]。乾符[6]呈德水[7]，坤轴[8]涌温汤。回带神京北，斜萦紫塞[9]傍。醴泉随地出，灵液溯流长。喷薄还终古[10]，潆洄[11]此滥觞[12]。上疑星汉[13]接，下有烛龙[14]藏。媚泽珠为燧，寻源谷是旸。焦溪遥合派，邹律[15]迥回阳[16]。沍节[17]无停雪，严寒不受霜。琉璃分皎洁，珠贝[18]泻淋浪[19]。宝幄[20]通驰道[21]，金堤[22]拥缭墙[23]。熏风[24]时拂拂，旭日转沧沧。直讶炎洲[25]近，终嫌沸井[26]凉。涵濡皆圣泽[27]，吐纳亦荣光。濯垢神清霁[28]，蠲烦思发扬。何须黄竹[29]咏，殊胜[30]白云乡。浩荡恩波[31]阔，端能及万方[32]。

注释：

[1] 璇（xuán）图：指国家的版图。引申指国运。南朝梁江淹《萧骠骑庆平贼表》："赖皇威遐制，璇图广驭，四海竞顺，其会如林。"

[2] 永命：长命。《书·召诰》："王其德之用，祈天永命。"孔传："言王当其德之用，求天长命以历年。"

[3] 宝历：指国祚；皇位。明梅鼎祚《玉合记·赐完》："玉佩朝元，宝历迎祥。"

[4] 遐（xiá）昌：久盛而不衰。唐陈子良《隋新城郡东曹掾萧平仲诔》序："赤眉作梗，黄屋云亡，有妫之后，应运遐昌。"

[5] 效祥：呈露祥瑞。南朝梁简文帝《马宝颂序》："是以天不爱道，白马嘶风；王泽效祥，朱鬣降祉。"

[6] 乾符：旧指帝王受命于天的吉祥征兆。《晋书·慕容俊载记》："寡君今已握乾符，类上帝，四海悬诸掌，大业集于身。"

[7] 德水：佛教语。也称功德水。南朝梁简文帝《奉阿育王寺钱启》："难遇者乃如来真形舍利，照景蜜瓶，浮光德水。"亦称为"八功德水"，即一甘，二冷，三软，四轻，五清净，六不臭，七不损喉，八不伤腹。

[8] 坤轴：古人想象中的地轴。晋张华《博物志·地》："昆仑山北地转下三千六百里，有八玄幽都，方二十万里。地下有四柱，四柱广十万里，地有三千六百轴，犬牙相举。"

[9] 紫塞：北方边塞。晋崔豹《古今注·都邑》："秦筑长城，土色皆紫，汉塞亦然，故称紫塞焉。"

[10] 终古：久远。《楚辞·离骚》："怀朕情而不发兮，余焉能忍而与此终古。"朱熹集注："终古者，古之所终，谓来日之无穷也。"

[11] 濙（yíng）洄：水流回旋的样子。宋朱熹《精舍闲居戏作武夷棹歌》之九："八曲风烟势欲开，鼓楼岩下水濙洄。"

[12] 滥觞（shāng）：比喻事物的起源、发端。

[13] 星汉：天河；银河。三国魏曹操《步出夏门行》："日月之行，若出其中；星汉灿烂，若出其里。"

[14] 烛龙：古代神话中的神名。传说其张开眼睛能照耀天下。《山海经·大荒北经》："西北海之外，赤水之北，有章尾山。有神，人面蛇身而赤，身长千里，直目正乘，其瞑乃晦，其视乃明，不食不寝不息，风雨是谒。是谓烛九阴，是谓烛龙。"

[15] 邹律：相传战国齐人邹衍精于音律，吹出音乐声能使地暖而禾黍滋生。

[16] 回阳：中医学名词。使衰微的阳气复苏。《医宗金鉴·内治杂证法·伤损出血》："或元气内脱不能摄血，用独参汤加炮姜以回阳，如不应，急加附子。"

[17] 沍（hú）节：寒冷的季节。

[18] 珠贝：产珠之贝，泛指珍珠宝贝。《管子·侈靡》："若江湖之大也，求珠贝者不舍也。"

[19] 淋浪：形容声音连续不绝。三国魏嵇康《琴赋》："纷淋浪以流离，奂淫衍而优渥。"

[20] 宝幄（wò）：精美的帐子。唐李白《捣衣篇》："横垂宝幄同心结，半拂琼筵苏合香。"

[21] 驰道：古代供君王行驶车马的道路。泛指供车马驰行的大道。《礼记·曲礼下》："岁凶，年谷不登，君膳不祭肺，马不食谷，驰道不除，祭事不县，大夫不食粱，士饮酒不乐。"孔颖达疏："驰道，正道。如今之御路也。是君驰走车马之处，故曰驰道也。"

[22] 金堤：坚固的堤堰。后作为堤堰的美称。《汉书·司马相如传上》："磐姗勃窣，上金堤。"颜师古注："言水之堤塘坚如金也。"

[23] 缭（liáo）墙：围墙。唐杜牧《华清宫三十韵》："绣岭明珠殿，

层峦下缭墙。"

[24] 熏风：和暖的风。指初夏时的东南风。《吕氏春秋·有始》："东南曰熏风。"

[25] 炎洲：神话中的南海炎热岛屿。《海内十洲记·炎洲》："炎洲在南海中，地方二千里，去北岸九万里。"

[26] 沸井：水翻涌的井泉。南朝宋刘敬叔《异苑》卷一："句容县有延陵季子庙，庙前井及渎，恒自涌沸，故曰沸井，于今犹然。亦曰沸潭。"

[27] 圣泽：帝王的恩泽。三国魏曹植《求自试表》："今臣蒙国重恩，三世于今矣。正值陛下升平之际，沐浴圣泽，潜润德教，可谓厚幸矣。"

[28] 清霁：雨止雾散。指天气晴朗。北魏郦道元《水经注·湘水》："芙蓉峰最为竦杰……望若阵云，非清霁素朝，不见其峰。"

[29] 黄竹：《穆天子传》卷五载，周穆王往苹泽打猎，"日中大寒，北风雨雪，有冻人，天子作诗三章以哀民"，首句为"我徂黄竹"。本为传说中的地名，后即用指周穆王所作诗名。

[30] 殊胜：指特别的胜境。唐柳宗元《永州崔中丞万石亭记》："见怪石特出，度其下必有殊胜。"

[31] 恩波：称帝王的恩泽。南朝梁丘迟《侍宴乐游苑送张徐州应诏》诗："参差别念举，肃穆恩波被。"

[32] 万方：万邦；各方诸侯。《书·汤诰》："王归自克夏，至于亳，诞告万方。"引申指天下各地。

徐元文

徐元文，字公肃，江南昆山人。与兄徐乾学、弟徐秉义，均以文才闻名当时，人称"三徐"。

徐元文是顺治十六年（1659年）状元，清世祖赐其冠带、蟒服，并授予翰林院编修。康熙初年因江南赋税案，被降为銮仪卫经历。后查明是受冤枉，恢复原官，补国史院修撰，迁国子监祭酒，充经筵讲官。在国子监四年间，徐元文端正学风，整顿文风，制订规章，对于那些不肯学习的八旗弟子，严加惩戒。对振兴清初的文风起了重要的作用。

康熙十三年（1674年），迁内阁学士，改翰林院掌院学士，充日讲起居注官、教习庶吉士。任经筵讲官时，徐元文以《朱子纲目》一书为蓝本，对历代帝王之德，以及其中有益于治理政事的意见，进行归纳整理，定期给圣祖进讲。康熙十八年（1679年），正在守孝的徐元文被召入朝，任《明史》监修。他谏阻进行派遣大臣到各地巡视之议，以免其扰民。三藩乱平之后，徐元文又劝朝廷遣散吴三桂等人部下，以节省粮饷；并谏止清查地亩之举，以避免地方官员借机敛财和借此升迁。上疏请禁旗人掠卖平民为奴。

徐元文为官不畏豪强，曾先后上疏弹劾福建总督姚启圣肆意妄为、杭州副都统高国相纵兵虐民、两淮巡盐御史堪泰包庇贪官、御史萧鸣凤居丧不检。这些，经查均属实。

康熙二十二年（1683年），徐元文受命专领史局，二十七年（1688年），为左都御史，又迁为刑部尚书、调户部尚书。二十八年（1689年），拜文华殿大学士，兼掌翰林院事。二十九年（1690年），因受其兄徐乾学牵连，休致回原籍。在家居一年，卒。

康熙辛酉季春[1]圣祖仁皇帝驻跸马兰峪召扈从诸臣赐观温泉应制经筵[2]讲官都察院左都御史徐元文赋诗十二章章八句 有序

山阜既结，爰有神泉。阳气攸钟，是成温谷。类能消疴涤烦、澄怀澡德。盖寒燠[3]之所以交宣，二仪[4]之所以妙物[5]也。

遵化州西北四十里，有山曰福泉，温泉出焉。按《水经注》："渔阳郡北有温泉"，即其地也。林峦茂挺，洞壑[6]回环。雄扼关城，密护陵寝。荣光于以缭属，王气由之结蟠。地脉敦庞，川原秀润[7]，是以白云上合，丹砂下闷。融为炎液，流为暄澜。比龙池之迅腾，譬神鼎[8]之长沸。太皇太后翟辂[9]式临，睿情[10]加泰。

皇上钦承慈指[11]，启宇庀工[12]，去雕甍绮疏[13]之壮丽，追尧阶舜廊[14]之纯朴。因仍旧址，攸跻攸宁。惟二十年春二月，以皇后山陵大礼，臣等扈从至马兰峪。皇上始至，虔谒孝陵。望松路以遥酸，对幽岩而陨涕[15]。具臣陪列，凄怆[16]不胜。方待事石门，遂阅旬日。三月己未，命大学士、臣明珠，召臣霦等二十有二人，赐游兹泉，并宣谕所以修缮之意。

濯清潄芳，逍遥永昼。味同甘醴，色若玻璃。周以贞珉，承以莲蕊，涵碧虚而方折，吸溟渤之飞流。灵液徐清，曲溜旁驶。玉龙骧首，吐纳分汇。神皋胜地，斯云至矣！夫甘泉赋于永始[17]，曲水序于元嘉[18]，以及华清豫游，九成避暑，类皆登陟之胜，视听之娱，尚思扬厉[19]篇章，襄成休美[20]。况我皇上，展孺慕于陵园，奉色养[21]于眉寿[22]。而事不烦民，动无侈费。讵非迈轶往古[23]，式训将来[24]者乎。臣窃不揆[25]弇鄙[26]，谨赋诗十二章，章八句，其音节未谐乎六艺[27]，于以美圣德之形容，或庶几[28]于万一云尔。

注释：

[1] 季春：春季的最后一个月。宋孟元《东京梦华录》："是月季春，万花烂漫。"

[2] 经筵：汉唐以来帝王为讲论经史而特设的御前讲席。宋代始称经筵，置讲官以翰林学士或其他官员充任或兼任。宋代以每年二月至端午节、八月至冬至节为讲期，逢单日入侍，轮流讲读。元、明、清三代沿袭此制，而明代尤为重视。除皇帝外，太子出阁后，亦有讲筵之设。清制，经筵讲官，为大臣兼衔，于仲秋、仲春之日进讲。

[3] 寒燠（ào）：冷热。清陈确《与刘伯绳书》："违晤以来，再易寒燠。"

[4] 二仪：指天地。三国魏曹植《惟汉行》："太极定二仪，清浊始以形。"

[5] 妙物：神妙莫测之物。唐杨炯《盂兰盆赋》："壮神功之妙物，何造化之多端。"

[6] 洞壑：深谷。

[7] 秀润：秀丽泽润。

[8] 神鼎：对鼎的敬称。古时以鼎为国家政权的象征。

[9] 翟辂（dí kè）：古代后妃乘坐的以雉羽为饰的车子。《隋书·礼仪志五》"皇后之车亦十二等，……三曰翟辂，以采桑。"

[10] 睿情：指皇帝的情意。唐刘禹锡《代裴相公进〈东封图〉状》："山川气象，悉拟真形；羽卫咸仪，咸稽故实。所冀睿情一览，遐想玄踪。"

[11] 慈指：仁慈的诏旨。指慈母的教诲。唐元稹《诲侄等书》："忆得初读书时，感慈旨一言之叹，遂志于学。"

[12] 庀（pǐ）工：指召集工匠，开始动工。元虞集《中书省检校官厅壁记》："是年冬庀工，明年五月成。"

[13] 雕甍（méng）绮（qǐ）疏（shū）：雕甍，雕刻的瓦脊。绮疏，指雕刻成空心花纹的窗户。

[14] 尧阶舜牖（yǒu）：《华子·晏子问党》："婴闻之，尧不以土阶为陋，而有虞氏怵戒于涂塈，其尚俭之谓欤？"有虞氏，即舜帝。此语是说：尧帝的宫室以土为阶，而舜帝的宫室窗户也不涂漆。后世因以尧阶舜牖称颂帝王崇尚节俭。

[15] 陨涕：流泪。唐韩愈《祭郑夫人文》："感伤怀归，陨涕熏心。"

[16] 凄怆：凄惨悲伤。宋苏轼《定惠院海棠》诗："雨中有泪亦凄怆，月下无人更清淑。"

[17] 甘泉赋于永始：永始，西汉成帝刘骜年号（前16—前13年）。汉成帝时，大文学家扬雄作《甘泉赋》，所以此处说"甘泉赋于永始"。

[18] 曲水序于元嘉：元嘉，南朝宋文帝刘义隆年号（424—453年）。元嘉十一年（434年）三月三日，文帝与江夏王刘义恭、衡阳王刘义季及群臣祓禊于乐游苑，与会者皆作诗，汇而成集，帝命太子中庶子颜延之作《三月三日曲水诗序》，所以说曲水序于元嘉。

[19] 扬厉：发扬光大。唐韩愈《潮州刺史谢上表》："铺张对天之闳休，扬厉无前之伟绩。"

[20] 休美：美善。《三国志·杨戏传》："赞时休美，和我业世。"

[21] 色养：和颜悦色地奉养父母。《世说新语》："王长豫为人谨顺，事亲尽色养之孝。"

[22] 眉寿：长寿。《诗经·七月》："为此春酒，以介眉寿。"毛传："眉寿，豪眉也。"孔颖达疏："人年老者必有豪眉秀出者。"高亨注："眉寿，长寿也。"

[23] 迈轶往古：超越古代。

[24] 式训将来：可以垂训将来，作为后世的典范。

[25] 不揆（kuí）：自谦之词，不自量。元白朴《满庭芳》词序："仆不揆狂斐，合三家奇句，试为一首，必有能辨之者。"

[26] 弇（yǎn）鄙：浅薄。

[27] 六艺：古代教育学生的六种科目。《周礼·地官·大司徒》："三曰六艺，礼、乐、射、御、书、数。"

[28] 庶几：或许，也许。《宋史·文天祥传》："而今而后，庶几无愧。"

（一）

皇清受命，覃制[1]万方。威倾月窟[2]，德浸扶桑。紫蒙[3]入贡，穷发[4]来王。际天蟠地[5]，归我版章。

注释：

[1] 覃（tán）制：号令普遍。

[2] 月窟：传说月亮的归宿处。《汉武帝内传》："仰上升绛庭，下游月窟阿。"

[3] 紫蒙：极远之地。

[4] 穷发：极北不毛之地。《庄子·逍遥游》"穷发之北有溟海者，天池也。"成英疏："地以草为毛发，北方寒冱之地，草木不生，故名穷发，所谓不毛之地。"

[5] 际天蟠（qìng）地：形容遍及天地之间。

（二）

龙门兰峪[1]，是称左辅。昔惟边陲，今也庭户。陵宫言言[2]，考卜其所。比洛廛邙[3]，方雍霸杜[4]。

注释：

[1] 龙门兰峪：清东陵之南有兴隆口，又名龙门口；陵东又有古镇名马兰峪，故称。此是以此二处代指清东陵。

[2] 言言：高大貌；茂盛貌。《诗经·皇矣》："临冲闲闲，崇墉言言。"毛传："言言，高大也。"孔颖达疏："言言是城之状，故为高大。"

[3] 廛氓（chán méng）：居住在城市中的平民。

[4] 霸杜：霸，即汉文帝霸陵，在今陕西省西安市东。杜，即汉宣帝杜陵，在今陕西省西安市东南。此处以汉文、汉宣两帝的陵墓，比喻清朝皇帝先祖陵墓。

（三）

我皇纯孝，通明[1]洞幽。展谒园寝，神怆涕流。仰瞻弓剑[2]，祗奉松楸[3]。靡高不即，靡深不求。

注释：

[1] 通明：开通而贤明。《汉书·外戚传下·孝成赵皇后》："知陛下有贤圣通明之德。"

[2] 弓剑：弓和剑。传说黄帝骑龙成仙而去，群臣攀附欲上，致使黄帝的弓坠下。又黄帝葬桥山，山崩，棺中只有一把剑。后世因以弓剑作为对已故帝王寄托哀思之辞。

[3] 松楸（qiū）：松树和楸树。因它们多栽植于墓地，故以之作为墓地的代称。

（四）

葱茏崇山，逶迤浚谷[1]。环回冈原，如拱如伏。碧树芊眠[2]，彤云陆缛。毖[3]彼温泉，实涌岩麓。

注释：

[1] 浚（jùn）谷：深谷。晋陆云《逸民赋》："蒙玉泉以濯发兮，临浚谷而投簪。"

[2] 芊眠：草木蔓衍丛生的样子。南朝齐谢朓《高松赋》："既芊眠于广隰，亦迢递于孤岭。"

[3] 毖：通"泌"。泉水流出的样子。《诗经·泉水》："毖彼泉水，

亦流于淇。"毛传："泉水始出，毖然流也。"高亨注："毖，通'泌'，水流貌。"

（五）

灵砂内沸，阴火潜然。蒸为暖液，奋迅盘旋。轮冲毂转，雪莹珠圆。色澄空碧[1]，气馥兰荃。

注释：

[1] 空碧：指澄碧的水色。唐白居易《西湖晚归回望孤山寺赠诸客》诗："烟波澹荡摇空碧，楼殿参差倚夕阳。"

（六）

阴阳陶甄[1]，刚柔摩荡[2]。幽赞[3]神功，畴能测量。汤谷温源，暄波灼浪，曩[4]闻其名，兹烛[5]厥状。

注释：

[1] 阴阳陶甄（táo zhēn）：阴阳的造化。陶甄，比喻造化、自然界。宋苏轼《寄题习景纯藏春坞》："白首归来种万松，待看千尺舞霜风。年抛造物陶甄外，春在先生杖履中。"

[2] 摩荡：指事物相切摩而发生变化。语本《易·系辞上》："是故刚柔相摩，八卦相荡。"孔颖达疏："阳刚而阴柔，故刚柔共相切摩，更递变化也。"

[3] 幽赞：指暗中受到神明的佐助。语出《易·说卦》："昔者圣人之作《易》也，幽赞于神明而生蓍。"高亨注："言圣人作《易》，暗中受神明之赞助，故生蓍草，以为占筮之用。"

[4] 曩（nǎng）：先时，以前。《庄子·齐物论》："曩子行，今子止；曩子坐，今子起。"成玄英疏："曩，昔也，向也。"

[5] 烛：明察，洞悉。《韩非子·孤愤》："智术之士，必远见而明察，不明察不能烛私。"

（七）

祥以类感[1]，符以兆形[2]。地不爱宝，神泉效灵。蠲痾保性[3]，驻老扶龄[4]。琼膏[5]甘露，孰与比馨[6]。

注释：

[1] 类感：谓同类互相感应。

[2] 兆形：指开始成形。唐刘禹锡《唐故衡岳律大师湘潭唐兴寺俨公碑》："兆形在孕，母不嗜荤。"

[3] 蠲（juān）疴（kē）保性：治愈疾病，保全性命。

[4] 扶龄：驻守年貌，使保持年青。

[5] 琼膏：神话中的玉膏，出产于蓬莱山。南朝宋鲍照《芙蓉赋》："润蓬山之琼膏，辉葱河之银烛。"

[6] 比馨：比试馨香，比较馨香。

（八）

翠华来巡，爰涤爰盥。浴德澡躬，踟蹰[1]永玩。王母介福[2]，祎[3]衣有焕。思挹灵浆，上绵慈算。

注释：

[1] 踟蹰（chí chú）：徘徊不前的样子。《诗经·静女》："爱而不见，搔首踟蹰。"

[2] 介福：大福。《易·晋》："受兹介福，于其王母。"高亨注："盖谓王母嘉其功劳，锡之爵禄，爵禄即大福也。"

[3] 祎（yī）：美好。张衡《东京赋》："汉帝之德，侯其祎而。"薛综注："祎，美也。"

（九）

乃浚洪源[1]，清池泱泱[2]。乃甃文石，疏温纳凉。引之不竭，沃之弥盈。千春永御，寿恺乐康[3]。

注释：

[1] 洪源：洪水的源头，比喻盛大事业的开端。《隋书·音乐志上》："昭哉上德，浚彼洪源。"

[2] 泱泱：水深广的样子。《诗经·瞻彼洛矣》："瞻彼洛矣，维水泱泱。"毛传："泱泱，深广貌。"

[3] 寿恺（kǎi）乐康：长寿而且快乐。

（十）

自昔汤泉，恒闻临幸。水殿岐阳[1]，烟宫骊岭。浴日腾波，蒸云结影。雅咏余铿，奎章[2]垂柄。

注释：

[1] 岐阳：岐山的南面。唐时在当时古都西安四周有不少温泉，其中最为著名的有岐山汤。

[2] 奎章：古人认为奎星屈曲勾连，似文字的笔画，所以后人多用奎章指帝王的诗文书法等。

（十一）

景[1]从千官，星驰六飞[2]。何如我皇，致孝宫闱[3]。雕栏绣柱，壁砌瑶墀。何如我皇，崇俭立规。

注释：

[1] 景（yǐng）从：如影随形。比喻追随之紧或趋从之盛。汉贾谊《过秦论》："天下云集响应，赢粮而景从。"

[2] 六飞：亦作六騑。古代皇帝的车驾六马，疾行如飞，故名。后因以借称皇帝的车驾。

[3] 宫闱：宫中后妃所居之处。

（十二）

惟孝格天，惟俭作则。小臣来观，式诵嘉德[1]。神运[2]无方[3]，圣功不息。迓祉凝庥[4]，于万斯亿。

注释：

[1] 嘉德：美德。《宋史·乐志上》："亦有美德，克相烝祀。"

[2] 神运：古谓王朝兴替的气运。元袁桷《登侯台》诗："明良佐神运，目力穷坡陁。"

[3] 无方：不受方向和处所的限制。

[4] 凝庥（xiū）：聚集的福祉。

潘耒

潘耒（1646—1708年），字次耕，一字稼堂、南村，晚号止止居士，藏书室名遂初堂、大雅堂，吴江人，潘柽章弟。师事徐枋、顾炎武，博通经史、历算、音学。清康熙十八年（1679年），举博学鸿词，授翰林院检讨，参与纂修《明史》，主纂《食货志》，又被康熙帝亲自简拔为日讲起居注官，出任会试考官，分校礼闱。他对于时政亦多有建白，后因敢于直言，不加忌讳，为他人攻击，以浮躁降职，后因母忧归，遂不复出。其文颇多论学之作。所著有《类音》《遂初堂诗集》《文集》《别集》等。《福泉颂》诗，原载《遂初堂集》卷十一，此诗曾经署名徐元文，有些地方文字不同。原作者当是潘耒，是他代徐元文而作，后又经徐元文润色，故此附录于潘耒名下。

从观温泉应制四首

（一）

兰峪盘山紫翠重，环京拱阙秀千峰。天分箕[1]尾祥光聚，地接园陵淑气钟。乳窦[2]出泉珠滚滚，砂床蒸暖玉溶溶。春来草树光荣极，总为时巡驻六龙。

注释：

[1] 箕：星宿名，二十八宿之一。
[2] 乳窦：泉眼。

（二）

灵源微吐玉蟾蜍，百沸新泉浸石渠。温凊[1]早知征孝感[2]，精虔[3]兼以肃斋居[4]。跃龙起凤通遥海，涌雾蒸霞接太虚[5]。讵比云川[6]与骊岫，宸游[7]空自柱金舆。

注释：

[1] 温凊（qìng）：冬温夏凊的省称，又作"温情"。冬天温被使其暖，

夏天扇席使其凉。侍奉父母之礼。唐皇甫冉《刘侍御朝命许停官归侍》诗："幸遂温凊愿，其甘稼穑难。"

[2] 孝感：旧谓孝行的感应。《晋书·王祥传》："母常欲生鱼，时天寒冰冻，祥解衣，将剖冰求之，冰忽自解，双鲤跃出，持之而归。母又思黄雀炙，复有黄雀数十飞入其幕，复以供母。乡里惊叹，以为孝感所致焉。"

[3] 精虔：虔诚的样子。前蜀杜光庭《寿春节进元始天尊帧并功德疏表》："香灯蠲洁，焚诵精虔，冀凭妙道之功，永祝无疆之寿。"

[4] 斋居：斋戒别居。《明史·左懋第传》："三月，大风霾。帝布袍斋居，祷之不止。"

[5] 太虚：指天，天空。

[6] 云川：银河。《事物异名录·乾象·天河》引明王微《七襄怨》诗："藻帐越星波，玉饰渡云川。"

[7] 宸游：帝王之巡游。

(三)

汤山温谷寻常有，不及兹泉瑞应[1]多。暂濯华池能益寿，微沾灵液可蠲疴。缭垣封处彤云[2]密，方甃承来玉露[3]和。地出宝符[4]原有意，万年天子矢游歌。

注释：

[1] 瑞应：古代以为帝王修德，时世清平，天就降祥瑞以应之，谓之瑞应。《西京杂记》卷三："瑞者，宝也，信也。天以宝为信，应人之德，故曰瑞应。"

[2] 彤云：红云，彩云。陆机《汉高祖功臣颂》："彤云昼聚，素灵夜哭。"李善注："彤，丹色也。"

[3] 玉露：指秋露。唐杜甫《秋兴》诗之一："玉露凋伤枫树林，巫山巫峡气萧森。"

[4] 宝符：上天所赐的符命。《宋史·乐志九》："天锡宝符，俾炽而昌。"

(四)

扈从[1]千官簇伏来，得瞻灵迹共徘徊。炎蒸[2]信有浮烟井，奋迅真看出地雷。一漱神膏先气爽，未探暖溜已心开。张衡欲献温泉赋，仰愧盘铭上圣[3]才。

注释：

[1] 扈（hù）从：皇帝出巡时的护卫侍从人员。汉司马相如《上林赋》："孙叔奉辔，卫公骖乘；扈从横行，出乎四校之中。"

[2] 炎蒸：暑热熏蒸。清吴伟业《雁门尚书行》："六月炎蒸驱万马，二崤风雨断千山。"

[3] 上圣：指前代的帝王与圣贤。《旧唐书·经籍志上》："先王有阙典，上圣有遗事。"

附：

福泉颂 有序

遵化州西北四十里，有福泉山焉。叠嶂摩霄[1]，层峰冠日，林峦茂密，洞壑环迥。丹梯万仞以削成，素瀑千寻而飞注。霞标雾卷，郁郁芊芊。信都畿之奥区，游瞩之胜地。若乃雄扼关城，密护陵寝，荣光之所缭属，王气之所结蟠。地脉敦庞[2]，川原灵秀。是以草敷瑞英，林挺珍条。阳崖[3]兴触石[4]之云，阴岭[5]积凝霜[6]之乳。神鱼泳涧，灵鸟翔阿。

我皇上至孝笃诚[7]，永怀孺慕[8]。秋霜春露，每凝想于园陵；攀柏依松，恒躬亲乎展觐[9]。陟降[10]之次，周览陵阜，以兹山森爽[11]非常，时垂驻跸。山麓故有福泉寺，寺前有泉一泓，自地溢涌[12]，灼如蒸焰，暖若爘汤，百沸上腾，双池环浸。俯窥则色若颇黎，揽勺则味同甘醴。云浆不能喻其洁，兰露无以比其芳。不周之温原殆无以过；银山之暖溜曾何足云？皇上祗奉宫闱，恪崇任姒[13]，问安视膳，无间于三朝。禔福[14]祝厘，有加于群望。以太皇太后春秋既尊，茀禄方盛，引年却疾，致孝莫先。考诸图记，咸云汤泉能除百病。又云浴者令人多寿。验事推理，信而有征。爰命疏泉甃池，缭垣筑室，用备宫车临幸之所。盖将川天之符，藉神之贶，延景福[15]于难老，申孝养于无方者也。然而室无雕文，地不营廊。引流激水，鲜鱼龙凫雁之奇；叠槛架楹，无琳琅金碧之饰。斯又圣主盛心翼翼兢兢，爱一夫之力，惜十家之产。斫雕为朴，存素去华，虽夏禹克俭，周文卑服，何以尚兹？臣属叨扈从，奉诏来观，濯清潄芳，逍遥永日，伟天泽[16]之旁流[17]，钦皇猷[18]之泮涣。退而绎思，谨献颂曰。

注释：

[1] 摩霄：接近云天，冲天。唐慧净《和卢赞府游纪国道场》："株盘仰承露，刹凤俯摩霄。"

[2] 敦庞：丰厚，富足。明归有光《何氏先茔碑》："凡何氏之葬者，悉山泽之敦庞淳固，以忠厚世其家。"

[3] 阳崖：向阳的山崖。谢灵运《于南山往北山经湖中瞻眺》："朝旦发阳崖，景落憩阴峰。"刘良注："山南曰阳也。"

[4] 触石：谓山中云气与峰峦相碰击。左思《蜀都赋》："冈峦纠纷，触石吐云。"李善注："《春秋元命苞》曰：'山有含精藏云，故触石而出也。'"

[5] 阴岭：背阳的山岭。唐祖咏《终南望余雪》："终南阴岭秀，积雪浮云端。"

[6] 凝霜：浓霜。《楚辞·九章·悲回风》："吸湛露之浮源兮，漱凝霜之雰雰。"

[7] 笃诚：切实忠诚。《左传·文公十八年》："齐圣广渊，明允笃诚，天下之民，谓之八恺。"

[8] 孺慕：对父母的孝敬。

[9] 展觐（jìn）：敬词，朝见。《东周列国志》第四二回："天子若以巡狩为名，驾临河阳，寡君因率诸侯以展觐。"

[10] 陟（zhì）降：升降，上下。《诗经·文王》："文王陟降，在帝左右。"朱熹集传："盖以文王之神在天，一升一降，无时不在上帝之左右，是以子孙蒙其福泽，而君有天下也。"

[11] 森爽：凉爽。唐白居易《和酬郑侍御东阳春闷放怀追越游见寄》："劲气森爽竹竿竦，妍文焕烂芙蓉披。"

[12] 湓（pén）涌：水翻腾涌流。

[13] 任姒（sì）：周文王母太任与周武王母太姒的合称。古代认为二人是贤惠后妃的典范。此处指孝庄文皇后和孝惠章皇后两人。

[14] 禔（zhī）福：安宁幸福。《汉书·司马相如传下》："遐迩一体，中外禔福，不亦康乎？"颜师古注："禔，安也。"

[15] 景福：洪福，大福。《诗经·旱麓》："以享以祀，以介景福。"

[16] 天泽：谓天子的恩泽。唐王昌龄《夏月花萼楼酺宴应制》诗："赐庆垂天泽，流欢旧渚宫。"

[17] 旁流：流到其他地方，此处指广泛流布。唐白居易《王泽流人心感策》："夫欲使王泽旁流，人心大感，则在陛下恕己及物而已。"

[18] 皇猷：帝王的谋略或教化。南朝梁沈约《齐太尉文宪王公墓铭》："帝图必举，皇猷谐焕。"

（一）

皇清受命，覃制万方。威倾月窟，德浸扶桑。紫蒙入贡，穷发来王。际天蟠地，归我阪章。

（二）

龙门兰峪，无终之土。昔惟边陲，今也庭户。陵宫言言，考卜其所，比洛壖邙，方泰霸杜。

（三）

我皇纯孝，通明洞幽。祗奉陵寝，展省岁周。仰瞻弓剑，俯睇松楸。靡高不即，靡深不求。

（四）

葱茏崇山，逶迤深谷。环回陵原，如拱如伏。碧树芊眠，彤云陆缛。爰有神泉，腾涌其麓。

（五）

灵砂内沸，阴火潜然，蒸为暖溜，奋迅回旋。轮冲毂转，雪荧珠圆。色澄空碧，气馥兰荃。

（六）

阴阳陶甄，刚柔摩荡，幽赞神功，畴能测量。温谷汤山，暄波灼浪，昔闻其名，今烛厥状。

（七）

祥以类感，符以兆形。地不爱宝，神泉乃零。蠲疴起瘵，益寿扶龄。琼膏甘露，孰之与京？

（八）

翠华来巡，爰涤爰盥，浴德澡躬，滋之永叹。祇念文母，祎衣有恋，思挹灵浆，上绵慈算。

（九）

乃浚洪源，方池泱泱。乃甃珉石，疏温纳凉。引之不竭，挹之无方。千龄永御，寿岂乐康。

（十）

自昔汤泉，恒闻临幸。骊阜华清，宫观斯盛，雅咏铿鏓，奎章辉炳，以古况今，何足为并？

（十一）

景从千官，星驰六飞，何如我皇，致孝宫闱？雕栏绣柱，璧砌璇题。何如我皇，崇俭作规？

（十二）

惟孝格天，惟俭凝德。光于四海，万邦作则。神运无名，圣功不息。敬天之休，于万斯亿。

曹 寅

曹寅（1658—1712年），字子清，号荔轩、雪樵、楝亭，满洲人。《红楼梦》作者曹雪芹之祖父。曹寅为人风雅，喜交名士，通诗词，晓音律。善书，著有《楝亭诗钞》（亦名《西农词》）、《词钞》一卷、《续琵琶》等。刊秘书十二种，为《梅苑》《声画集》《法书考》《琴史》《墨经》《砚笺》《千家诗》《禁扁》《钓矶立谈》《都城纪胜》《糖霜谱》《录鬼簿》。又汇刻前人文字、音韵书为《楝亭五种》，艺文杂著为《楝亭书十二种》，校勘颇精。

曹寅十六岁时入宫，与康熙这位少年君臣在幼时建立了良好的关系，这也是曹寅一生深得康熙信任的主要原因之一。康熙二十九年（1690年）任苏州织造，三年后移任江宁织造，康熙四十二年（1703年）起与李煦来年轮管两淮盐务，凡四次。康熙后四次南巡，皆住曹寅家。曹寅病危时，康熙特赐奎宁，并派人星夜兼程由北京送到南京，可惜药未到，曹寅已卒。

冲谷四兄[1]归湨阳予从猎汤泉同行不相见十三日禁中见月感赋兼呈二兄[2]

西河衰柳萧萧月，半照龙旗出晓空。别恨不容霜镜[3]满，短蓬[4]又见玉梳[5]工。香凝画省[6]眠饥凤，梦隔寒云数断鸿[7]。争似苹婆[8]双院里，挥毫日日醉春风。

注释：

[1] 冲谷四兄：即曹寅的族兄曹鋡（字冲谷、号松茨），丰润人。

[2] 二兄：指曹鋡的哥哥曹鈖（fēn），鈖字宾及。

[3] 霜镜：明镜。比喻明察清廉的官吏。唐王勃《益州夫子庙碑》："冰壶精鉴，遥清玉垒之郊；霜镜悬明，下映金城之域。"

[4] 短蓬：即彩虹。宋周密《癸辛杂识续集·短蓬》："杨大芳尝为明州高亭盐场。场在海中，或天时晴霁，时见如匹练横天，其色淡白，则晴雨中分，土人名之曰短蓬，亦蜃气之类也。"

[5] 玉梳：梳子之美称。《全元散曲·斗鹌鹑·元宵》："金凤斜簪，云鬟半偏，插玉梳，贴翠钿。"

[6] 画省：指尚书省。汉尚书省以胡粉涂壁，紫素界之，画古烈士像，故别称"画省"。或称"粉省""粉署"。

[7] 断鸿：失群的孤雁，比喻零散的诗篇。

[8] 苹婆：苹果。明谢肇淛《五杂俎·物部三》："上苑之苹婆，西凉之蒲萄，吴下之杨梅，美矣。"

叶方蔼

  叶方蔼，字子吉，号讱庵，江南昆山人，顺治十六年（1659年）己亥赐进士第三人，历官翰林院编修、侍讲学士、侍读学士、礼部侍郎、刑部侍郎。著有《读书斋偶存稿》《叶文敏公集》《独赏集》等。康熙二十一年（1628年），叶方蔼去世，赠礼部尚书，谥"文敏"。

温泉恭纪

（一）

  何来瑶窦溅珠新，皎洁[1]琉璃莹绝尘。灵液[2]汇成千顷碧，天波散作万家春。

注释：

  [1]皎洁：明亮洁白。汉班婕妤《怨歌行》："新裂齐纨素，皎洁如霜雪。裁为合欢扇，团团似明月。"

  [2]灵液：对水的美称此处指温泉。唐陈鸿《长恨歌传》："浴日余波，赐以汤沐，春风灵液，澹荡其间。"

（二）

  千里浑河水欲冰，寒流此日更清澄[1]。应缘地脉[2]偏深厚，王气[3]如龙拱孝陵。

注释：

  [1]清澄：清明，清澈。

  [2]地脉：旧时迷信风水者指地形的走向，以此指地形好坏。明郎瑛《七修类稿·天地·天目山》："天目山前水啮矶，天心地脉露危机。"

  [3]王气：旧指象征帝王运数的祥瑞之气。《东观汉记·光武帝纪》："望气者言，舂陵城中有喜气，曰：'美哉王气，郁郁葱葱。'"

（三）

  融融湑湑[1]是琼浆[2]，圣母同称万寿觞。解道[3]天心[4]多福应[5]，须知水德[6]本灵长[7]。

注释：

[1] 湑（xǔ）：水清澈的样子。《诗经·蓼萧》："蓼彼萧斯，零露湑兮。"

[2] 琼浆：仙人的美酒。《楚辞·招魂》："华酌既陈，有琼浆些。"

[3] 解道：懂得，知道。唐张籍《凉州词》："边将皆承主恩泽，无人解道取凉州。"

[4] 天心：上天的意愿。《书·咸有一德》："克享天心，受天明命。"

[5] 福应：指预示幸福吉祥的征兆。汉班固《两都赋》序："是以众庶悦豫，福应尤盛。"

[6] 水德：古代阴阳家称帝王受命的五德之一。《史记·秦始皇本纪》："始皇推终始五德之传，以为周得火德，秦代周德，从所不胜。方今水德之始，改年始，朝贺皆自十月朔。"

[7] 灵长：广远绵长。晋袁宏《后汉纪·献帝纪一》："夫天地灵长，不能无否泰之变；父子自然，不能无夭绝之异。"

（三）

渺渺[1]神泉脉脉[2]流，仙都[3]直欲置身游。此中圣泽深无际，汪濊[4]端能[5]润九州。

注释：

[1] 渺渺：悠远的样子。《管子·内业》："折折乎如在于侧，忽忽乎如将不得，渺渺乎如穷无极。"尹知章注："渺渺，微远貌。"

[2] 脉脉：连绵不断的样子。明陈所闻《闺怨》曲："机中锦字添，镜里朱颜变。脉脉春愁，都付莺和燕。"

[3] 仙都：神话中仙人居住的地方。《海内十洲记·聚窟洲》："沧海岛在北海中……岛中有紫石宫室，九老仙都所治。"

[4] 汪濊（huì）：水盛多的样子。《汉书·司马相如传下》："威武纷云，湛恩汪濊。"颜师古注："汪濊，深广也。"

[5] 端能：确实能够。

（四）

凝成甘露[1]拂熏风，喷薄[2]还应万古同。缥缈[3]源通霄汉上，氤氲[4]人在太和中。

注释：

[1] 甘露：甘美的露水。古人认为甘露降，是太平瑞征。明李时珍《本草纲目·水一·甘露》："甘露，美露也。神灵之精，仁瑞之泽，其凝如脂，其甘如饴，故有甘、膏、酒、浆之名。"

[2] 喷薄：汹涌激荡。唐沈佺期《过蜀龙门》诗："流水无昼夜，喷薄龙门中。"

[3] 缥缈：高远隐约的样子。木华《海赋》："群仙缥缈，餐玉清涯。"李善注："缥缈，远视之貌。"

[4] 氤氲：形容云烟弥漫、气氛浓盛的景象。南朝梁沈约《八咏诗·会圃临春风》："既铿锵以动佩，又氤氲而流射。"

（五）

阳春早已遍郊坰[1]，温润还堪验水经。圣主不须黄竹咏，微臣殊愧醴泉[2]铭。

注释：

[1] 郊坰（shǎng）：泛指郊外。林华皖《鲜虞古渡》："鲜虞犹故国，烟火接郊坰。"

[2] 醴泉：甜美的泉水。《礼记·礼运》："故天降膏露，地出醴泉……"

徐乾学

徐乾学（1631—1694年），字原一、幼慧，号健庵。江南苏州府昆山人。徐乾学是顺治十六年（1658年）状元徐元文、康熙十二年（1673年）探花徐秉义的大哥。人们称徐氏三兄弟为"昆山三徐"。明末清初的爱国学者顾炎武是他们的舅父，三兄弟都曾得到顾炎武的捐助。

徐乾学自幼就很聪明，八岁时已经能撰写文章。一生以文名称于世。顺治七年（1650年）徐乾学就与吴伟业、尤侗、朱彝尊等在嘉兴组织十郡大社。顺治十一年（1654年），他进入太学。康熙九年（1670年），徐乾学参加殿试，御赐一甲第三名进士及第，授翰林院编修。康熙二十一年（1682年），徐乾学被任命为《明史》总裁官。康熙二十四年（1685年），出任《大清会典》《一统志》副总裁。康熙二十五年（1686年），兼任《一统志》编纂局总裁。徐乾学也是康熙末期朋党之争中的知名人物。

徐乾学著作颇丰，著有《憺园集》《读礼通考》《明史纂辑》《鉴古辑览》《古文渊鉴》《虞浦集》《词馆集》《碧山集》等。

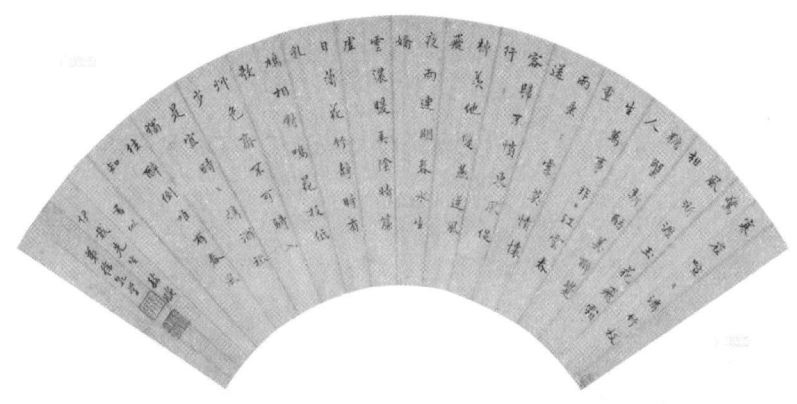

徐乾学书法

温泉十六韵

灵液流芳甸[1]，温涛注苑墙。泽因仪凤[2]丽，源为濯龙[3]长。地脉烟霄上，天河日月旁。甘分九华露，润浥五云浆。仙鼎偏能沸,丹砂本自香。从官瞻豹尾,遗俗问渔阳。上善[4]尊川后[5],涵虚让谷王[6]。醴泉逾建武,神水迈咸康[7]。黄屋山当牖,苍池石作床。碧莲[8]开藻井[9],翠荇接芝房[10]。圣母时来幸,怡颜乐未央[11]。蠲痾功莫尚,驻老孝弥彰。调剂中和气,渟涵[12]绀[13]洁光。四时常补益[14],一节阅炎凉[15]。本不容瑕垢[16],何妨示激扬[17]。濯磨[18]思自效[19],精白[20]奉吾皇。

注释:

[1] 芳甸:芳草丰茂的原野。清方文《汾湖赠祖仲美》诗:"孤村僻远无兵戈,夏木秋苗满芳甸。"

[2] 仪凤:凤凰的别称。语本《书·益稷》:"箫韶九成,凤皇来仪。"

[3] 濯龙:池名。张衡《东京赋》:"濯龙、芳林,九谷八溪。"薛综注引《洛阳图经》:"濯龙,池名。"

[4] 上善:至善。《老子》:"上善若水,水善利万物而不争。"

[5] 川后:传说中的河神。曹植《洛神赋》:"于是屏翳收风,川后静波。"吕向注:"川后,河伯也。"

[6] 谷王:江海的别称。以其能容百谷之水,故名。语本《老子》:"江海所以能为百谷王者,以其善下之,故能为百谷王。"

[7] 咸康:西晋成帝司马衍年号。

[8] 碧莲:绿荷。唐吕岩《洞庭湖君山颂》诗:"午夜君山玩月回,西邻小圃碧莲开。"

[9] 藻井:我国传统建筑中天花板上的一种装饰处理。一般做成圆形、方形或多边形的凹面,上有各种花纹、雕刻和彩画。张衡《西京赋》:"蒂倒茄于藻井,披红葩之狎猎。"薛综注:"藻井,当栋中交木方为之,如井干也。"

[10] 芝房:指成丛的灵芝。张衡《南都赋》:"芝房菌蠢生其隈,玉膏滵溢流其隅。"李善注:"芝房,芝生成房也。"

[11] 未央:未尽。《楚辞·离骚》:"及年岁之未晏兮,时亦犹其未央。"王逸注:"央,尽也。"

[12] 渟(tíng)涵:水泽。清唐孙华《泊舟惠山下汲泉煮茗》诗:"陟山不半里,石洼见渟涵。"

[13] 绀(gàn):稍微带红的黑色。

[14] 补益：有增补之用。宋欧阳修《〈归田录〉序》："既不能因时奋身，遇事发愤，有所建明，以为补益；又不能依阿取容，以徇世俗。"

[15] 炎凉：犹冷热。北魏郦道元《水经注·滱水》："地势不殊，而炎凉异致。"

[16] 瑕垢（xiá gòu）：指玉石的斑疵。也用来比喻人的缺点、毛病。明李东阳《答陆鼎仪诲言》诗："陆君多雅怀，指我以瑕垢。翻然为起敬，竦立敛双肘。"

[17] 激扬：激荡冲溅。《淮南子·坠形训》："阴阳相薄为雷，激扬为电。"

[18] 濯磨：洗涤磨炼。比喻加强修养，以期有为。宋叶适《题贾俨不忘室》诗："子先法曹掾，仁义躬濯磨。"

[19] 自效：愿为别人或集团贡献自己的力量或生命。《汉书·苏武传》："今将杀身自效，虽蒙斧钺汤镬，诚甘乐之。"

[20] 精白：纯净洁白。《清史稿·圣祖纪二》："诸臣宜精白供职，助朕修省。"

李　霨

　　李霨，字坦园，直隶高阳人，明朝大学士李国缙子。少年时，李霨勤学自励。顺治三年（1646年）考中进士，选为庶吉士，授检讨，进为编修，任日讲官，不久充经筵讲官。顺治十五年（1658年）拜秘书院大学士，兼工部尚书，加太子太保。顺治十八年（1661年），圣祖以李霨为弘文院大学士。康熙初年（1662年），四大臣辅政，政见多有不和，幸赖有李霨在其间加以调和，才使朝政得以协调。康熙九年（1670年），李霨以保和殿大学士兼户部尚书。参与修纂《清世祖实录》，并充总裁官。十一年（1672年），《清世祖实录》编成，授李霨太子太傅。三藩之乱中，李霨受命撰写诏书，始终保守秘密，因此而深受清圣祖玄烨器重。二十一年（1682年），因重修《清太宗实录》成，晋封为太子太师。平定台湾之初，有不少人认为台湾是偏远之地，应该将台湾人迁入内地，并抛弃台湾的土地。李霨力排众议，主张接受施琅的建议，在台湾设官镇守。康熙二十三年（1684年），李霨卒。赠谥号"文勤"。

康熙辛酉季春上驻跸马兰峪召扈从诸臣赐观汤泉应制四首

（一）

　　烟树[1]苍苍古蓟门[2]，山川竞秀[3]发泉源。灵砂[4]暗漱云根[5]暖，玉液潜通[6]地轴温。孝奉慈宫时进御[7]，泽流寰海[8]尽承恩[9]。共瞻别殿祥风[10]转，朴素还钦俭德[11]尊。

注释：

　　[1] 烟树：云烟缭绕的树林。南朝宋鲍照《从登香炉峰》诗："青冥摇烟树，穹跨负天石。"

　　[2] 蓟门：即蓟丘。明蒋一葵《长安客话·古蓟门》："京师古蓟地，以蓟草多得名……今都城德胜门外有土城关，相传是古蓟门遗址，亦曰蓟邱。"

　　[3] 竞秀：争比秀丽。明唐顺之《吴氏石亭埠新阡记》："诸山皆竞秀，而是山独若不见其秀者。"

[4] 灵砂：古代道家用朱砂做原料炼成的丹药，认为服之可以长生。亦泛指灵丹妙药。宋张抡《阮郎归·咏夏》词："观物外，喻身中，灵砂别有功。若将一粒比花容，金丹色又红。"

[5] 云根：深山云起之处。晋张协《杂诗》之十："云根临八极，雨足洒四溟。仇兆鳌注："张协诗'云根临八极'注：'五岳之云触石出者，云之根也。'"

[6] 潜通：暗通，私通。汉应劭《风俗通·皇霸·三皇》："指天画地，神化潜通。"

[7] 进御：如同说进呈。南朝梁刘勰《文心雕龙·诠赋》："繁积于宣时，校阅于成世，进御之赋，千有余首，讨其源流，信兴楚而盛汉矣。"

[8] 寰海：海内，全国。唐韩愈《为韦相公让官表》："毫厘之差，或致弊于寰海；晷刻之误，或遗患于历年。"

[9] 承恩：蒙受恩泽。唐岑参《送张献心充副使归河西杂句》："前日承恩白虎殿，归来见者谁不羡。"

[10] 祥风：即景风，夏至后和暖的风。古代所指"八风"之一。班固《东都赋》："习习祥风，祁祁甘雨。"李善注引宋均曰："即景风也。其来长养万物。"

[11] 俭德：俭约的品德。《书·太甲上》："慎乃俭德，惟怀永图。"孔传："言当以俭为德，思长世之谋。"

（二）

马首岚光[1]翠染衣，温汤胜境[2]望中微。久沾圣泽松杉秀，频沃灵泉[3]芝菌[4]肥。环卫令严千骑肃，寝园地近五云飞。侍臣趋召承天语[5]，拜手[6]欣传盛世稀。

注释：

[1] 岚光：山间雾气经日光照射而发出的光彩。唐李绅《若耶溪》诗："岚光花影绕山阴，山转花稀到碧浔。"

[2] 胜境：佳境。风景优美的地方。《南史·萧暎传》："胜境名山，多所寻履。"

[3] 灵泉：对泉水的美称。南朝陈张君祖《赠沙门竺法頵》诗之一："峭壁溜灵泉，秀岭森青松。"

[4] 芝菌：即灵芝。

[5] 天语：皇帝所说的话。

[6] 拜手：亦称"拜首"。古代男子跪拜礼的一种。跪后两手相拱，俯头至手。《书·太甲中》："伊尹拜手稽首。"孔传："拜手，首至手。"

（三）

俯鉴[1]纤毫[2]百尺[3]明，银塘[4]石鳖自天成[5]。翩翩舞蝶金钱下，瀸沸珠跳玉碗盈。暖律何烦吹黍谷，醴源尤羡傍佳城[6]。翠华频至非巡幸[7]，霜露应知感圣情。

注释：

[1] 俯鉴：低头照视。宋苏轼《归来引送王子立归筠州》："乱清淮而俯鉴兮，惊昔容之是非。"

[2] 纤毫：极其细微。《三国志·魏志·武帝纪》："君秉国之钧，正色处中，纤毫之恶，靡不抑退。"

[3] 百尺：十丈。比喻高、长或深。《文选》中鲍照的《苦热行》："丹蛇逾百尺，玄蜂盈十围。"李善注："百尺、十围，言其长大也。"

[4] 银塘：清澈明净的池塘。清纳兰性德《浪淘沙·秋思》词："霜讯下银塘，并作新凉，奈他青女忒轻狂。"

[5] 天成：谓合于自然。《庄子·寓言》："颜成子游谓东郭子綦曰：'自吾闻子之言，一年而野，二年而从……七年而天成。'"成玄英疏："合自然成。"

[6] 佳城：喻指墓地。南朝梁沈约《冬至节后至丞相第诣世子车中作》："谁当九原上，郁郁望佳城。"李宗翰注："佳城，墓之茔域也。"

[7] 巡幸：指皇帝巡游驾幸。清严绳孙《〈成容若遗稿〉序》："及官侍从，值上巡幸，时时在钩陈豹尾之间。"

（四）

福泉灵岫[1]冠黄图[2]，何幸叨陪[3]法从[4]趋。香雾[5]已看蒸沉瀣[6]，天池[7]殊胜濯蓬壶。阳和[8]遍满春台[9]乐，游豫[10]讴吟[11]化日敷。宠渥[12]同沾凡骨[13]换，长令翘首[14]忆仙都。

注释：

[1] 灵岫：指仙山的峰峦。《南齐书·张融传》："晒蓬莱之灵岫，望方壶之妙阙。"

[2] 黄图：借指中国。唐王勃《九成宫颂》："曦望环周，未出黄图之域。"

[3] 叨陪：谦称陪侍或追随。清纳兰性德《兴京陪祭福陵》诗："豹尾叨陪须献颂，小臣惭愧展微才。"

[4] 法从：跟随皇帝车驾；追随皇帝左右。《汉书·扬雄传上》："又是时赵昭仪方大幸，每上甘泉，常法从，在属车间豹尾中。"颜师古注："法从者，以言法当从耳，非失礼也。一曰从法驾也。"

[5] 香雾：指雾气。唐杜甫《月夜》诗："香雾云鬟湿，清辉玉臂寒。"仇兆鳌注："雾本无香，香从鬟中膏沐生耳。"

[6] 沆瀣：夜间的水汽，露水。旧谓仙人所饮。《楚辞·远游》："餐六气而饮沆瀣兮，漱正阳而含朝霞。"王逸注："《凌阳子明经》言：春食朝霞……冬饮沆瀣。沆瀣者，北方夜半气也。"

[7] 天池：天上仙界之池。唐韩愈《漫作》诗之一："玄圃珠为树，天池玉作砂。"

[8] 阳和：祥和的气氛。唐李白《古风》之十四："阳和变杀气，发卒骚中土。"

[9] 春台：春日登眺览胜之处。唐贾岛《送刘式洛中觐省》："晴峰三十六，侍立上春台。"

[10] 游豫：指帝王出游，春游为游，秋巡为豫。出自《孟子》："一游一豫，为诸侯度。"

[11] 讴吟：歌唱吟咏。唐白居易《张常侍池凉夜闲宴赠诸公》诗："或啸或讴吟，谁知此闲味？"

[12] 宠渥：皇帝的宠爱与恩泽。《周书·儒林传·沉重》："故束帛聘申，……祇承宠渥。不忘恋本，深足嘉尚。"

[13] 凡骨：指凡人。唐曲龙山《玩月诗》："曲龙桥顶玩瀛洲，凡骨空陪汗漫游。"

[14] 翘首：抬头而望，多以喻盼望或思念之殷切。明无名氏《鸣凤记·桑林奇遇》："天涯翘首，断云衰草在何方，安得同归返故乡？"

梁清标

梁清标，字玉立，号棠村，直隶真定（今河北正定）人。生于明万历四十八年（1620年），卒于清康熙三十年（1691年）。明崇祯十六年（1643年）中进士，官至翰林院庶吉士。明亡后降清，顺治元年（1644年）仍授原官，不久授编修，累迁至侍讲学士。在清顺治、康熙两朝，梁清标曾先后任过兵部、礼部、刑部、户部尚书，后授保和殿大学士。梁清标是一位著名的鉴赏家和收藏家，他"生平好学喜积，多至数十万卷"。藏品中尤以历代书法和名画，最为世人所珍爱，有"收藏甲天下"的称誉。

梁清标一生勤奋好学，任尚书一职将近二十年，在官职上称得上是功名显赫，但他仍然好学不倦。因此，他所写的诗文在海内流传甚广。每作一篇，学界人士竞相传写，一生著作甚富。

因其在学术上的成就突出，康熙二十七年（1688年）曾奉敕监修《三朝国史》《平定三逆方略》《大清会典》《大清一统志》等书，并任《明史》总裁官。著有《焦林诗文集》和《棠村词》。清康熙三十年（1661）八月梁清标卒，享年七十二岁。

户部尚书臣梁清标亦赋赐观汤泉应制

（一）

鳞鳞[1]鸳甃[2]倚烟鬟[3]，灵液冲融白昼间。飞练[4]疑从丹井[5]出，澄波[6]再见浦珠[7]还。暖分菶屋[8]占佳气[9]，晴拂条风[10]动圣颜。霜露怆怀[11]春荐[12]启，华清此日近桥山。

注释：

[1] 鳞鳞：形容水波荡漾。明何景明《伯川词》："锡山之下兮伯之河，水鳞鳞兮石峨峨。"

[2] 鸳甃：用对称的砖瓦砌成的井壁，也借指井。清纳兰性德《金菊对芙蓉·上元》："正上林雪霁，鸳甃晶莹。"

[3] 烟鬟（huán）：比喻云雾缭绕的峰峦。宋苏轼《凌虚台》诗："落

日衔翠壁,暮云点烟鬟。"

[4] 飞练:飘动的白绢。北魏郦道元《水经注·庐江水》:"上望之连天,若曳飞练于霄中矣。"

[5] 丹井:丹石之井。晋王嘉《拾遗记·晋时事》:"傍有丹石井,非人所凿……续人发以为绳,汲丹井之水,久久方得升之水。"

[6] 澄波:清波。明徐弘祖《徐霞客游记·滇游日记七》:"东瞰澄波,西悬倒壁。"

[7] 浦珠:合浦珠的简称。《后汉书·循吏传·孟尝》:"合浦郡不产谷食,而海出珠宝,与交趾比境。"

[8] 蔀屋:草席盖顶之屋。泛指贫家幽暗简陋之屋。

[9] 佳气:清雅的气味。宋王安石《朱朝议移法云兰》诗:"幽兰有佳气,千载冈山阿。"

[10] 条风:东北风,又名融风。主立春四十五日。《山海经·南山经》:"其南有谷焉,曰中谷,条风自是出。"

[11] 霜露怆(qiàng)怀:《礼记·祭义》:"霜露既降,君子履之,必有凄怆之心,非其寒之谓也。"郑玄注:"非其寒之谓,谓凄怆及怵惕,皆为感时念亲也。"后世以此指对父母或祖先的怀念。

[12] 春荐:春季以果物祭献宗庙。《礼记·王制》:"庶人春荐韭,夏荐麦,秋荐黍,冬荐稻。"

(二)

碧殿[1]新从胜地[2]开,塞垣霁色[3]入春台。侍臣[4]并把金茎露[5],黍谷何烦玉琯彩。翠岭[6]笼烟迎凤辇,黄鹂过雨啭[7]宫槐。六龙岂为宸游到,早晚慈闱问寝来。

注释:

[1] 碧殿:金碧辉煌的殿堂。唐崔橹《华清宫》诗之一:"草遮回磴绝鸣銮,云树深深碧殿寒。"

[2] 胜地:名胜之地。明刘基《养志斋记》:"华亭在松江之滨,胜地冠于浙右。"

[3] 霁色:晴朗的天色。唐元稹《饮致用神曲酒三十韵》:"雪映烟光薄,霜涵霁色泠。"

[4] 侍臣：侍奉帝王的廷臣。明何景明《刘德征上陵还有赠》："先帝侍臣零落尽，泰园宫草日霏霏。"

[5] 金茎（jīng）露：古人以玉制成承露盘放在高柱之上，以承接露水。承露盘中的露水称为金茎露。传说将此露与玉屑相和，服之可得仙道。李商隐《汉宫词》："侍臣最有相如渴，不赐金茎露一杯。"

[6] 翠岭：绿色的山岭。晋庾阐《观石鼓》诗："翔霄拂翠岭，绿涧漱岩间。"

[7] 啭（zhuàn）：鸟鸣。南朝梁萧纪《晓思》诗："晨禽争学啭，朝花乱欲开。"

（三）

岩柏森森翠影蟠，桃花春泛响流湍[1]。缭垣制古无雕绘[2]，水殿泉香胜畹兰[3]。清鉴[4]晚开云雾湿，绮窗[5]夜宿斗牛[6]寒。叨陪法从同瞻眺[7]，十九臣如挟纩看。

注释：

[1] 流湍：湍急的水流。

[2] 雕绘：雕镂彩绘。

[3] 畹（wǎn）兰：畹，泛指园圃。畹兰即指大面积种植的兰草。

[4] 清鉴：明察；高明的鉴别力。唐杜甫《洗兵马》诗："司徒清鉴悬明镜，尚书气与秋天杳。"

[5] 绮窗：雕刻或绘饰得很精美的窗户。左思《蜀都赋》："开高轩以临山，列绮窗而瞰江。"吕向注："绮窗，雕画若绮也。"

[6] 斗牛：二十八宿中的斗宿和牛宿。北周庾信《哀江南赋》："路已分于湘汉，星犹看于斗牛。"

[7] 瞻眺：远望，观看。清蒲松龄《聊斋志异·粉蝶》："饭已，因与瞻眺，见园中桃杏含苞，颇以为怪。"

（四）

旧游[1]风物[2]尚依稀[3]，何幸承恩傍翠微。廿载泉声重入耳，千峰岚气欲生衣。澜回玉砌[4]鲛人[5]吐，手散青蚨[6]蛱蝶[7]飞。矫首丹涯[8]频驻马[9]，璇宫[10]树色绾[11]斜晖[12]。

注释：

　　[1] 旧游：昔日的游览。明沈德符《野获编补遗·内阁·伪画致祸》："当高宗南渡，追忆汴京繁盛，命诸工各想象旧游为图。"

　　[2] 风物：风光景物。晋陶潜《游斜川》诗序："天气澄和，风物闲美。"

　　[3] 依稀：相像；类似。宋田锡《贻宋小著书》："为文为诗，为铭为颂，为箴为赞，为赋为歌，氤氲吻合，心与言会，任其或类于韩，或肖于柳，或依稀于元白，或仿佛于李杜。"

　　[4] 玉砌：用玉石砌的台阶，用为台阶的美称。王融《三月三日曲水诗序》："镜之虹于绮疏，浸兰泉于玉砌。"李周翰注："玉者，美言之也；砌，阶也。"

　　[5] 鲛（jiāo）人：神话传说中的一种人形鱼，流出的泪会变成珍珠。晋张华《博物志》卷九："南海外有鲛人，水居如鱼，不废织绩。……从水出寓人家，积日卖绢，将去，从主人索一器，泣而成珠满盘，以与主人。"

　　[6] 青蚨（fú）：传说中的虫名。《太平御览》卷九五〇引汉刘安《淮南万毕术》："青蚨还钱：青蚨一名鱼，或曰蒲，以其子母各等，置瓮中，埋东行阴垣下，三日后开之，即相从。以母血涂八十一钱，亦以子血涂八十一钱，以其钱更互市，置子用母，置母用子，钱皆自还。"后因用以指钱。

　　[7] 蛱（jiá）蝶：蝴蝶。明陈继儒《珍珠船》卷四："穆宗禁中杏叶牡丹开，夜有黄白蛱蝶万数飞集花间，宫人以罗巾扑之，无有获者。"

　　[8] 丹涯：红色的水岸。

　　[9] 驻马：使马停下不走。

　　[10] 璇（xuán）宫：玉石砌成的宫殿，此处指孝庄文皇后所驻的行宫。

　　[11] 绾（wǎn）：牵；拉住。清纳兰性德《扈跸霸州》诗："花承暖日迎来骑，柳带新膏绾去旌。"

　　[12] 斜晖（huī）：傍晚西斜的阳光。南朝梁简文帝《序愁赋》："玩飞花之入户，看斜晖之度寮。"

魏象枢

魏象枢，字环极，山西蔚州人。顺治三年（1646年）进士，选庶吉士。四年（1647年）授刑科给事中。五年（1648年）弹劾安徽巡抚受贿包庇贪官案，而被升转为工科右给事中。七年（1650年）转刑科左给事中。九年（1652年）转吏科都给事中。任职期间，魏象枢敢于弹劾权贵，有直臣之名。

康熙十一年（1672年），因大学士冯溥推荐，任贵州道御史。十二年（1673年），擢升左佥都御史，后升户部侍郎。十七年（1678年）授左都御史，上书称国家根本在百姓，百姓安危在督抚。希望大臣能够为百姓留下膏血，为国家培养基础。并上十事，均被采纳。十八年（1679年）任刑部尚书。魏象枢推举的廉吏，大多为圣祖所任用。魏象枢还多次被派出巡察地方，所到之处惩治贪官，举荐贤良。因此，深受圣祖赏识。魏象枢患病时，圣祖亲赐人参和参膏。二十三年（1684年），因上朝时跌倒，魏象枢上疏乞致仕，圣祖亲自手书赏赐"寒松堂"匾额，并派出车马送其归籍。二十五年（1686年），魏象枢卒，年七十一岁，朝廷赐祭葬，并赐谥号"敏果"。

刑部尚书臣魏象枢亦赋赐观汤泉应制四首

（一）

氤氲佳气霭阳春，一鉴中涵应圣人。浴日全归千尺水，分流合润九州民。晴烟晓覆行宫树，夜雨先清辇路[1]尘。自是君恩时下济，余波[2]渥处及衰臣。

注释：

[1] 辇路：天子车驾所经过的道路。班固《西都赋》："辇路经营，修除飞阁。"李善注："辇路，辇道也。"

[2] 余波：犹余泽。此处比喻君王的恩惠。唐杜甫《上韦左相二十韵》："独步才超古，余波德照邻。"

（二）

大壑[1]层峦抱碧隈，汤泉胜迹[2]拟蓬莱。山龙[3]隐跃[4]征文物[5]，地德[6]温和助寿杯。云拥翠华巡幸出，星高水殿问安回。慈宫颐养[7]多嘉悦，孝治端从圣主开。

注释：

[1] 大壑：大坑谷或大沟。唐柳宗元《先侍御史府君神道表》："尝经山涧，水卒至，流抵大壑，得以无苦。"

[2] 胜迹：有名的古迹、遗迹。明蒋一葵《长安客话·黄金台》："黄金台有二，故燕昭公所为乐郭筑而礼之者，其胜迹皆在定兴。"

[3] 山龙：指古代衮服或旌旗上的山、龙图案。《书·益稷》："予欲观古人之象，日月星辰，山龙华虫，作会宗彝。藻火粉米，黼黻绣绣，以五采彰施于五色作服。"孔传："画三辰、山龙、华虫于衣服、旌旗。"

[4] 隐跃：隐约。

[5] 文物：礼乐制度。古代用文物表明贵贱，区别等级，所以有这样的说法。《左传·桓公二年》："夫德，俭而有度，登降有数，文物以记之，声明以发之，以临百官。"

[6] 地德：大地的德化恩泽。《管子·问》："理国之道，地德为首。君臣之礼，父子之亲，覆育万人，官府之藏，强兵保国，城郭之险，外应四极，具取之地。"尹知章注："法地以为政，故曰地德为首。"

[7] 颐养：保养。《汉书·食货志下》："酒者，天之美禄，帝王所以颐养天下，享祀祈福，扶衰养疾。"

（三）

万国温凉总帝功[1]，石根[2]焦釜[3]有无中。千峰巀嶪[4]南熏[5]绕，一派澄清太液[6]通。畿辅冰霜皆变化，渔阳草木倍冲融。至尊聊掬甘泉水，不是行游五柞宫[7]。

注释：

[1] 帝功：帝王的功业。汉班固《东都赋》："分州土，立市朝，作舟舆，造器械，斯乃轩辕氏之所以开帝功也。"

[2] 石根：岩石的底部。北魏郦道元《水经注·沔水》："水中有孤石

挺出，其下澄潭，时有见此。石根如竹根而黄色，见者多凶，相与号为承受石。"

[3] 焦釜（fǔ）：烧干水的铁锅。

[4] 巀嶫（jié yè）：山势高耸。明吴易《定襄侯郭武公登》诗："巀嶫云中城，虎豹郁相抱。"

[5] 南熏：指《南风》歌。相传为虞舜所作，歌中有"南风之熏兮，可以解吾民之愠兮"等句。借指从南面刮来的风。

[6] 太液：古池名，此处指北京南、中、北三海。

[7] 五柞（zuò）宫：汉离宫名。故址在今陕西省周至市东南。《汉书·武帝纪》："二月，行幸盩厔五柞宫。"颜师古注引张晏曰："有五柞树，因以名宫也。"

（四）

阳和满地豁重阴[1]，诏锡臣工[2]次弟[3]寻。甃石四围池贮水，傍岩千树柏成林。桥山[4]弓剑瞻依近，蔀屋桑麻拥护深。不比华清传胜事，吾皇举动万年箴[5]。

注释：

[1] 重阴：指云层密布的阴天。汉张衡《南都赋》："玄云合而重阴，谷风起而增哀。"

[2] 臣工：群臣百官。《诗经·臣工》："嗟嗟臣工，敬尔在公。"毛传："工，官也。"郑玄笺："臣，谓诸侯也。"

[3] 次弟：同"次第"，一个接着一个。

[4] 桥山：山名，在今陕西省黄陵县西北。相传为黄帝葬处。沮水穿山而过，山状如桥，故名。《史记·五帝本纪》："黄帝崩，葬桥山。"后世因以桥山指黄帝陵或帝王陵墓。

[5] 万年箴（zhēn）：箴，告诫的话。即指值得永远铭记的告诫之词。

项景襄

项景襄（1627—1681年），字去浮，号眉山，浙江钱塘人。顺治乙未十二年（1655年）进士，康熙间累擢内阁学士。曾驳山东巡抚欲禁蓬槔之议，以维持渔民生计。后来官至兵部右侍郎。康熙二十年（1681年）因病去职。他的前两首诗，收在清乾隆年间遵化知州傅修所撰《直隶遵化州志》一书的艺文志中，而《清文颖》一书中，则只有后二首。所以项景襄的《汤泉应制》诗，能搜集到的共有三首。

汤泉应制

（一）

树羽[1]千层驻马兰，灵湫蒸暖泻幽湍。波涵旭日山光[2]丹，液煮阴泉[3]莎草[4]丹。嘘气出云无鹭宿[5]，盘涡[6]喷瀑有龙蹯。不因天语勤三锡，谁赐人间行一观。

注释：

[1] 树羽：插置五彩羽毛作为装饰。晋陆机《吴大司马陆公诔》："龙旗飞藻，灵鼓树羽。"

[2] 山光：山的景色。南朝梁沈约《泛永康江》诗："山光浮水至，春色犯寒来。"

[3] 阴泉：秋冬之水。唐韩愈《奉和杜相公太清宫纪事陈诚上李相公十六韵》："阳月时之首，阴泉气未牙。"

[4] 莎草：多年生草本植物。多生于潮湿地区或河边沙地。块茎称"香附子"，可供药用。

[5] 鹭（lù）宿：鹭鸟栖宿。

[6] 盘涡：水旋流形成的深涡。郭璞《江赋》："盘涡谷转，凌涛山颓。"张铣注："盘涡，言水深风壮，流急相冲，盘旋作深涡如谷之转。"

（二）

铜龙[1]门外翠旗[2]开，凤辇声从长信[3]来。只爱沸潭[4]能益寿，不烦承露[5]起高台。祓除[6]泉面宜春日，警跸山头隐昼雷。常庆萱葩荣北阙[7]，愧无兰草补南陔[8]。

注释：

[1] 铜龙：铜制的龙形器物，可作喷水器。晋陆翙《邺中记》："华林园中，千金堤上，作两铜龙，相向吐水，以注天泉池。"东晋十六国时，后赵石勒曾铸铜龙，烧热后置于浴池中，以此来保持水温，后世也以铜龙比喻浴池。

[2] 翠旗：饰以翠羽的旗帜。晋夏侯湛《禊赋》："擢翠旗，垂繁缨，微云乘轩，清风卷旌。"

[3] 长信：即长信宫，汉宫名。汉皇太后所居，后世因以长信代称太皇太后。

[4] 沸潭：水波腾涌的潭。谢惠连《雪赋》："沸潭无涌，炎风不兴。"李善注："郦道元《水经注》：'曲阿季子庙前，井及潭常沸，故名井曰沸井，潭曰沸潭。'"

[5] 承露：承接甘露。汉班固《西都赋》："抗仙掌以承露，擢双立之金茎。"

[6] 祓除：在水边洗浴，以去除不祥。

[7] 北阙：古代宫殿北面的门楼，是臣子等候朝见或上书奏事之处。宋陆游《西郊》诗："七十辞北阙，五亩寄西郊。"

[8] 南陔（gāi）：《诗经》篇名。《诗经·小雅·南陔序》："南陔，孝子相戒以养也。"后来用为奉养和孝敬双亲的典故。

（三）

别殿重轩[1]近接溪，羞将丹刻侈铜鞮[2]。半墙碧瓦[3]朱阑[4]外，一带青松翠黻迷。止有玉绳[5]低铁凤[6]，更无金璧[7]饰璇题[8]。温泉宫室曾称盛，难与尧阶圣德齐。

注释：

[1] 重轩：层层栏杆。班固《西都赋》："左城右平，重轩三阶，闺房周通，门闼洞开。"吕延济注："重轩，谓重栏干。"

[2] 铜鞮：春秋晋离宫名，在山西沁县南二十五里。

[3] 碧瓦：青绿色的琉璃瓦。《醒世恒言·卢太学诗酒傲王侯》："中

间显出一座八角亭子，朱甍碧瓦，画栋雕梁。"

[4] 朱栏：朱红色的围栏。

[5] 玉绳：比喻雨滴。唐张萧远《兴善寺看雨》逸句："须臾满寺泉声合，百尺飞檐挂玉绳。"

[6] 铁凤：古代屋脊上的一种装饰物。铁制，形如凤凰。下有转枢，可随风而转。张衡《西京赋》："凤骞翥于甍标，咸溯风而欲翔。"三国吴薛综注："谓作铁凤凰，令张两翼，举头敷尾，以函屋上，当栋中央。下有转枢，常向风，如将飞者焉。"

[7] 金璧：薄金制成的橡头圆形饰物。班固《西都赋》："雕玉瑱以居楹，裁金璧以饰珰。"李善注引韦昭曰："裁金为璧，以当橡头。"

[8] 璇题：玉饰的橡头。扬雄《甘泉赋》："珍台闲馆，璇题玉英。"李善注引应劭曰："题，头也。榱橡之头，皆以玉饰，言其英华相烛也。"

蒋弘道

　　蒋弘道，曾任日讲官、起居注官、翰林院侍读学士，詹事府詹事[1]，康熙二十三年（1684年）七月任左都御史，二十五年（1686年）任礼部侍郎。

日讲官起居注翰林院侍读学士加二级加詹事府詹事臣蒋弘道亦赋赐观汤泉应制四首

（一）

　　山开兰峪建旌门[2]，瑞霭茏葱拥至尊[3]。德澡汤盘[4]经岁月，泽通舜海[5]倍潺湲。一池影自连云碧，万斛波因浴日温。流到人间余润远，几多草树沐荣恩。

注释：

　　[1] 詹事：官名。秦始置，职掌皇后、太子家事。东汉废。魏晋复置。唐建詹事府，辽、金、元置詹事院。明清皆置詹事府，设詹事及少詹事，为三、四品官，其下有左右春坊及司经局等，备翰林官的升迁，无实职。清末废。

　　[2] 旌门：古代帝王出行，张帷幕为行宫，宫前树旌旗为门，称旌门。《周礼·天官·掌舍》："为帷宫，设旌门。"贾公彦疏："食息之时，则张帷为宫，树立旌旗以表门。"

　　[3] 至尊：极其尊贵，此处作为皇帝的代称。

　　[4] 汤盘：商汤沐浴时所用的盘。《礼记·大学》："汤之盘铭曰：'苟日新，日日新，又日新。'"孔颖达疏："汤之盘铭者，汤沐浴之盘而刻铭为戒。必于沐浴之者，戒之甚也。"后来用汤盘来作为自我警戒的典故。

　　[5] 舜海：其义不详。此处舜海与汤盘对举，当是指舜帝用于洗浴的澡盆。

（二）

　　池连大小总无尘[1]，地底分流百派匀。冬亦春温生凤藻，水兼火德[2]濯龙鳞[3]。眺波[4]作雨飞天泽，蒸气成云捧日轮[5]。最爱澄泓三丈绿，斑文[6]犹见石粼粼[7]。

注释：

[1] 无尘：不着尘埃。常表示超尘脱俗。唐崔橹《莲花》诗残句："无人解把无尘袖，盛取残香尽日怜。"

[2] 火德：火的功能。明茅元仪《火药赋》："五材并用，火德最灵，秉荧惑之精气，酌朱雀之权衡。"

[3] 龙鳞：《韩非子·说难》："夫龙之为虫也，柔可狎而骑也，然其喉下有逆鳞径尺，若人有婴之者，则必杀人。人主亦有逆鳞，说者能无婴人主之逆鳞，则几矣。"后因以"龙鳞"指人主，即君王。

[4] 跳波：翻腾的波浪。隋薛道衡《入郴江》诗："跳波鸣石碛，溅沫拥沙洲。"

[5] 日轮：太阳。日形如车轮而运行不息，故名。唐韩愈《送惠师》诗："夜半起下视，溟波衔日轮。"

[6] 斑文：斑驳的花纹。斑点，花纹。唐苏鹗《苏氏演义》卷上："尧二女娥皇、女英追之不及，相与恸哭，泪下沾竹，悉成斑文。"

[7] 粼粼：水流清澈的样子；水石闪映样子。《诗经·扬之水》："扬之水，白石粼粼。"毛传："粼粼，清澈也。"

（三）

别苑承欢[1]仰圣衷[2]，岩边水殿迥凌空。九天遥发重围驾，万寿期延文母[3]躬。澹荡[4]风熏汤谷外，澄鲜[5]月映福泉中。却看栋宇全因旧[6]，不比华清更筑宫。

注释：

[1] 承欢：指侍奉父母。

[2] 圣衷：天子的心意。唐张九龄《奉和圣制〈过王浚墓〉》："孤绩沦千载，流名感圣衷。"

[3] 文母：文德之母。是对后妃的称颂之辞。《诗经·雝》："既右烈考，亦右文母。"此处是特指清玄烨的祖母孝庄文皇后。

[4] 澹荡：同骀荡。谓使人和畅。多形容春天的景物。唐陈鸿《长恨

歌传》："赐以汤沐，春风灵液，澹荡其间。"

[5] 澄鲜：清新。南朝宋谢灵运《登江中孤屿》诗："云日相辉映，空水共澄鲜。"

[6] 全因旧：全都保存着旧有的规模。清圣祖玄烨在修建遵化汤泉行宫时，其主体建筑物，主要是利用了明朝戚继光时的旧有建筑，又拆除了明朝在遵化所建的巡抚衙门及明代所建的遵化城北关教军场建筑物，将其旧料用于建造汤泉行宫。此句《皇清文颖》作："规模依约茅茨意。"

（四）

天语传呼赏碧浔[1]，得瞻胜地主恩深。空过上巳[2]重修禊，还使群工共洗心[3]。鱼藻池中纷隐濯，鲸波[4]海外渐消沉。愿将神水均膏润[5]，率土疮痍起自今。

注释：

[1] 碧浔：绿水边。唐鲍溶《南塘》诗之二："塘东白日驻红雾，早鱼翻光落碧浔。"

[2] 上巳：旧时节日名。汉以前以农历三月上旬巳日为"上巳"；魏晋以后，定为三月三日，不必取巳日。《后汉书·礼仪志上》："是月上巳，官民皆洁于东流水上，曰洗濯祓除去宿垢疢为大洁。"

[3] 洗心：洗涤心胸。比喻除去恶念或杂念。《易·系辞上》："圣人以此洗心。"此二句，《皇清文颖》作："暖同黍谷曾吹律，洁比汤盘共洗心。"

[4] 鲸波：鲸鱼掀起的波浪。比喻惊涛骇浪。明唐顺之《送蒋藩幕赴闽中》诗："风岛鲸波涌，寒城蜃气收。"

[5] 膏润：指使草木滋润生长的雨露和养料。亦借喻对人的恩惠。

吴正治

吴正治,字当世,湖北江夏人。顺治六年(1648年)进士,选庶吉士,授国史院编修。顺治十五年(1658年),外任江西南昌道,后迁陕西按察使。吴正治为官,以清廉执法为人所称道。顺治十七年(1660年),升任工部侍郎,后调刑部。

康熙八年(1669年),任兵部督捕侍郎,充经筵讲官。十二年(1673年)任左都御史。不久升工部尚书,后调礼部。二十年(1681年),拜武英殿大学士,并任《太祖实录》《圣训》《会典》《平定三藩方略》《大清一统志》等书总裁官,加太子太傅衔。史载吴正治"守成法,识大体"。二十六年(1687年),以原官致仕,三十年(1691年)病卒,谥"文僖"。

经筵讲官礼部尚书加二级臣吴正治亦赋赐观汤泉应制四首

(一)

郁盘[1]佳气拱神京,胜地时经御辇[2]行。夹道[3]烟岚开帐殿,凝空苍翠[4]闪霓旌。谷吹暖律[5]春常住,水泛阳和泽自盈。天语钦承忻赐瞩,临流应识豫游情。

注释:

[1] 郁盘:曲折幽深的样子。徐悱《古意酬到长史溉登琅琊城》:"此江称豁险,兹山复郁盘。"

[2] 御辇:指皇帝乘坐的车子。《北史·魏纪三·高祖孝文帝》:"甲子,帝初法服御辇,祀西郊。"

[3] 夹道:在道路两旁。《周礼·秋官·乡士》:"帅其属,夹道而跸三公。"

[4] 苍翠:青绿。宋陆游《老学庵笔记》卷二:"有数家专以取石为生。其佳者质温润苍翠,叩之声如金玉。"

[5] 暖律:古时以节气与音乐的节律相配合,温暖的节气称为暖律。明方孝孺《友筠轩赋》:"春之时也,暖律乍起,和风方刚。"

（二）

金根[1]移驻六龙[2]从，松桧阴深结盖重。汤沐[3]分来赤县[4]近，渲波通处彩霞封。璇宫爱日还调膳[5]，绣甸祈年[6]好劳农。帝德[7]性成隆孝养[8]，瑶池[9]长映月明峰。

注释：

[1] 金根：即金根车，以黄金为饰的根车。帝王所乘。根车，用自然圆曲的树木做车轮装配成的车子。古代以为帝王有盛德，则山出根车，为祥瑞之兆。

[2] 六龙：古代天子的车驾为六马，马八尺称龙，因以为天子车驾的代称。明陶宗仪《辍耕录·金鳌山》："少焉，千乘万骑毕集，始知为六龙临幸。"

[3] 汤沐：沐浴。《公羊传·隐公八年》："邴者何？郑汤沐之邑也。天子有事于泰山，诸侯皆从，泰山之下，诸侯皆有汤沐之邑焉。"何休注："有事者，巡守祭天告至之礼也，当沐浴洁斋以致其敬，故谓之汤沐邑也。"

[4] 赤县：即赤县神州。战国时邹衍称中国为赤县神州，认为中国之外如赤县神州的地方有九个，乃是世人所说的九州岛，中国仅是其中之一州。后以赤县神州借指中原或中国。

[5] 调膳：司厨，烹调。

[6] 祈年：祈祷丰年。

[7] 帝德：天子的品德。

[8] 孝养：竭尽孝忱奉养父母。《汉书·文帝纪》："今岁首，不时使人存问长老，又无布帛酒肉之赐，将何以佐天下子孙孝养其亲？"

[9] 瑶池：古代传说昆仑山上的池名，是西王母居住的地方。《穆天子传》："天子觞西王母于瑶池之上。"

（三）

祥风澹荡拂潺湲，细草浓花媚圣颜。修禊[1]恰当谷雨后，濯缨疑在斗牛间。阶仍旧址茅茨[2]朴，碑记遗文石薜[3]斑。仿佛[4]荣光呈瑞色[5]，依微远黛霭晴山。

注释：

[1] 修禊（xì）：古代民俗于农历三月上旬的巳日到水边嬉戏，以祓除不祥，称为修禊。三国魏以后定为每年的三月三日。

[2] 茅茨：茅草盖的屋顶。亦指茅屋。《韩非子·五蠹》："尧之王天下也，茅茨不翦，采椽不斫。"

[3] 石藓（xiǎn）：生在石上的苔藓。唐皎然《酬秦山人系题赠》诗："思山石藓净，款客露葵肥。"

[4] 仿佛：似有若无的样子；隐隐约约的样子。晋陶潜《桃花源记》："林尽水源，便得一山。山有小口，仿佛若有光。"

[5] 瑞色：同瑞气，瑞应之气。泛指吉祥之气。

（四）

　　崆峒[1]曾说降轩皇[2]，叠嶂[3]凌霄[4]接大荒[5]。势扼关河[6]占脉厚，形蟠园寝发泉香。遥闻钟磬[7]谐韶夏[8]，怅望[9]弓裘感露霜。缥缈丹梯谁可到，幸陪仙仗五云傍。

注释：

[1] 崆峒（kōng tóng）：山名。相传黄帝向广成子问道于此山。后世也以崆峒山指仙山。传说有三处：一是在甘肃平凉市西；二是在山西省临汾市南。《山海经·海内东经》："温水出崆峒，崆峒山在临汾之南"；三是在天津市蓟州区盘山；也有传说黄帝问道广成子是在盘山。本诗中的崆峒，当是指今天津市蓟州区盘山。

[2] 轩皇：即黄帝轩辕氏。唐张说《圣德颂》："稽诸瑞典，昔祚轩皇。而今表圣，土德以昌。"

[3] 叠嶂：重叠的山峰。明张居正《马上见西山》诗："叠嶂环都邑，浮光接露台。"

[4] 凌霄：直冲云霄。晋葛洪《抱朴子·务正》："大夏凌霄，赖群橑之积。"

[5] 大荒：荒远的地方；边远地区。《山海经·大荒东经》："东海之外，大荒之中，有山名曰大言，日月所出。"

[6] 关河：关山河川。《后汉书·荀彧传》："此实天下之要地，而将军之关河也。"

[7] 钟磬：钟和磬。古代礼乐器。《礼记·檀弓上》："是故竹不成用，瓦不成味……有钟磬而无簨虡，其曰明器，神明之也。"

[8] 韶（sháo）夏：舜乐和禹乐，也泛指优雅的古乐。宋范仲淹《酬叶道卿学士见寄》："感兹韶夏音，佐我台上春。"

[9] 怅望：惆怅地看望或想望。元萨都剌《满江红·金陵怀古》词："六代繁华，春去也，更无消息。空怅望，山川形胜，已非畴昔。"

李天馥

　　李天馥，字湘北，号容斋，安徽合肥人。明崇祯八年（1635年）生。七岁能诗，时人视为神童。清顺治十四年（1657年）中举，次年中进士，入选庶吉士。累擢户部左侍郎，调吏部，以激浊扬清为己任。官至吏部尚书、武英殿大学士。康熙三十八年（1699年）卒，谥"文定"。

　　李天馥性情至孝，感天动地。据史载：其母丧，扶母柩归，途经巢湖，正值冬季水涸，不能通船。运载其母灵柩的船至巢湖时，水涨数尺，好像专为其送丧。及至埋了母亲，他在墓旁盖房守丧，亲植松树、楸树等，忽有一对白燕栖于墓旁的房子上，人们认为这是被李天馥的孝行所感动，于是把他守丧的房子称为"白燕庐"。当地发生旱灾，李天馥筑坛祈祷，天降大雨。秋旱，发生蝗灾，他仍像以前一样进行祈祷，结果蝗虫尽数离去。

　　李天馥注重为国家选拔人才，下令在全国选举博学之才，并举荐李因笃、顾炎武、秦松龄等人。开科选才时，他大力推举陆陇其、邵嗣尧、彭鹏等人，深受世人称赞。李天馥一生酷爱文学，擅长诗词文章，初入翰林，以诗文为己任，与王渔洋、叶方蔼、陈廷敬等人倡复古学。每朝罢，召集文雅之士，吟诗作对。著有《容斋千首诗》，词集《容斋诗余》一卷，存词一百三十余首。

汤泉应制四首

（一）

　　一路垂杨画里津，祇园喜奉玉音频。逶迤[1]绣黻来仙梵[2]，宛转青溪护谷神[3]。胜地效灵[4]资远泽，名山毓瑞庆长春。共惊造物[5]真奇作，大陆茫茫汇广轮[6]。

注释：

[1] 逶迤：曲折绵延的样子。《淮南子·泰族训》："河以逶蛇故能远，山以陵迟故能高。"

[2] 仙梵：指道教徒诵经的声音。

[3] 谷神：古代道家用语，指五脏神。《老子》："谷神不死"，河上公注："人能养神则不死，神谓五藏之神也。"引申指导引养生之术。

[4] 效灵：显灵。

[5] 造物：即造物者，特指创造万物的神。

[6] 广轮：广袤，指土地的面积。唐柳宗元《唐铙歌鼓吹曲·东蛮》："广轮抚四海，浩浩知皇风。"

（二）

苍松紫柏望重重，爧透云根傍火龙。迸溜[1]倒倾银菡萏[2]，澄波深浸玉芙蓉。烟岚瓦碧鱼鳞[3]合，露藓阶青雁齿[4]封。淑气茏葱涵夕照，浑疑身在祝融峰。

注释：

[1] 迸溜：雨水倾泻的样子。唐姚合《酬任畴协律夏中苦雨见寄》诗："散空烟漠漠，迸溜竹修修。"

[2] 菡萏（hàn dàn）：即荷花。宋欧阳修《西湖戏作示同游者》诗："菡萏香清画舸浮，使君宁复忆扬州。"

[3] 鱼鳞：鳞次，依次相接。北周庾信《温汤碑》："秦皇余石，仍为雁齿之阶；汉武旧陶，即用鱼鳞之瓦。"

[4] 雁齿：比喻排列整齐之物。常比喻桥的台阶。唐白居易《答王尚书问履道池旧桥》诗："虹梁雁齿随年换，素板朱栏逐日修。"

（三）

共染氤氲礼福泉，层峦环拱翠微天。流霞澡德资纯孝，灵液瘳疴[1]永大年。细颗浮花珠媚日，回栏[2]排镜玉生烟。重修都本茅茨意，不费官家[3]少府[4]钱。

注释：

[1] 瘳疴：使病痊愈。宋苏轼《书〈济众方〉后》："书以方版，揭之通会。不独流传民间，瘳疴愈病，亦欲使人知上恩也。"

[2] 回栏：曲折的栏杆。清纳兰性德《雨霖铃·种柳》词："回栏恰就轻阴转，背风花，不解春深浅。"

[3] 官家：公家，官府。宋王安石《河北民》诗："家家养子学耕织，输与官家事夷狄。"

[4] 少府：县尉的别称。

（四）

天然位置自巍峨[1]，犹是香岩旧补陀[2]。似藉烟霞成锦绣，不将金碧[3]易藤萝。祥光郁作桥陵瑞，暖气蒸为宇宙和。深幸小臣逢盛事，追随还欲赋卷阿[4]。

注释：

[1] 巍峨：高大雄伟。晋葛洪《抱朴子·博喻》："五岳巍峨，不以藏疾伤其极天之高。"

[2] 补陀：即普陀，中国佛教四大名山之一。古称梅岑山，传说汉方士梅福在此炼丹。五代后梁时，日僧慧锷从五台山请观音圣像回国，为大风所阻，于此山建"不肯去观音院"，是为"观音道场"之始。后人又据《华严经·入法界品》，附会为善才参访观音菩萨的补陀落迦山。

[3] 金碧：金黄和碧绿的颜色。

[4] 卷阿：《诗经·大雅》篇名。诗序谓召康公作以戒成王，要"求贤，用吉士"。

高士奇

高士奇（1645—1740年），字澹人，号江村、竹窗。钱塘匡堰镇高家村人。康熙十五年（1676年）迁内阁中书，领六品俸薪，住在朝廷赏赐给他的西安门内。高士奇每日为康熙帝讲书释疑，评析书画，极得信任。以植党营私被劾，解职归乡里。后复召入京，官至礼部侍郎。晚年又特授詹事府詹事、礼部侍郎。死后，赠谥号"文恪"。他学识渊博，能诗文，擅书法，精考证，善鉴赏，所藏书画甚富。著有史学著作《春秋地名考略》《清吟堂集》《江村消夏录》《天录识余》《扈从目录》《左传纪事本末》五十三卷等。

赐观温泉应制 有序

盖闻炎精[1]所蕴，气蒸山下之蒙；阳德[2]方升，暖应谷中之律。惟圣人出而地不爱宝，斯灵泽[3]通而天其降祥。兹温泉者，迩蓟苑之神皋，当渔阳之胜地。一峰特秀，涌瑶波铜浦之奇；二水分流，具养德[4]和神[5]之用。恭遇我皇上格天[6]大孝，钦奉我太皇太后，应地弘慈，御此仙源，聿增景福。爰选万几之暇，时乘六龙，以从云輧引，鸾辂齐驱。孝推一本[7]，野日共山花俱粲，庆溢九垓。斯帝室之鸿庥[8]，洵天伦之乐事。然循源甃石，不闻唐宗增饰之劳。缘砌筑官，只同陶后土茅之略。避九成[9]之暑，鄙彼甘泉；乘三月之和，踵于上巳[10]。臣获随龙驭[11]，式睹天心，祗奉[12]明纶[13]，再赓巴奏。芜俚[14]不剪，难宣醴瑞于尧年[15]；祝愿何穷，窃比蒲生夫舜日[16]。五言恭赋，四律兼成。

注释：

[1] 炎精：指火德。王延寿《鲁灵光殿赋》："殷五代之纯熙，绍伊唐之炎精。"李善注："言汉盛于五代纯熙之道，而绍帝尧火德之运。"

[2] 阳德：阳气。《西京杂记》卷五："阳德用事，则和气皆阳，建巳之月是也，故谓之正阳之月。"

[3] 灵泽：滋润万物的雨水，亦喻君王的恩德。《楚辞·九思·悯上》："思灵泽兮一膏沐，怀兰英兮把琼若。"原注："灵泽，天之膏润也。盖喻德政也。"

[4] 养德：也泛指修养德性。《清史稿·后妃传·高宗孝贤纯皇后》："在青宫而养德，即治间而淑身。"

[5] 和神：和悦心神。三国魏曹植《七启》："可以和神，可以娱肠。"

[6] 格天：感通上天。语本《书·君奭》："在昔成汤既受命，时则有若伊尹，格于皇天。"

[7] 一本：同一根本。清王夫之《读四书大全说·论语·公冶长篇一》："仁、义、忠、孝，固无非性者，而现前万殊，根原一本。"

[8] 鸿庥：对尊长给予的庇荫与关怀的敬称。

[9] 九成：唐代宫名。在陕西省麟游县西。本为隋仁寿宫，系皇帝避暑处。唐太宗贞观五年（631年）重修，因所在山有九重，改名九成。永徽二年（651年）九月改名万年。乾封二年（667年），复为九成。宫垣周千八百步，中有碧城殿、排云殿，并置禁苑及府库官寺等。

[11] 龙驭：指天子车驾。借指皇帝。前蜀韦庄《喻东军》诗："四年龙驭守峨眉，铁马西来步步迟。"

[12] 祗奉：敬奉。《北齐书·祖珽传》："遂深自结纳，曲相祗奉。"

[13] 明纶：指帝王的诏令。《明史·公鼐传》："凡一月间明纶善政，固大书特书；其有闻见异词及宫闱委曲之妙用，亦皆直笔指陈，勒成信史。"

[14] 芜俚（lǐ）：指芜杂粗俗。《宋史·李之纯传》："御史周尹劾广西提点刑狱许彦先受邕吏金，命之纯往究其端，乃起于出婢之口。之纯以为芜俚之言，不治。"

[15] 尧年：古史传说，尧时天下太平，因而以"尧年"比喻太平盛世。南朝梁沈约《四时白纻歌·春白纻》："佩服瑶草驻容色，舜日尧年欢无极。"

[16] 舜日：舜统治时，天下太平。故舜日与"尧年"一起，用来比喻盛世。

（一）

碧㶁[1]疏灵液，虚明[2]湛一泓。入阶同草色，响溜作松声。
朔野[3]寒堪辟，春山[4]暖倍生。真看涵育[5]远，万汇荷相成。

注释：

[1] 碧巘：碧绿的山峰。

[2] 虚明：空明；清澈明亮。明蒋一葵《长安客话·海淀》："勺园林水纡环，虚明敞豁。"

[3] 朔野：北方荒野之地。宋苏轼《次韵张昌言给事省宿》："朔野按行犹爵跃，东台瞑坐觉乌飞。"

[4] 春山：春天的山。唐王维《鸟鸣涧》诗："人闲桂花落，夜静春山空。"

[5] 涵育：涵养化育。

（二）

文母调神处，山阿[1]道路通。丹甍[2]开殿迥，白石甃池工。
表瑞称炎德，承欢洽圣衷。茅茨仍不剪，朴略[3]有唐风[4]。

注释：

[1] 山阿：山的曲折处。《楚辞·九歌·山鬼》："若有人兮山之阿，被薜荔兮带女萝。"王逸注："阿，曲隅也。"

[2] 丹甍：朱红的屋脊。南朝宋谢灵运《过瞿溪山僧》诗："结架非丹甍，籍田资宿莽。"

[3] 朴略：质朴鄙野。

[4] 唐风：唐尧的遗风。明张时彻《诚意伯刘公神道碑铭》："俗尚俭朴，有唐风之遗焉。"

（三）

半岭[1]驻鸣骖，仙源诏许探。沼中浮淑气，空外卷晴岚[2]。
溅石流仍洁，分杯味独甘。由来汤谷里，不羡菊花潭。

注释：

[1] 半岭：半山腰。唐杜甫《雨》诗："晴飞半岭鹤，风乱平沙树。"

[2] 晴岚：晴日山中的雾气。唐郑谷《华山》诗："峭仞耸巍巍，晴岚染近畿。"

（四）

胜日宜登览[1]，川原[2]夕照开。涧花含宿雨，陇麦拆轻雷。
地接园林近，班随岳牧[3]来。太和蒸宇宙，遥作五云堆。

注释：

[1] 登览：登高览胜。

[2] 川原：河流与原野。唐陈子昂《晚次乐乡县》："川原迷旧国，道路入边城。"

[3] 岳牧：传说为尧舜时四岳十二牧的省称。语本《书·周官》："曰唐虞稽古，建官惟百，内有百揆四岳，外有州牧侯伯。"

皇上奉太皇太后驻跸温泉宫恭纪

离宫汤殿[1]接清虚，龙首[2]澄泓暖溜潴[3]。碧草远分貔虎[4]卫，红云低护凤鸾舆[5]。天恩自许陪仙仗，臣职何堪注起居。岩下松萝[6]烟霭[7]合，茏葱佳气万年余。

注释：

[1] 汤殿：温泉浴室。唐王建《华清宫感旧》诗："公主妆楼金锁涩，贵妃汤殿玉莲开。"

[2] 龙首：龙的头。《后汉书·礼仪志下》："载饰以盖龙首鱼尾，华布墙，繢上周，交络前后，云气画帷裳。"

[3] 潴（zhū）：水停聚的地方。《周礼·地官·稻人》："稻人，掌稼下地，以潴畜水，以防止水，以沟荡水。"郑玄注："偃潴者，畜流水之陂也。"

[4] 貔虎：貔和虎，亦泛指猛兽。明孙贲《送翰林典籍张敏行之官西上》诗："九重下诏征貔虎，推毂上将天都府。"

[5] 鸾舆：天子乘的车辆，亦借指天子。汉董仲舒《春秋繁露·三代改制质文》："鸾舆尊盖，法天列象，垂四鸾。"

[6] 松萝：即女萝。《诗经·嫒弁》："茑与女萝，施于松上。"毛传："女萝、兔丝，松萝也。"

[7] 烟霭：云雾。唐王勃《慈竹赋》："崇柯振而烟霭生，繁叶动而风飙起。"

沈 荃

沈荃，字贞蕤，号绎堂、充斋，江南华亭（今上海）人，顺治九年（1652年）一甲三名进士，授编修。清世祖择翰林中才能卓异者外放为官，沈荃被授为大梁道副使。在任时，削平大盗董天禄、牛光天和禹州大盗，后署按察使。

康熙元年（1662年），因丁忧归籍。六年（1667年）授直隶通蓟道，因事降官，授浙江宁波同知。十年（1671年）授侍讲，值南书房。十一年（1672年）转侍读。十二年（1673年）充日讲起居注官。十三年（1674年）升任国子监祭酒。十五年（1676年）迁少詹事。十六年（1677年）升詹事。十八年（1679年），因天旱，上疏请停罪人流放乌喇之例。二十一年（1682年）正月，圣祖于乾清宫大宴群臣，并赋柏梁体诗，沈荃因才学优异，而参与其间。二十三年（1684年），卒。著有《一砚斋诗集》和《充斋集》。

日讲官起居注詹事府詹事翰林院侍读学士加礼部侍郎臣沈荃亦赋赐观汤泉应制四首

（一）

紫塞风云壮，黄图禁御[1]长。銮舆临蓟甸，羽卫[2]警渔阳。兰峪严关矗，汤泉远岫苍。神皋原峻拔[3]，瑞霭自回翔[4]。特诏观仙液，连镳度碧冈。遥瞻烟暧暧[5]，近听玉锵锵。鉴入千峰翠，霞蒸五色光。喷珠纷上下，舞蝶宛中央。

注释：

[1] 禁御（yù）：禁止、制止。汉桓宽《盐铁论·错币》："故有铸钱之禁，禁御之法立而奸伪息。"

[2] 羽卫：帝王的卫队和仪仗。宋曾巩《里社》诗："年年属车九重出，羽卫千人万人从。"

[3] 峻拔：高耸挺拔。明李东阳《月桥诗序》："攸邑之东北四十里有山焉，奇耸峻拔，每月出，则先见其巅。"

[4] 回翔：盘旋飞翔。唐孟浩然《自浔阳泛舟经明海》诗："遥怜上林雁，冰泮也回翔。"

[5] 瑷瑷（ài）：阴晦不明的样子。

（二）

焦釜流波灼，丹砂著体香。甘宜频盥漱，洁可任徜徉。古院栖幽胜[1]，穹碑[2]仰焜煌[3]。有怀探岣嵝[4]，无句续琳琅[5]。载绎天言[6]重，弥钦圣孝彰。晨昏勤定省[7]，左右适温凉。暖谷疑调鼎[7]，瑶池俨奉觞[8]。延龄[9]轻玉醴[10]，却疾胜神浆[11]。

注释：

[1] 幽胜：幽静而优美。明蒋一葵《长安客话·积水潭》："池上建有莲花庵、净业寺，及王公贵人家水轩、水亭，最为幽胜。"

[2] 穹碑：圆顶高大的石碑。清顾炎武《石射堋山》诗："山下蕲王宋时墓，屹然穹碑镇山路。"

[3] 岣嵝（gǒu lǒu）：衡山七十二峰之一，在湖南省衡阳市北，为衡山主峰，故衡山又名岣嵝山。古代传说，夏禹曾在此地得到金简玉书。

[4] 琳琅（lín láng）：精美的玉石。汉张衡《南都赋》："琢雕狎猎，金银琳琅。"

[5] 天言：指皇帝的言论或诏书。

[6] 定省：子女早晚向长辈问安。语出《礼记·曲礼》："凡为人子之礼，冬温而夏凊，昏定而晨省。"

[7] 调鼎：烹调食物。南朝梁元帝《金楼子·立言上》："余见宰人叹曰：'伊尹与易牙同知调鼎，而有贤不肖之殊。'"

[8] 奉觞：举杯敬酒。《汉书·倪宽传》："臣宽奉觞再拜，上千万岁寿。"

[9] 延龄：长生；延长寿命。明张居正《奉旨迎母就养谢遣官郊劳疏》："每欲就帝都而侍养，庶几窃天禄以延龄。"

[10] 玉醴：甘泉。三国魏嵇康《琴赋》："涓子宅其阳，玉醴涌其前。"

[11] 神浆：甘露。隋卢思道《为百官贺甘露表》："神浆可挹，流味九户之前，天酒自零，凝照三阶之下。"

（三）

允矣重闱庆，休哉景祚[1]昌。林峦森并列，陵寝郁相望。黯黯松楸迥，依依弓剑藏。岂因供眺赏，庶以肃蒸尝[2]。辇石浑仍旧，缭垣[3]不改常。茨阶昭朴质，馆宇戒雕墙。俭德超三古[4]，仁心讫万方。如天真协帝，又日更师汤。

注释：

[1] 景祚：比喻昌盛的帝业。《旧唐书·肃宗纪赞》："凶徒竟毙，景祚重延。"

[2] 蒸尝：本指秋冬二祭，后泛指祭祀。《后汉书·冯衍传下》："春秋蒸尝，昭穆无列。"

[3] 缭垣：围墙。宋钱易《南部新书》已："骊山华清宫，毁废已久，今所存者唯缭垣耳。"

[4] 三古：上古、中古、下古的合称。《易·系辞》："孔颖达疏：伏羲为上古，神农为中古，五帝为下古。"儒家认为，三古是帝德圣明的时代。

（四）

被濯蠲民慝[1]，涵濡裕物康。洗兵[2]蛟海外，染翰[3]凤池傍。下济[4]簪裾[5]洽，来歌采藻[6]扬。豫游行补助，赓拜继明良[7]。汾水宁夸汉，骊山直陋唐。灵源叨寓目[8]，盛事耿难忘。

注释：

[1] 民慝（tè）：民间的疾苦。

[2] 洗兵：传说周武王出师遇雨，认为是老天洗刷兵器，后擒纣灭商，战争停息。事见汉刘向《说苑·权谋》。后遂以"洗兵"表示胜利结束战争。

[3] 染翰：以笔蘸墨，指作诗、绘画等。清吴伟业《偶成》诗之八："画虎雕龙染翰，高山流水弹琴。"

[4] 下济：利泽下施，长养万物，指君王施恩惠于臣下百姓。唐白居易《策尾》："幸遇陛下发旁求之诏，垂下济之恩，详延谟猷，亲览条对。"

[5] 簪裾：古代显贵者的服饰。借指显贵。唐裴守真《奉和太子纳妃

太平公主出降》之二:"丝竹扬帝熏,簪裾奉宸庆。"

[6] 采藻:采集辞藻。《三国志·蜀志·秦宓传》:"君子懿文德,采藻其何伤!"

[7] 明良:指贤明的君主和忠良的臣子。语本《书·益稷》:"元首明哉,股肱良哉,庶事康哉!"

[8] 寓目:过目,观看。宋洪迈《夷坚丁志·仙舟上天》:"仰空寓目,见一舟凌虚直上。"

朱之弼

朱之弼，字右君，顺天府大兴人。顺治三年（1646年）进士，授礼科给事中，转工科给事中。十五年（1648年），授光禄寺少卿，再迁左副都御史。十八年（1661年）授户部侍郎。

康熙四年（1665年），调吏部侍郎，迁左都御史，升工部尚书。七年（1668年）调刑部尚书，上疏请禁八旗虐待奴仆。九年（1670年）调兵部尚书。十四年（1675年）因母亲去世，回籍守孝去官。十七年（1678年）授工部尚书。二十二年（1683年），因推举之人不当，降三级调用，不久去世。史载："之弼内行修笃，事亲孝，与其弟之佐相友爱。"

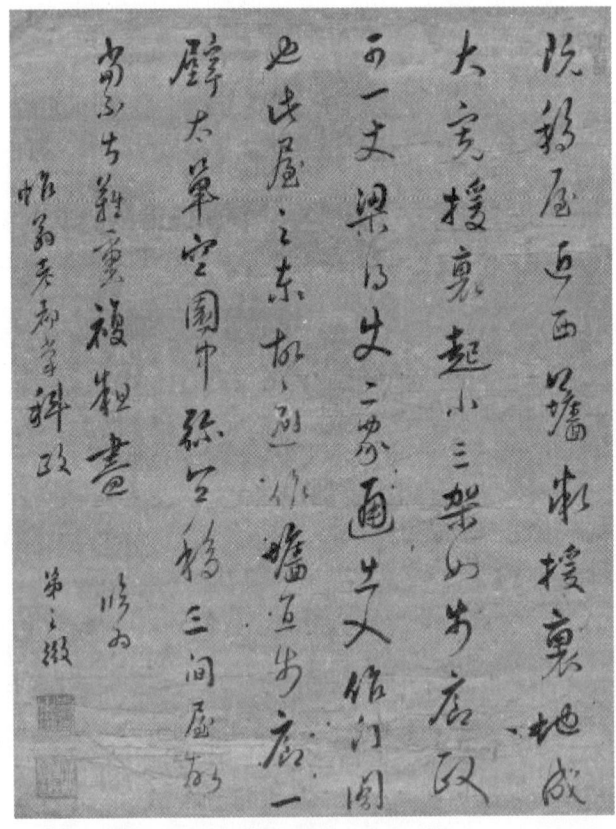

朱之弼行书

清代编

工部尚书臣朱之弼应制

皇图连海岱[1]，仙跸驻蓬瀛。乾德[2]隆三及，坤元[3]润八纮[4]。北平形浩荡，东辅势峥嵘[5]。莲井[6]丹砂[7]出，咸池碧玉成。桃花流共下，榆荚[8]暖交荣。云白[9]封中直，松青仗外横。吉祥宜凤曲[10]，温清止霓旌[11]。黼帐[12]蒲风扇，行厨甘露生。慈闱重庆洽，寿考九如[13]赓。明月晴峰照，龙门佳气迎。园寝依咫尺，川岳[14]效经营。茅屋尧仁并，卑宫禹俭衡。轩墀[15]无藻绘[16]，碑碣[17]若屏楹。天语施洪泽[18]，星言[19]列台卿。登临[20]非逸乐[21]，瞻望[22]总精诚[23]。恭纪遵宸诏，同观荷圣情。澡身[24]河汉[25]阔，浴日[26]古今荣。袯濯乘时令[27]，氤氲亘太清[28]。秦余[29]过汲郡[30]，唐迹陋丰城。胜事[31]光昭代[32]，恩波接帝京[33]。

注释：

[1] 海岱：海，渤海；岱，泰山。指今山东省渤海至泰山之间的地带。《书·禹贡》："海岱惟青州。"孔传："东北据海，西南距岱。"

[2] 乾德：天德，代指帝王之德。《三国志·吴志·薛莹传》："乾德博好，文雅是贵。"

[3] 坤元：指大地供万物生长之德。《易·坤》："至哉坤元，万物资生，乃顺承天。"孔颖达疏："至哉坤元者，叹美坤德。"

[4] 八纮：八方极远之地，泛指天下。宋范仲淹《六官赋》："王者富有八纮，君临万国。"

[5] 峥嵘（zhēng róng）：山势高峻的样子。班固《西都赋》："于是灵草冬荣，神木丛生，岩峻嶒崒，金石峥嵘。"

[6] 莲井：绘有荷菱等图形的藻井，有镇压火灾之意。南朝陈徐陵《梅花落》诗："燕拾还莲井，风吹上镜台。"吴兆宜注："《风俗通》：'殿堂象东井形，刻作荷菱。荷菱，水物也，所以厌火。'"

[7] 丹砂：朱砂。明李时珍《本草纲目》："用石亭脂和水银同罐炼成，贴在罐口处为丹砂，贴在罐内为银珠。"

[8] 榆荚：榆树的果实。初春时先于叶而生，连缀成串，形似铜钱，俗呼榆钱。北周庾信《燕歌行》："桃花颜色好如马，榆荚新开巧似钱。"

[9] 云白：古代兵阵法的一种。《风后握奇经》："旗、法八：一，天玄；二，地黄；三，风赤；四，云白。"

[10] 凤曲：本指萧史故事。萧史，传说中人物名。相传为春秋秦穆公时人，善吹箫。穆公以女弄玉妻之。萧史每天教弄玉吹箫作凤鸣，后凤凰来集其屋。穆公筑凤台，使萧史夫妇居其上。数年后，皆随凤凰飞去。后来泛指美妙的乐曲。

[11] 霓（ní）旌：缀有彩色羽毛的旗帜，为古代帝王仪仗之一，也借指帝王。杜甫《哀江头》："忆昔霓旌下南苑，苑中万物生颜色。"

[12] 黼（fú）帐：华丽的帐蓬。

[13] 九如：《诗经·天保篇》："如山如阜，如冈如陵；如川之方至，以莫不增……如月之恒；如日之升；如南山之寿，不骞不崩；如松柏之茂；如不尔或承。"有九个"如"字，是臣子称颂君王之辞。后世用"九如"作为祝人长寿之辞。

[14] 川岳：山川。南朝齐王俭《褚渊碑文》："公禀川岳之灵晖，含珪璋而挺曜。"

[15] 轩墀（chí）：殿堂前的台阶。

[16] 藻（zǎo）绘：彩色的绘纹。

[17] 碑碣：石碑方首者称碑，圆首者称碣。后多不分，以之为碑刻的统称。

[18] 洪泽：巨大的恩惠。南朝梁沈约《谢母封建昌国太夫人表》："探其私志，降此洪泽。"

[19] 星言：星焉。披着星星，指起早贪黑。《诗经·定之方中》："命彼倌人，星言夙驾。"

[20] 登临：登山临水，也指游览。金元好问《东园晚眺》诗："一诗不尽登临兴，落日东园独倚栏。"

[21] 逸乐：闲适安乐。《剪灯新话·龙堂灵会录》："可与其患难，不可与同逸乐。"

[22] 瞻望：仰望；仰慕。《后汉书·杜乔传》："先是李固见废，内外丧气，群臣侧足而立，唯乔正色无所回桡。由是海内叹息，朝野瞻望焉。"

[23] 精诚：真诚。《庄子·渔父》："真者，精诚之至也。不精不诚，不能动人。"

[24] 澡身：洗身使洁净，引申为修养操行，修养身心，使之高洁。

也就是澡身浴德。《礼记·儒行》:"儒有澡身而浴德。"孔颖达疏:"澡身,谓能澡洁其身不染浊也;浴德,谓沐浴于德以德自清也。"

[25] 河汉:指银河。

[26] 浴日:语本《淮南子·天文训》:"日出于旸谷,浴于咸池。"后以"浴日"指太阳初从水面升起。唐杨巨源《寄昭应王丞》诗:"光动泉心初浴日,气蒸山腹总成春。"

[27] 时令:季节。唐白居易《赠友》诗之一:"时令一反常,生灵受其病。"

[28] 太清:天空。

[29] 秦余:指秦代的遗迹。张衡《西京赋》:"视往昔之遗馆,获林光于秦余。"李善注:"《汉书音义》瓒曰:'林光,秦离宫名也。'"吕良注:"秦始皇作,故言秦余。"

[30] 汲郡:亦称汲冢。晋太康二年(281年),汲郡人名不准者盗掘魏襄王墓,所得有数十车竹简写成的书,有《易经》《纪年》等共计七十五篇,皆为先秦科斗字。后来,晋武帝命荀勖编成《中经》一书。

[31] 胜事:美好的事情。清吴伟业《观王石谷山水图》诗:"世间胜事谁能识,兵戈老尽丹青客。"

[32] 昭代:政治清明的时代。唐崔涂《问卜》诗:"不拟逢昭代,悠悠过此生。"

[33] 帝京:帝都,京都。

张 英

张英（1637—1708年），字敦复，安徽桐城人，康熙六年（1667年）进士，选庶吉士，因丁父忧归籍。服满后授编修，充日讲起居注官，迁侍读学士。十六年（1677年），圣祖设南书房，命张英入值南书房。并在西安门内赐予宅第。当时正值平定三藩，军务繁多，张英在紫禁城中办事，谨慎严密，深得圣祖器重。当时皇帝诏书等大多数是出于张英之手。迁翰林院学士，兼礼部侍郎，因父葬给假四年后，任原官，不久迁兵部侍郎，调任礼部兼管詹事府事。充任《三朝国史》副总裁《大清一统志》《渊鉴类函》《政治典训》《平定朔漠方略》总裁官。三十六年（1697年），拜文华殿大学士，兼礼部尚书。

张英为人平和谦易，在给皇帝讲授时，对于天下四方的水涝旱灾，知无不言。四十年（1701年），张英因病致仕归籍。圣祖南巡时，张英保荐知府陈鹏年为政清廉，终于使其被圣祖所知，成为一代名臣。致仕后，张英撰写《聪训斋语》和《恒产琐言》，在书中，张英以务本力田、随分知足告诫子孙。四十七年（1708年），卒于家，赐谥"文端"。世宗赠太子太傅，雍正八年（1730年）入祀贤良祠。高宗时加赠太傅。

日讲官起居注翰林院学士兼礼部侍郎臣张英赋汤泉应制

苍山[1]层叠东方来，插天万朵芙蓉开。中有幽峦自盘互[2]，温泉觱沸灵山隈。遥见白云覆岩谷，波光日暖寒松绿。四时天气总春融[3]，双泉数武[4]分凉燠[5]。静如明镜石池平，泻入房栊[6]取次[7]行。兰香[8]潋滟[9]膏千斛，碧色深沉玉一泓。定有丹砂结泉底，仙灶[10]绵绵倾石髓[11]。阳乌[12]浴彩咸池波，烛笼[13]衔照空潭[14]水。天生灵异岂偶然，近瞻世庙[15]桥山巅。土脉精英恣磅礴，郁蒸佳气通源泉。常听空山[16]传警跸[17]，畿东胜地时巡日。来游弥切望陵思，岂为临流赏清泚。慈宁圣人鹤发[18]垂，有时凤辇出龙墀[19]。乐游[20]原上温泉畔，风土清嘉[21]圣体宜。规模俭朴留陈迹，半亩方塘甃文石。缭垣翠蔽荫长松，行殿[22]土阶沿素壁[23]。却笑华清侈费多，连云宫阙漫嵯峨[24]。何须刻石成凫雁，岂待镂金[25]作芰荷[26]。圣朝举事皆有则[27]，敬爱为心俭为德。宁亲[28]常愿葆天和[29]，结构[30]恒思惜民力。今年扈从碧山[31]岑，赐游佳地荷恩深。每怀袚濯[32]尘缨志，时望天波[33]浥注[34]心。

注释：

[1] 苍山：青山。唐杜甫《九成宫》诗："苍山入百里，崖断如杵臼。"

[2] 盘互：交结。《汉书·谷永传》："百官盘互，亲疏相错。"颜师古注："盘互，盘结而交互也；错，间杂也。互字或作'牙'，言如豕牙之盘曲，犬牙之相入也。"

[3] 春融：春气融和，亦指春暖解冻。唐罗隐《春日湘中题岳麓寺僧院》诗："春融只待乾坤醉，水阔深知世界浮。"

[4] 武：很短的距离。六尺为步，半步为武。

[5] 凉燠（yù）：冷和热。

[6] 房栊（lóng）：也写作房笼，即窗棂。南朝宋谢惠连《七月七日夜咏牛女》："落日隐栏楹，升月照房栊。"

[7] 取次：谓次第，一个挨一个地；挨次。元揭傒斯《山市晴岚》诗："近树参差出，行人取次多。"

[8] 兰香：草名。宋高承《事物纪原·军伍名额·兰香》："本名罗勒，后赵石勒以罗勒犯己名，改为兰香，至今以为名也。"

[9] 潋滟（liàn yàn）：水波荡漾的样子。明何景明《绣水晴澜》："潋滟故池水，苍茫落日晖。"

[10] 仙灶：指学仙者炼丹所用的灶。唐王泠然《夜光篇》诗："初谓炼丹仙灶里，还颖铸剑神溪中。"

[11] 石髓：即石钟乳。古人用于服食，也可入药。《晋书·嵇康传》："康又遇王烈，共入山，烈尝得石髓如饴，即自服半，余半与康，皆凝而为石。"

[12] 阳乌：神话传说中在太阳里的三足乌。左思《蜀都赋》："羲和假道于峻岐，阳乌回翼乎高标。"李善注："《春秋元命包》曰：'阳成于三，故日中有三足乌，乌者，阳精。'"

[13] 烛笼：即灯笼。唐张籍《楚宫行》："千门万户开相当，烛笼左

右列成行。"

[14] 空潭：澄澈的深渊。唐王维《过香积寺》诗："薄暮空潭曲，安禅制毒龙。"

[15] 世庙：清世祖福临的神牌供奉在太庙的世祖庙室中，故称。

[16] 空山：幽深少人的山林。明李攀龙《仲春虎丘》诗："古刹云光杳，空山剑气深。"

[17] 警跸：古代帝王出入时，于所经路途侍卫警戒，清道止行，谓之"警跸"。

[18] 鹤发：白发。唐刘希夷《代悲白头翁》："宛转蛾眉能几时，须臾鹤发乱如丝。"

[19] 龙墀：也称丹墀，指宫殿中赤色台阶或者是赤色的地面。汉张衡《西京赋》："右平左城，青琐丹墀。"

[20] 乐游：欢乐地游逛。

[21] 清嘉：美好。宋柳永《望海潮》词："重湖叠巘清嘉，有三秋桂子，十里荷花。"

[22] 行殿：行宫。元冯子振《鹦鹉曲·松林》："山围行殿周遭住，万里客看牧羊父。"

[23] 素壁：白色的墙壁、山壁、石壁。北魏郦道元《水经注·漯水》："（嵩梁山）高峰孤竦，素壁千寻，望之苕亭，有似香炉。"

[24] 嵯（cuó）峨：指山势险峻的样子。

[25] 镂（lòu）金：雕镂物体，在其中间镶嵌金。唐李商隐《人日即事》："镂金作胜传荆俗，剪彩为人起晋风。"

[26] 芰（jì）荷：指菱叶与荷叶。明陆采《怀香记·索香看墙》："芰荷池雨声轻溅，似琼珠滴碎还圆。"

[27] 有则：有着明确的规范和准则。

[28] 宁亲：使父母安宁。汉扬雄《法言·孝至序》："孝莫大于宁亲，宁亲莫大于宁神。"

[29] 天和：谓自然和顺之理。《红楼梦》第十六回："且父母在家，思想女儿，不能一见，倘因此成疾，亦大伤天和之事。"

[30] 结构：联结构架，使之成为屋舍。清和邦额《夜谭随录·修鳞》："梅暮年能甘寂寞，居恒无所事事，辟宅后隙地数亩，结构一轩。"

[31] 碧山：青山。南唐冯延巳《酒泉子》词："芳草长川，柳映危桥

桥下路，归鸿飞，行人去，碧山边。"

[32] 祓濯：在水边洗浴，以去除不祥。

[33] 天波：比喻皇帝的恩泽。晋陆机《谢平原内史表》："则尘洗天波，谤绝众口。"

[34] 挹注：即"挹彼注兹"，指将另外容器里的液体倾注到这个容器里。后亦以喻取一方以补另一方。

九月十日上侍太皇太后幸温泉恭纪五言八韵

慈颜康豫日，凤盖[1]驻郊原[2]。华发[3]三朝贵，彤闱[4]万国尊。含饴[5]娱寿母[6]，扶辇见文孙[7]。红树[8]迎丹幰[9]，青山入翠轩。香泉[10]浮露暖，碧涧[11]泻春温。问俗[12]前模重，承欢[13]至性[14]存。菊黄当九月，露湛满千村。野老[15]群瞻望，讴歌[16]两圣恩。

注释：

[1] 凤盖：饰有凤凰图案的伞盖，皇帝仪仗的一种。

[2] 郊原：原野。宋苏轼《过云龙山人张天骥》诗："郊原雨初足，风日清且好。"

[3] 华发：花白头发。代指老年人。《后汉书·文苑传下·边让》："伏维幕府初开，博选清英，华发旧德，并为元龟。"李贤注："华发，白首也。"

[4] 彤闱：朱漆宫门，借指宫廷。南朝齐谢朓《酬王晋安》诗："拂雾朝清阁，日旰坐彤闱。"

[5] 含饴：饴，饴糖，用麦芽或谷芽之类熬成。指用糖豆逗小孙子。清孙枝蔚《和韵答郭怀德见赠举孙》："含饴欢老妪，题凤任门墙。"

[6] 寿母：祝母长寿。《诗经·閟宫》："鲁侯燕喜，令妻寿母。"郑玄笺："喜公燕饮于内寝，则善其妻、寿其母，谓为之祝庆也。"

[7] 文孙：指周文王之孙。《书·立政》："继自今文子文孙。"孔传："文子文孙，文王之子孙。"后泛用为对他人之孙的美称。

[8] 红树：指经霜叶红之树，如枫树等。唐韦应物《登楼》诗："坐厌淮南守，秋山红树多。"

[9] 丹幰（xiǎn）：带有红色布帷子的车。

[10] 香泉：泉名。在安徽省和县北四十里，水有香气，因名。相传梁昭明太子尝浴于此，俗又称为太子泉。此处代称遵化汤泉。

[11] 碧涧：碧绿的山间流水。《南史·隐逸传论》："故知松山桂渚，非止素玩；碧涧清潭，翻成丽瞩。"

[12] 问俗：寻问风俗。《礼记·曲礼上》："入竟而问禁，入国而问俗，入门而问讳。"郑玄注："俗，谓常所行与所恶也。"

[13] 承欢：指侍奉父母。

[14] 至性：多指天赋的卓绝品性。《后汉书·东平宪王苍传》："陛下履有虞之至性，追祖祢之深思，然惧左右过议，以累圣心。"

[15] 野老：村野老人。唐杜甫《哀江头》诗："少陵野老吞声哭，春日潜行曲江曲。"

[16] 讴歌：歌颂。《孟子·万章上》："讴歌者，不讴歌尧之子而讴歌舜。"

十月二十四日蒙恩自温泉颁赐野鸡恭纪二首

（一）

侍膳[1]温泉馆，霜天[2]羽猎[3]催。御围云外[4]合，宫使[5]雪中回。心傍华旗远，恩分锦翼来。古人曾载贽[6]，耿介[7]异凡才[8]。

注释：

[1] 侍膳：陪从尊长用膳。《旧唐书·肃宗纪》："俟平寇，逆奉迎銮舆，从容储闱，侍膳左右，岂不美哉！"

[2] 霜天：深秋天气。北周庾信《和裴仪同秋日》："霜天林木燥，秋气风云高。"

[3] 羽猎：帝王出猎，士卒负羽箭随从，故称"羽猎"。宋玉《高唐赋》："传言羽猎，衔枚无声。"李善注引张晏曰："以应猎负羽。"

[4] 云外：指高空。隋李播《天象赋》："动则飞跃于云外，止则盘萦于汉沂。"

[5] 宫使：皇宫的使者。唐白居易《卖炭翁》诗："一车炭，千余斤，宫使驱将惜不得。"

[6] 载贽：带着晋见的礼物，谓急于出来做官。唐皮日休《忧赋》："故王之忧国者而日旰不食，士之忧位者载贽出疆。"

[7] 耿介：正直不阿。《楚辞·九辩》："独耿介而不随兮，愿慕先圣之遗教。"王逸注："执节守度，不枉倾也。"

[8] 凡才：平庸的才能。唐元稹《为萧相让官表》："臣猥以凡才，谬居重任。"

（二）

白草[1]鞲鹰[2]健，寒原[3]野雉[4]肥。遥从金弹[5]落，近绕玉鞭飞。偕鹿登厨传[6]，随车入禁闱[7]。文禽[8]颁侍从[9]，拜赐[10]有光辉。

注释：

[1] 白草：牧草。干熟时呈白色，故名。宋梅尧臣《送李泾州审言》诗之二："云间白草开边陇，山上朱楼压郡城。"

[2] 鞲（bèi）鹰：在臂套上的苍鹰。清顾炎武《将去关中别中尉存杠于慈恩寺塔下》诗："荒郊纤策马，猎径傍鞲鹰。"

[3] 寒原：指冬天的原野；冷落寂静的原野。《宋书·邓琬传》："云罗四掩，霜锋交集，犹劲飙之拂细草，烈火之扫寒原，燋卷之形，昭然已著。"

[4] 野雉：野鸡。

[5] 金弹：金制的弹子。唐李商隐《富平少侯》诗："不收金弹抛林外，却惜银床在井头。"

[6] 厨传：古代供应过客食宿、车马的处所。《汉书·王莽传中》："吏民出入持布钱，以副符传，不持者，厨传勿舍，关津苛留。"颜师古注："厨，行道饮食处；传，置驿之舍也。"

[7] 禁闱：宫廷门户，指宫内或朝廷。明陆采《明珠记·伪敕》："此身虽在外，心长在禁闱。"

[8] 文禽：羽毛有文采的鸟。鸳鸯、锦鸡、孔雀、野鸡等皆可称为文禽。

[9] 侍从：随从侍候之人。清昭梿《啸亭杂录·岳青天》："尝与客共谈，指其侍从曰：'若辈惟可令其洒扫趋走，烹茶吸烟而已。'"

[10] 拜赐：拜谢或拜受赐赠。《礼记·玉藻》："大夫拜赐而退，士待诺而退。"孔颖达疏："此一节尊卑受赐拜谢之礼。"

从汤泉望长城

设险[1]谋虽远，劳人[2]事不经[3]。万夫成白骨，百雉入青冥[4]。迢递[5]经岩壑，凭陵亘日星。大哉尧舜业，荒服[6]与来庭[7]。

注释：

[1] 设险：指利用险要之地建立防御工事。

[2] 劳人：使民众劳苦。

[3] 不经：谓近乎荒诞，不合常理。

[4] 青冥：形容青苍幽远。指山岭。明林鸿《无诸钓龙台怀古》诗："筑台青冥上，垂钓沧江龙。"

[5] 迢递：遥远貌。三国魏嵇康《琴赋》："指苍梧之迢递，临回江之威夷。"

[6] 荒服：古"五服"之一。五服，古代王畿外围，以五百里为一区划，由近及远分为侯服、甸服、绥服、要服、荒服，合称五服。服，服侍天子之意。《书·益稷》："弼成五服，至于五千。"孔传："五服，侯、甸、绥、要、荒服也。服，五百里。四方相距为方五千里。"

[7] 来庭：到京师来朝见，指朝觐天子。《诗经·常武》："四方既平，徐方来庭。"孔传："来王庭也。"

茅山僧二首

（一）

路入谽谺[1]瘦石棱[2]，寒云[3]片片压枯藤[4]。焉知古塞荒山窟，犹有楞伽[5]白发僧。

注释：

[1] 谽谺（hān xiā）：山石险峻的样子。唐独孤及《招北客文》："其北则有剑山巉巉，天凿之门，二壁谽谺，高岸嶙峋。"

[2] 棱（léng）：物体的棱角。唐韩愈《秋怀诗》之四："清晓卷书坐，南山见高棱。"

[3] 寒云：寒天的云。晋陶潜《岁暮和张常侍》："向夕长风起，寒云没西山。"

[4] 枯藤：枯老的藤蔓。元马致远《天净沙》："枯藤老树昏鸦，小桥流水人家。"

[5] 楞伽（léng qié）：指《楞伽经》。此处指说经的僧人。

（二）

已公茅屋[1]杳难寻，但有钟声落翠岑[2]。白草满山行径[3]绝，石龛[4]松火[5]闭门深。

注释：

[1] 茅屋：用茅草盖的房屋。《左传·桓公二年》："清庙茅屋。"

[2] 岑（cén）：山峰，山顶。晋陆机《猛虎行》："静言幽谷底，长啸高山岑。"

[3] 行径：通行的小路。三国魏曹植《送应氏》诗之一："侧足无行径，荒畴不复田。"

[4] 石龛（kān）：供奉神像或神主的小石阁。南朝梁简文帝《为人造丈八夹纻金薄像疏》："明镜石龛，独徘徊于留影。"

[5] 松火：照明用的松明。清吴伟业《赠家园次湖州守五十韵》："鹿皮朝拥卷，松火夜挑灯。"

夜坐福泉庵三首

（一）

松老泉幽夜转清，蒲团[1]火暖话无生[2]。添香正是传钟候，绕殿时闻赞佛声。放眼云峰千点外，回头尘界[3]一毛[4]轻。谁人肯劝归休[5]蚤[6]，惟有山僧不世[7]情。

注释：

[1] 蒲团：用蒲草编成的圆形垫子，多为僧人坐禅和跪拜时所用。宋苏轼《谪居三适·午窗坐睡》诗："蒲团盘两膝，竹几阁双肘。"

[2] 无生：佛教语，指没有生灭，不生不灭。晋王该《日烛》："咸淡

泊于无生，俱脱骸而不死。"

[3] 尘界：佛教以色、声、香、味、触、法为六尘。为十八界之一科。六尘所构成的虚幻世界叫尘界。

[4] 一毛：比喻细小、轻微的事物。汉司马迁《报任安书》："假令仆伏法受诛，若九牛亡一毛，与蝼蚁何以异？"

[5] 归休：辞官退休，归隐。唐李德裕《思归赤松村呈松阳子》诗："顾余知止足，所乐在归休。"

[6] 蚤：通"早"，早晨。《诗经·七月》："二之日凿冰冲冲，三之日纳于凌阴，四之日其蚤，献羔祭韭。"朱熹集传："蚤，蚤朝也。"高亨注："蚤，借为早。"

[7] 不世：多谓非凡。《后汉书·隗嚣传》："足下将建伊、吕之业，弘不世之功。"李贤注："不世者，言非代之所常有也。"

（二）

斗室[1]炉温失晓眠，一灯话向老僧偏。浮生[2]最是闲难得，消得华清第一泉。

注释：

[1] 斗室：狭小的房间。《明史·儒林传二·邓以赞》："父闵其勤学，尝扃之斗室。"

[2] 浮生：语本《庄子·刻意》："其生若浮，其死若休。"以人生在世，虚浮不定，因称人生为"浮生"

（三）

南塘故迹[1]已茫然[2]，阅武亭荒暮草烟。惟有残碑数行字，游人哦[3]向石池边。

注释：

[1] 故迹：旧迹，遗迹。北魏郦道元《水经注·谷水》："虽石磴沦败，故迹可凭。"

[2] 茫然：无所知的样子。明宗伦《旅怀》诗："东吴隔千里，归计尚茫然。"

[3] 哦（é）：吟咏。

皇上自温泉宫奉太皇太后回銮恭纪

芝盖[1]华旗曙色[2]分,花光[3]山翠[4]早迎熏[5]。尘销驿路[6]初经雨,柳暗官城半拂云。尊养灵泉来祓濯,宽租穷户重耕耘。车音哕哕[7]还镳[8]处,鸾鹤[9]纷飞下紫雯[10]。

注释:

[1] 芝盖:指车盖或伞盖。灵芝其形如同盖,故名。

[2] 曙色:拂晓时的天色。《太平广记》卷三〇九引唐薛用弱《集异记·蒋琛》:"曙色既分,巨龟复延首于中流,顾眄琛而去。"

[3] 花光:花的色彩。南朝陈后主《梅花落》诗之一:"映日花光动,迎风香气来。"

[4] 山翠:翠绿的山色。南朝梁庾肩吾《奉和春夜应令》:"水光悬荡壁,山翠下添流。"

[5] 熏(xūn):通"曛"。黄昏,傍晚。南朝宋鲍照《冬日》诗:"曛雾蔽穷天,夕阴晦寒地。"

[6] 驿路:驿道;大道。唐王昌龄《送吴十九往沅陵》诗:"沅江流水到辰阳,溪口逢君驿路长。"

[7] 哕(huì)哕:形容铃声。《水浒传》第八二回:"九重门启,鸣哕哕之鸾声。"

[8] 镳(biāo):马嚼子的两端露出嘴外的部分,此处代指马车。南朝宋谢灵运《从游京口北固应诏》诗:"昔闻汾水游,今见尘外镳。"黄节注:"镳,马御也。言镳以明马,犹轸以表车。"

[9] 鸾鹤:鸾与鹤,相传为仙人所乘。清高鹗《题友人山水障子》诗:"林下马牛闲自放,岭头鸾鹤了无奇。"

[10] 雯(wén):有花纹的云彩。《古三坟·形坟》:"日云赤昙,月云素雯。"

李光地

　　李光地，字晋卿，号厚庵，福建安溪人。明崇祯十五年（1642年）生。李光地自幼颖悟，勤奋好学，康熙五年（1666年）举人，九年（1670年）进士，选庶吉士，十一年（1672年）授编修。

　　康熙十二年（1673年）春，李光地充会试同考官，十月，请假回乡省亲。次年三月，靖南王耿精忠举兵反叛于福州，郑成功之子郑经应耿精忠约，从台湾提兵入驻泉州。李光地拒不受耿、郑之召。十四年（1675年）五月，李光地向清廷密疏"破贼机宜"，置奏疏于蜡丸中求人上达，圣祖嘉其忠。

　　李光地从小勤学，至老益笃，是清初有影响的理学名臣。一生著述有《周易通论》《周易观象》《尚书解义》《洪范说》《诗所》《孝经全传》《古乐经》《大学古本说》《中庸章段论》等，所著汇编为《榕村全集》。

恭和圣制汤泉应候诗

　　山川望幸[1]出灵泉，塞下[2]新莱[3]万顷田。甘雨[4]和风[5]恒有象，深仁厚泽[6]至无边。翻书[7]五夜希停手，任道[8]千秋独仔肩[9]。宵旰[10]劳心时发咏，豳诗[11]一幅绘依然。

注释：

[1] 望幸：期盼着皇帝临幸。

[2] 塞下：边塞附近。亦泛指北方边境地区。明刘绩《征妇词》："君为塞下土，妾作山头石。"

[3] 莱（lái）：古时指郊外轮休的田地，也指荒地。《周礼·地官·山虞》："若大田猎，则莱山田之野。"郑玄注："莱，除其草莱也。"

[4] 甘雨：适时而降的好雨。《诗经·甫田》："以祈甘雨，以介我稷黍，以谷我士女。"孔颖达疏："甘雨者，以长物则为甘，害物则为苦。"

[5] 和风：温和的风，多指春风。明刘基《春雨三绝句》之一："春雨和风细细来，园林取次发枯荄。"

[6] 深仁厚泽：指深厚的仁爱和恩惠。宋陈亮《书〈欧阳文粹〉后》："初，天圣、明道之间，太祖、太宗、真宗，以深仁厚泽涵养天下盖七十年。"

[7] 翻书：翻阅书籍。宋范成大《再韵答子文》："肩耸已高犹索句，眼明无用且翻书。"

[8] 任道：指可肩负重任的仁人志士。

[9] 仔肩：谓担负，承担。

[10] 宵衣旰食：天不亮就穿衣起身，天黑了才吃饭，形容非常勤劳。《明史·王直传》："陛下宵衣旰食，征天下兵，与群臣兆姓同心勠力，期灭此朝食，以雪不共戴天之耻。"

[11] 豳诗：指《诗经·豳风》中的诗。宋姜夔《齐天乐》词："《豳诗》漫与，笑篱落呼灯，世间儿女。"

张云翼

张云翼，明万历年间进士，后降清。清康熙年间任大理寺卿，据《清史稿·圣祖本纪二》记载，康熙三十五年（1696年），以张云翼为江南提督。据此诗中所记，则张云翼曾为大理寺卿。其他事迹不详。但是据刘埥所撰《直隶遵化州志》卷之十《选举》记载："张云翼，顺治乙酉（1645年）恩贡。"不知二者孰是。

大理寺卿张云翼亦赋赐观汤泉应制四首

（一）

离宫[1]天开涧壑绕，扈从初瞻此地雄。水向龙池[2]涵曙色，山回凤岭敞晴空。慈宁别殿香风暖，昌瑞层峦紫气[3]融，万里澄清[4]今已见，还同浴日颂神功。

注释：

[1] 离宫：正宫之外供皇帝出巡时居住的宫殿。唐温庭筠《华清宫和杜舍人》："五十年天子，离宫旧粉墙。"

[2] 龙池：池名。所命名之水池非一。其一在唐长安隆庆坊玄宗未即位时所居的旧邸旁，中宗曾泛舟其中。玄宗即位后于隆庆坊建兴庆宫，龙池被包容于内。在今陕西西安兴庆公园内。

[3] 紫气：紫色云气，古代以为祥瑞之气。附会为帝王、圣贤等出现的预兆。汉刘向《列仙传》："老子西游，关令尹喜望见有紫气浮关，而老子果乘青牛而过也。"

[4] 澄清：清澈。晋陆云《南征赋》："闲夜冽以澄清，中原旷而暧昧。"

（二）

绿仗平临览胜[1]偏，承恩[2]身近五云边。千峰路转旌旗合，万木春深阁道[3]连。自是仙源流玉液，应知阳德透珠渊。叨陪待从欢无极，鱼藻赓歌[4]祝圣年。

注释：

[1] 览胜：观览胜境。宋王安石《和平甫舟中望九华山》之一："寻奇出后径，览胜倚前檐。"

[2] 承恩：蒙受恩泽。唐岑参《送张献心充副使归河西杂句》："前日承恩白虎殿，归来见者谁不羡。"

[3] 阁道：复道。《史记·秦始皇本纪》："先作前殿阿房，东西五百步，南北五十丈，上可以坐万人，下可以建五丈旗。周驰为阁道，自殿下直抵南山。"

[4] 鱼藻（zǎo）赓（gēng）歌：鱼藻，即鱼藻池。在今北京市崇文门外西南。赓歌，以诗相互吟唱往还。这句是指在汤泉水池边上，吟诗相互往还。

（三）

金铺[1]晓日上晴烟，槛底清波映远天[2]。漫拟物华[3]饶绣岭，争看行幸[4]胜甘泉[5]。惠风[6]自绕川原外，寒谷全回辇路前。独有圣怀频望切，孝陵夕照接潺湲。

注释：

[1] 金铺：金饰铺首。唐李贺《河南府试十二月乐词·九月》："月缀金铺光脉脉，凉苑虚庭空澹白。"叶葱奇注："金铺，指门环下面的铜片。"

[2] 远天：遥远的天空。南朝齐谢朓《郡内登望》诗："威纡距遥甸，巉岩带远天。"

[3] 物华：自然景物。

[4] 行幸：古代专指皇帝出行。明梅鼎祚《玉合记·赠处》："往年天子行幸，赐长安士民大酺三日。"

[5] 甘泉：离宫名。故址在今陕西省淳化县西北甘泉山，本是秦宫，汉武帝扩建，用以朝会诸侯，夏天以避暑。

[6] 惠风：和风。也用以比喻仁爱、仁政。晋王羲之《兰亭集序》："是日也，天朗气清，惠风和畅。"

（四）

蓟门关塞[1]屹雄疆，翠葆[2]宸游景物[3]昌。岩际松高鳞自老，苑边莺啭[4]羽初黄。天围玉岫[5]凝春色，地涌金莲[6]漾日光。奕世[7]沾恩真忝切，微才[8]转愧赋长扬[9]。

注释：

[1] 关塞：边关，边塞。唐杜甫《伤春》诗之一："关塞三千里，烟花一万重。"

[2] 翠葆：帝王仪仗的一种，以翠鸟的羽毛连缀在竿头，其形状如同伞盖。

[3] 景物：多指可供人观赏的景致和事物。晋陆云《大安二年夏四月大将军出祖王羊二公》诗之一："景物台晖，栋隆玉堂？"

[4] 莺啭：黄莺婉转而鸣。唐卢照邻《入秦州界》诗："花开绿野雾，莺啭紫岩风。"

[5] 玉岫（xiù）：山峰的美称。南朝梁简文帝《行雨山铭》："玉岫开华，紫水回斜。"

[6] 金莲：金制的莲花。事本《南史·齐纪下·废帝东昏侯》："凿金为莲华以贴地，令潘妃行其上，曰：'此步步生莲华也。'"后因以称美人步态之美。

[7] 奕世：累世，代代。《国语·周语上》："奕世载德，不忝前人。"

[8] 微才：微小的才智，多用作谦词。三国魏曹植《求自试表》："如微才弗试，没世无闻……禽息鸟视，终于白首，此徒圈牢之养物，非臣之所志也。"

[9] 长扬：秦、汉宫名。故址在今陕西省周至市东南。汉扬雄曾作《长扬赋》。所以"长扬"也被作为《长扬赋》的省称。

库勒纳

库勒纳,生年不详,卒于1708年,姓瓜尔佳氏,镶蓝旗满洲人。康熙五年(1666年)由监生任吏部笔帖式,八年(1669年)授吏部主事,历官员外郎、翰林院侍讲、侍读,充日讲起居注官,侍讲学士,经筵侍讲官,詹事府詹事,翰林院学士、刑部左侍郎。康熙二十二年(1683年),席勒纳受命往贵州议定土司事宜。坚持设流官,废除土官制。二十三年(1684年),转督辅左侍郎。不久补掌院学士缺,并充《明史》总裁及《三朝国史》副总裁官。三十年(1691年)擢户部尚书,次年二月调吏部尚书,受命往江南勘讯运河,三十九年(1700年)解任,四十七年(1708年)因病卒。

经筵日讲官起居注翰林院掌院学士兼礼部侍郎加一级教习庶吉士臣库勒纳亦赋赐观汤泉应制四首

(一)

帝德流膏[1]泰道[2]融,温泉佳气盛新丰[3]。滋培[4]厚地[5]阴阳脉,遍发深春雨露[6]丛。侍奉晨昏游阆苑,安排鱼鸟助熏风。从知圣孝弥天[7]大,早沐皇恩造化同。

注释:

[1] 流膏:借指恩泽。

[2] 泰道:通畅、通达的大道。

[3] 新丰:县名。汉高祖七年置,唐废。治所在今陕西临潼西北。本秦骊邑。汉高祖定都关中,其父太上皇居长安宫中,思乡心切,郁郁不乐。高祖乃依故丰邑街里房舍格局改筑骊邑,并迁来丰民,改称新丰。据说士女老幼各知其室,带来的犬羊鸡鸭也识其家。太上皇居新丰,日与故人饮酒高会,心情愉快。后乃用作新兴贵族游宴作乐及富贵后与故人聚饮叙旧之典。

[4] 滋培:栽培,养育。元刘庭信《新水令·秋怨》套曲:"酝酿的

并头花朵就，滋培的连理枝条旺。"

[5] 厚地：指大地。清顾炎武《再谒天寿山陵》诗："下蟠厚地深，上峻青天极。"

[6] 雨露：比喻恩泽。唐高适《送李少府贬峡中王少府贬长沙》诗："圣代即今多雨露，暂时分手莫踌躇。"

[7] 弥纶：统摄；笼盖。

（二）

　　仙跸行观灞浐滨[1]，豫游同乐际芳辰[2]。地灵应识春常满，气润悬知[3]泽更新。漾暖珠光[4]纡曲沼[5]，浮空翠影涤清尘[6]。采椽不斫[7]留仁俭，备养年来披辇频。

注释：

[1] 灞（bà）浐（chǎn）滨：灞水和浐水两条河流的岸边。因汉文帝和汉宣帝的陵墓建在这里，因此也借指帝王的陵墓。此指清朝世祖福临的孝陵。

[2] 芳辰：美好的时光。唐陈子昂《三月三日宴王明府山亭》诗："暮春嘉月，上巳芳辰。"

[3] 悬知：料想，预知。宋秦观《和东坡红鞋带》："悬知百年事已定，却笑列仙形甚臞。"

[4] 珠光：珍珠的光华，泛指明洁耀眼的光芒。唐韩偓《中秋禁直》诗："露和玉屑金盘冷，月射珠光贝阙寒。"

[5] 曲沼：曲池，曲折迂回的池塘。

[6] 清尘：车后扬起的尘埃。亦用作对尊贵者的敬称。清，敬词。《汉书·司马相如传下》："犯属车之清尘。"颜师古注："尘，谓行而起尘也。言清者，尊贵之意也。"

[7] 采椽（chuán）不斫（zhuó）：采椽，栎木或柞木椽子。斫，同琢，雕琢。指帝王的宫殿简朴，不加雕饰。《韩非子·五蠹》："尧之王天下也，茅茨不翦，采椽不斫。"

（三）

　　桥山叠翠[1]五云层，瑞涌龙池暖石冰。皓月朗开金镜[2]丽，澄波常湛玉华[3]凝。遥瞻陵寝环葱蒨[4]，坐对烟霄[5]散郁蒸[6]。

此日乘槎[7]天汉[8]路，恍疑六月见鹍鹏[9]。

注释：

[1] 叠翠：层层的翠绿色。指层叠的山色。唐杜颜《灞桥赋》："连山叠翠而西转，群树分形而北疏。"

[2] 金镜：铜镜。《晋书·赫连勃勃载记》："络以隋珠，绔以金镜。"

[3] 玉华：最精美的玉。刘向《九叹·远逝》："杖玉华与朱旗兮，垂明月之玄珠。"王逸注："言己修善弥固，手乃杖执美玉之华，带明月之珠。"

[4] 葱蒨（qiàn）：草木青翠茂盛的样子。唐李德裕《金松赋》："含春蔼而葱蒨，映夕阳而的皪。"

[5] 烟霄：云霄。唐陈子昂《春日登金华观》诗："山川乱云日，楼榭入烟霄。"

[6] 郁蒸：闷热。《素问·五运行大论》："其令郁蒸。"王冰注："郁，盛也；蒸，热也。言盛热气如蒸。"

[7] 乘槎（chá）：乘坐着竹筏或木筏远行。《论语·公冶长》："子曰：'道不行，乘槎浮于海。'"

[8] 天汉：天河。《诗经·大东》："维天有汉，监亦有光。"毛传："汉，天河也。"

[9] 鹍鹏（kūn péng）：传说中的大鸟名。语出《庄子·逍遥游》，本是鲲和鹏，后鲲讹为鹍，故作鹍鹏。常用以比喻才能卓异，志向高远的人。

（四）

常随豹尾[1]侍宸游，更沂方壶到十洲[2]。甘醴[3]浮香[4]疏夹岸，遥山送爽对垂旒[5]。心神澄澈[6]疑天上，台榭[7]参差出殿头。来预横汾[8]舒逸兴[9]，愿同在藻跃清流[10]。

注释：

[1] 豹尾：旧时天子从车的饰物，悬挂在最后一辆车上。后世也用来指天子的卤簿仪仗。汉蔡邕《独断·下》："秦灭九国，兼其车服，故吕驾属车八十一乘也。尚书御史乘之，最后一车悬豹尾。"

[2] 十洲：道教称大海中神仙居住的十处名山胜境，亦泛指仙境。《海

内十洲记》:"汉武帝既闻王母说八方巨海之中有祖洲、瀛洲、玄洲、炎洲、长洲、元洲、流洲、生洲、凤麟洲、聚窟洲。有此十洲,乃人迹所稀绝处。"

[3] 甘醴:甘甜的泉水。三国魏嵇康《答难养生论》:"养亲献尊,则唯菊芬粱稻;聘享嘉会,则唯肴馔旨酒,而不知皆渾溺筋液,易糜速腐……岂若流泉甘醴,琼蕊玉英。"

[4] 浮香:飘溢的香气。唐卢照邻《曲江花》诗:"浮香绕曲岸,园影覆华池。"

[5] 垂旒(liú):古代帝王贵族冠冕前后的装饰,以丝绳系玉珠而成。汉班固《白虎通·绋冕》:"垂旒者,示不视邪。"

[6] 澄澈:明白。《关尹子·九药》:"论道者,或曰凝寂,或曰邃深,或曰澄澈。"

[7] 台榭(xiè):泛指楼台等建筑物。古人堆土为台以观望,台上有屋称为榭。唐杜甫《滕王亭子》:"君王台榭枕巴山,万丈丹梯尚可攀。"

[8] 横汾:据《汉武故事》记载,汉武帝曾巡行河东郡,在汾水楼船上与群臣宴饮,自作《秋风辞》,其中有"泛楼舡兮济汾河,横中流兮扬素波"之句,后世以"横汾"为典故,颂扬皇帝或其作品。

[9] 逸兴:超逸豪放的意兴。明归有光《洧南居士传》:"视世之规规谫谫,无居士之高情逸兴,虽为官,岂能辨治哉?"

[10] 清流:清澈的流水。清王士禛《池北偶谈·谈异四·内江石壁鱼》:"后破之,乃有一鱼跃出,其中泓然清流也。"

牛　钮

牛钮，字枢臣，赫舍里氏，是清代满族人中的第一位进士。父为二等护卫索洪，母关尔嘉氏。生于顺治五年（1648年），卒于康熙二十五年（1686年），享年三十九岁。

牛钮幼年聪颖好学，经常读书至半夜子时不知休息，父母心疼而加以制止，他就阖上书卷熄灯默诵。因学习刻苦，年深日久学问得以大增。十八岁时，按例由国子监太学生经考试授予钦天监八品笔帖式。康熙八年（1669年）参加顺天府乡试，次年中进士，选庶吉士。十一年（1672年），授检讨，未曾上任即又任命为侍讲。先后任《太宗实录》纂修官。十三年（1674年）正月，升日讲官起居注。十八年（1679年）五月，殿试考第一，即日除侍讲学士，六月转侍读学士。满汉文字在互译时，由于翻译者水平所限，往往与原文本义不相符合，并且达不到语言优雅流畅。牛钮在做满汉文翻译时便认真研究，力求融会贯通达。二十年（1681年）二月，任出使朝鲜正使。次年二月进翰林院詹事，五月任掌院学士，兼礼部侍郎。六月充《鉴古辑略》总裁，又充《明史》总裁。

二十年（1681年）三月，康熙帝率群臣驾幸马兰峪观汤泉，命大臣赋诗，因当时牛钮正在出使朝鲜，所以未能亲身参与其事。等到牛钮出使朝鲜归来，皇帝命之补作《汤泉应制》诗，并与群臣所作之诗一同镌刻于汤泉所在地的石上。

经筵侍讲官、起居注、翰林院侍读学士加一级、臣牛钮亦赋赐观汤泉应制四律

（一）

山殿[1]云高蓟北天，福泉灵液是温泉。宫中树暖占佳气，仗外云暗接瑞烟[2]。蟠护苍龙[3]迎翠辇，翻飞黄蝶舞青钱[4]。皇情[5]欢豫[6]承慈幄，长向尧封[7]引大年[8]。

注释：

[1] 山殿：寺观庙宇的殿堂。南朝梁庾肩吾《乱后经夏禹庙》："林堂

上偃蹇，山殿下穹隆。"

[2] 瑞烟：祥瑞的烟气。元王实甫《西厢记》："梵王宫殿月轮高，碧琉璃瑞烟笼罩。"

[3] 苍龙：传说中的青龙。古传青龙为祥瑞之物。《楚辞·九辩》："左朱雀之茇茇兮，右苍龙之躍躍。"

[4] 青钱：即青铜钱。《醒世恒言·十五贯戏言成巧祸》："摸到床上，见一人朝着里床睡去，脚后却有一堆青钱，便去取了几贯。"

[5] 皇情：皇帝的情意。颜延之《应诏宴曲水作诗》："化际无间，皇情爱眷。"刘良注："皇情，谓天子之情也。"

[6] 欢豫：欢乐。唐宋之问《春日芙蓉园侍宴应制》："今日陪欢豫，还疑陟紫霄。"

[7] 尧封：彭祖因为善于调制味道鲜美的雉羹，献给帝尧食用，被帝尧封于大彭（今江苏省徐州市）。后世以尧封来指彭祖，又因彭祖长寿，故用尧封指长寿。

[8] 大年：长寿。《庄子·逍遥游》："小知不及大知，小年不及大年。"

（二）

阳和温谷正春融，鸳鸯陪游认许同。玉甃流涓环水殿[1]，茅茨尚朴胜瑶宫[2]。乍看碧涧为波白，可有丹砂似火红。回指熊罴[3]森禁御，孝陵松柏翠微中。

注释：

[1] 水殿：临水的殿堂。唐李白《口号吴王美人半醉》："风动荷花水殿香，姑苏台上宴吴王。"

[2] 瑶宫：传说中仙人居住的宫殿，以美玉砌成。《宋史·乐志十五》："驾斑龙，忽催金母，转仙仗，去瑶宫。"

[3] 熊罴（pí）：熊和罴，都是猛兽。因而用以比喻勇士。《尚书·康王之诰》："则亦有熊罴之士，不二心之臣，保乂王家。"

（三）

卢龙千叠[1]一峰西，云汉[2]光华[3]御笔[4]题。神鼎年年调玉液[5]，仙台[6]稳稳步丹梯[7]。搜奇[8]岂羡三山[9]迥，赏胜应教五岳[10]低。正及春田[11]催布谷，柳风[12]花雨遍成磎[13]。

注释：

[1] 千叠：犹千重。明李东阳《南巡图记》："其上则奇峰峻岭，回滩激濑，人迹不能及；下则连山洪涛，千叠百折，其势若排云而降。"

[2] 云汉：比喻美好的文章。明沈德符《野获编·内阁三·阁臣进御笔》："然云汉天章，留之秘阁，使辅臣不时展阅。"

[3] 光华：光辉照耀，闪耀。《尚书大传》："日月光华，旦复旦兮。"

[4] 御笔：谓帝王亲笔所书或所画。明沈德符《野获编·内阁三·阁臣进御笔》："今上四年六月，江陵张公为首揆，进阁中所藏世宗御笔圣谕六十三道。"

[5] 玉液：清水、雨露的美称。王褒《洞箫赋》："朝露清泠而殒其侧兮，玉液浸润而承其根。"

[6] 仙台：尚书省的别称。《初学记》卷十一引晋司马彪《续汉官志》："尚书省在神仙门内。"后因称尚书省为"仙台"。

[7] 仙梯：登上仙界的阶梯。唐韩愈《华山女》诗："豪家少年岂知道，来绕百币脚不停……仙梯难攀俗缘重，浪凭青鸟通丁宁。"

[8] 搜奇：谓寻求奇特语句或杰出人才、奇异事物。唐司空图《争名》诗："争名岂在更搜奇，不朽才消一句诗。"

[9] 三山：传说中的三座神山。即瀛洲、蓬莱、方丈。

[10] 五岳：我国五大名山的总称。今所言五岳，即指东岳泰山、南岳衡山、西岳华山、北岳恒山、中岳嵩山。

[11] 春田：春季的田地。《宋书·周朗传》："春田三顷，秋园五畦。"

[12] 柳风：指春风。唐温庭筠《更漏子》词之二："兰露重，柳风斜，满庭堆落花。"

[13] 磎（xī）：山间水流。

（四）

川至方增与日升[1]，从官[2]摇笔颂冈陵[3]。蛮天雨洗苍山树，横海书传刻木[4]藤。民气[5]正吹葭管[6]律，臣心翻对玉壶冰。涓溪行潦[7]如堪挹，愿答微涓[8]愧未能。

注释：

[1] 川至方增与日升：《诗经·天保》："天保定尔，以莫不兴。如山如阜，如冈如陵。如川之方至，以莫不增。……如月之恒，如日之升。"

如南山之寿，不骞不崩。如松柏之茂，无不尔或承。"这里是用《诗经》中缩写的句子，来祝愿清孝庄皇后和清圣祖玄烨长寿。

[2] 从官：指帝王的随从、近侍。《清史稿·礼志十》："以次颁赐贡使暨从官从人，皆跪受。"

[3] 冈陵：丘陵，用以称颂人长寿的祝词。详本诗注（1）。明王世贞《鸣凤记·严嵩庆寿》："筵开相府胜蓬莱，寿比冈陵位鼎台。"

[4] 剡（yǎn）木：削尖木头。《易·系辞下》："剡木为舟，剡木为楫。"

[5] 民气：民间的风气。《管子·内业》："是故民气杲乎如登于天，杳乎如入于渊，淖乎如在于海，卒乎如在于己。"

[6] 葭（jiā）管（guǎn）：装有葭莩灰的玉管。葭莩灰，古人将苇膜烧成灰，置于律管中，放在密室来测定节气。当某一节气到来时，即有某一律管中的葭灰飞出，表示这一节气已到。

[7] 行潦（lǎo）：沟中的流水。《孟子·公孙丑上》："麒麟之于走兽，凤凰之于飞鸟，太山之于丘垤，河海之于行潦，类也。"赵岐注："行潦，道傍流潦也。"孙奭疏："潦，雨水盛也。"

[8] 微涓（yún）：细小的水流。

杨永宁

　　杨永宁，字地一，号起斋，闻喜人。父杨联，万历甲午（1594年）举人，任宁州知州。杨永宁六岁丧父，在诸兄弟中年龄最小。奉母翟氏之训，读书不懈。明崇祯十二年（1639年）己卯乡试中举人。清朝顺治九年（1652年）壬辰中进士。选庶吉士，授弘文院检讨，参与修纂祀典等书，擢升国子监司业。迁翰林院侍讲学士，迁光禄寺卿，奉命祭告省昊帝尧陵，以及孔子家乡阙里。迁太常寺卿，历任宗人府府丞，擢都察院左副都御史。擢兵部右侍郎。当时宛平王熙为兵部尚书，兵务繁忙，曾以杨永宁辅佐规划，处理十分精当，但杨永宁不肯居功，为王熙所称道。遂调任吏部左侍郎。一日自部归家，谈笑如常，方泼墨作书，而笔坠地竟不能出声，遂卒。

　　此诗是他于康熙二十年（1681年）扈从清圣祖玄烨来遵化汤泉时，玄烨赐浴并且命扈从诸大臣赋诗时所作。

汤泉应制

　　淑气[1]迎仙仗，郊原紫气分。清流时喷薄，元化日氤氲。
神姥调温液[2]，瑶池起瑞云。甘泉叨扈从，献赋[3]愧雄文。

注释：

　　[1] 淑气：天地之间的神灵之气。《旧唐书·音乐志四》："祥符淑气，庆保柔明。"

　　[2] 温液：温热的水，指温泉。张衡《东京赋》："温液汤泉，黑丹石缁。"薛综注："言温液即汤泉之流。"

　　[3] 献赋：作赋献给皇帝，用来颂扬功德或讽谏过失。《西京杂记》卷三："相如将献赋，未知所为，梦一黄花翁，谓之曰：'可为《大人赋》。'"

陈廷敬

陈廷敬（1638—1712年），字子端，号说岩，晚号午亭山人，清代泽州（今山西省深阳城县皇城村）人。入仕五十三年，历任经筵讲官（康熙帝的老师）、工部尚书、户部尚书、刑部尚书、吏部尚书。

陈廷敬原名陈敬，顺治十五年（1658年）考中戊戌科进士。因同榜有同名者，因此朝廷给他加上"廷"字，改名为廷敬。

陈廷敬生平好学，诗、文、乐皆佳。与清初散文家汪琬、著名诗人王士禛皆有往来，"皆能得其深处，而面目各不相假"。康熙对陈廷敬有"房姚比雅韵，李杜并诗豪"的评价。乾隆皇帝亲书"德积一门九进士，恩荣三世六翰林"的楹联，对陈廷敬及其家族予以褒奖。

康熙四十九年（1710年），皇帝命张玉书、陈廷敬领导编纂一部大型字典。后张玉书病逝，陈廷敬独任总裁官。陈廷敬为编纂《康熙字典》付出了极大的心力，亲自审阅文稿、编订目录、考校典籍、查阅大量古代辞书。这部字典是在前人《字汇》和《正字通》的基础上补充而成的，共收四万七千多字，是清代最大的字典。陈廷敬工诗文，器识高远，文辞渊雅，有《午亭文编》五十卷，收入《四库全书》，其中诗歌二十卷，还有《午亭山人第二集》三卷。

陈廷敬在家乡所建的午亭山村，至今仍然被保留着。

赐观御制诗 并序

岁戊午[1]秋九月，上奉太皇太后幸温泉。以时享太庙[2]还宫，行在[3]凡十七日，御制古今诗二十一章。十月朔日[4]，召臣廷敬赐观。臣职叨簪笔，学愧面墙[5]。久依帷幄之傍，亲睹文章之盛。瞻云就日[6]，靡罄[7]高深[8]。测海窥天，徒滋[9]谫陋。今读圣制，弥厪绎思[10]。譬诸黄钟[11]天球[12]，自洋洋[13]而竦听[14]。穆[15]乎璇霄[16]碧汉[17]，仍荡荡[18]而难名[19]。

昔闻刘勰[20]云："睿哲[21]之心，悬于日月。"益信扬雄[22]谓："圣人之言，炳于丹青[23]。"况逢盛世赓歌，非若唐宗之试宫体。自顾庸姿牵率[24]，惟慕永叔[25]之记赐书[26]。盖以圣哲之君，其臣莫及，遂令制作[27]之善，振古[28]为昭。

谨拜手而扬言[29]，爰斋心[30]而献颂。恭赋五言二十四韵，进呈睿览[31]，不胜欣惕[32]，交并之至。

注释：

[1] 戊午：清康熙十七年（1678年）。

[2] 太庙：帝王的祖庙。《论语·八佾》："子入太庙，每事问。"

[3] 行在：即行在所。专指天子巡行所到之地。

[4] 朔日：旧历每月初一日。南朝齐谢朓《齐敬皇后哀策文》："惟永泰元年（498年），秋九月朔日，敬皇后梓宫启自先茔，将祔于某陵。"

[5] 面墙：《书·周官》："不学墙面，莅事惟烦。"孔传："人而不学，其犹正墙面而立，临政事必烦。"孔颖达疏："人而不学，如面向墙无所睹见，以此临事，则惟烦乱不能治理。"后因以"面墙"比喻不好学而识见浅薄。

[6] 瞻云就日：《史记·五帝本纪》："帝尧者，放勋。其仁如天，其知如神。就之如日，望之如云。"后以"瞻云就日"形容臣下对君主的崇仰追随。

[7] 罄（qìng）：竭、尽。

[8] 高深：水平高，程度深，多指学问、技术的造诣。明方孝孺《赠周礼素序》："圣人之道虽高深博大，然其要不过乎修己以治人。"

[9] 滋（zī）：滋生；生长。唐骆宾王《与博昌父老书》："荒径三秋，蔓草滋于旧馆；颓墉四望，拱木多于故人。"

[10] 绎（yì）思：推究思考。明谢肇淛《五杂俎·物部四》："礼之节度，尚可绎思；而乐之旨趣，茫无着落也。"

[11] 黄钟：古之打击乐器，多为庙堂所用。唐张说《大唐祀封禅颂》："撞黄钟，歌大吕，开阊阖，与天语。"

[12] 天球：古琴名。宋苏轼《十二琴铭》之十二："天球至意，合以人力，作者七人，传以华国。"

[13] 洋洋：美善。《书·伊训》："圣谟洋洋，嘉言孔彰。"

[14] 竦（sǒng）听：恭听。《隋书·音乐志中》："百灵竦听，万国咸仰。"

[15] 穆：壮美。《诗经·清庙》："于穆清庙，肃雍显相。"郑玄笺："穆，美。"

[16] 璇（xuán）霄：犹碧空。《宋史·乐志七》："璇霄来下，羽卫毶毶。"

[17] 碧汉：银河。亦指青天。隋江总《和衡阳殿下高楼看妓》："起楼侵碧汉，初日照红妆。"

[18] 荡荡：广大的样子，博大的样子。《论语·泰伯》："大哉尧之为君也……荡荡乎，民无能名焉。"

[19] 难名：难以称述。

[20] 刘勰：南北朝时期人（465—520 年），字彦和，中国历史上著名的文学理论家，著有《文心雕龙》。

[21] 睿哲：圣明；明智。晋陆云《大将军宴会被命作诗》："睿哲惟晋，世有明圣。"

[22] 扬雄：字子云（前 53—18 年），西汉官吏、学者，博览群书，长于辞赋，是西汉继司马相如之后最著名的辞赋家。

[23] 圣人之言，炳于丹青：圣人所说的话，言辞如丹青般光辉灿烂。丹青，指绘画。语出汉扬雄《法言·君子》："或问：'圣人之言，炳若丹青，有诸？'"

[24] 牵率：如同说草率。南朝宋谢瞻《答灵运》诗："牵率酬嘉藻，长揖愧吾生。"

[25] 永叔：疑为北宋文学家欧阳修，字永叔。此处待考。

[26] 赐书：君王赐给的书籍。北周庾信《小园赋》："门有通德，家承赐书。"

[27] 著作：著述；创作。《孔子家语·本姓解》："（孔子）祖述尧舜，宪章文武，删《诗》述《书》，定《礼》理《乐》，制作《春秋》。"

[28] 振古：远古，往昔。明徐渭《奉督学宗师薛公书》："先生自振古以来有数之人，负当今天下之望。"

[29] 扬言：大声地说。《史记·夏本纪》："皋陶拜手稽首扬言曰：'念哉，率为兴事，慎乃宪，敬哉！'"

[30] 斋心：祛除杂念，使心神凝寂。

[31] 睿览：圣鉴，御览。

[32] 欣惕：欢欣与谨慎。

（一）

圣母欢清暇[1]，天王[2]奉豫游[3]。龙光[4]扶翠辇[5]，凤藻[6]丽皇州[7]。巡省经过处，篇章次第留。霜钟深殿晓，丹叶禁门[8]秋。绣毂环千骑，金鞍从列侯。山川为别苑，笳鼓[9]在行辀[10]。

注释：

[1] 清暇：清静安闲。亦指清闲之时。元乔吉《两世姻缘》第一折："解元，趁此清暇，好歹多饮几杯咱。"

[2] 天王：天子。

[3] 豫游：古代专指帝王秋天出巡。《晏子春秋·问下一》："天子之诸侯为巡狩，诸侯之天子为述职。故春省耕而补不足者谓之游，秋省实而助不给者谓之豫。"

[4] 龙光：天子气，瑞气。特指皇帝的风采。

[5] 翠辇：饰有翠羽的帝王车驾。唐李贺《追赋画江潭苑》诗之一："行云沾翠辇，今日似襄王。"

[6] 凤藻：华美的文辞。宋司马光《稷下赋》："惜夫美食华衣，高堂闲室，凤藻鸱义，豹文麇质。"

[7] 皇州：帝都，京城。南朝宋鲍照《侍宴覆舟山》诗之二："繁霜飞玉闼，爱景丽皇州。"

[8] 禁门：宫门。《汉书·霍光传》："皇太后乃车驾幸未央承明殿，诏诸禁门毋内昌邑群臣。"

[9] 笳鼓：笳声与鼓声。借指军乐。明沈采《千金记·囊沙》："笳鼓震天鸣，旌旗耀日明。"

[10] 行辀：指行进中的车马。唐元稹《阳城驿》诗："公与诸生别，步步驻行辀。"

（二）

九塞[1]连军戍，三河[2]抱县楼。帷宫[3]朝警跸，星漏夜移筹。缥缈中盘寺[4]，登临最上头。古台传舞剑[5]，重岭应鸣虬。碣石[6]边云合，卢龙[7]海气[8]浮。望陵松柏远，荐寝[9]鼎湖[10]幽。

注释：

[1] 九塞：九个险阻的地方。《吕氏春秋·有始》："山有九塞……何

谓九塞？大汾、冥阨、荆阮、方城、殽、井陉、令疵、句注、居庸。"

[2] 三河：泛指众多河流。

[3] 帷宫：古代帝王出行时以帷幕布置成的行宫。《周礼·天官·掌舍》："为帷宫，设旌门。"郑玄注："谓王行，昼止有所展肆。若食息，张帷为宫，则树旌以表门。"

[4] 中盘寺：盘山古寺，清康熙年间改名为正法禅院。

[5] 舞剑：盘山上有唐李靖舞剑台。

[6] 碣石：山名，在河北省昌黎县北。碣石山馀脉的柱状石亦称碣石，该石自汉末起已逐渐沉没海中。

[7] 卢龙：即卢龙塞，古边塞名。

[8] 海气：海面上的雾气。《汉书·武帝纪》："朕巡荆扬，辑江淮物，会大海气，以合泰山。"

[9] 荐寝：进献枕席。借指侍寝。

[10] 鼎湖：地名。古代传说黄帝在鼎湖乘龙升天。后世也以鼎湖借指帝王陵寝。

（三）

　　风雨开旌钺[1]，乾坤正冕旒[2]。羽林严伏谒[3]，仙仗迥含愁[4]。寒路回芝盖，温汤驻采斿[5]。阳和长不减，功化[6]邈难俦[7]。红槛氍毹[8]帐，黄帘玳瑁[9]钩。湿花漂砌近，香草映波流。

注释：

[1] 旌钺：白旌和黄钺，借指军权。语本《书·牧誓》："王左杖黄钺，右秉白旄以麾。"蔡沈集传："钺，斧也，以黄金为饰……旄，军中指麾，白则见远。"

[2] 冕旒：古代大夫以上的礼冠。顶有延，前有旒，故曰"冕旒"。天子之冕十二旒，诸侯九，上大夫七，下大夫五。

[3] 伏谒：拜见地位或辈分为尊的人时，匍匐于地通报自己的姓名。

[4] 含愁：怀着愁苦。唐沈佺期《古意呈补阙乔知之》诗："谁谓含愁独不见，更教明月照流黄。"

[5] 采斿：彩色的旗饰，借指为旗帜。

[6] 功化：功业与教化。《汉书·贾谊传》："使时见用，功化必盛。"

[7] 俦（chóu）：比，相比。清吴伟业《咏古》诗之四："云台画少年，万古谁能俦？"

[8] 氍毹（qú yú）：一种毛织或毛与其他材料混织的毯子。可用作地毯、壁毯、床毯、帘幕等。

[9] 玳瑁（dài mào）：爬行动物，形似龟。甲壳黄褐色，有黑斑和光泽，可做装饰品。甲片可入药。也指玳瑁的甲壳。亦指用其甲壳制成的装饰品。

（四）

玉甃连阿阁[1]，瑶池到十洲。起居[2]陪大驾[3]，符瑞[4]出灵湫[5]。万寿慈宁膳，清躬飨庙羞[6]。往来见诚孝，制述必殊尤[7]。毫翰[8]乾文[9]焕，诗思[10]溟渤[11]搜。虚怀[12]蒙宠问，忭舞[13]答神庥[14]。

注释：

[1] 阿阁：四面都有檐溜的楼阁。

[2] 起居：指饮食寝兴等一切日常生活状况。《汉书·哀帝纪》："臣愿且得留国邸，旦夕奉问起居。"

[3] 大驾：指皇帝。《晋书·忠义传·嵇绍》："大驾亲征，以正伐逆。"

[4] 符瑞：吉祥的征兆。多指帝王受命的征兆。《管子·水地》："是以人主贵之，藏以为宝，剖以为符瑞。"

[5] 灵湫：深潭，大水池。古时以为大池中往往多灵物，故称。宋曾巩《喜雨》诗："更喜风雷生北极，顿驱云雨出灵湫。"

[6] 羞：同"馐"，美味的食品。

[7] 殊尤：特别优异。宋司马光《进修心治国札子状》："是以明君善用人者，博访远举，拔其殊尤。"

[8] 毫翰：指毛笔，亦借指文字、文章。晋葛洪《抱朴子·行品》："精微之求，存乎其人，固非毫翰之所备缕也。"

[9] 乾文：帝王的诗文。唐崔日用《奉和圣制送张说巡边》："睿锡承优旨，乾文复宠行。"

[10] 诗思：作诗的思路、情致。唐韦应物《休暇日访王侍御不遇》诗："怪来诗思清人骨，门对寒流雪满山。"

[11] 溟渤：溟海和渤海，多泛指大海。

[12] 虚怀：谦逊虚心。唐杜甫《赠王二十四侍御契四十韵》："洗眼看轻薄，虚怀任屈伸。"

[13] 忭（biàn）舞：高兴得手舞足蹈。唐郭湜《高力士传》："倾城道俗，一时忭舞。"

[14] 神麻：神灵护佑。前蜀杜光庭《王虔常侍北斗醮词》："答往愿于当年，期降恩于此日，永当修奉，以荷神麻。"

杜　臻

杜臻，字肇余，浙江秀水（即今嘉兴）人，顺治十五年（1658年）进士，历广州知府，江西、山西布政使。以清廉的操守为人称道。后官至吏部侍郎、礼部尚书、工部尚书，为颇受康熙皇帝信任的近臣。

康熙二十二年（1683年），福建水师提督施琅率军平定台湾，郑克塽降清，江山一统，海宇大宁。叛藩耿精忠和尚之信党羽皆投降。有总督和巡抚，曾建议把沿海疆域当作弃地来对待。为此，清政府命工部尚书杜臻与内阁学士石柱为钦差大臣，巡视粤闽沿海边界。这一次巡视任务有四："察濒海之地以还民，一也；缘边寨营烽堠向移内地者，宜仍徙于外，二也；海壖之民，以捕鲜煮盐为业，宜并弛其禁，三也；故事：直隶天津卫、山东登州府、江南云台山、浙江宁波府、福建漳州府、广东岙门各通市舶，行贾外洋，以禁海暂阻，应酌其可行与否，四也。"

这次巡视启程时间为康熙二十二年（1683年）十一月，止于康熙二十三年（1684年）五月，前后历时半年。其中对澳门的巡视则是起于二月甲午，止于三月丁酉，跨四天时间。巡视人员除清政府两位钦差外，还有两广总督吴兴祚及广东巡抚李士祯同行。

关于这一次对澳门的巡视，主要内容均保留在杜臻所著《粤闽巡视纪略》卷二中，由于杜臻观察细致，记录详备，他所留下的材料亦成为我们研究清代澳门史的一份较权威的、详细的中文资料。对于沿海地区的有关事宜，也进行了合理处置。著有《经纬堂集》《烟霞集》等。

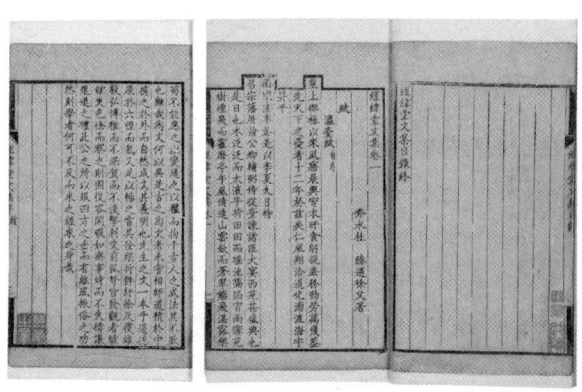

杜臻作品集

汤泉应制 有序

　　臣闻：水火者，阴阳之精[1]。阳得质而阴得气，为凉为焰；阴得质而阳得气，为泉为汤。则汤泉者，实炎润[2]之相资，为坎离[3]之既济[4]。包含[5]元气[6]，保合太和[7]，由来尚[8]矣！

　　遵化州西北四十里福泉之山，汤泉出焉。甃石为池，方平如鉴。不火而燠，遇寒而温。色白铅溪，泛珍珠而成串；烟青铜浦，注甘露以扬芬。喷薄则鱼目[9]虎须，流膏则醴泉玉液。蠲痾益寿，厥功茂[10]焉。

　　皇上问安视膳，既无间于宫闱；养志承颜，更时深于巡幸。以兹泉之润，可以致遐龄[11]；兹土之宜，可以适圣体。乃营别馆，特缮瑶池。暄波回绕于曲阿[12]，淑气充周乎清禁[13]。爰游爰止，攸跻攸宁，洵尊养之独至[14]者矣！

　　且也山连昌瑞，地接寝园。冀北渔阳，则神京之左辅焉；石门兰峪，则孝陵之近郊焉。皇上感霜露之凄清，肃烝尝[15]于祼献[16]。松楸在望，经隧道[17]以怆怀[18]；弓剑当年，忆龙髯[19]而雪涕[20]。齐明[21]盛服[22]，沐浴华池，又孝思之独切者也！

　　况制崇淳朴，境远尘嚣[23]。不剪茅茨，仿唐尧之俭德；无烦轮奂，俨夏禹之卑宫。岂比夫曲水昆明，侈陈宴饮；华清兴庆[24]，徒事游观[25]已哉？

　　岁次重光[26]，月临姑洗[27]。臣等恭承嘉命，仰黍谷而生春；跪听温纶，挹恩波于在藻。徘徊青驶，盥漱芳馨[28]。濡毫[29]乏庾信[30]之文，授简[31]愧傅咸[32]之句。不揣芜陋，莫罄揄扬[33]。有诏赋诗凡二十有二人，臣臻敬赋五言排体一章。其辞云：

注释：

　　[1] 精：精粹，精华。唐崔涂《过长江贾岛主簿旧厅》诗："雕琢文章字字精，我经此处倍伤情。"

　　[2] 炎润：水和火。

　　[3] 坎离：铅汞、水火、阴阳。《易·说卦》："坎为水……离为火。"

　　[4] 既济：《易》卦名。离下坎上。《易·既济》："既济，亨，小利贞，初吉终乱。"孔颖达疏："济者，济渡之名，既者，皆尽之称。万事皆济，

故以既济为名。"

[5] 包含：包容含有。明李贽《答刘晋川书》："令郎外似痴而胸中实秀颖，包含大志，特一向未遇明师友耳！"

[6] 元气：泛指宇宙自然之气。王逸《九思·守志》："食元气兮长存。"原注："元气，天气。"

[7] 太和：天地间冲和之气。

[8] 尚：久；远。《史记·三代世表序》："五帝三代之记，尚矣。"

[9] 鱼目：水初沸时冒出的小气泡，像鱼眼睛，故称鱼目。唐陆羽《茶经》："其沸，如鱼目，微有声，为一沸。"

[10] 茂：草木繁盛。引申为昌盛；丰硕。《周书·李贤传》："念其规弼，功劳甚茂。"

[11] 遐龄：高龄；长寿。晋郭璞《山海经图赞下·不死国》："有人爰处，员丘之上，赤泉驻年，神木养命，禀此遐龄，悠悠无竟。"

[12] 曲阿：房屋的曲角。

[13] 清禁：指皇宫。皇宫中清静严肃，故称。《明史·杨爵传》："陛下诚与公卿贤士日论治道，则心正身修，天地鬼神莫不佑享，安用此妖诞邪妄之术列诸清禁，为圣躬累耶！"

[14] 独至：独到。指达到某种境界，与众不同。宋叶适《著作正字二刘公墓志铭》："而《春秋》于三家凡例外自出新义，尔雅独至，无能及者。"

[15] 烝（zhēng）尝：本指秋冬二祭。

[16] 祼（guàn）献：古代帝王、王后祭祀时，以香酒灌地、以腥熟之食献神的礼仪。亦泛指祼礼。

[17] 隧道：墓道。《南史·齐豫章文献王嶷传》："上数幸嶷第，宋长宁陵隧道出第前路，上曰：'我便是入他家墓内寻人。'"

[18] 怆（chuàng）怀：悲伤。唐李益《城西竹园送裴佶王达》诗："怆怀非外至，沉郁自中肠。"

[19] 龙髯：龙之须。《史记·封禅书》："黄帝采首山铜，铸鼎于荆山下。鼎既成，有龙垂胡髯下迎黄帝。黄帝上骑，群臣后宫从上者七十余人，龙乃上去。余小臣不得上，乃悉持龙髯，龙髯拔，堕，堕黄帝之弓。百姓仰望黄帝既上天，乃抱其弓与胡髯号，故后世因名其处曰鼎湖，其弓曰乌号。"后用为皇帝去世的典故。

[20] 雪涕：擦拭眼泪。《北齐书·神武帝纪上》："神武亲送之郊，雪涕执别，人皆号恸。"

[21] 齐明：在祭祀前斋戒沐浴，静心洁身。《礼记·中庸》："齐明盛服，以承祭祀。"

[22] 盛服：谓服饰齐整。表示严肃端庄。

[23] 尘嚣：世间的纷扰、喧嚣。晋陶潜《桃花源》诗："借问游方士，焉测尘嚣外。"

[24] 兴庆：唐代兴庆宫，位于唐代长安城东门春明门内，是唐玄宗时代的中国政治中心所在，也是他与爱妃杨玉环长期居住的地方，号称"南内"，为唐代长安"三内"之一。宫内建有兴庆殿、南熏殿、大同殿、勤政务本楼，花萼相辉楼和沉香亭等建筑物。

[25] 游观：游览。清王夫之《读四书大全说·论语·八佾四》："想古宗庙，既无像主，又藏于寝，盖不禁人游观。"

[26] 重光：比喻累世盛德，辉光相承。《书·顾命》："昔君文王、武王，宣重光。"

[27] 姑洗：指农历三月。汉班固《白虎通·五行》："三月谓之姑洗何？姑者故也，洗者鲜也，言万物皆去故就其新，莫不鲜明也。"

[28] 芳馨：犹芳香，也借指香草。《楚辞·九歌·湘夫人》："合百草兮实庭，建芳馨兮庑门。"

[29] 濡毫：濡笔。蘸笔书写或绘画。唐韦应物《酬刘侍郎使君》诗："濡毫意偃俯，一用写悃勤。"

[30] 庾信：字子山，南北朝文学家（513—581年）。祖籍南阳新野。梁代诗人庾肩吾之子。他早年曾任梁湘东国常侍等职，随同庾肩吾及徐陵父子出入宫禁，陪同太子萧纲（梁简文帝）等写作一些绮艳的诗歌，被称为"徐庾体"。今存《庾子山集》。

[31] 授简：给予简札。谓嘱人写作。语出南朝宋谢惠连《雪赋》："梁王不悦，游于兔园……授简于司马大夫，曰：'抽子秘思，骋子妍辞，侔色揣称，为寡人赋之。'"

[32] 傅咸：字长虞（239—294年），北地泥阳人，西晋文学家。傅咸诗作今存十余首，多为四言诗。有《神泉赋序》。

[33] 揄扬：宣扬。南朝宋鲍照《河清颂》："坐朝陪宴之臣，怀揄扬于内。"

（一）

　　胜迹开温谷，名山汇福泉。坤舆[1]畿辅拱，王气寝园连。溜暖春常在，波暄火似然。琉璃围石甃，蛱蝶落金钱。镜澈空明[2]月，珠浮淡泞[3]渊。丹砂中蕴地，赤道上经天。

注释：

　　[1] 坤舆：《易·说卦》："坤为地……为大舆。"孔颖达疏："为大舆，取其能载万物也。"后因以"坤舆"为地的代称。

　　[2] 空明：空旷澄澈。唐韩愈《祭郴州李使君文》："航北湖之空明，觑鳞介之惊透。"

　　[3] 淡泞：清新明净。前蜀贯休《和韦相公见示闲卧》："宽平开义路，淡泞润清田。"

（二）

　　难老宜眉寿，长生驻偓佺[1]。延龄功独盛，济物[2]理仍全。圣主晨昏切，慈闱定省专。有时移凤辇，别馆下云旟。神女调香液[3]，瑶阶绕瑞烟。莺歌临水处，花笑舞筳前。

注释：

　　[1] 偓佺（wò quán）：古传说中的仙人名。《列仙传》："偓佺，槐里采药父也。食松实，形体生毛数寸，能飞，行逮走马。"

　　[2] 济物：帮助人。

　　[3] 香液：此处指温泉水。唐郑嵎《津阳门诗》："暖山度腊东风微，宫娃赐浴长汤池。刻成玉莲喷香液，漱回烟浪深逶迤。"

（三）

　　帝孝真无极，皇情更自牵。瞻依桥岭近，凄怆玉衣悬。裛[1]露怀松柏，惟馨肃豆笾[2]。宸游非逸豫，孺慕几回旋。不改宫垣旧，还除粉绘[3]妍。芳规[4]诚卓越，俭德永流传。

注释：

　　[1] 裛（yì）：通"浥"，沾湿。

　　[2] 豆笾（biān）：祭器。木制的叫豆，竹制的叫笾。

[3] 粉绘：彩色的图画。清钱谦益《画士张季挽词》："粉绘不随长夜尽，数峰依旧暮云间。"

[4] 芳规：前贤的遗规。

（四）

窃愧清班[1]忝[2]，俄承睿旨[3]宣。弹冠[4]齐祓濯，晞发[5]爱潺湲。快睹氤氲色，欣逢景庆年。滇池安鼎沸，瘴海[6]罢楼船[7]。泽润[8]垂千叶[9]，风和被八埏。湛恩[10]沾既渥，染翰效微涓[11]。

注释：

[1] 清班：清闲的官班。多指文学侍从一类臣子。唐白居易《初授拾遗献书》："岂意圣慈，擢居近职……未申微功，又擢清班。"

[2] 忝（tiǎn）：有愧于。《书·尧典》："否德，忝帝位。"孔传："忝，辱也。"常用作谦词。

[3] 睿旨：圣人的意旨。后称皇帝的诏令。

[4] 弹冠：弹去冠上的灰尘；整冠。《楚辞·渔父》："吾闻之，新沐者必弹冠，新浴者必振衣。"王逸注："拂土芥也。"

[5] 晞发：晞，曝；晒。晒干头发。

[6] 瘴海：此处指南方海域。

[7] 楼船：有楼的大船。古代多用作战船。亦代指水军。

[8] 泽润：恩泽普施。《书·毕命》："道洽政治，泽润生民。"

[9] 千叶：千代，千世。《晋书·赫连勃勃载记》："孰能本枝于千叶，重光于万祀。"

[10] 湛（zhàn）恩：深恩。明郑若庸《玉玦记·对策》："一朝发轫，向枫陛躬逢湛恩。"

[11] 微涓：极小的水流。比喻微小的功绩。明李东阳《次韵答方石先生》之一："微涓能几许，恩海向来深。"

彭孙遹

彭孙遹（1631—1700年），字骏孙，号羡门，浙江海盐武原镇人。清顺治十六年（1659年）己亥进士，授中书舍人。顺治十八年（1661年）因"江南奏销案"落职。康熙十八年（1679年），召试博学鸿词，得第一名，授翰林院编修。二十一年（1682年），充会试同考官。二十四年（1685年），迁国子司业，旋授翰林院侍读，进侍讲学士。二十七年（1688年），特简内阁学士，教习庶吉士，充政治典训、平定三逆方略两馆总裁，复充国史馆总裁。三十年（1691年），为吏部右侍郎，兼翰林院掌院学士。其选拔官吏时杜绝请托。充经筵讲官，敷陈明畅。明史久未成，特命为总裁。赐专敕，与元老同。三十六年（1697年）告老还乡，康熙赐其居"松桂堂"匾额，遂以名其诗文集。诗以五、七言律诗为长。著有《南往集》《延露词》。

汤泉

（一）

回銮仙岭属芳春[1]，温谷[2]传观[3]诏侍臣。水德灵长堪润物，土风清淑[4]更宜人。

注释：

[1] 芳春：春天。明屠隆《彩毫记·夫妻玩赏》："今日日朗风和，值芳春之淑景；沙明水碧，当荆楚之岁时。"

[2] 温谷：温泉。潘岳《西征赋》："南有玄灞素浐，汤井温谷。"李善注："温谷，即温泉也。"

[3] 传观：传递着观看。《新唐书·刘黑闼传》："突厥得箭，传观，以为神。"

[4] 清淑：清美，秀美。

（二）

离宫不改茨阶旧，驰道初瞻彩仗[1]新。幸沐恩波比翔泳[2]，此中圣泽广无垠。

注释：

[1] 彩仗：彩饰的仪仗。清赵翼《镇江观都天会》诗："七香亭导八抐舆，彩仗前驱一对对。"

[2] 翔泳：谓飞鸟游鱼。《旧唐书·音乐志四》："天地交泰，华夷辑睦，翔泳归仁，中外禔福。"

（三）

灵池[1]漭沆[2]水清澄，一挹[3]还堪散郁蒸。色泛桃花三月暖，香流兰叶五云凝。

注释：

[1] 灵池：池的美称。唐王建《温门山》诗："灵池出山底，沸水冲地脉。"

[2] 漭沆（mǎng hàng）：水势浩大的样子。唐韦元旦《兴庆池侍宴应制》诗："沧池漭沆帝城边，殊胜昆明凿汉年。"

[3] 挹（yì）：酌，以瓢舀取。

（四）

荣光似镜环辰极[1]，王气如龙拱孝陵。自是醴泉非爱宝，源从天汉发休征[2]。

注释：

[1] 辰极：北斗。明何景明《万岁节》诗："北望看辰极，孤城首重回。"

[2] 休征：吉祥的征兆。

爱新觉罗·胤禛

爱新觉罗·胤禛，康熙第四子。康熙十七年（1678年）十月三十日生，六十一年（1722年）十一月二十日登皇帝位，改明年为雍正元年。其在位的十三年间，颇有作为，对于清王朝康乾盛世的出现，起到了承前启后的作用。

他以严刑峻法驾驭群僚，建立了养廉银和耗羡归公制度，在一定程度轻了人民的负担。

为加强皇权，胤禛还采取措施削弱各旗旗主的势力，保证了中央集权的施行，还把圣祖时准备实行的"摊丁入亩"制度加以实施，并把"改土归流"制度，推行到西南地区。他还参与干预佛道等宗教之间及各教内部的论争。

在朝廷政治制度上，胤禛也多有兴革。设置军机处，成为以后各个时期的常设机构，对清王朝的政治、军事等大计起了重要作用。另外，胤禛首创了秘密立储制度。这个立储办法，延续了雍正、乾隆、嘉庆、道光四代，对皇权的顺利交替、平稳过渡起了积极的、重要的作用。

但是，胤禛在位期间，依靠密折制度统治臣民，成为不折不扣的特务政治。它倚仗封建制度培养的鹰犬，控制社会舆论，压迫民众，加强了独裁统治。并且通过制造文字狱，对人民群众进行统治。他制造的著名文字狱有：查嗣庭狱、曾静、吕留良狱等，对清朝中晚期文化造成了不良的影响。

雍正十三年（1735年）八月二十三日，五十八岁的胤禛在圆明园驾崩。

汤泉诗

凌云[1]兰殿郁崔嵬，绕槛涟漪[2]温液回。养正[3]为能恒净洁，莹心不止荡氛埃[4]。宿含炎德[5]珠光润，只觉阳和涧底来。著绩[6]岂徒堪愈疾，溶溶一脉万年开。

注释：

[1] 凌云：直上云霄。宋苏轼《骊山》诗："复道凌云接金阙，楼观

隐烟横翠空。"

　　[2] 涟漪：水面波纹；微波。明许潮《午日吟》："沧浪烟净，涟漪风淡。"

　　[3] 养正：涵养正道。明王守仁《传习录》卷中："毋辄因时俗之言，改废其绳墨，庶成蒙以养正之功矣。"

　　[4] 氛埃：污浊之气；尘埃。借指尘世或俗念。

　　[5] 炎德：火的德行。《楚辞·远游》："嘉南州之炎德兮，丽桂树之冬荣。"姜亮夫校注："阴阳家旧说，南于五行属火，故曰炎德也。"

　　[6] 著绩：谓有显著的功绩。《晋书·侯史光传》："光儒学博古，历官著绩。"

爱新觉罗·弘历

爱新觉罗·弘历，雍正第四子。康熙五十年（1711年）八月十三日子时生。雍正十三年（1735年）九月初三日，弘历即位为皇帝，当时二十五岁。

弘历的一生既重视文治，也注重武功，使清王朝达到了鼎盛。在文治方面，乾隆三十八年（1773年）三月，乾隆正式决定编纂《四库全书》，前后经历了二十年才告完成，共收集各种图书三千四百五十七种，七万九千零七十卷，计三万六千余册。

在武功方面，有十次较大的战争。这十次战争包括：两次平定准噶尔、一次平定回部、两次平定金川、一次平定台湾、一次攻缅甸、一次攻打安南、两次攻喀尔喀。

他统治的时期，尤其是在他统治的晚期，社会越来越趋于腐朽，吏治日趋败坏，清王朝逐渐从鼎盛走向衰败。

乾隆六十年（1795年），正式禅位于皇太子。嘉庆四年（1799年）正月初三日逝于养心殿，享年八十九岁。

乾隆十八年御制恭依皇祖《温泉行》原韵

小春[1]风日[2]温而清，离宫驻跸逸趣[3]生。沙汀[4]石濑[5]率含冻，暄波漱响偏铮铮。嵩山仙池杳莫辨，建武[6]别馆徒相争。当年卷阿[7]可仰躅，至今圣藻[8]星云明。方沼鳖玉左复右，灵脉喷珠澄且泓。曲沟引导达户户，中各向暖达南荣[9]。细流龙首初滴注，有如瑞露[10]浮金茎。焂然[11]忽放屋池满，氤氲澹荡[12]难为名。济凉酌暖拟紫府[13]，蒸霞吐雾疑赤城[14]。水仙[15]骑鲤[16]在白壁，呼之举手欣相迎。蠲疴[17]益寿[18]有奇助，何必缥缈求壶瀛。承欢家法同孝养，神仙此耳无佟情。绎思[19]来歌续元韵[20]，幸当海宇[21]方承平[22]。耽逸忘武[23]夙所戒，塞山回望云中横。留连[24]胜处亦曷[25]可？明当启跸旋皇京[26]。新丰绣岭[27]是炯鉴[28]，毋容易视[29]温泉行。

注释：

[1] 小春：指夏历十月。宋陈元靓《岁时广记》卷三七引《初学记》："冬月之阳，万物归之。以其温暖如春，故谓之小春，亦云小阳春。"

[2] 风日：指天气；气候。唐李白《宫中行乐词》之八："今朝风日好，宜入未央游。"

[3] 逸趣：超逸不俗的情趣。

[4] 沙汀：水边或水中的平沙地。

[5] 石濑（lài）：水激石形成的急流。《楚辞·九歌·湘君》："石濑兮浅浅，飞龙兮翩翩。"王逸补注："濑，湍也。"

[6] 建武：年号。历史上用建武为年号的，共有七位帝王和封建割据者。东汉光武帝刘秀（25—56年）、西晋惠帝司马衷（304年）、东晋元帝司马睿（317—318年）、十六国后赵石虎（335—348年）、十六国西燕慕容忠（386年）、南朝齐明帝萧鸾（494年—498年）、北朝元颢（529年）。此处当是指东汉光武帝年号。

[7] 卷阿（ē）：《诗经》篇名。其第一章："有卷者阿，飘风自南。岂弟君子，来游来歌，以矢其音。"全诗告诫天子要充实自己的善德，继承先王的事业；并颂扬天子能够作为四方的纲纪，使得天下贤士仰慕。

[8] 圣藻：帝王的文辞。唐顾况《乐府》："文房开圣藻，武卫宿天营。"

[9] 南荣：南方之地。王褒《九怀·思忠》："玄武步兮水母，与吾期兮南荣。"王逸注："南方冬温，草木常茂，故曰南荣。"

[10] 瑞露：象征吉祥之露；甘露。南朝陈徐陵《陈文皇帝哀册文》："东京飞其瑞露，北陆陨其祥星。"

[11] 砉（huā）然：形容快速的样子。常用以形容破裂声、折断声、开启声、高呼声等。宋王谠《唐语林·补遗一》："皇上友爱天深，痛毒兼至。砉然一叫，声泪俱咽。"

[12] 澹（dàn）荡：同"骀荡"。使人心情舒畅，多用来形容春天的景物。南朝宋鲍照《代白纻曲》："春风骀荡泱恩多，天气净渌气妍和。"

[13] 紫府：道教称仙人所居。晋葛洪《抱朴子·祛惑》："及至天上，先过紫府，金床玉几，晃晃昱昱，真贵处也。"

[14] 赤城：指帝王宫城，因城墙红色，故称。唐王勃《临高台》诗："赤城映朝日，绿树摇春风。"

[15] 水仙：传说中的水中神仙。唐司马承顺《天隐子·神解八》："在

人谓之人仙，在天曰天仙，在地曰地仙，在水曰水仙，能变通之曰神仙。"

[16] 骑鲤：传说鲤鱼跃龙门，跳过去就成为龙。只有鲤鱼能跳龙门而成龙，所以说鲤鱼与龙属于同类。因此仙人乘龙也就是乘鲤。宋王安石《小姑》诗："初学水仙骑赤鲤，竟寻山鬼从文狸。"

[17] 蠲疴（juān kē）：治愈疾病。

[18] 益寿：增延寿命。《史记·孝武本纪》："祠灶则致物，致物而丹沙可化为黄金，黄金成以为饮器则益寿。"

[19] 绎（yì）思：寻绎追念。《诗经·赉》："敷时绎思，我徂维求定。"朱熹集传："绎思，寻绎而思念也……欲诸臣受封赏者，绎思文王之德而不忘也。"

[20] 元韵：原韵。

[21] 海宇：犹海内、宇内，谓国境以内之地。明陈汝元《金莲记·捷报》："丈夫与叔叔文空海宇，洪然高搅，不必过忧。"

[22] 承平：治平相承；太平。明王琼《双溪笔记》："畿内、山东地方，因承平日久，物产繁盛。"

[23] 耽逸忘武：沉溺于安逸享乐，而忘记了武备之事。

[24] 留连：留恋不舍。

[25] 曷（hé）：表示疑问，怎么。《荀子·法行》："同游而不见爱者，吾必不仁也；交而不见敬者，吾必不长也；临财而不见信者，吾必不信也。三者在身，曷怨人？"

[26] 皇京：帝都。《后汉书·董卓传赞》："方夏崩沸，皇京烟埃。"

[27] 新丰绣岭：即唐代的骊山温泉。新丰，县名，汉高祖置，唐朝废。骊山旧属新丰县，而在骊山有东、西两座绣岭。故以新丰绣岭代称骊山温泉。

[28] 炯鉴（jǒng jiàn）：明显的借鉴。清黄宗羲《子刘子行状》卷上："自古未有宦官典兵不误国者。鱼朝恩、童贯，千古炯鉴。"

[29] 易视：轻视。明文徵明《先君行略》："虽在童稚，人不敢易视。"

汤泉行宫叠旧韵

地学华清宫，波回镜影空。人吟今夕月，树韵昨年风。鸟散余音在，山明远色同。所欣秋有稔[1]，稍慰间阎[2]穷。

注释：

[1] 稔（rěn）：庄稼成熟，此处指秋季有收成。

[2] 闾阎（lǘ yán）：平民。《史记·李斯列传》："李斯以闾阎历诸侯，入事秦。"

温泉行

温泉实擅地灵奇，暖溜暄波谁所为？或云流黄[1]孕泽府，延龄愈疾功用[2]资。温泉之上行宫构，华不伤奢朴不陋。庭前种树将百年，山亦非骊岭非绣。十岁之中一再来，无过信宿[3]前驱催。林丞修葺[4]守空馆，嗑然笑此胡为哉！

注释：

[1] 流黄：即硫黄。李善注引《本草经》："石流黄生东海牧阳山谷中。"

[2] 功用：功效，效用。宋曾巩《屯田策》："得田可治者二十二万顷，欲修耕屯之业，度其功用矣。"

[3] 信宿：连宿两夜。《诗经·九罭》："公归不复，于女信宿。"毛传："再宿曰信；宿，犹处也。"

[4] 修葺：修理，常指建筑物。《南史·梁吴平侯景传》："修葺城垒，申警边备，理辞讼，劝农桑。"

阿克敦

阿克敦，章佳氏，字仲和，满洲正蓝旗人。康熙四十八年（1709年）进士，授编修，因学问优异，授侍讲学士。雍正时历任翰林院掌院学士，署理两广总督兼广州将军，乾隆时官至兵部尚书、礼部尚书、刑部尚书、太子太保、协办大学士，阿克敦主持刑部，主张用法平恕。卒谥"文勤"。著有《德荫堂集》。本诗载于《德荫堂集》卷一一。

温泉随辇敬赋二首

（一）

玉窦[1]琼沙淑气[2]催，春回温谷翠华来。歌传翙[3]凤灵旗[4]满，水暖飞龙[5]秘殿开。冱节凝霜犹剩菊，严寒酿雪正迎梅。桃花水色兰花臭[6]，此日宸游亦壮哉！

注释：

[1] 玉窦：对石洞的美称。元陈樵《八咏楼赋》："金华玉窦处乎北际，鼎湖太鹤出于南中。"

[2] 淑气：指天地间神灵之气。明郑仲夔《耳新·蔼吉》："劲骨干霄，品业兼擅，非钟川岳之淑气者不能。"

[3] 翙（huì）：鸟飞的声音。

[4] 灵旗：神灵的旗子。

[5] 飞龙：比喻帝王。唐韩琮《公子行》："别殿承恩泽，飞龙赐渥洼。"

[6] 臭（xiù）：气味。汉仲长统《昌言·论天道》："性类纯美，臭味芬香。"

（二）

暖炉佳会[1]赐袍时，土德[2]灵长水德滋。乍见云腴[3]飞玉髓[4]，旋看阳燧[5]焰瑶池。离宫不改茨阶旧，驰道初经彩仗移。共沐恩波承圣泽，欣瞻游泳缀风诗[6]。

注释：

[1] 佳会：高雅的聚会。明袁宏道《和钟君威花字》："良朋递指引，佳会屡停车。"

[2] 土德：大地的功德。清金农《客来自覃怀见饷地黄奉酬十韵》："灵品彰土德，流膏蕴精腴。"

[3] 云腴：酒。元宫天挺《范张鸡黍》："何必酿云腴。若但杀鸡炊黍。"

[4] 玉髓：即玉膏，道家认为服之可成仙。明李时珍《本草纲目·金石二·白玉髓》："玉膏，即玉髓也。《河图玉版》云：少室之山有白玉膏，服之成仙。"

[5] 阳燧：古代利用日光取火的凹面铜镜。严复《救亡决论》："方诸阳燧，格物所宗。"

[6] 风诗：指《诗经》中的《国风》，亦泛指民歌。清李渔《慎鸾交·谲讽》："吴地民情奢侈，土俗浇漓，风诗绝无可采。"

陈兆骎

陈兆骎,事迹、籍贯不详。只知其是清朝时人。

上巳游福泉寺诗

(一)

昔我游闽南[1],温泉曾一至。灵砂蒸云根,激浪[2]喷平地。抚景邈[3]难再,至今有余思。羁人[4]无定踪,云来此停骑。斯地多名泉,斯泉更清泌。选胜[5]趁重三[6],得朋动高致[7]。青山一笑迎,未至心已醉。稊柳[8]含晓烟,虬松[9]挺寒翠[10]。林隙出疏钟[11],转眼福泉寺。人语杂禽言[12],阇黎[13]为倒屣[14]。

注释:

[1] 闽南:福建南部。

[2] 激浪:汹涌急剧的波浪。

[3] 邈:远离。《方言》第六:"邈,离也。"

[4] 羁(jī)人:旅客。出游在外的人。宋王安石《长干寺》:"羁人乐此忘归志,忍向西风学越吟。"

[5] 选胜:寻游名胜之地。

[6] 重三:即上巳,指农历三月初三日。《唐音癸签·诂笺一》:"五月五日曰重五,九月九日曰重九,则三月三日亦宜曰重三也。"

[7] 高致:高尚或高雅的格调、情致。

[8] 稊(tí):植物的嫩芽。

[9] 虬松:像龙一样盘曲的松树。

[10] 寒翠:指常绿树木在寒天的翠色。宋林逋《山村冬暮》诗:"雪竹低寒翠,风梅落晚香。"

[11] 疏钟:稀疏的钟声。

[12] 禽言:鸟语。指鸟类啼鸣。唐宋之问《谒禹庙》诗:"猿啸有时答,禽言常自呼。"

[13] 阇（zhě）黎：意谓高僧，也泛指僧人。《西游记》卷四七回："阇黎还念经，班首教行罢。"

[14] 倒屣（xǐ）：把鞋子都穿倒了。唐皮日休《初夏即事寄鲁望》："敲门若我访，倒屣欣逢迎。"

（二）

入门[1]俯清流，舫亭屈曲[2]置。引泉鏊芳塘，澄泓复幽邃[3]。谁施疏治[4]功，云自定远始。有湢[5]穴其东，疑若水在器。祓禊任后先，方壶足修塈[6]。浴罢举羽觞[7]，随彼无序次。青州老从事[8]，放饮[9]不为恣。乘兴[10]虽偶然，却恐失交臂[11]。欲去几徘徊，心情犹远寄[12]。他日若重来，披襟[13]当悬迟[14]。

注释：

[1] 入门：进门。唐杜甫《草堂》诗："入门四松在，步屟万竹疏。"

[2] 屈曲：弯曲，曲折。明唐顺之《条陈水运事宜》："见闽浙人舟行石罅间，屈曲无碍。"

[3] 幽邃（suì）：幽深；深邃。

[4] 疏治：疏导治理。《元史·河渠志二》："委官相视，疏治运河。"

[5] 湢（bì）：浴室。《礼记·内则》："外内不共井，不共湢浴。"郑玄注："湢，浴室也。"

[6] 塈（jì）：休息。《诗经·假乐》："百辟卿士，媚于天子，不能于位，民之攸塈。"毛传："塈，息也。"

[7] 羽觞（shāng）：古代的一种酒器，形状如鸟雀，左右形如翅膀。也有人说是以鸟羽插入杯中，以促使人加快饮酒。宋辛弃疾《满江红·再用前韵题冷泉亭》："便小驻千骑雍容，羽觞飞急。"

[8] 青州老从事：即青州从事。南朝宋刘义庆《世说新语·术解》："桓公有主簿善别酒，有酒辄令先尝。好者谓'青州从事'，恶者谓'平原督邮'。青州有齐郡，平原有鬲县。从事，言到脐；督邮，言在鬲'膈'上住。"意思是说：好酒的酒气可直接到达脐部。后因以"青州从事"为美酒的代称。

[9] 放饮：畅饮，纵酒。吴晗《灯下集·关于中国资本主义萌芽的一些问题》："以欢宴放饮为豁达，以珍味艳色为盛礼。"

[10] 乘兴：趁一时高兴；兴会所至。南朝宋刘义庆《世说新语·任诞》："王子猷居山阴，夜大雪……忽忆戴安道。时戴在剡，即便夜乘小船就之，经宿方至，造门不前而返。人问其故，王曰：'吾本乘兴而行，兴尽而返，何必见戴？'"

[11] 交臂：表示相距很近。

[12] 远寄：谓寄情于世外。晋陶潜《晋故征西大将军长史孟府君传》："好酣饮，逾多不乱，至于任怀得意，融然远寄，傍若无人。"

[13] 披襟：敞开衣襟。多比喻心胸畅快。战国楚宋玉《风赋》："有风飒然而至，王乃披襟而当之曰：'快哉此风。'"

[14] 悬迟：如同说仰慕已久。《后汉书·文苑传下·赵壹》："实望仁兄，昭其悬迟。"

孙士毅

孙士毅（1720—1796年），字补山，仁和县临平（今余杭临平镇）人。自幼勤奋，博通经史。清乾隆二十六年（1761年）进士。次年，授内阁中书，迁侍读。三十三年（1768年），任四川正主考。后授户部广西司郎中。旋任乡试湖南正主考，升大理寺少卿，出任广西布政使，调云南。为官清廉，能体察民情，深受士民欢迎。不久升为巡抚，因总督李侍尧贪渎案，以失察被革职，遣戍伊犁，抄其家不名一钱。帝嘉赏其廉洁，改授翰林院编修，纂校《四库全书》，任副总纂。书成，升太常寺少卿。复为山东布政使、广西巡抚，又升任广东总督兼管粤海关务。五十二年（1787年），台湾天地会林爽文起事，孙士毅赴潮州戒备，向广东调兵征饷，充实军力，林爽文事遂平。五十三年（1788年），阮惠与越南国王黎维祁争位，黎叩关求救。孙士毅奉命率师布防镇南关，逐阮惠，送黎返国，驻黎城。朝廷封其为一等谋勇公，赐红宝石顶，命班师，犹豫未即行。次年正月，朝廷以孙士毅不遵诏班师，罢封爵，并撤红宝石顶、双眼花翎，解除总督职，命驻镇南关治事。不久召还京师，授兵部尚书，充军机大臣。是年冬，朝廷命署四川总督，不久以代两江总督。当时徐州王平庄黄河决口，孙士毅筑毛城铺坝堰，求援灾民，俱称旨意。五十六年（1791年），召授吏部尚书，协办大学士。同年，清廷与廓尔喀发生战争，命助四川总督筹饷，以功复赐双眼花翎，授文渊阁大学士兼礼部尚书，暂代四川总督。六十年（1795年）春，湖南苗人起事，嘉庆元年（1796年），白莲教起事，均被孙士毅镇压。六月，卒于军中，谥"文靖"。著有《百一山房集》等。

鲇鱼关口占示园公

鲇鱼关路夜漫漫，仕宦[1]真如上竹竿。我亦郎潜[2]几白首[3]，头衔[4]仿佛似都官[5]。

注释：

[1] 仕宦：出仕；为官。引申为仕途，官场。

[2] 郎潜：汉朝时颜驷从汉文帝时为郎，经历景帝到武帝，颜驷已经眉发皆白，经三代未能升官，老于郎署。后以"郎潜"比喻为官久不升迁。

[3] 白首：犹白发。表示年老。

[4] 头衔：官衔的别称。旧时官场所用名刺，常将官衔加在姓名之上，故名。后亦用以指学衔、职称等。

[5] 都官：隋唐时指刑部尚书。

张永涟

张永涟，字力檀，清苑人。清雍正乙卯（1735年）举人。清乾隆二十八年（1763年）任遵化学正。张永涟自幼聪明好学，曾三次在岁试中夺冠。任遵化学正时，设立规章，对学生严格要求。对于学堂毁坏之处，报请知州加以修理。在地方对民人进行教化，使得那些家庭不睦的人都能够和谐相处。因任职年满而休致，后其子张化光又任遵化学正，因而受赠修职郎。

汤泉

数峰环拥[1]沸流泉[2]，酿得灵源[3]地轴[4]连。波净竞看朝日浴，气蒸疑与暮霞[5]联。暖浮玉液杯常转，戏掷青蚨蝶自翩。征瑞[6]不须占德水，翠华[7]曾此驻祥烟[8]。

注释：

[1] 环拥：环抱。宋苏轼《神女庙》："江山自环拥，恢诡富神奸。"

[2] 流泉：流动的泉水。《诗经·公刘》："相其阴阳，观其流泉。"

[3] 灵源：对水源的美称。宋王十朋《题双瀑》："瀑水萧峰下，灵源不可寻。"

[4] 地轴：古代传说中大地的轴。晋张华《博物志》："地有三千六百轴，犬牙相举。"

[5] 暮霞：晚霞。清杜浚《茶喜》："露气澄秋水，江天卷暮霞。"

[6] 征瑞：祥瑞、吉兆。晋嵇含《长生树赋》："美我亲之仁孝，固征瑞之必招。"

[7] 翠华：天子仪仗中以翠羽为饰的旗帜或车盖。为御车或帝王的代称。清陈维崧《游顾龙山》诗："闻说当年翠华巡，朱旗暗卷残碑在。"

[8] 祥烟：祥瑞的烟气。《旧唐书·礼仪志五》："皇帝初至桥陵，质明，柏树甘露降，曙后祥烟遍空。"

周履衢

周履衢，贵州毕节人，清乾隆四十二年（1777年）拔贡，曾任四库馆誊录，议叙。乾隆五十六年（1791年）任遵化训导，嘉庆五年（1800年）护遵化州印。

汤泉

春到温泉祓禊时，丹砂酝酿泛西池[1]。蠲除[2]尘腻[3]人须共，疏瀹[4]心源[5]我自知。但使清明[6]生志气，不将肝胆[7]负须眉。世情[8]冷暖都消尽，造物炉锤[9]分外奇。

注释：

[1] 西池：相传为西王母所居瑶池的异称。

[2] 蠲除：清除。

[3] 尘腻：污浊。唐元稹《元和五年因投五十韵》："春衫未成就，冬服渐尘腻。"

[4] 疏瀹（yuè）：疏浚，疏通。

[5] 心源：心性。佛教认为，心是万法之源，故称。唐元稹《度门寺》诗："心源虽了了，尘世苦憧憧。"

[6] 清明：物之轻清者。亦指清澈明朗。宋欧阳修《秋声赋》："盖夫秋之为状也，其色惨淡，烟霏云敛；其容清明，天高日晶。"

[7] 肝胆：比喻勇气、血性。唐韩愈《赠别元十八协律》诗之四："穷途致感激，肝胆还轮囷。"

[8] 世情：世态人情。清李玉《人兽关·窘谒》："岳丈，岳丈，就是世情冷暖，也不该这样待我。"

[9] 炉锤：锤炼。明李贽《四书评·论语·先进》："多言而躁之人，定须这样炉锤他。"

佚 名

同友人游汤泉

结伴寻芳[1]踏浅莎[2]，汤泉祓禊[3]赏心多。云蒸古寺烟光暖，液煮灵湫水气和。聒岭松涛延爽籁[4]，浮觞[5]竹叶[6]助酣歌[7]。同游莫讶归来晚，月照轻车[8]渡小河。

注释：

[1] 寻芳：游赏美景。宋朱熹《春日》："胜日寻芳泗水滨，无边光景一时新。"

[2] 浅莎：低矮的莎草，多生长在潮湿的地方或水池。

[3] 祓禊：古代祭祀的一种。源于古代除恶之祭，或在水岸边洗浴，或举着火把求福。三国魏以前多在每年三月上巳，魏以后改在每年的三月三日举行。

[4] 爽籁（lài）：指清风。宋苏舜钦《依韵和伯镇中秋见月九日遇雨之作》："最怜小雨洒疏竹，爽籁飒飒吹醉腮。"

[5] 浮觞：古人每逢三月上旬的巳日在环曲的水渠旁集会，在上流放置酒杯，任其顺流而下，停在谁的面前，谁就取饮，称"浮觞"。也指饮酒。

[6] 竹叶：即竹叶青，古代酒名。今指由汾酒加多种名贵药品配制而成的酒，含酒精少，酒味醇美。亦指不经焦糖着色的一种绍兴原酒。

[7] 酣歌：尽兴高歌。清唐孙华《次韵酬宫恕堂》："酣歌燕市中，醉草常濡发。"

[8] 轻车：轻快的车子。明叶宪祖《鸾鎞记·励志》："驱骄马，逐轻车，不辞筋力倦，路途赊。"

林允文

林允文,浙江定海人,贡生。清康熙十年(1621年)任遵化县知县。曾修建遵化县城内的社稷坛等建筑物。

和宫人王氏汤泉韵

青山隐隐驻旗常[1],为有温泉暖似汤。淡扫蛾眉[2]来此地,承恩一沐九回肠[3]。

注释:

[1] 旗常:王侯的旗帜。唐陈子昂《奉和皇帝上礼抚事述怀》:"云陛旗常满,天廷玉帛陈。"

[2] 蛾眉:蚕蛾的角须细长而弯曲。因而用以比喻女子美丽的眉毛。《诗经·硕人》:"螓首蛾眉,巧笑倩兮,美目盼兮。"

[3] 九回肠:愁肠反复翻转,比喻忧思郁结难解。语出汉司马迁《报任安书》:"是以肠一日而九回。"

李维斌

据清人史朴所纂《遵化诗存》记载，李维斌，遵化州人，总兵李君贤之子。荫生，六品京员，以堂弟维谦貤赠奉直大夫，江西宁州知州，妻刘氏封宜人。但是清光绪年间所修纂的《遵化通志》中，关于李维斌的记载，却与此略有不同，书中称李维斌是总兵李君贤长孙，荫主事。考诸史籍，应以《遵化通志》所记载为是。

汤泉和明宫人韵

题咏[1]灵泉尽泛常[2]，独教一绝重温汤。须眉[3]读罢应心折[4]，输与宫娃[5]有热肠。

注释：

[1] 题咏：指为歌咏某一景物、书画或某一事件而题写的诗词。清蒲松龄《聊斋志异·褚生》："已而泊舟，过长廊，见壁上题咏甚多，即命笔记词其上。"

[2] 泛常：普通、平常。宋俞文豹《吹剑四录》："四局所卖者，惟泛常粗药。"

[3] 须眉：胡须和眉毛，用为男子的代称。《再生缘》："莫非他不是须眉是女人？"

[4] 心折：佩服。《明史·文苑传三·茅坤》："坤善古文，最心折唐顺之。"

[5] 宫娃：宫女。唐王维《从岐王夜宴卫家山池应教》："座客香貂满，宫娃绮帐张。"

傅 修

傅修，字竹漪，广东海阳人，乾隆二十七年（1762年）举人，五十六年（1791年）任直隶遵化州知州。傅修在任遵化知州期间，兴利除弊，做了许多有益于地方的事情。例如，《直隶遵化州志》在知州刘埥修纂之后，有四十余年没有修撰，傅修就召集乡绅，聘请名儒，设"州志局"进行修纂。对于刘志中所阙记的事件，加以补缀；记叙错误的，就加以修正。对于一些有关民俗的事情，傅修还亲自执笔进行撰写，以激励人心。傅修在为政之时，首重农事，对于遵化州农业的发展，起到了积极的作用。

傅修的诗文，文采俊逸。任直隶遵化州知州时，他还曾经撰有《祭山神文》等文章，并在遵化州城东北的乌龙泉之侧建八蜡庙，修春及亭。这些建筑物，对当时的遵化城市建设，都有一定影响。

遵化十景，是清朝直隶遵化州知州刘埥和后任知州傅修共同归纳完成的一个景观系列。遵化十景分别为：燕山峭壁、铁岭晴虹、明月衔山、清泉绕郭、五峰拱翠、双水分流、梨峪停云、汤泉浴日、龙山积雪、圣水喷珠。

清乾隆十二年（1747年），刘埥把遵化境内的十处景观进行整理和罗列，对每一处景观都加以绘图，并进行说明，此即刘埥所编的《直隶遵化州志》中的十景图说。四十年后，傅修重修《直隶遵化州志》，在刘埥十景绘图和文字说明的基础上，对遵化境内的十处景观，逐一用诗歌的形式加以歌颂。

汤泉浴日

朱砂汤氄自南塘[1]，天一[2]炉锤出上方。灵液生春回黍谷，璇源[3]抱日跃榑桑[4]。暖蒸湢室能蠲痰[5]，曲引[6]杯亭好泛觞。尺五[7]近瞻仙窦在，氤氲香雾亘祥光[8]。

注释：

[1] 南塘：指戚继光，戚继光字孟诸，号南塘，故称。

[2] 天一：水的隐称。古有"天一生水"说法，故称。宋李杞《用易详解》："天一生水，地以六成之。"

[3] 璇（xuán）源：能够生产珍珠的水流。

[4] 榑（fú）桑：同扶桑，传说中的神木。

[5] 蠲（juān）痰：祛除痰疾。

[6] 曲引：乐曲。马融《长笛赋》："故聆曲引者，观法于节奏，察变于句投，以知。礼制之不可逾越焉。"李善注："引亦曲也。"

[7] 尺五：一尺五寸。指离高处的距离非常近。唐杜甫《赠韦七赞善》："时论同归尺五天。"自注："俚谚曰：'城南韦杜，去天尺五。'"

[8] 祥光：祥瑞的光，象征吉利。

柏葰

柏葰，巴鲁特氏，原名松俊，字静涛，蒙古正蓝旗人。道光六年（1826年）进士，选庶吉士，授编修。累迁内阁学士，兼正红旗汉军副都统。十八年（1838年），出为盛京工部侍郎，调刑部，兼管奉天府尹。二十年（1840年），召授刑部侍郎，调吏部，又调户部。二十三年（1843年），充谕祭朝鲜正使。二十五年（1845年），充总管内务府大臣。二十六年（1846年），典江南乡试。二十八年（1848年），擢左都御史。三十年（1850年），迁兵部尚书，授内务府大臣。调吏部，兼翰林院掌院学士。

咸丰三年（1853年），罢内务府大臣，降授左副都御史。四年（1854年），出任马兰镇总兵，兼陵寝内务府大臣，守护清东陵。柏葰有《日记》数十册，内记载清东陵事务极为详细。五年（1855年）六月，擢任热河都统。召授户部尚书，兼正黄旗汉军都统。六年（1856年），命在军机大臣上行走，兼翰林院掌院学士。不久以户部尚书协办大学士。八年（1858年），典顺天乡试，拜文渊阁大学士。因科场受人嘱托案，柏葰被斩。十一年（1861年），穆宗即位，念柏葰受恩两朝，内廷行走多年，平日勤慎，推法外之恩，录其子候选员外郎钟濂赐四品卿衔，以六部郎中遇缺即选。

鲇鱼关口

路转峰回水一湾，杂花生树翠微间。雄边[1]立马高原望，小小孤城[2]万仞山。

注释：

[1] 雄边：地势险要的边地。清吴伟业《过东平故垒》诗："重镇铜龙第，雄边珠虎牌。"

[2] 孤城：边远的孤立城寨或城镇。唐王之涣《凉州词》："黄河远上白云间，一片孤城万仞山。"

福泉寺

春日寻幽到野庵,方塘半亩水拖蓝。珍珠喷出温如玉,不似骊山似济南。

顾太清

顾太清（1799—1876年），名春，字梅仙，姓西林觉罗氏，满洲镶蓝旗人。她是清代极其重要的女词人，与清初的纳兰性德并称为清代词坛双峰。她还是中国小说史上第一位女性小说家。

顾太清多才多艺，一生笔耕不辍，她的文学创作，涉及诗词小说绘画，尤其擅长于词。她作词全凭才气，挥笔潇洒自如，平添了一种风流态度。顾太清是清宗室贝勒奕绘的侧福晋，夫妻之间多有诗词唱和。著有词集《东海阁集》和诗集《天游阁集》。顾太清晚年还自署"云槎外史"之名，所作小说《红楼梦影》，文采见识非同凡响。她曾与当时京师的才女结集秋红吟社，联吟诗词，在中国女性文学史上留下了一道亮丽的风景。

闰月十九夫子浴温泉回，马上见龙战于北山归示其状，赋诗颂之

闻说[1]群龙战北山，翻云掣电雨漫漫。玄黄不辨乾坤象，变化真如子母丹。御雾杳冥[2]浑自得[3]，弄珠[4]夭矫[5]任盘桓[6]。通灵[7]特见[8]无首[9]吉，善眼仙人马上看。

注释：

[1] 闻说：听说。

[2] 杳冥：阴暗的样子。明徐弘祖《徐霞客游记·游天台山日记》："下一岭，丛山杳冥中，得村家。"

[3] 自得：自己感到得意或舒适。《史记·管晏列传》："其夫为相御，拥大盖，策驷马，意气扬扬，甚自得也。"

[4] 弄珠：玩珠，指汉皋二女事。张衡《南都赋》："耕父扬光于清泠之渊，游女弄珠于汉皋之曲。"李善注引《韩诗外传》："郑交甫将南适楚，遵彼汉皋台下，乃遇二女，佩两珠，大如荆鸡之卵。"

[5] 夭矫：一屈一伸的样子。《史记·司马相如列传》："长啸哀鸣，翩幡互经，夭矫枝格，偃蹇杪颠。"张守节正义引郭璞曰："皆猿猴在树

共戏恣态。夭矫,频申也。"

　　[6] 盘桓(huán):盘旋;曲折回绕。北魏郦道元《水经注·桓水》:"雍戎二野之间,人有事于京师者,道当由此州而来。桓是陇坂名,其道盘桓旋曲而上,故名曰桓,是今其下民谓是坂曲为盘也。"

　　[7] 通灵:通于神灵。汉班固《幽通赋》:"精通灵而感物兮,神动气而入微。"

　　[8] 特见:独特的见解。宋曾巩《〈王平甫文集〉序》:"平甫乃躬难得之姿,负特见之能,自立于不朽。"

　　[9] 无首:不见做首领者。《易·乾》:"用九,见群龙,无首,吉。"王弼注:"夫以刚健而居人之首,则物所不与也。"

寻辽后梳妆台故址

　　闻说梳妆旧有台,断烟[1]残照[2]不胜[3]哀。一抔[4]荒土[5]传今古,六翟[6]秋风化草莱[7]。镜舞青鸾[8]容易去,花飞宝钿[9]等闲开。遗编[10]难考当年事,且向居民问讯[11]来。

注释:

　　[1] 断烟:孤烟。

　　[2] 残照:落日余晖。元王实甫《西厢记》第四本第三折:"四围山色中,一鞭残照里。"

　　[3] 不胜:无法承担;承受不了。《管子·入国》:"子有幼弱不胜养为累者。"尹知章注:"胜,堪也。谓不堪自养,故为累。"

　　[4] 抔(póu):量词。相当于"捧""把"。《史记·张释之冯唐列传》:"假令愚民取长陵一抔土,陛下何以加其法乎?"

　　[5] 荒土:荒地。元袁桷《育王琪禅师示寂二纪屿上人回山中因寄塔主》诗:"石塔累荒土,月落冰棱棱。"

　　[6] 翟:同"狄"。古族名。主要居住在北方。亦为中原人对各少数民族的泛称。《周礼·秋官·序官》:"象胥每翟上士一人。"孙诒让正义:"翟者,蛮夷闽貊戎狄之通称。"

　　[7] 草莱:指荒芜之地。《管子·七臣七主》:"主好本,则民好垦草莱。"

[8] 青鸾：相传罽宾王于峻祁之山，获一鸾鸟，饰以金樊，食以珍馐，但三年不鸣。其夫人曰：‘尝闻鸟见其类而后鸣，何不悬镜以映之？’王从其意，鸾睹形悲鸣，哀响中霄，一奋而绝。见《艺文类聚》卷九十引南朝宋范泰《鸾鸟诗序》。后因以“青鸾”借指明镜。

[9] 宝钿：花钿。以金翠珠玉制成的花朵形妇女首饰。《新唐书·车服志》：“命妇之服，两鬓饰以宝钿。”

[10] 遗编：指前人留下的著作。

[11] 问讯：打听。宋姜夔《惜红衣》词：“墙头唤酒，谁问讯、城南诗客。”

二十一日雪晴留题客舍

五日居停[1]三日雪，渔阳九月披狐裘[2]。夜深寒触朔风动，山晓晴看湿气浮。客舍曝衣[3]将返驾[4]，汤泉浴疾阴重游。朱华[5]涧底层冰滑，骑马行穿落叶稠。

注释：

[1] 居停：寄寓，寄住。清赵翼《灵岩山馆吊毕秋帆制府》诗：“灵岩山馆好邱樊，吾友居停席未温。”

[2] 狐裘：用狐皮制的外衣。《诗经·终南》：“君子至止，锦衣狐裘。”朱熹集传：“锦衣狐裘，诸侯之服也。”

[3] 曝衣：晒衣服。唐沈佺期《七夕曝衣篇》：“曝衣何许曛半黄，宫中采女提玉箱。”按，旧时有七月七日曝衣之俗。

[4] 返驾：车驾回驶；回归。《豆棚闲话·陈斋长论地谈天》：“日将暮矣，余将返驾入城。”

[5] 朱华：即朱华山，在今天津蓟州区境内。为清高宗之子端慧皇太子永琏的墓地。

西江月

秋日游鲇鱼关，晚过栖云道院，四十年风景变迁，得不有感？

鹦鹉湾头秋水，鲇鱼关外西风。崇山峻岭几多重，归路斜阳[1]相送。

　　宛转[2]长城如带，崎岖[3]樵径[4]斜道。栖云[5]道院扣仙宫[6]，四十年来一梦。

注释：

　[1] 斜阳：傍晚西斜的太阳。唐赵嘏《东望》诗："斜阳映阁山当寺，微绿含风树满川。"

　[2] 宛转：回旋；盘曲；蜿蜒曲折。

　[3] 崎岖：形容地势或道路高低不平。《水浒传》第六八回："员外初到山寨，未经战阵，山岭崎岖，乘马不便，不可为前部先锋。"

　[4] 樵径：打柴人走的小道。清施闰章《天知庵》诗："樵径落松子，疏林八月天。"

　[5] 栖云：即今遵化市侯家寨乡东北的舍身台下的栖云寺，此寺始建于唐代。

　[6] 仙宫：仙人所居住的宫殿。

奕 绘

奕绘（1799—1838年），字子章，又号妙莲居士、幻园居士、太素道人，为清高宗乾隆第五子荣纯亲王爱新觉罗·永琪之孙、荣恪郡王爱新觉罗·绵亿之子。是清代嘉庆、道光年间一位颇有名气的宗室诗人。嘉庆五年（1800年）八月赏给二品顶戴，二十年（1815年）六月承袭多罗贝勒，赏戴三眼花翎。道光三年（1823年）九月管理正红旗觉罗学事务，五年（1825年）七月授散秩大臣，六年（1826年）二月管理两翼宗学事务，道光九年（1829年）五月初九日，奕绘受命与镇国公溥喜一同守护东陵。十年（1830年）七月初四，因妻丧，"奕绘著加恩赏假二十一日，回京办理伊妻丧事，所管东陵承办事务衙门印钥，著溥喜署理"。初五日即降旨："奕绘著毋庸前赴东陵，所遗之缺，著宗人府另行奏派。"七月初六日，命管理武英殿事务。十一月授正白旗汉军都统。十一年（1831年）十月授内大臣，十三年（1833年）十一月管理近支婚嫁事宜，十五年（1835年）闰六月解去正白旗汉军都统、武英殿事务、近支婚嫁事宜、镶红旗总族长，道光十八年（1838年）戊戌七月初七日辰时卒，年仅四十岁。

奕绘善诗词，工书画，才貌双全，尤好吟咏，著有《子章子》。与侧福晋顾太清感情甚深，奕绘管理东陵事务前后十四个月，与顾太清足迹遍及马兰峪地区许多角落，二人徜徉山水，诗词唱和，留下不少诗篇。两人酬唱的作品，数量甚盛，更为中国文学史上所罕见。

浴温泉用夜发邦均韵

骑骡投荒陂[1]，凉飙[2]撼疏樾[3]。汤汤之温泉，乃自地底发。志精感阳乌，清容[4]照秋月。循墙[5]读古文，款识[6]半存阙。其南流杯亭，云母[7]凿曲辙。喷涌琉璃珠，掀拂火龙窟。凡鱼不敢游，澄澈鉴毫发。浴风既振衣，濯足更脱袜。丰碑仰圣制，不复见宫阙。惟余真源[8]在，前古[9]流不歇。

注释：

[1] 荒陂（bēi）：长满荒草的坡地。

[2] 凉飔：凉风。

[3] 疏樾：稀疏的树影。

[4] 清容：秀美的仪容。唐阎立本《巫山高》诗："仙女盈盈仙骨飞，清容出没有光辉。"

[5] 循墙：沿着墙根走。

[6] 款识：在书画等上面的题名。清龚自珍《观"邃园修禊"卷子同年生徐编修属书卷尾》诗："一花一石有款识，袖中拓本春烟昏。"

[7] 云母：美石。宋晁补之《千秋岁》词："水精溪绕户，云母山相砌。"

[8] 真源：谓本源，本性。明李贽《答邓石阳书》："于伦物上加明察，则可以达本而识真源。"

[9] 前古：古代，往古。唐韩愈《黄陵庙碑》："湘旁有庙曰黄陵，自前古以祠尧之二女舜二妃者。"

丙戌[1]正月五日题马兰关温泉龙女[2]祠明总兵戚继光所建

归来闽海[3]镇雄关[4]，小筑温池洗箭瘢[5]。大树飘零[6]潭水黑，凄凉龙女抱珠闲。

注释：

[1] 丙戌：清光绪十二年（1886年）。

[2] 龙女：传说中指龙王的女儿。

[3] 闽海：指福建和浙江南部沿海地带。戚继光曾在这一带抗倭，故称。明徐渭《君从》诗："君从闽海下南昌，正值中官降玉皇。"

[4] 雄关：雄伟险要的关隘。《警世通言·杜十娘怒沉百宝箱》："说起燕都形势，北倚雄关，南压区夏，真乃金城天府，万年不拔之基。"

[5] 箭瘢（bān）：瘢，创口或疮口愈合后留下的痕迹。受箭伤以后留下的疤痕。

[6] 飘零：指轻柔物随风自空中降落。

次太清龙诗韵[1]

龙飞龙跃更龙蟠,龙战阴山[2]雷雨漫。圣帝[3]衣裳图黼黻[4],画师摹拟[5]费青丹[6]。讹言堕地欺王莽[7],秘诀通天信李桓。六画[8]乾元[9]数用九[10],古人此物[11]亦常看。

注释:

[1] 次太清龙诗韵:此诗为和顾太清《闰月十九,夫子浴温泉回,马上见龙战于北山,归示其状,赋诗颂之》而作。用原诗韵,所以称为"次韵"。

[2] 阴山:如同说阴间。《何典》第一回:"那阎罗王也不过是鬼做的,手下也有一班牛头马面,判官小鬼,相帮着筑个丰都城,在阴山背后做个国都。"

[3] 圣帝:如说圣明的君主。唐白居易《泛渭赋》:"我为人兮最灵,所以愧贤相而荷圣帝。"

[4] 黼黻:泛指礼服上所绣的华美花纹。宋叶适《故宝谟阁赵公墓志铭》:"黼黻为章,宫徵成音,经综纬错,其行钦钦。"

[5] 摹拟:模仿。清何绍基《〈使黔草〉自序》:"至于刚柔阴阳,禀赋各殊,或狂或狷,就吾性情,充以古籍,阅历事物,真我自立,绝去摹拟,大小偏正,不枉厥材,人可成矣。"

[6] 青丹:色深近黑的丹砂。《山海经·大荒西经》:"西有王母之山……爰有甘华、甘柤、白柳、视肉、三骓、璇瑰、瑶碧、白木、琅玕、白丹、青丹。"郭璞注:"又有黑丹也。《孝经援神契》云:'王者德至山陵而黑丹出。'"

[7] 讹言堕地欺王莽:此为王莽相关的典故。《资治通鉴》:"民讹言黄龙堕死黄山宫中,百姓奔走往观者有万数,莽恶之,捕系,问所从起,不能得。"

[8] 六画:即六爻,因《易经》每卦均为六画,故名。

[9] 乾元:《易·乾》:"大哉乾元,万物资始,乃统天。"孔颖达疏:"乾是卦名,元是乾德之首。"后以"乾元"形容天子之大德。

[10] 用九:《易》中的卦名。《易·乾》:"用九,见群龙无首,吉。"群龙出现于天空,其头被云遮住。此比喻众人俱得志而飞腾,自然为吉。

后因以"用九"指奋发有为。

[11] 此物：指龙，此句是说，关于龙，古人也经常看到。

茅山[1]十韵

东山皆壮拔，此境独幽偏[2]。回壑时闻溜，中岩必有泉。果然窥月窟，偶尔酌鲵渊。长瓜寒蟾[3]异，微波碧藻牵。遗凫寻胜迹，危卵寄层巅[4]。坐草刚容膝[5]，巢莎想压巅。不争先作佛，益信古多仙。萝薜[6]团茅壤，琅环半偈传。铿铿[7]凿石室，杳杳[8]入云天[9]。阅遍人间世，临风[10]一慨然[11]。

注释：

[1] 茅山：在汤泉村北，山上风景秀丽，有着众多人文和自然景观。戚继光、刘应节和杨兆明朝达官曾到此山观赏。

[2] 幽偏：静僻之处。唐宋之问《蓝田山庄》诗："宦游非吏隐，心事好幽偏。"

[3] 寒蟾：指月亮。传说月中有蟾，故称。宋张铣《玉树后庭花》词之二："青骢一骑来飞鸟，靓妆难好，至今落日寒蟾，照台城秋草。"

[4] 层巅：高耸而重叠的山峰。宋陆游《入瞿唐登白帝庙》诗："参差层巅屋，邦人祀公孙。"

[5] 容膝：仅能容纳双膝。多形容容身之地狭小。亦指狭小之地。清方文《送鲁孺发移家天门》："四海选容膝，三山且卜居。"

[6] 萝薜：女萝和薜荔。《楚辞·九歌·山鬼》："若有人兮山之阿，被薜荔兮带女罗。"

[7] 铿铿：形容声音洪亮。

[8] 杳杳：隐约，依稀。唐郑棨《开天传信记》："吾昨夜梦游月宫，诸仙娱予以上清之乐……其曲楚楚动人，杳杳在耳。"

[9] 云天：高空。《庄子·大宗师》："黄帝得之，以登云天。"

[10] 临风：迎风；当风。宋范仲淹《岳阳楼记》："登斯楼也，则有心旷神怡，宠辱皆忘，把酒临风，其喜洋洋者矣。"

[11] 慨然：感情激昂貌。宋欧阳修《资政殿学士户部侍郎文正范公神道碑铭》："公少有大节，于宝贵贫贱毁誉欢戚，不一动其心，而慨然

有志于天下。"

平山[1]十韵

峭立[2]千寻[3]壁,平开百亩丘。团团余古磨,密密接秦楼[4]。井在仙人去,僧贫佛像稠。垂崖[5]传有洞[6],危径[7]只通猴[8]。石丑[9]疑龙虎,风高[10]困马牛。褰裳[11]采酸枸[12],敷[13]座对灵楸[14]。雄镇[15]思明季[16],中原尽此州。明清屯骑[17]散,山豁[18]大川[19]流。归路迎斜日[20],余粮熟晚秋[21]。黄华峰在眼,攀陟[22]想奇流。

注释:

[1] 平山:即鲇鱼关西侧之平顶山,清朝时曾名为麒麟山,清圣祖玄烨曾数次登临此山,山上旧有仙人修炼的山洞。

[2] 峭立:陡立,直立。清吴敏树《游大云山记》:"过案山,山绝高,峭立似城堵。"

[3] 寻:古代长度单位。一般为八尺。《诗经·闷宫》:"是断是度,是寻是尺。"郑玄笺:"八尺曰寻。或云七尺、六尺。"

[4] 秦楼:平山顶上有明代长城,此处秦楼借指长城上的敌楼。

[5] 垂崖:悬崖。

[6] 有洞:平顶山有白毛黑毛洞,旧传为仙人修道之所。

[7] 危径:险峻的山路。宋朱熹《云谷二十六咏·瀑布》:"峰回危径转,垂练忽千寻。"

[8] 通猴:只有猿猴能够通过。

[9] 丑:此处指奇形怪状。

[10] 风高:风大。唐柳宗元《田家》诗之三:"风高榆柳疏,霜重梨枣熟。"

[11] 褰裳:撩起下裳。《诗经·褰裳》:"子惠思我,褰裳涉溱。"

[12] 酸枸:此处似是指酸枣。

[13] 敷:铺开;扩展。《穆天子传》卷六:"敷筵席,设几。"郭璞注:"敷犹铺也。"

[14] 楸:木名。落叶乔木,叶子三角状卵形或长椭圆形,花冠白色,

有紫色斑点，木材质地细密。可供建筑、造船等用。即当地人所指之山核桃。

[15] 雄镇：重镇。

[16] 明季：明朝，明代。

[17] 屯骑：众多的随从骑兵。

[18] 豁：开阔；宽敞。《红楼梦》第十七回："再进数步，渐向北边，平坦宽豁。"

[19] 川：河流。宋王安石《晚归》诗："岸迥重重柳，川低渺渺河。"

[20] 斜日：傍晚时西斜的太阳。

[21] 晚秋：秋季的末期。宋秦观《宿金山》诗："我来仍值风日好，十月未寒如晚秋。"

[22] 攀陟：攀登。明徐弘祖《徐霞客游记·滇游日记八》："水声石色，冷人心骨，不复知有攀陟之苦。"

生查子[1] 题马兰关温泉龙女祠

上有阳鸟[2]飞，下有丹砂伏。潜通无漏[3]池，中有真人[4]浴。
濯足石盘陀[5]，倒影看云木。龙女献珠还，微风动层绿。

注释：

[1] 生查子：唐教坊曲名，后用为词牌。这是所有咏遵化汤泉的作品中，唯一的一首词。

[2] 阳鸟：鸿雁之类的候鸟。清顾炎武《海上》诗之二："秦望云空阳鸟散，冶山天远朔风回。"王蘧常汇注："《书·禹贡》伪孔传云：'阳鸟，随阳之鸟，鸿雁之属。'"

[3] 无漏：不泄露。《艺文类聚》卷五五引南朝梁王僧孺《〈詹事徐府君集〉序》："温树靡答，露事不酬；省中之言无漏，席下之迹不疑。"

[4] 真人：《史记·秦始皇本纪》："始皇曰：吾慕真人，自谓'真人'，不称朕。"后因指统一天下的所谓真命天子。

[5] 盘陀：石头凹凸不平的样子。

奕 　 譞

奕譞（1840—1891年），生于道光二十年（1840年）九月二十一日，卒于光绪十六年（1891年）十一月二十一日，道光与庄顺皇贵妃乌雅氏之子，因排行第七，故称"七王爷"。

奕譞的嫡福晋叶赫那拉氏，是慈禧太后的妹妹，奕譞与她所生的第二子载湉即光绪帝。奕譞与侧福晋所生的五子载沣则继承醇亲王封号，载沣长子爱新觉罗·溥仪为清朝末代皇帝。

清文宗奕詝登基时，十岁的奕譞按例封为"醇郡王"。咸丰年间奕譞在政治上并不出色，但咸丰帝死后，奕譞积极配合慈禧太后发动辛酉政变，亲自捉拿顾命八大臣之首肃顺，再加上娶了慈禧太后之妹为嫡福晋，所以慈禧太后开始重用奕譞。同治三年，奕譞"加亲王衔"。咸丰十九年（1869年），主驱逐洋人，激励绅民打毁天主教堂，盛传天津教案为他所主使。事后因惩凶赔款，愤请辞职。

同治十一年（1872年）晋封亲王。光绪登基，他又被加封亲王"世袭罔替"，亦即为清朝十二个铁帽子王中的一位。奕譞十分了解慈禧太后，因而一生小心侍奉慈禧太后，故而官途一帆风顺，不同于六兄奕䜣。他经历了同治帝后之死、东太后暴卒后，更加谨小慎微，兢兢业业，把取信讨好慈禧看作是他的本分。他负责建设海军的时候（李鸿章是会办大臣），为了让太后有个玩的地方，便将很大一部分海军经费挪出来修建了颐和园。这座颐和园修建工程最紧张的阶段，正值直隶省和京师遭受特大水灾，御史吴兆泰因为怕激起灾民闹事，建议暂时停工，因此夺官，"交部议处"。而醇亲王仍然坚持完成了修建任务。光绪十七年（1891年）颐和园完工时，奕譞卒，谥号"贤"。

上关小憩成什

地僻尘缘[1]隔，秋深树色繁。万山连上塞，一水入中原。飞将[2]名犹在，长城政太烦。几朝同覆辙，睥睨[3]异雄藩[4]。

注释：

[1] 尘缘：佛教、道教所说的与尘世的因缘。唐韦应物《春月观省属城始憩东西林精舍》诗："佳士亦栖息，善身绝尘缘。"

[2] 飞将："飞将军"的省称，泛称敏捷善战的将领。唐李涉《寄河阳从事杨潜》诗："吾友从军在河上，腰佩吴钩佐飞将。"

[3] 睇眄（dì miǎn）：斜视；顾盼。三国魏阮籍《咏怀》之二七："玄发发朱颜，睇眄有光华。"景耀月《古诗》之九："照耀九阊中，睇眄发奇质。"

[4] 雄藩：地位重要、实力雄厚的藩镇。《旧唐书·严绥传》："前后统临三镇，皆号雄藩。"

十弟以前送镜照盘山遵化诸景赋诗见示次韵奉答（选三首）

（一）

福泉霜落碧澄清，废石幢镌少保[1]名。一代凌云人去矣，空山逝水尚寒声[2]。

注释：

[1] 少保：古代官名。"三孤"之一。周代始置，为君国辅弼之官。后一般为大官加衔，以示恩宠而无实职。此处指戚继光，因其曾受太子少保之衔。

[2] 寒声：凄凉的声音。唐皎然《陇头水》诗之一："陇头水欲绝，陇水不堪闻。碎影摇枪垒，寒声咽幔军。"

（二）

曾学兰亭曲水杯，还同绝巘振衣[1]旅怀[2]回首成陈迹[3]，剩[4]有云烟一卷陪。

注释：

[1] 振衣：抖衣去尘，整衣。《楚辞·渔父》："新沐者必弹冠，新浴者必振衣。"

[2] 旅怀：羁旅者的情怀。明李贽《客吟》诗之一："旅怀日不同，

客梦翻相似。"

[3] 陈迹：旧迹；遗迹。

[4] 剩（shèng）：尚；犹。唐刘禹锡《和仆射牛相公见示长句》："唯应加筑露台上，剩见终南云外峰。"

（三）

云外秦城[1]一抹青，乱山犹作四围屏，须知吊古[2]吟秋客，意在关河不在亭。

注释：

[1] 秦城：指秦长城。

[2] 吊（diào）古：凭吊往古之事。唐李端《送友人》诗："闻说湘川路，年年吊古多。"

季春十四日纪事，敬依福泉寺碑刻圣祖温泉行元韵答叔平先生

俗尘[1]抖擞[2]纷难清，舞雩芳躅[3]逞情[4]生。十里冲云度山麓，微闻玉溜[5]分琤琤。物外[6]探奇有同调[7]，格致[8]坐论阴阳争。源接丹砂抑火井，象占兑泽兼难明。赤心节钺成千古，碧涨池塘留一泓。曲水流觞得天趣，垂绅[9]悬印诚浮荣[10]。不羡桃实[11]三千岁，安得竹栽五万茎。夕阳欲下动归思[12]，迂道[13]为慕茅山名。孤云野鹤[14]无常迹，河流悲壮穿边城。凭陵抗怀[15]慨今昔，朱曦[16]素魄[17]相送迎。戎马当年歌出塞，诗酒此夕疑登瀛[18]。剑阁山川恍在目，连昌花木难为情。已矣松窗且更酌，清谈笑指残云平。冰轮[19]乍现辟银界，石径[20]花影交纵横。夜深欲去不忍去，依稀仙客来瑶京。凭君莫吝如椽笔[21]，为赋秦关[22]待月行。

注释：

[1] 俗尘：人间。唐太宗《谒并州大兴国寺》诗："对此留余想，超然离俗尘。"

[2] 抖擞：抖却；摆脱。唐王炎《夜半闻雨》诗："抖擞胸中三斗尘，强欲哦吟无好语。"

[3] 芳躅：指前贤的踪迹。清方文《题张虞山理琴图》诗："诗存琴不传，遗响谅难续。虞山者谁子，异代承芳躅。"

[4] 遐情：高远的情怀。

[5] 玉溜：指清泉或流水。唐太宗《冬日临昆明池》诗："石鲸分玉溜，劫烬隐平沙。"

[6] 物外：世外。谓超脱于尘世之外。汉张衡《归田赋》："苟纵心于物外，安知荣辱之所如！"

[7] 同调：喻指志趣或主张一致的人。清顾炎武《寄张文学弨时淮上有筑堤之役》诗："愁绝无同调，蓬飘久索居。"

[8] 格致："格物致知"的略语。格物致知，研究事物原理而获得知识。

[9] 垂绅：大带下垂。《礼记·玉藻》："凡侍于君，绅垂。"孔颖达疏："绅，大带也。身直则带倚，盘折则带垂。"言臣下侍君必恭，后借指在朝为臣。

[10] 浮荣：虚幻的荣耀。晋殷仲文《南州桓公九井作》诗："岁寒无早秀，浮荣甘夙殒。"

[11] 桃实：指西王母的仙桃。唐骆宾王《代女道士王灵妃赠道士李荣》诗："桃实千年非易得，桑田一变已难寻。"

[12] 归思：回归的念头。晋陶潜《始作镇军参军经曲阿作》诗："眇眇孤舟游，绵绵归思纡。"

[13] 迂道：绕道。唐薛用弱《集异记·王瑶》："所居水竹园林，占一川之胜境，而往来之人，多迂道以经焉。"

[14] 孤云野鹤：天上的孤云和野生的仙鹤。常比喻隐居或闲散的人。唐刘长卿《送方外上人》诗："孤云将野鹤，岂向人间住。"

[15] 抗怀：坚守高尚的情怀。明陈子龙《初入剡中》诗："抗怀惭末代，尚志征前观。"

[16] 朱曦：即朱羲，太阳。古代称日为朱明，而羲和为驾御太阳的人，合而为"朱羲"。

[17] 素魄：月的别称。亦指月光。南朝梁简文帝《京洛篇》："夜轮悬素魄，朝光荡碧空。"

[18] 登瀛：登上瀛州，成仙。明郑若庸《玉玦记·祝寿》："拼酩酊，算此乐人间，不减登瀛。"

[19] 冰轮：指明月。唐王初《银河》诗："历历素榆飘玉叶，涓涓清月湿冰轮。"

[20] 石径：山间石路。唐杜牧《山行》诗："远上寒山石径斜，白云深处有人家。"

[21] 如椽笔：典出《晋书·王珣传》："珣梦人以大笔如椽与之，既觉，语人云：'此当有大手笔事。'俄而帝崩，哀册谥议，皆珣所草。"后遂以"如椽笔"比喻笔力雄健。犹言大手笔。

[22] 秦关：指秦地关塞。晋张华《萧史曲》："龙飞逸天路，凤起出秦关。"

翁同龢

翁同龢（1830—1904年），字叔平，号松禅，别署均斋、瓶笙、松禅、瓶庐居士、并眉居士等，别号天放闲人，晚号瓶庵居士。江苏常熟人。咸丰六年（1856年）进士。中国近代史上著名政治家、书法艺术家，晚清政坛的重要人物。先后担任同治、光绪两代帝师。历任户部、工部尚书、军机大臣兼总理各国事务衙门大臣，官至协办大学士，参赞机务。光绪戊戌政变时期，因卷入"帝党"与"后党"的政治斗争，而被慈禧太后罢官归里。卒后追谥"文恭"。

他在书法艺术方面也有很深的造诣。幼学欧、褚，中年致力于颜真卿，更出入苏、米。工诗，间作画，尤以书法名世。晚年沉浸汉隶，为同、光书家第一。当时的书法家对他的书法造诣之高十分敬佩。传世书迹较多。他的书法以楷书和行书最为擅长。在清代书坛占有重要地位，时人评价甚高。徐珂《清稗类钞》说："晚年造诣实远出覃溪，南园之上，论国朝书家刘石庵外，当无其匹，非过论也。"著有《瓶庐之诗文稿》《翁文恭公日记》等。

此诗载于《瓶庐诗稿》卷二，写于乙亥年，即清光绪元年（1875年），是翁同龢受命在清东陵为同治皇帝选择陵址回京后所作。

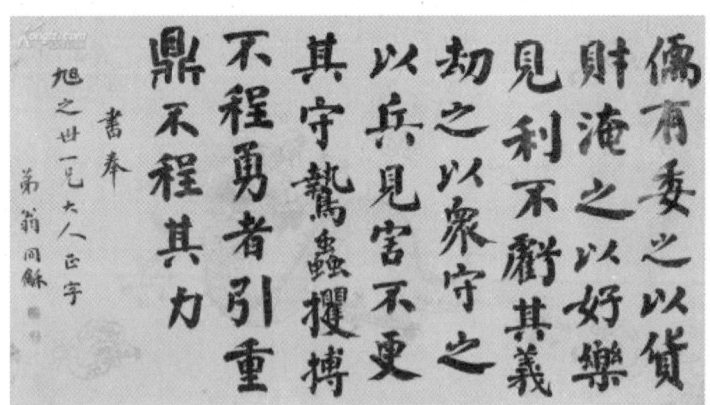

翁同龢书法

福泉寺温泉行恭和圣祖御制诗韵

骊山山麓唐华清，金沙[1]赤箭涌地生。惜哉一落倾国[2]手，千古香玉流琮琤。临邛火井[3]应炎运[4]，胜国[5]敢与兴朝[6]争。福泉寺额孰所赐，正德四载传前明。将军后至益锤凿，千黄金尽得一泓。洪惟[7]仁皇缵[8]初服[9]，日月重秀山川荣。槛泉[10]觱沸应时[11]出，非独甘露浮金茎[12]。阴阳为炭俨自铸，水火既济[13]不易名[14]。涓涓出窦喷珠溜[15]，炎炎腾气蒸霞城[16]。凉秋九月霜叶[17]赤，六龙珥节慈舆迎。临流祓濯喜清泚[18]，亲到旸谷凌苍瀛[19]。圣人观水斐有作，中寓执热[20]探汤情。流光弹指二百载，黄瓦剥落碧甃[21]平。惟余盈盈[22]一衣带[23]，九折尚向空亭横。苍梧[24]西望在何处，云旗[25]翠盖[26]朝玉京[27]。井寒不食[28]我心恻[29]，再拜[30]敬赋温泉行。

注释：

[1] 金沙：泉名。借指泉水。宋苏轼《佛日山荣长老方丈》诗之三："东麓云根露角牙，细泉幽咽走金沙。"

[2] 倾国：形容女子极其美丽。唐李白《清平调词》之三："名花倾国两相欢，长得君王带笑看。"

[3] 火井：温泉井。唐玄宗《温汤对雪》诗："未见温泉冰，宁知火井灭。"

[4] 炎运：五行家称以火德而兴的帝业之运。旧指刘汉、赵宋等皇朝。

[5] 胜国：指已灭亡的前一朝代。

[6] 兴朝：新兴的朝代。

[7] 洪惟：语助词。用于句首。《书·多方》："洪惟图天之命，弗永寅念于祀。"

[8] 缵（zuǎn）：继承。《礼记·中庸》："武王缵大王、王季、文王之绪，壹戎衣而有天下。"郑玄注："缵，继也。"

[9] 初服：谓开始或首先履行、从事某项事务。《书·召诰》："王乃初服。"孔传："言王新即政，始服行教化。"

[10] 槛泉：槛，通"滥"。即滥泉，喷涌四流之泉。《诗经·瞻卬》："觱沸槛泉，维其深矣。"朱熹集传："槛泉，泉上出者。"高亨注："槛，

借为滥，泛滥也。泉水泛滥四流为滥泉。"

[11] 应时：顺应天时；适合时令。元张国宾《合汗衫》第一折："似这般应时的瑞雪，是好一个冬景也。"

[12] 金茎：用以擎承露盘的铜柱。班固《西都赋》："抗仙掌以承露，擢双立之金茎。"李善注："金茎，铜柱也。"

[13] 既济：《易》卦名。离下坎上。《易·既济》："既济，亨，小利贞，初吉终乱。"孔颖达疏："济者，济渡之名，既者，皆尽之称，万事皆济，故以既济为名。"

[14] 易名：换名，改名。宋何薳《春渚纪闻·天绘亭记》："余择胜得此亭，名曰天绘，取其景物自然也。后某年某日，当有俗子易名'清辉'，可为一笑。"

[15] 霞城：雄峻高大的城。唐太宗《春日登陕州城楼》诗："碧原开雾隰，绮岭峻霞城。"

[17] 霜叶：经霜的叶子。

[18] 清泚：清澈的水。《警世通言·宿香亭张浩遇莺莺》："风亭月榭，杏坞桃溪，云楼上倚晴空，水阁下临清泚。"

[19] 瀛（yíng）：指水。南朝宋谢惠连《泛湖归出楼玩月》诗："日落泛澄瀛，星罗游轻桡。"

[20] 执热：谓手执灼热之物。《诗经·桑柔》："谁能执热，逝不以濯。"毛传："濯所以救热也。"郑玄笺："当如手执热物之用濯。"

[21] 碧甃：青绿色的井壁。借指井。

[22] 盈盈：清澈貌；晶莹貌。《古诗十九首·迢迢牵牛星》："盈盈一水间，脉脉不得语。"

[23] 一衣带：即一衣带水。指河流像一条衣带那么宽，形容其狭窄或靠近。

[24] 苍梧：即九嶷，山名。在湖南宁远县南。《山海经·海内经》："南方苍梧之丘，苍梧之渊，其中有九嶷山，舜之所葬，在长沙零陵界中。"郭璞注："其山九溪皆相似，故云'九疑'。"此处以苍梧即舜帝的陵墓，代指清顺治帝的孝陵。

[25] 云斿（shāo）：绘有云彩的旌旗。明宋濂《碧崖亭辞》："蒲圻有山曰蒲首焉。巉然而起，如云斿翠蕤，荡摩空濛间。"

[26] 翠盖：饰以翠羽的车盖。常作帝王的代称。帝王的乘舆有翠羽

为饰的华盖，故称。唐杜甫《咏怀》之一："西京后陷没，翠盖蒙尘飞。"

[27] 玉京：指帝都。唐孟郊《长安旅情》诗："玉京十二楼，峨峨倚青翠。"

[28] 不食：指不食之地。不食之地，不宜耕种的土地。

[29] 心恻（cè）：心中忧伤；悲痛。唐韩愈《祭穆员外文》："不日而违，重我心恻。"

[30] 再拜：拜了又拜，表示恭敬。古代的一种礼节。《史记·孟尝君列传》："坐者皆起，再拜。"

附

孙蓉图

　　孙蓉图,河北省献县人,清光绪二十七年(1901年)恩、正并科举人,直隶法政学校毕业,民国二十年(1931年)二月任遵化县知事。曾组织一些人为修纂遵化县志搜集资料,后来遵化县志未能修成,这些史料被整理成册,名为《遵化志料》。孙蓉图组织收集的这些史料,对人们了解民国时期遵化县的情况,有一定的借鉴任用。

　　有资料记载,在日本占领河北期间,孙蓉图曾经担任过伪河间县县长,并曾受日军指派,前去劝降抗日英雄马本斋的母亲。在受到马母的痛斥之后,灰溜溜地离去。

汤泉

　　静里听流泉,潺潺别有天。探中惊鼎沸[1],澈底[2]到珠连。地僻来源活,池深砌石坚。盈科[3]知有本,勿负此临渊。

注释:

[1] 鼎沸:像鼎中的开水一样涌流奔腾的样子。

[2] 澈底:清澈见底。明李开先《端正好·赠康对山》套曲:"岐山彩凤鸣,黄河澈底清。"

[3] 盈科:水充满坑坎。明王守仁《传习录》:"为学须有本原,须从本原上用力,渐渐盈科而进。"

咏流杯亭诗

　　亭自何人建?流杯韵事[1]传。栏边看鹤放[2],水曲让鸥眠[3]。画壁风骚[4]动,飞觞[5]月醉圆。将军今往矣,遗迹[6]锁云烟[7]。

注释：

  [1] 韵事：风雅之事。清李渔《闲情偶寄·声容·文艺》："听其自制自歌，则是名士佳人，合而为一，千古来韵事韵人，未有出于此者。"

  [2] 鹤放：仙鹤展翅高飞。

  [3] 鸥眠：鸥鸟栖宿。

  [4] 风骚：指诗经中的国风和楚辞中的离骚。借指诗文或文采。

  [5] 飞觞：举杯或行觞。左思《吴都赋》："里筵巷饮，飞觞举白。"刘良注："行觞疾如飞也。大白，杯名，有犯令者举而罚之。"也指传杯行酒令。

  [6] 遗迹：指古代或旧时代的人和事物遗留下来的痕迹。清曾国藩《金陵湘军陆师昭忠祠记》："乃遍行营垒，周视所开地道，览战争之遗迹。"

  [7] 云烟：云雾，烟雾。汉蔡琰《胡笳十八拍》："举头仰望兮空云烟，九拍怀情兮谁与传。

刘　章

　　刘章，现代诗人，河北省兴隆县人。1939年1月22日，生于承德市兴隆县上庄村一个贫苦农民家庭。先后写有新诗《矿山之夜》、组诗《日出唱到太阳落》，在诗界引起很大反响。曾经出版诗集《燕山歌》《刘章诗选》《刘章新诗》《南国行》《枫林曲》等。

　　《山泉吟》是刘章次明宫人王氏《明武宗驻跸汤泉宫人题句》诗韵而写的一首七绝。诗中表达了作者不愿追逐世态炎凉，只求为民谋利的宽广胸怀。

山泉吟

　　何事小池暖如汤，不随世态[1]逐炎凉。明珠滚滚千滴落，半点无私赤子[2]肠。

注释：

　　[1] 世态：世俗的情态，多指人情淡薄而言。清黄景仁《话吟秋斋头次韵》："世态秋云难比薄，交情春水不嫌深。"

　　[2] 赤子：初生的婴儿，比喻纯洁的人。

福泉骊珠

遵化汤泉诗文（下）

晏颖　晏子有　◎　编著

西南交通大学出版社
·成都·

图书在版编目（CIP）数据

福泉骊珠. 遵化汤泉诗文. 2：下 / 晏颖，晏子有 编著. —成都：西南交通大学出版社，2020.7
ISBN 978-7-5643-7503-4

Ⅰ. ①福… Ⅱ. ①晏… ②晏… Ⅲ. ①中国文学–古典文学–作品综合集–遵化 Ⅳ. ①I218.224

中国版本图书馆 CIP 数据核字（2020）第 129298 号

目录

北魏至明代编

郦道元 /242
水经注·㶟水（节选）/242

王 存 /244
元丰九域志（节选）/244

廖信厚 /245
均卿太翁钦奉行取插卜皇陵及
行程回奏实录（节选）/245

汪砢玉 /246
珊瑚纲（节选）/246

方以智 /247
物理小识（节选）/247

陈 瑷 /248
敕赐福泉禅寺碑记 /248
重修福泉寺殿宇记 /251

戚继光 /256
重修汤泉乞文叙事 /257

九新亭题语 /264
葺汤泉记 /265

王 衡 /274
游汤泉记 /274

曹学佺 /279
游蓟门记 /279

宋懋澄 /289
汤泉纪事 /290

徐昌祚 /306
燕山丛录（节选）/306

蒋一葵 /307
长安客话（节选）/307

刘 侗 于奕正 /308
帝京景物略（节选）/308

李 贤 /312
大明一统志（节选）/312

清代编

谈 迁 /314
北游录（节选）/314

张朝琮 /317
汤泉浴日 /317

高士奇 /318
松亭纪行（节选） /318
李 卫 /326
畿辅通志（节选） /326
周体观 /328
汤泉记 /328
布兰泰·英廉 /332
汤泉 /332
刘 靖 /335
萧后妆楼记 /335
戚继光书法 /336
汤泉浴日说 /338
傅 修 /340
汤泉 /340
福泉寺 /340
何崧泰 /341

遵化通志（节选） /341
王士祯 /342
居易录（节选） /342
姚之骃 /344
水火共鼎 /344
陈梦雷 /345
温泉赋 /345
古今图书集成（节选） /354
毛奇龄 /356
汤泉赋应制有序 /356
徐乾学 /366
汤泉赋有序 /366
彭孙遹 /375
温泉赋 /375
佚 名 /380
重修福泉寺碑记 /380

参考文献 /381
后 记 /382

福东骊珠

北魏至明代编

郦道元

郦道元,字善长,范阳人。南北朝时北魏人,青州刺史郦范之子,曾任尚书主客郎、治书侍御史、辅国将军、东荆州刺史,以威猛治理属下,受讼免官。后代理河南尹,不久实授。受朝廷委托,治理沃野、怀朔等六镇,除安南将军、御史中尉。郦道元素有严猛之称,因得罪司州牧、汝南王元悦。元悦等人看到萧宝夤有叛乱的苗头,想借刀杀人,于是就挑唆朝廷,派遣郦道元为关右大使,遂为雍州刺史萧宝夤所害,死于阴盘驿亭。

郦道元好学,博览各类奇书,遍游北方各地水道,撰写《水经注》四十卷,《本志》十三篇,又作《七聘》及诸文,后仅剩《水经注》传世。

水经注·濡水(节选)

庚水[1]又西南流,濡水注之。水[2]出右北平俊靡县,王莽之俊麻也。东南流,世谓之车翻[3]水。又东南流,与温泉水合。水出北山温溪,即温源也。养疾者不能澡其炎漂,以其过灼故也。《魏土地记》曰:"徐无城[4]东有温汤。"即此也。其水南流百步,便伏流[5]入于地下,水盛则通注濡水。又东南经石门峡,山高崭绝[6],壁立洞开,俗谓之石门口。汉中平四年,渔阳张纯反,杀右北平太守刘政、辽东太守阳纮。中平五年[7],诏中郎将孟益率公孙瓒讨纯,战于石门,大破之。

注释:

[1] 庚水:即浭水,今名还乡河。其中一支流发源于今遵化市铁厂西北店山中。

[2] 水:指濡水,即今遵化市区西北之上关湖水。

[3] 车翻(fàn):车棚,车上避雨的棚子。此处是水名。

[4] 徐无城:西汉时设徐无县,县城为徐无城,在今丰润区北十五千米泉河头镇古石城村。

[5] 伏流:指水在地下流动。

[6] 嶄绝：险峻陡峭。

[7] 汉中平四年：中平，东汉灵帝年号。中平四年，即187年。

译文：

庚水又向西南流去，灅水注入其中。灅水发源于右北平郡的俊靡县，也就是王莽时期的俊麻。灅水向东南流，叫作车耎水。又向东南流，与温泉水汇合。温泉水的源头是北山的温溪。在这里洗浴治病的不能直接用热水，因为它水温过高。《魏土地记》一书中记载说："徐无城东（此处应为"西"，徐无城在今丰润境内）有汤泉水。"说的就是这里呀。温泉水向南流百步远，就潜入地下，当水大的时候就从地表注入灅水。灅水又流向东南经过石门山口，这里山势高险，山口险峻陡峭，山崖如墙壁一般直立，俗称为石门口。汉灵帝中平四年（187年），渔阳张纯造反，杀右北平太守刘政和辽东太守阳纮。中平五年（188年），皇帝下诏命中郎将孟益率领公孙瓒讨伐张纯，双方交战于石门，大破张纯。

王 存

　　王存,字正仲,北宋时润州丹阳人。仁宗庆历六年(1046年)进士,调任嘉兴主簿,擢升上虞县令。宋神宗元丰元年(1078年),担任国史编修官,修起居注。元丰五年(1082年),升任龙图阁直学士,任开封知府。一年多后,任资政殿学士、扬州知府。征召为尚书右丞。当时朝廷朋党之论逐渐激烈,因王存在朝中放胆直言,与当时掌权人的意志相违背,所以被降除大名知府,改任杭州知府。

　　《元丰九域志》是在北宋神宗元丰时期由王存等编纂的,以疆域政区为主体的综合性地理总志。书中记述州县沿革,以元丰以前为主,涉及唐、五代只一笔带过。全书分十卷,始于四京,其次列二十三路,最后终于省、废州军和化外州、羁縻州。分各路记载所属府、州、军、监,及其距京城里程、四至八到、主客户数、土贡、领县数和名称;每县下又详列距府州方位里程、所领乡数、镇、堡、寨名目以及名山大川。府州县皆标出其等第。书中除记载当时疆域政区外,又备载各地户数、元丰三年(1080年)土贡数额及城、镇、堡、寨、山岳、河泽的分布,据统计仅镇即达一千八百八十余个,山岳、河泽亦各在一千以上。文直事赅,条理井然。这是研究历史经济地理和历史自然地理的宝贵资料。其中所列土贡数额远较以往史书、地理总志为详,而所载镇名更为宋时其他地理总志所无。

元丰九域志(节选)

　　遵化县福泉山下水沸出,温可炖鸡。旁引为池,方平如鉴。

译文:

　　遵化县福泉山下有热水沸腾而出,它的温度可以把鸡肉炖熟。水向旁边引出,并建有一座水池,方正平静如同一面镜子。

廖信厚

廖均卿第五子。

均卿太翁钦奉行取揷卜皇陵及行程回奏实录（节选）

廖均卿一行，于永乐七年"闰四月初一日到神头行殿宿，初二日昌平随驾复看黄土山，回宿昌平。初三日早，帝王回京，我众人午后到龙舟庄宿。同伯邵初四日看阳山茶湖岭。初五日看洪罗山，初六日看百叶山，晚宿密云县巡海道镇守。初七日至辛家庄，初八日到斧口，初九日看谷山，初十日到文家庄，十二日到苏州（为蓟州之误——引者注），十三日到石门驿，十四日宿汤泉，十七日又苏州（仍为蓟州之误——引者注）歇，十八日三河宿，十九日通州，二十日到东郭，廿一到石家庄。（五月）初三日看禅峰寺。初四日接驾，圣主吩咐众地理各回，只均卿一人同朕往峰山寺看后再回京。初五日引到百顺门。"

译文：

廖均卿一行，于永乐七年（1609年）"闰四月初一日到神头行宫住宿，初二日到昌平县随着皇上车驾再次查勘黄土山，回来后住在昌平县城。初三日早晨，皇上回京城，我等一众行人到龙舟庄住宿。同邵姓伯爵于初四日查勘阳山支脉茶湖岭。初五日查勘洪罗山，初六日查勘百叶山，晚上住宿在密云县境内巡海道镇守衙门。初七日至辛家庄查看，初八日到斧口地方相看，初九日查看谷山地方，初十日到文家庄，十二日到蓟州，十三日到石门驿，十四日住宿汤泉，十七日又到蓟州歇息，十八日在三河县住宿，十九日到达通州，二十日到京师东城围墙，二十一日到石家庄地方。（五月）初三日查勘禅峰寺。初四日迎接皇上圣驾，圣上吩咐各位勘舆师各自返回，只留廖均卿一人陪同他前往峰山寺相看以后再回京城。初五日引领（圣驾）到百顺门。"

汪砢玉

汪砢玉，字玉水，号乐卿，明代书画鉴赏家、历史学家。浙江嘉兴人，其祖籍在徽州府歙县，祖上数代已在嘉兴定居多年，以从事盐业为主。其父汪继美广交高僧，喜收藏古籍字画，与当时著名的文人画家多有交往。汪砢玉便是在这样的环境下长大，从小受艺术的熏陶。汪砢玉科举失意，后通过"捐监"成为北京国子监的监生，官至山东济南盐运使断官。著有关于中国古代盐政史方面的著作《古今鹾差略》《珊瑚纲》等。《珊瑚纲》一书，写成于崇祯十六年（1643年）。一共有法书题跋二十四卷、名画题跋二十四卷。明末清初学者朱彝尊在《静志居诗话》中称："砢玉留心著述，所辑《珊瑚纲》一编，与张丑《清河书画舫真迹日录》并驾。"汪砢玉的父亲与嘉兴项元汴为好友，筑"凝霞阁"贮藏书画，其收藏之丰富，甲于一时。这对汪砢玉有很深刻的影响。《珊瑚纲》中关于明武宗王妃的记载，为后人留下珍贵资料。明末清初人钱谦益在其所作《列朝诗集小传》、朱彝尊《静志居诗话》均有相同的记载，当是都采撷于《珊瑚纲》一书。

珊瑚纲（节选）

  王妃 王妃，燕京人，能诗工书，以才色得幸于武宗。侍幸蓟州温泉，题诗自书刻石。今石刻尚存。

译文：

  王妃 王妃，燕京人，善于写诗并擅长书法，因其才华和美貌得到明武宗宠幸。侍奉武宗圣驾临幸蓟州温泉，自己作诗亲笔书刻在石碣上。现在这块石刻还存在。

方以智

　　方以智，字密之，自号浮山愚者，桐城人，明代著名思想家、哲学家、科学家。他出生于明神宗万历三十九年（1611年），崇祯十三年（1640年）庚辰科进士，卒于清康熙十五年（1671年），享年60岁。文人方学渐的曾孙，明末四公子之一。明末四公子，也称为复社四公子、金陵四公子，指陈贞慧、侯方域、方以智、冒辟疆。这四个人出则忠义，入则孝悌。爱宾客、广交游，风流倜傥，冠绝一时。

　　方以智官至翰林院检讨，精通群书，因家学渊源，博采众长，主张中西合璧，儒、释、道三教归一。一生著述四百万余言，这些作品多有散佚。现存于世的作品有数十种，内容十分广博，文、史、哲、地、医药、物理，无所不包。《物理小识》一书为其子中通、中德、中发、中履所编，是用编纂《通雅》时所余的材料写成。首篇为总论，中分天类、历类、风雷雨旸类、地类、占候类、人身类、鬼神方术类、异事类、医药类、饮食类、衣服类、金石类、器用类、草木类、鸟兽类，一共有十五个门类。《四库全书》编纂者称赞此书："细大兼收，固亦可资博识而利民用。"

　　本书所选的这段记载，在《物理小识》卷二《风雷雨旸类》。

物理小识（节选）

　　今北京西山画眉温泉，大小汤凡三。而遵化县北之温，即古称徐无城东之温，戚继光甃之。蓟马兰峪温泉，最甘馨。

译文：

　　现在北京西山有画眉温泉，大小温泉共有三眼。而遵化县北面的温泉，也就是古时所说的徐无城东的温泉，由戚继光建成水池。蓟州境内的马兰峪温泉，最为甘甜馨香。

陈　瑷

　　陈瑷，字太玉，明成化八年（1472年）进士，授户部主事，历任江西左参政、福建右布政使、江西左布政使、提升右副都御史、总都南京粮储。

　　福泉寺位于遵化汤泉，始建于唐贞观二年（628年），初以泉而命名为"温泉寺"。明成祖永乐、宣宗宣德年间，温泉寺香火旺盛，众僧人在这里研究佛经，探讨教义，寺院也因往来僧人众多而规模日益扩大。到了明朝中期，该寺主持僧人静通上书明宪宗皇帝朱见深，请求赐予匾额，明宪宗遂降敕赐名为"福泉寺"。到了明武宗正德初年（1506年），住持道聚、善人吴清等人，又对福泉寺进行了修缮，使得此寺院的建筑更为宏伟。为了记载这一事件，福泉寺院中的僧徒，请陈瑷撰写了碑文《敕赐福泉禅寺碑记》和《重修福泉寺殿宇记》，书丹由成英完成，碑额上的篆字由朱奎完成。

　　这两篇碑文，从其内容、书丹、篆额书写人员的官职来看，当是在同一时间撰写的。碑文中除记叙了福泉寺的兴建与修缮过程，还记载了明宪宗朱见深赐予"福泉"寺名一事，并且在文中还描述了汤泉"有益于民生""涤垢除疾，普济万民"等神奇功效，也宣扬了佛教的功德和教化世人的神奇。

敕赐福泉禅寺碑记

　　　　赐进士出身[1]、承德郎[2]、户部主事、浚仪陈瑷撰文
　　　　赐进士出身、通政使司观政滦川、邑成英[3]书丹
　　　　赐进士出身、大中大夫、太仆寺卿、东吴朱奎[4]篆额
　　佛主教于人世者大矣，殊不知神慧流通，圣化洋溢，穷天地而莫遗，贯金石而必到，非独为中国尊之也。虽斥及蛮貊戎夷[5]之域，与凡舟车所至，人力所通，天之所覆，地之所载，日月所照，霜露所坠，抱胎卵而为生，衔湿化而成性者[6]，亦莫不知尊崇之焉。况习俗信心尤甚，虽为之不厌，亦不太过也。自非是教之广大，而无穷者，焉如是夫。

顺天府蓟州遵化县，其居郡治之西北遐四十里许，乃古刹之域也。是处山环东北，水逝东南。其正派温泉，则由寺池以涌出之，盖自北而南注然。而卉木畅茂，其景最异。土脉恒春，其地其常，自适于此。厥有益于民生也，甚大者欤？

尝考于古，乃大唐贞观二年（628年），前代宗师因泉而建立寺业。逮至永乐、宣德，则有师名致敬、洪兴等辈出，咸克穷讨秘义，发明上乘。远近接踵参谒者，无异于今也。后有住持静通具疏，乃请赐额，故敕赐为福泉。谓福泉者，盖命寺众虔戒焚修，祝延圣寿亿万斯年，与是泉同为悠久也；又有涤垢除疾，普济万民，徂来者源源无替也。宗师开基创业之功，其大矣乎？殆见大觉圣尊天王有殿，地藏[7]、伽蓝[8]有堂，钟碑有楼，丹艧[9]有画，以至方丈禅室、池屋庖库各有其所，靡不秩然而有条焉。

周垣既崇，寺规严整，罔敢懈惰而弗治焉。是寺有僧数众，田百余亩，足以供寺之需矣。于是住持道聚、善人吴清等，当营修始毕之余，请予言以记之，俟其后之方来者，得以再图远大也。故命匠勒石，以示不忘焉。

大明正德四年（1509年）岁次乙巳仲春月吉旦

注释：

[1] 赐进士出身：中国封建社会科举考试赐予殿试取中者的出身名目之一。

[2] 承德郎：明清文官除本身职衔外，还得授相应的官阶，承德郎为正六品官所得官阶。

[3] 成英：成英是遵化县人，明武宗正德三年（1508年）戊辰科进士，除授河南知县，因政绩突出，行取御史。在任御史期间，成英公正廉明，除奸惩恶，革除各种弊政，所以又升任山东按察副使。由于成英一生为官廉洁，所以在去任归乡时，家中的田产房屋无所增加。成英待人和蔼，在乡中出入不乘坐宽敞的车舆，对于乡中之人，不分老幼贵贱，一概以礼相待。平生乐于宣扬别人的善处，不揭露人隐私。成氏家族贫困之人中，因婚丧之事受他资助的非常多。

[4] 朱奎：朱奎，浙江会稽人，明英宗天顺年间，朱奎以十二岁举神

童，侍东宫太子读书。官至大中大夫，太仆寺卿。其他事迹不详。

[5] 蛮貊（mò）戎夷：中国封建社会时期统治者对少数民族的蔑称。

[6] 抱胎卵而为生，衔湿化而成性：佛教中把天下众生的出生方式，分为胎生、卵生、湿生、化生四种。由母体怀孕而生为胎生，如人与兽；产卵之后经孵化而生为卵生，如飞鸟与鱼鳖；依湿气受形而生为湿生，如虫、蝎、飞蛾；无所依托，只借业力而忽然出现者为化生，如诸天与地狱。

[7] 地藏（zàng）：即地藏菩萨。据《宋高僧传》卷二十《池州九华山化城寺地藏传》记载，地藏王菩萨是新罗国王金氏之一族人，名金乔觉。喜欢九华山的幽翠，得到山神之助，栖止在此山，唐贞元十九年（823年）在九华山圆寂。人们认为这个金氏就是地藏王的化身，被广泛尊崇。自此九华山也就成了地藏菩萨普度众生的道场和地藏信仰的中心。人们认为，地藏王菩萨受释迦牟尼嘱托，在弥勒佛出生之前，誓愿度尽六道众生，始愿成佛，常现身于地狱中以救苦难。

[8] 伽蓝（qié lán）：本指佛教寺院建筑，此外特指寺庙中的护法神。

[9] 丹雘（wò）：涂饰色彩。

译文：

赐进士出身、承德郎、户部主事、开封人陈瑗撰写碑文

赐进士出身、通政司观政派出观察滦州政务、遵化县人成英书写碑上的文字

赐进士出身、大中大夫、太仆寺卿吴地人朱奎书写碑额上的篆字

佛祖释迦牟尼教化世人的功德，是非常广大的了。佛家的神通教化，充满于天地之间，没有遗漏；威力贯穿金石，无处不到，不仅仅是中国尊崇佛教，即使是远到荒蛮夷狄之地，只要是那些船和车能行到，人力能到达，苍天能够覆盖得到的，大地能够承载得过来的，日月照耀得到的地方，霜和露能够降落到的处所，无论是胎生、卵生、湿生、化生的动物，没有不知道尊崇佛教的。况且世人尊崇佛教的习俗和信心都非常坚固，即使是信仰佛教永不满足，也不会被认为是过分。难道这不是正在证明着佛教影响的广大而无穷吗？

顺天府蓟州遵化县西北方约有四十里的地方，是古庙建筑群所在地。这里的东北面群山环绕，水向东南方向流去。其水源正脉有一眼流泉，

从寺内水池涌出，自北向南流。只要是泉水流过的地方，就会花木茂盛，景色与别处不同。这里四季如春，景象常年如此。这个地方有益于民生之处，难道不是很多吗？

我曾经考证历史，原来是在大唐贞观二年（628年）时，前代宗师在靠近温泉的地方建成了这座寺院。及至永乐、宣德年间，致敬、洪兴等大师一代接一代地出现，全都能够透彻地研究佛经秘义，探讨深奥的佛理。那时，远近接踵而来参拜的人和如今没什么差别！后来有一位叫静通的住持，他上疏皇帝请求赐予寺院匾额，所以宪宗皇帝亲自赐名为"福泉"。之所以称这里为"福泉"，就是要让寺院内的众僧人虔诚修行谨慎焚修，以祝愿皇上寿命达到亿万年，和这眼泉水一样悠久；又能同这眼泉水一样，能够涤除污垢、祛除病痛、普济万民，并且源源不断。前代宗师开基创业的功劳难道不大吗？从而使得我们在今天能够见到寺院内建有的大觉圣尊天王殿、地藏王殿和众护法神的僧堂，还有钟楼、碑楼，以及这些建筑物梁枋上装饰的彩画，以至于把方丈室、浴池、厨房、库房等建筑物都安排得各得其所，无不井然有序。

福泉寺的院墙高大，寺规严密，没有人敢懈怠而不加以治理。这座寺院中有僧众数人，僧田百余亩，所产之物，足以供给寺院僧人的需要。于是住持道聚、善人吴清等在营建工程将要完成之际，请我撰文来记载此事，以等待后来人再加以扩大。所以命工匠将碑文刻石，对此事加以记载，是为了以志永远不忘啊。

明朝正德四年（1509年）农历乙巳年春二月吉日

重修福泉寺殿宇记

赐进士出身、承德郎、户部主事、浚仪陈瑗撰文

赐进士出身、通政使司观政滦川、邑成英书丹

赐进士出身、大中大夫、太仆寺卿、东吴朱奎篆额

寺之创建，去古远矣；佛造遗迹，迄今邈[1]矣；其留而传于世者，鲜焉；显而盛者，则又系属乎人心之承服，据山川之形胜。良[2]由其教广大而无穷，充周而莫测。是以行遍斥海外，凡有血气者，莫不尊亲焉。故其慈慧圣力，俯仰无垠，浩浩无边。与二教[3]盖匹休而并隆矣，岂可以言而形容者哉。

顺天府蓟州之遵化邑，去西北四十余里，有古刹曰"温泉"。是水之所出，则亘古及今泛热滚沸，无间寒暑，浚之无穷，涌之不息。自正池分派于各池，垢者浴而自新，患者涤而病愈。咸循沟渠，盈科而流，以抵于河。诚天下首名之景，更无能出右者也。夫以如是之景寓于斯地，修建以寺，殿宇铸塑以像，岂偶然哉？盖为天下生民造福，作镇护于一方，以永祝延我国朝圣寿万年于无疆也。且寺占群山，东北参差垣曲，拱揖归向而来。惟中山护寺者岭重拥峻，林木森郁，秀爽可爱。

　　永乐间，有镇总戎[4]重整、陈公景先[5]监造。成化改元，有开山住持静通，具疏以请寺额，故特赐曰"福泉"。

　　稽古[6]，唐贞观二年（628年）创建，亦甚古矣。然是寺也，虽临边陲，见今所居千百余年，稳如后土，无兵火之虞，亦可谓地灵而人盛者欤。矧[7]是殿修建年远，风雨疏坏，金颜蚀蠹，丹青漫漶，圣不宁居。于是住持道聚、会手悟来、助缘程恭等而相谓曰："是殿之作，慧命延长，当易其旧蠹，而增以新规可也。"故慨然以复修为己任。方辈矢心募缘于众，捐施己赀，赁工鸠材，乃将是殿修建而成。材极其坚，工尽其技。楹梁栋宇，鼎然聿新。廉隅檐阿，焕然以美。若跻翼而矢棘，如鸟革而翚飞[8]。由是殿制清严，像设整备。是以绥圣神之精灵，五彩交辉，金碧耀目，有以启人心之景仰，危荣于以壮远景，崇峻于以耸遥观。殆见禅林风致，焕乎维新。徂来参谒者，竦敬陟殿，讽诵者加严，婉然一灵山[9]小象也。

　　夫殿营建于宏治[10]乙丑（1505年），落成于正德丁卯（1507年）之秋，厥绩乃迄。聚等相与谋曰："殿斯修举，得以轩豁而壮观者，皆由众善捐赀之功也，不属文以记之，则岁序如流，星霜易变，人靡知厥绩所从来。倘复有废，营修之功将安托乎？"命工刻阴于石，俾后人因之，亦得以扶植于悠久也。谨以摹缘助赀并诸工匠人等，勒于碑阴之后，载之以示千古不磨之迹。重修之实，盖因续其端云。是为记。

注释：

　　[1] 邈（miǎo）：久远。

[2] 良：确实。

[3] 二教：中国以儒、释、道为三教。此处的二教，即是指除佛教之外的儒教和道教。

[4] 镇总戎（róng）：明成祖永乐年间的蓟镇总兵，姓名不详。

[5] 陈公景先：即陈景先，明初永乐时为东胜右卫指挥使，其人在捍卫明朝北部边疆的战斗中，饶有谋略，死后被附祀于乡贤祠。

[6] 稽古：考察古事。

[7] 矧（shěn）：况且。

[8] 鸟革而翚（huī）飞：革，鸟张开翅膀；翚，羽毛美丽的野鸡。形容宫室华美壮丽。

[9] 灵山：佛教称灵鹫山为灵山，是佛教圣地，相传佛祖在此山上拈花示众。

[10] 宏治：即弘治。

译文：

赐进士出身、承德郎、户部主事、开封人陈瑗撰写碑文

赐进士出身、通政使司派出观察滦州政务的官员、遵化人成英书写碑上文字

赐进士出身、大中大夫、太仆寺卿吴地人朱奎书写碑额上的篆字

福泉寺的兴建，时间已经很久了；佛像的遗迹，到现在是更加久远；这些佛像留传于世的，数量很少；能够流传久远而又兴盛的，则又是依赖于人心的传承，以及它所占据的山川地势为天下的胜景。这些确实又是因佛教的内涵广大和法力无穷，充满宇宙而神秘莫测。因此它才能够充满海内外，凡是有血肉和性情的人，没有人会不尊崇它、不亲近它。所以佛教慈祥智慧的力量，覆盖于天地之间，浩浩荡荡而无边无际。与儒、道二教相等，而且是同样地兴盛发达。这些，又哪里是用语言可以形容的呢。

顺天府蓟州遵化县西北四十里左右的地方，有一座古寺叫"温泉"。这里的温泉水奔涌而出，从古至今泛热滚烫，无论是冬季还是夏季都源源不断，深入挖掘而无穷，涛涛奔涌而不息。泉水从正池流到各个分池，身上肮脏的人，经过洗浴之后会焕然一新；身体患病的人，洗涤之后就

能痊愈。池中的水全都顺着沟渠充溢流淌，从而到达河道里。这确实是天下第一的美景啊，没有能够超过它的。把这样美好的景色寄托在这个地方，修建寺院和殿宇，还在寺中塑造佛像，难道是偶然的事情吗？大概是为了给天下百姓造福，使之镇守保护一方土地，从而保佑我大明朝的国运恒昌，陛下无疆。况且寺院所居的群山，在东北方向上参差高下，弯曲环抱。群山如打拱如作揖，都在恭恭敬敬地朝向寺院奔腾而来。唯有中间一座山守护着寺院，山岭重叠险峻，林木葱郁，清秀可爱。永乐年间，有一名镇守边关的总兵，重整寺院，派遣陈景先监造。成化初年（1465年），有开山住持僧人静通上疏请赐寺额，皇上特赐寺额为"福泉"。

考证历史，这座寺院是在唐贞观二年（628年）创建的，时间上也是很古老的了。这座寺院虽然建设在边陲地方，到现在也过了千余年，却安稳坚固，从来没有遭受到过兵火，这也可以算得上是地灵人杰了。这座寺院因修建年代久远，受到风雨的摧残，致使佛像蚀坏，寺院的彩画漫漶不清，佛像和菩萨像都不能安稳地在寺庙里放置。因此住持道聚、会首悟来、捐助人程恭等人聚集在一起谋划说："这座寺院自开始兴建，直到现在，已经有很长时间了，应当更换其中的残旧之料，增加新的建筑规模。"于是把复修寺院作为自己的责任。他们诚心诚意地向众人募集资金，并且捐出自己的资财，雇佣工匠，聚集材料，才得以将这些殿宇修建而成。使用的材料是最坚固的，聘用的工匠是工艺最精巧的。重修以后，栋梁殿宇焕然一新，屋檐斗拱极其美丽。整座庙宇像鸟足一样互相勾连，像鸟羽一样向上飞腾。从此殿宇规制清楚完整，佛像整齐完备。因此才能在这里安放着神圣的精灵，五色光彩辉映，金碧辉煌耀人眼目。以此来启发人们对佛祖的景仰，用殿阁的高大巍峨来使远观壮丽，用殿阁的高大来使远观更加雄伟。等到人们看见寺院风景焕然一新，也使那些前来参谒的人，树立崇敬之心，使那些到殿内诵经者的神情更加严肃，使这里呈现宛如佛教圣地小灵山的气象。

寺院殿宇的营建，开始于弘治十八年（1505年），到了正德二年（1507年）的秋季，修建寺院的工程才得以完成。于是住持道聚等在一起商议说："福泉寺殿宇经过这一次修缮，才得以高大壮观，这全都是由于众善人捐资的功劳。这些功绩，如果不写成文章来加以记载的话，随着岁月的流逝，季节的变化，后来的人们就会不知道寺院修缮功绩的来龙去脉。

倘若以后寺院再次毁废，这些营修的事情，将要再托付给谁来做呢？"于是命工匠镌刻众人的名字在石碑的背面，从而使后人能够继承传统，扶植寺院于永久。我们还把募捐助资的人的名字和出力工匠人等的名字镌刻在碑阴，以留下千古不会被磨灭的痕迹。对于寺院重修的事实，就用这篇文章来记载始末。因此我写了这篇文章。

戚继光

戚继光的相关记载见上册，此处就戚继光与遵化温泉的关系做一个较为详细的记载。关于遵化汤泉，明朝人戚继光在任蓟镇总兵时，除对汤泉方池等处进行挖浚、修建汤泉馆舍外，还以饱含深情的笔墨，先后写下了《重修汤泉乞文叙事》《九新亭题语》《葺汤泉记》等文章。《葺汤泉记》一文，在戚继光《止止堂集》中，名为《蓟门汤泉记》。后来由广东省南海人陈经翰手书，安徽歙县人黄沛雕刻，将其摹刻于汤泉总池之北的六棱石幢上。《重修汤泉乞文叙事》《九新亭题语》两篇，写成时间均不详，且在历史上它们是否曾经刻于碑碣之上，至今已无可考。

戚继光青年时期，即明世宗嘉靖年间，曾经受朝廷派遣到北疆戍边。嘉靖三十年（1551年），他写有《辛亥年戍边有感》一诗。诗云："结束远从征，辞家已百程。欲疲东海骑，渐老朔方兵。井邑财应竭，藩篱势未成。每经霜露候，报国眼常明。"这次到北疆戍边，戚继光于戎马倥偬之际，曾经到过遵化汤泉。在游览汤泉时，他还看到汤泉寺内的碑廊上刻满各种碑记，"环堵所刻如林"。可见在此之前，遵化汤泉久已成为游览胜地。

十八年后，到了明穆宗隆庆二年（1568年）五月，戚继光受命以都督同知总理蓟州、昌平、保定三镇练兵事务，从而使他有机会再一次来到汤泉。但是，这一次他所见到的是，汤泉附近大量的碑刻被损毁一空，欲"求其片石而不得，或以授梓无有也"。不但那些石刻都被毁掉了，就是有关这些碑刻的文字都无法找到。戚继光曾经想要将它们加以纂集，但却无能为力了。为此，戚继光感慨良深，在汤泉池旁低回徘徊了许久，而不忍心离去。此后，戚继光又慨叹汤泉的泉水淤塞，亭馆简陋，遂下决心要对汤泉进行修缮。从明穆宗隆庆五年（1571年）春季起，戚继光开始修建汤泉水池。

隆庆六年（1572年）冬季，朝廷为了检阅守备长城的兵卒，派出兵部侍郎汪道昆等人前往蓟镇阅兵，阅兵的地点就选择在遵化汤泉附近的广阔平原地带。招待汪道昆一行朝廷要员的宴会，选择在汤泉举行。当时的蓟辽总督刘应节、顺天巡抚杨兆等人都参加了宴会。由于这里的亭馆简陋，在筵席上，兵部侍郎、蓟辽总督、顺天巡抚，及以下的各级官员们，大家肩挨着肩、背靠着背，彼此挤挤挨挨，没有一点上下尊卑的区别。这在等级森严的封建社会中是不能被容忍的。为了改变这种状况，从万历二年（1574年）秋季起，戚继光开始修建亭馆，以接待后来朝廷派来的阅兵官员。此项工程直到万历三年（1575年）夏季才最后告成。

戚继光派出士兵修葺汤泉水池和亭馆，一则是为了招待朝廷派来的官员，并为在当地戍守的兵将提供舒适的洗浴环境；二来也是为了借助修造水池和宾馆的艰苦劳作，来磨砺士卒，以免他们因日久无战事而产生娇惰之气。

此次除修建汤泉亭馆之外，还在流杯亭的南面建成了三面步廊，用来陈列前人所留下的各种石刻，并为后人撰写的诗文在这里续刻预留了位置。这三面步廊被命名为"索吟轩"。而戚继光本人也撰写了一篇文章，以记载此次修建汤泉亭馆的整个过程。

戚继光的这篇《葺汤泉记》，雕刻在一座六棱石幢上。这座六棱石幢，北三面雕刻汤泉风景图，南三面镌刻戚继光《葺汤泉记》这篇文章。此石幢目前尚存于汤泉水池之北，但石上的刻字已经有不少漫漶不清。戚继光《葺汤泉记》是数千年以来遵化汤泉的石刻中现存字迹较为清楚者，确实属于凤毛麟角，有着极其重要的历史和文物价值。

重修汤泉乞文叙事

隆庆己巳[1]春，今御史大夫闽中陈公[2]、以侍御史视学[3]畿甸[4]。秋之日，校士蓟丘，文风丕[5]振。往继光于役[6]七闽[7]，雅辱公知[8]。乃单车受策[9]，顾遇尤笃。语及蓟之形胜，遂征温泉，殊有芜塞[10]之叹，属[11]为计。余谓当乘军旅之暇，次第鸠工。

乃辛未[12]春三月，边警[13]不作，驻师鲇鱼石城。司马[14]刘公某、中丞[15]关中杨公某、宪使[16]洛阳徐公某，咸谓余帐下吴越[17]兵千余人，无他役，当侦间[18]治温泉之亭池，以为游憩[19]所。盖古人先忧后乐[20]，未尝尽废登涉[21]也。余敬诺。

乃于夏五月既朔往，顾池之炎波深而沸，莫知为修浚策。咨诸里中父老及寺僧，率称池之凿邃[22]矣，无能语厥[23]因。余遂令司吴越兵千总金福辈，率众从田中凿渠，深与池等。趋南垣，溯池而止。池际咸甃以砖，又以桐油和灰，坚尚如石，以是知前人亦非草草者。乃折[24]其甃，径二尺，甃尽而水始竭。又出淤泥丈余，则山骨[25]见矣。泉自石隙出，犹迸珠然。池底纵二丈二尺，横一丈三尺，深二丈三尺，白金积十五两有奇，簪珥之属，为金者仅得其一，余悉铜，凡三十五觔。钱不能以数计，约六石七斗。万户印一，镜一百五十七，然为灸波锻蚀[26]，无复旧观。俱付之官，充浚池费。仍和油灰，甃之如故。于新凿渠中，多树椿木，便重浚也。甃之阴[27]，留一窍，方数寸许，他日不必折甃，但通其窍则水可涸[28]矣。

先是，发石工为渠石五十余丈，引池之南际暗[29]浅深缓急之机，便流觞也。自闸南入复渠，循垣下东赴，由地中汇于与众池，又溢入洗马池。盖边骑野牧，雨雪相苦，故多癞[30]，独此水能愈之耳。有二窍，高者出水，卑者时出秽浊也。主池之北，为堂三楹。复为亭，联堂之檐而南，如堂数。旧有诗碣，始移置如屏。石渠之上覆以亭，颜曰"五新"[31]，因亭、渠、洞、石及空心台楼，皆新建立，即兹池，数百年来亦初浚云。

石渠之具，则有百瓠[32]为浮觞[33]，豆[34]需六几为列。觞豆需贮诸屋中，守以一卒。游者至，启扃[35]俾从人如法传运[36]，则促膝[37]终日，无俟乎左右之仆仆也[38]。

迨梵宫[39]官署[40]，境域沿革，则形胜不殊[41]。丰石[42]具在。寺之后千仞而遥，危峰罗列，塞垣楼橹相属，刁斗之声，时于云雾中飞坠。峰之南，万石相倚，亘若千里。从寺门西涉，北折于砥，至山之麓，扶携百余步，左右二石如堵，人行其中，为石门。越门循小径，径之南，有石假山、夫容石[43]。自径东行，为小涧，盈涸不常。片石跨之，中裂为二，为试剑桥。度桥为浮屠峰，为灶岩。稍北渐峻，为出岫岩，为仙掌峰。践山脊，遵蹬[44]而下，始抵仙舟洞之左，为长缨石。未至数步，观之犹将军独立，而危石下垂，又不啻兜鍪之缨，复与洞俱北瞰塞垣，令人飘飘然有请长缨之意。转石为洞，洞口仅尺，伛偻而入，中爽闿[45]如江南漕船。此万石中之最奇者。自山麓至洞，片石孤峰，种种逞色[46]，顾尚陆沉[47]于丛荆荒蔓[48]之中，不觉扼腕[49]。倘名贤[50]为之表著，使后千百载览胜者知某峰、某洞、某岩、某石称雄于蓟，山灵[51]厚幸，余小子光亦厚幸。况前祀凿池之因，今辄湮汩[52]，重有余感焉。僭述颠末，祈椽笔[53]勒之贞珉，以垂不朽。

注释：

[1] 隆庆己巳：明穆宗隆庆三年（1569年）。

[2] 御史大夫闽中陈公：清光绪《畿辅通志》职官五：隆庆年间有督学御史陈其学，但其籍贯为登州。未知文中所指是否此人，待考。

[3] 视学：天子亲往或派相关机构到国学对学子进行考试。

[4] 畿甸（jī diàn）：指京城地区。

[5] 丕（pī）：大。《逸周书·宝典》："四曰散，敬位丕哉。"

[6] 于役：指因兵役、劳役和公务奔走在外。《诗经·王风》："君子于役，不知其期。"

[7] 七闽：指古代居住在今福建省和浙江省南部的闽人，因其分为七族，故称。后称福建七闽或七闽。

[8] 雅辱公知：雅，甚。辱，谦词。很是得到先生的错爱。

[9] 单车受策：轻车简从地去向陈公请教。

[10] 芜塞：被荒草掩盖，被淤泥堵塞。

[11] 属（zhǔ）：通"嘱"。嘱托，嘱咐。

[12] 辛未：明穆宗隆庆五年（1571年）。

[13] 边警：边境的警报。《陈书·高祖纪上》："公以国盗边警，知无不为，恤是同盟，诛其丑类，莫不鱼惊鸟散，面傅头悬。"

[14] 司马北海刘公某：司马，官名。相传是少昊时始置。周时为六卿之一，掌军旅之事。后用作兵部尚书的别称。刘公某，即山东潍县人刘应节，潍县，两汉时属北海郡，故称。

[15] 中丞关中杨公某：明清时期称巡抚为中丞。清梁章钜《称谓录》："明正统十四年（1449年），命都察院右佥都御史邹来学巡抚顺天、永平二府……今巡抚之称中丞，盖沿于此。"杨公某，即陕西肤施人杨兆。陕西古称关中。

[16] 宪使洛阳徐公某：此宪使，或为御史，或为按察使，或为布政使，不详。徐公某，即洛阳人徐学古。

［17］吴越：指江浙一带，两地春秋时为吴国、越国故地，故称。魏曹植《责躬诗》："甘赴江湘，奋戈吴越。"

［18］伺间：找出闲暇时间。

［19］游憩（qì）：游览与休息。《晋书·羊祜传》："襄阳百姓于岘山祜平生游憩之所建碑立庙，岁时享祭焉。"

［20］先忧后乐："先天下之忧而忧，后天下之乐而乐"的缩写。语出宋范仲淹《岳阳楼记》。

［21］登涉：跋山涉水。《晋书·苻郎载记》："每谈虚语玄，不觉日之将夕；登涉山水，不知老之将至。"

［22］逖（tì）：远，不近。《尚书·牧誓》："逖矣，西土之人。"

［23］厥：其中、那。唐柳宗元《封建论》："厥后，问鼎之轻重者有之；射王中肩者有之；伐凡伯，诛苌弘者有之。"

［24］折：应为"拆"字。遵化汤泉总池北六棱石幢上所刻戚继光《葺汤泉记》中，共有两处，均为"拆甃"二字。

［25］山骨：山中岩石。唐刘师服侯喜等《石鼎联句》："巧匠斫山骨，刳中事煎烹。"

［26］鍜（xiá）蚀：锈蚀。

［27］阴：建筑物的北面称阴。

［28］涸（hé）：水干枯。

［29］肇（zhào）：矫正、端整。此处有调整之意。

［30］癞（lài）：恶疮、顽癣、麻风等病症。

［31］颜曰"五新"：此处原文有误。在同为戚继光所著的两文中，《葺汤泉记》："临池有亭……颜曰九新"，《九新亭题语》除题目称九新亭，文中还有"汤泉之亭，其名九新"之句。由此可证，亭名"九新"，而非"五新"。

［32］瓠（hú）：通"壶"，此处指用来饮酒的酒杯。

［33］浮觞：水上浮游的酒杯。

［34］豆：古代食器，形似高脚盘，或有盖，用以盛食物。后世多用来做祭器。

［35］启扃（jiǒng）：打开或关闭。

［36］如法传运：按照同样的方法来回转运。

［37］促膝：对坐而膝相接近。多形容密切交谈或密谈。晋葛洪《抱

朴子·疾谬》："促膝之狭坐，交杯觞于咫尺。"

[38] 仆仆：奔走劳顿的样子。宋范成大《醉江月·严子陵钓台词》："富贵功名皆由命，何必区区仆仆？"

[39] 梵宫：佛寺。

[40] 官署：官衙。

[41] 不殊：没有区别，一样。汉扬雄《解嘲》："世异世变，人道不殊。"

[42] 丰石：容貌丰润的石头。

[43] 夫容石：即芙蓉石。

[44] 遵蹬（dèng）：蹬，此处应用磴，即台阶。遵蹬，沿着台阶走。

[45] 爽闿（kǎi）：高大宽敞。《明史·陈瑛传》："爽闿有将材，然贪残，人多怨者。"

[46] 逞色：显露景色。

[47] 陆沉：比喻埋没，不为人知。宋周密《齐东野语·范公石湖》："吴台、越垒，距门才十里，而陆沉于荒烟野草者千七百年。"

[48] 丛荆荒莽：灌木和荒草。

[49] 扼腕：用一只手握住另一只手腕，表示振奋、惋惜、愤慨、等情绪。《战国策·燕策》："樊於期偏袒扼腕而进曰：'此臣日夜切齿腐心，乃今得闻教。'"

[50] 名贤：著名的贤人。《儒林外史》："况先生是当代一位名贤，岂可当面错过？"

[51] 山灵：山神。元房皞《送王生卿》："我欲从君觅隐居，却恐山灵嫌俗驾。"

[52] 湮沕（mì）：湮没无闻。

[53] 椽（chuán）笔：《晋书·王珣传》："珣梦人以大笔如椽与之，既觉，语人云：'此当有大手笔事。'俄而帝崩，哀册谥议，皆珣所草。"后世因以"椽笔"指大手笔，称誉他人文笔出众。

译文：

隆庆三年（1569年）春季，现任御史大夫福建陈公，以侍御史身份到京师近地对那里的学生进行考核。秋天的时候，来到蓟州举行考试，因此使得这里的文风比以前更为兴盛。过去我在福建地方服公役时，就深得先生错爱。所以我这一次轻车简从到先生那里请教，受到了先生更深的眷顾。谈话间说到了蓟州的名胜，于是提及汤泉，先生很有胜景被荒草掩盖、被淤泥堵塞的感慨，先生嘱托我想办法进行治理。我说要趁着军中有闲暇的时候，再依次对那里的建筑物加以施工治理。

到了隆庆五年（1571年）三月，边境安宁没有军情警报，军队当时驻扎在鲇鱼池关石城。兵部尚书北海人刘公（应节）、巡抚关中人杨公（兆）、御史洛阳徐公（学古）等，都说我帐下有江浙兵一千余人，此时没有其他公务，应当趁着这个闲暇时间来修葺温泉的亭馆和水池，把它建成游览和休息的场所。这大概也是为了体现古人既有"先天下之忧而忧，后天下之乐而乐"的抱负，又不废登山涉水娱乐心情的思想境界吧。我恭敬地答应了大家的要求。

于是在夏季五月十五来到汤泉，见到池中的热水深并且沸腾，当时想不出修葺和疏浚办法。向当地的父老和寺院中的僧人们咨询，他们都说水池的开凿时间已经很久了，没有人能够说出当时使用了什么方法。我于是就命令统辖江浙兵的千总金福等人，率领众士兵从稻田中开凿水渠，水渠的深度与水池的底部相平，朝着水池的南墙，到池边停止。发现池边都是用砖砌的，又是用桐油和的灰，到现在这些灰还坚固得像石头一样，从这里也可以看出来，前人在修建水池时并非潦草而为。于是就把水池墙壁拆开宽约二尺的口子，墙壁拆到底时池中的水才枯竭。又从池中挖出深约二丈的淤泥，才见到岩石。泉水从岩石的缝隙涌出，就像是迸出珍珠一样。池底长二丈二尺，宽一丈三尺，深二丈三尺。从中清理出的白金达十五两之多，簪子、耳环之类的饰物，黄金质地的仅有一斤，其余的都是铜质，一共三十五斤。钱币不能按枚数算，大约有六石七斗。还有万户印一颗，铜镜一百五十七枚。但是这些东西都被炎热的泉水锈蚀了，不能看到旧时的原貌。现在仍用桐油搅拌白灰，像过去那样对水池时进行垒砌。在这次开凿的渠边上，种植上椿树作为标志，以便将来再次清理水池时加以辨认。垒砌的墙壁南墙的北面，留下一个孔道，有数寸见方，以后再次清淤时就不必拆开墙壁，只要打开这个孔道，池水就可以干涸了。

在此之前，先动用石匠开凿石渠五十余丈，引水池南边的水流，向西经过小屋，又向东做成石渠，重新引进室内。又在渠上安设木制的闸门，以调整水流的深浅和快慢，便于在水上漂流酒杯。池水从闸门的南面流入又一条渠，沿着墙根下向东流，从地下汇集到与众池，又流到洗马池。边境原野上放牧着的马匹，因为受雨雪的侵害，所以易生恶疮、顽癣等病症，只有这温泉的水能够治愈它。池中有两条通道，高处的用来流入清水，低处的经常流出污秽的脏水。主池的北面，建成一座面阔三间的厅堂，又建成一座廊子，与厅堂的檐相连通，亭在厅堂的南面，与厅堂间数相同。亭上过去有刻着诗歌的石碣，这时才移到亭内墙壁上。石渠上再建一座亭子，匾额上刻着"九新"两个字。因此亭、此渠、此洞、此石及空心楼台，都是最近重新建立的，就是这座水池，也是数百年来才开始清理！

　　石渠上置有酒具，有百只酒杯，还有盛食物的器物，共需要六只矮凳来摆放。这些酒杯和豆，需要贮存在屋子里，由一名兵卒来看护着。游客到这里来，开关闸门让那些从人如法传运，那么即使是整天地坐在这里，也用不着左右的人奔走劳碌了。

　　至于那些佛寺和官衙，虽有旧时管理区域的更改，但是这里的形胜却是没有什么变化的。离水池七八千尺的地方，高山峻岭重重叠叠，边塞上的城墙和敌楼相连，刁斗之声时时响起，如同是从云雾中飞下来。山峰的南侧，无数的石头相互叠压，连绵不断似乎伸向千里之外。从福泉寺寺门向西走，折而向北过了一片平坦之地，就到达山脚了。大家相互搀扶走了百余步，左右有两块石头如墙相对，人从中走过，如石门状。越过石门，顺着小路走，小路的西面有石砌的假山、芙蓉石。自小路东行，有一条小山涧，涧中水时而流淌，时而干涸。有一块石头搭在上面，中间裂成两块，此为试剑桥。过桥以后是浮屠峰、灶岩。再稍向北，山势逐渐地陡峭起来。有出岫岩、仙掌峰。踏着山脊，沿着石阶走下来，才抵达仙舟洞的左侧，那里有一块长缨石。距离数步之遥，看那石头如同一位将军在那里独自站立，顶上有下垂的石块，又像是兜鍪上的盔缨。石人与仙舟洞一同面朝北，远眺着城墙，令人联想到他似乎在请缨求战。绕过长缨石就是仙舟洞，洞口宽仅三尺，弯腰曲背进入洞中，里面高大宽敞像江南运粮的漕船。这是汤泉众多石头中最为奇特的地方。自山脚到山洞，一块块的石头，一座耸立的山峰，显露出各种各样的景色，可是至今却还埋没在荒草和灌木之中，真令人深深为之惋惜。倘若以后有著名的贤人将这些景色向世人介绍，使以后千百年间到这里来游览美景的人知道，这里有某某山峰、某某石洞、某某山岩、某某山石，以使它们在蓟州地方被人们称为奇景的话，那么山神是非常幸运的，我戚继光也是非常幸运的。又因为前代开凿水池的原因到现在竟然被湮灭无闻了，我深有感慨。因此不揣冒昧，记叙了事件的经过，并请大手笔的人刻在石头之上，以使此事永远流传。

九新亭题语

汤泉之亭，其名九新。举泉[1]而目之，凡新者九也。夫泉窦孰开[2]，而嘘以温[3]，及甃为池，非余之所知[4]。乃若活秽加垣[5]，而为周渠及瀑布水帘，余为之，一新矣。又，流觞亭、索吟轩、六公署、四时馆、水月池、无垢室，与兹亭为七，皆新之自余焉。山北许里，有石多奇，而未有名之者，余乃各为之名，尤藉司马刘公名其洞以"仙舟"，而杨公特书之，及诸公吟咏，刻于洞，是亦一新也。而亭临泉，故总揭于兹。它新者尚多，盖弗屑[6]及之矣。

嗟夫！盘铭日新，取以洗心浴德。其汤火然[7]，乃人力之所至。矧兹泉达，本之化工[8]。生于阳而九[9]，则极极乃更新，氤氲动荡，日日又新，孰能厌终乎？但物旧而蛊[10]，天地且然矣。兹亭诸胜，安能保其勿蛊？后之君子，护而葺焉。俾新不已，有如此泉。是余名亭之故，其为汤铭也，大矣。

注释：

    [1] 举泉：依据汤泉来看。

    [2] 泉窦孰开：泉眼是由谁开凿的。

    [3] 嘘（xū）以温：吹热气而成温泉。

    [4] 非余之所知：不是我所能知道的。

    [5] 活秽（huì）加垣（yuán）：清除池内的淤泥，并在池上加筑墙垣。

    [6] 盖弗屑及之：都因其琐屑而不值得提到它。

    [7] 其汤火然：那热水是靠火来烧成的。

    [8] 化工：自然形成的工巧。

    [9] 阳而九：即阳数达到九。九是阳数里最大的。

    [10] 物尽而蛊（gǔ）：物质的寿命达到尽头，就会破败。

译文：

汤泉有亭，它的名字叫作"九新"。这是因为从汤泉的角度上来说，一共重新修葺的有九处。那汤泉是什么时候由谁开凿的，并形成热水，以及建成方池的时间，就不是我所能知道的了。至于清除池内的淤泥砌成墙垣，并砌成周围的石渠以形成瀑布水帘，这是我做的，是一新；又有建造流觞亭、索吟轩、六公署、四时馆、将寒泉挖成半月形的池、构建无垢室、建造九新亭，都是在我的手中成为新景。而在山北几里之外，有很多奇石，却没有人给它们命名，我就一个个地给它们取了名字。尤其是其中一个由兵部尚书刘公命名"仙舟"的山洞，由杨公特意书写洞名，又把其他各位所做的吟咏诗句刻在洞中，这又是一新呀。在这些景物中，亭子因近临水池，所以将其总列在这儿。其他有所更新的地方还有很多，但都因其琐屑而不值得提起了。

唉！商汤王的浴盆上刻着"日日新"作为座右铭，取用它来洗清心境，沐浴道德的意思；但是它是用火来烧成热水来洗浴，还是靠着人力才达到的。不像这眼汤泉，是依靠着天地的造化之功，生于阳数而达到九，以至于到了顶点还要更新，热气蒸腾动荡，天天又有新的气象，到哪里才是终点呢？但是万物到了陈旧之时就会破败了，天地尚且是这样。这个亭子周围的各种胜景，又怎么能够保证它不会破旧敝败呢？后来的君子们，要随时保护和修葺它们，以使之时时保持崭新的状态，就像这眼汤泉一样。这就是我为什么要给亭子命名"九新"的目的，就是要让它起到像商汤浴盆一样的警诫作用，这其中的意义就更大了。

葺汤泉记

遵化古属范阳镇[1]。迤北一舍[2]而遥，山麓有汤泉，甃为方池久矣。旁寺乃因兹而赐名福泉焉。余弱冠[3]时部戍过之，环堵所刻如林。迨总镇[4]之初再至，求其片石而不得，或以授梓[5]无有也。盖窃伤之，而徘徊不能去。且泉淤过半，亭馆多简陋，何以清游目而壮山水之奇胜哉？隆庆辛未[6]春，命越卒修为休沐池，皆踊跃用命。因各赌射[7]为觞亭沿旁之石洞，督学御史、闽中陈公记之矣。然地当边垣土中，而兹原之广，可容数十万众，就兹以便休沐。

壬申之冬大阅，少司马[8]新安汪公视师，制府而下，茸席以处，促膝以觞，然不足以示威重。万历甲戌，有秋士豫[9]，乃辟亭馆，以待后之视师者至，而丙子仲夏告成。向者之至此也，夏五泉烈，畚锸靡施，将浚而胥难之矣。乃命工下稻田，凿渠百余武[10]，以溯其址，拆甓二尺、深二丈三尺，出淤泥丈余。有万户印一、白金五两、簪珥之属黄金一、铜三十五斛、钱六石七斗、镜一百五十七枚，皆蚀，以佐渠费。泥尽，粼粼其泉槛出。仍甓之，而窦[11]其底，以方寸之石于渠道树键，以便重浚。通窦，则毋劳拆甓为也。加高三尺，出地为防，可以俯饮而立掬之矣。其周七丈，衡二丈二尺。防面为石渠，可以浮大白[12]。窦其南北，中衡[13]而对出。北出承以文石，历历如雨建瓴下。而室其南，则为水帘。临池有亭，如八卦，及虚溜数九，颜曰"九新"，有题语焉。当溜为坎，前窦承泉，左右窦以分之。

　　北得寒泉，为池如半月。有桥，上为敕建观音殿。前施槛垣，如雉堞状。南出，石龙口如沫。北室则为瀑布，伏流而西，洒为石渠。经序室左，转而环右盘。以觞注渠，勾折复入于室。匏尊藏于室，人因泉应机而缓急之。不待入又随流而给矣。觞亭下方，步栏三面，以列石碣，皆吟咏也。稍次第[14]之，以俟续而梓[15]焉。自殿抵栏，周以列垣。循室南出，而为接水池、洗马池，其与众池、女清池各例之室，以远别也。自坎左窦者，过进泉馆，又过听泉馆，二馆并列。寝堂之前则皆因寒泉为池。有桥循垣而西，为福泉公馆，泉因敕赐曰"福"，故以"沐恩名"堂。寝堂曰"蒸云"，其前左为无垢室，坎以文石六方，为浴盘。因地稍高，自石渠右角，分桶伏流而逆出之。

　　凡沸泉，有气如云，是堂最丽，亦如之矣。西南为寺，于其法堂加高楹，及堂左右为馆。凡馆，浴室、厢舍、庖湢[16]咸具。又西南隅有银杏树鼎立，皆十数围，嘉荫候旬[17]。乃为四时馆，其户内而环树，居一阖三，前如一居四，则各为邸矣。树下当中置石案，八足而内虚为桶者二，其相去寸余。泉自坎右窦，过寺之三馆，伏而上左足，循案以觞入于右足，若不知其所去也。凡池窦，高承清而卑出浊。九新之东三，其出入皆温。馆之浴室浊一而清二者，乃一寒一温也。进泉或和以寒，稍远即可浴，故至稻田而苗以长矣。僧舍四五区，杂于诸馆间。

山之西椒，有浮屠[18]以为表识。自西徂东为长垣以接古台，稗官氏言辽萧后妆楼址也。建亭其巅，仰若丽谯[19]。环以嘉树，若出半空。里许，为塞垣楼橹刁斗[20]，隐若云际。南阜万石，郁然崔巍[21]。从寺西步北折如砥[22]，至麓而延袤百余丈，众石离立夹道而为门。循溪以西，有石如山、如狮、如鼓相属。而径东涧，片石跨之，中裂为试剑桥。度之有普陀岩、经石岩，稍北而峻，为出岫岩、为仙掌峰，循脊下登不数武，有石独立，犹将军振缨北瞰。勃然右转，石洞口仅三尺，伛偻而入，中款如舫，为万石最奇处，名之曰"仙舟洞"云。

余按温源多硫黄袭人，惟山多石曰矾[23]，而其所出独清，骊山华清是也。迹之志者，又以南中安宁为最，而评不及兹。兹山不其然乎？故其瀱沸为珠，莹若琉璃。投钱至底可数，中有雕镂，其迹宛然。酽如醍醐酿之，芳烈尤甚，实为醴泉神瀵[24]，其味尤为独全。何也？华清自太真召禄山于范阳，以献玉石雕镂为胜[25]，遂动鼙鼓[26]而流殃。兹当范阳之狭[27]，幸不为之污。虽寻割于契丹[28]，或有萧后遗迹，然历金、元弗著，岂非地灵之所秘者与？至我大明，乃归中国。章帝征虏，凯旋驻跸[29]；武宗虽游猎[30]，未尝兴骊山之役。而贤嫔有咏，为兹泉所藉重。则圣朝之德，其过前代远矣。

余幸士有暇力，缮馆以备冬狩。万军若挟纩[31]，免于皲瘃[32]之苦。马患霜雪而疽，洗之可以腾骧。将帅幸就以休沐，非荷太平有兹哉。故拜诸大夫命，敢假日而为之。诸大夫者，制府北海刘公[33]、关中杨公[34]、抚台武安王公[35]、监兵齐丘辛公，与诸邑令之所佐金，予将园圃禾稼易资、并赎锾[36]诸费而成之。督工则马兰峪副总兵日福、领班都司邓都、中军诸材官沈秉懿等。而白余复为之记，盖详哉其言之也。

万历五年（1577年）岁次丁丑六月望日

特进光禄大夫、中军都督府左都督、奉敕总理练兵事务兼镇守蓟州、永平、山海等处地方、前福浙江广伸威营总兵官署都指挥佥事戚继光

太原日福立石
南海[37]陈经翰书
古歙[38]黄沛刻

注释：

[1] 范阳镇：唐方镇名。唐玄宗时，为防御奚和契丹，设置幽州节度使，天宝元年改名范阳节度使，为玄宗时边防十节度使之一。治所在幽州（今北京西南），辖境常有变动，大致在今北京至河北卢龙以西的地方。

[2] 一舍：古代以三十里为一舍。

[3] 弱冠：古时以男子二十成人初加冠，故古时男子二十岁称弱冠。

[4] 总镇：总兵的别称。

[5] 授梓（zǐ）：交付雕版，交付印刷。

[6] 隆庆辛未：明穆宗隆庆五年（1571年）。

[7] 赌射：比赛射箭以决定胜负。明高启《王架阁家画马》："解鞍闲立斜阳里，应是城南赌射回。"

[8] 司马：周朝设大司马，专管兵事。明设兵部，管兵戎事。俗以大司马为兵部尚书的代称，少司马为兵部侍郎的代称。

[9] 有秋士豫：有秋，秋季的收成好；士豫，士兵有闲暇时间。

[10] 武：古以六尺为步，半步为武，一武为三尺。

[11] 窦（dòu）：孔道。这里是名词用作动词，即"留下孔道"的意思。

[12] 浮大白：原意罚饮一杯酒，后来称满饮酒或畅饮酒。

[13] 中衡：放在中间。

[14] 稍次第：次序稍后的。

[15] 续而梓焉：续写后刊刻在上面。

[16] 庖湢（páo bì）：庖，厨房。《孟子·梁惠王》："庖有肥肉。"湢，浴室。《礼记·内则》："外内不共井，不共湢浴。"

[17] 嘉荫候旬：嘉荫，对树荫的美称。候、旬，古代的计时单位。五天为一候，十天为一旬。意即树荫每天都在笼罩着这里。

[18] 浮屠：佛教语。梵语Buddha的音译。此处指佛塔。北魏郦道元《水经注·河水一》："阿育王起浮屠于佛泥洹处，双树及塔今无复有也。"

[19] 丽谯（qiáo）：壮美的谯楼。

[20] 塞垣楼橹刁斗：塞垣，关口与城墙。楼橹，敌楼和瞭望台。刁

斗，古代行军用具，斗形有柄，铜质。白天用作炊具，晚上击以巡更。这里统指长城上面的防卫措施。

[21] 郁然崔巍：巍峨高耸的样子。

[22] 砥：磨刀石。这里是用磨刀石比喻地面平坦。

[23] 矾：《止止堂集》作"礜"，从碑文。某些金属硫酸盐的含水结晶，可入药，有白、青、黄、黑、绛五种。白色的称明矾。

[24] 醴（lǐ）泉神濆（fén）：甘美的泉水、地底涌出的嘉泉。

[25] 以献玉石雕镌（juān）为胜：即献玉石雕刻成美景，话本唐人郑处诲《明皇杂录》卷下云："玄宗幸华清宫，新广汤池，制作宏丽。安禄山于范阳，以白玉石为鱼龙凫雁，仍为石梁及石莲花以献，雕镌巧妙，殆非人工。上大悦，命陈于汤中，又以石梁横亘汤上，而莲花才出水际。上因幸华清宫，至其所，解衣将入，而鱼龙凫雁皆若奋鳞举翼，状欲飞动。上甚恐，遂命撤去，其莲花至今犹在。"

[26] 鼙（pí）鼓：古代军队中所用的小鼓和大鼓。唐白居易《长恨歌》："渔阳鼙鼓动地来，惊破霓裳羽衣曲。"

[27] 狭（xiá）：山谷。

[28] 寻割于契丹：遵化县古属幽燕之地。五代后唐末帝李从珂清泰三年（936年），即后晋天福元年，因契丹派兵帮助按帝王其夺取天下，石敬瑭对契丹王说："愿以雁门已北及幽州之地为戎王寿，仍约岁输帛三十万。"戎王许之。自此，遵化县被割让给契丹，汤泉也沦入契丹人之手。

[29] 章帝征虏，凯旋驻跸（bì）：宣德三年（1428年），明宣宗章皇帝朱瞻基出征乌梁海，自遵化县石门驿出喜峰口，回师后驻跸遵化汤泉。

[30] 武宗虽游猎：正德三年（1508年），明武宗朱厚照外出游猎并征乌梁海时，曾驻跸遵化汤泉。

[31] 挟纩（xié kuàng）：披着丝绵的衣服。

[32] 皲瘃（jūn zhú）：干裂和长冻疮。

[33] 制府刘公：制府，宋代的安抚使、制置使、明清两代的总督，均尊称为制府，此处指总督。刘公，即刘应节，曾任蓟辽总督，在戚继光写碑文时，他已不在蓟辽总督任上。

[34] 杨公：即时任蓟辽总督职务的杨兆。他于隆庆四年（1570年）十月巡抚顺天等处，于万历三年（1575年）升任蓟辽总督。

[35] 抚台武安王公：即王一鹗，山西广平府曲周人，先后两次以按

察使和兵部左侍郎衔巡抚顺天。

[36] 赎锾（shú yuán）：用来赎罪的银钱。

[37] 南海：今广东南海区。

[38] 古歙（shè）：安徽省歙县，在今安徽省东南。

译文：

  遵化在古代时候，属于范阳郡管辖。距离遵化县城以北约三十里的地方，山脚下有一眼温泉，很久以前就已经被砌为方形水池了。旁边的寺庙，就是因为这眼温泉被赐名为"福泉寺"。我二十岁左右随着部队戍边的时候，曾经到过此地，那时看到汤泉水池旁边环绕着的石碑雕刻，像林子里的树木一样多。但是等我到蓟镇担任总兵职务，再次来到这里时，这些碑石中的一个碎片都找不到了，有人想来纂集这些碑文来进行印刷也办不到了。我私下里为此而感到伤心。我在汤泉的水池边上徘徊了许久不忍心离去。这里的泉眼，已经被泥土淤塞过半，亭台馆舍大部分也十分简陋，在这种情况之下，汤泉怎么能够使人赏心悦目，并且使之给山水增色呢？隆庆五年（1571年）春季，我命令自己带来的浙江士卒，把温泉修整为浴池，大家全都踊跃向前。又用大家在这里射箭赌胜负时所赢的赌注，在池旁建起了觞亭，并且还修整了觞亭旁边的石洞。对这些事，督学御史、福建陈公已经有文字记载了。此地处于边境，这片原野十分广阔，可以容纳数十万兵众，在温泉这里也便于大家休整洗浴。

  隆庆六年（1572年）冬季，举行大规模的阅兵式，朝廷派兵部侍郎、新安人汪公汪道昆来检阅部队。筵席之间，那些总督和巡抚，以及其下的官员们，全都在临时搭成的席棚里面席地而坐，互相之间膝盖靠着膝盖，拥挤在一起饮酒。这种场面，不足以显示出官员的威严和庄重啊！鉴于这种情况，我利用万历二年（1574年）秋季庄稼收成很好，又正赶上士兵有闲暇时间的机会，打算预先建造起亭台馆舍，等待以后朝廷派来检阅的人到来时使用。到了万历四年（1576年）夏季六月时，工程完成。当初疏浚泉水的人到这里的时候，正是夏季中期，池中泉水热气凛冽，畚箕和铁锹等工具无法在其中施展，想要疏浚淤泥也十分困难。于是我就命令工人，在下游稻田内开凿出一条长达五十余步的水渠，挖到泉池附近。在原有的池子上拆开一个宽二尺、深二丈二尺的口子。这次清理，从水池中挖出深达一丈的淤泥。在淤泥中发现万户印一枚；白金五两；簪子、耳环一类东西中，黄金质地的有一斛，黄铜质地的有三十五斛；铜钱六石七斗；铜镜一百五十七枚。这些东西，都已经被泉水腐蚀。大家将这些东西变卖以后，用来弥补修渠费用的亏空。池中的淤泥被挖尽以后，清澈的泉水汩汩流出，仍像以前一样将水池加以垒砌。在池底留出一个孔洞，用一块石条将缺口堵上，又用一块方一寸的小石头做栓，来控制方石。以便将来在重新清理淤泥时，就不必再费事拆开石砌水池了。水池上面又在原有高度上再加高三尺，高出地面而砌成墙。人们在这里可以弯腰饮水，站着舀水了。水池周长约有七丈，宽约二丈二尺。墙面下做成石渠，可以漂起大酒杯。池南北两面留出孔洞，在墙壁正中相对而出。北面出口下砌上带花纹的石头，池水如雨一样，以高屋建瓴之势滔滔流下。封闭南面的水口，就会在北面石墙上形成一道水帘。靠近水池的地方建有一座亭子，里面如同八卦形状，凿有九条水沟。亭上匾额题写着"九新"二字，并有题语在上面。与九条水沟相接处有石坎，石坎前有孔与池水相接，左右有孔分别把泉水引向两旁。

温水池之北有冷水泉，挖成如同半月形状的水池。池上有桥，北面是敕建的观音殿。冷水池前建墙垣如城墙形状。南面流出的水，经石龙之口喷出象飞沫一样四溅，北面堵塞龙口而形成瀑布。这些水，在地下向西流入于石渠，堵塞左面转而流向右面。注入沟渠中，曲曲折折地流入到浴室内。水瓢和尊等取水之物，贮藏在室内，人们根据泉水流量而调节水流的缓急。不用人的安排，那温凉适中的水，就可以随时供给了。在亭子的下方建有三面栏杆，其内排列石碣，上面镌刻着那些文人们吟咏汤泉的诗文。那些碑石，次序稍后的则留为空白，以待后人继续在其上刊刻诗文。从佛殿抵达碑廊栏杆的周围，建有一周短墙。顺着浴室向南行，有接水池、洗马池。其中的与众池和女清池，又建成各自的浴室，以区别男女。自水池短墙左面水孔流出的泉水，进入近泉馆，又进入听泉馆，二馆并列在寝堂之前，都是借助寒泉的水来建造水池，水池上建着一座桥梁。顺着短墙向西，是福泉公馆，因皇上赐寺名为"福"，所以堂馆也承受了这恩泽，用"福泉"来命名。寝堂的名字叫"蒸云"，寝堂前左面为无垢室，用六块带有纹理的石头，在浴室里面建成浴池。因地势稍高，就在石渠的右角分出水道，从地下渠内向北流出。

从来凡是有温泉的地方，都有水汽像云雾一样腾起。这座蒸云堂的景色是最壮丽的了，但是也跟其他的温泉相同。在福泉公馆的西南方向，就是福泉寺。寺院内的法堂，是一座高大的房屋，法堂的左右是客房。所有客房内，浴室、包厢、住所、厨房、厕所全都齐备。法堂的西南角有银杏树高高耸立，这些树全都粗达需要十几个人才能环抱过来。银杏树下，阴影整天都不会散去。在这里建起了四时馆。整个院落环绕着大银杏树而建。一间打开而三间关闭。前面如果同时开放四间，就各自成为院落了。树下放置石桌案一张，桌案有八只足，桌足二只中间虚空，为地下水道二条，两条水道相距约寸余。泉水从水池石墙右面的水眼，经过福泉寺中的三座厅馆进入四时馆后，又从石桌案的第三只足涌上来。在石案上漂起酒杯，又从右足流下去，就好像不知道是流到哪里去了。所有浴池的孔都是从高处流入清净的水，而从低处流出混浊的水。九新堂的东面有三道水孔，从这里流出和流入的都是温水。温馆浴室中的孔道，一道是凉水，二道流清水。两道清水中，一条是凉水，一条是热水啊。靠近汤泉水池的浴池，有的需要掺入凉水，而那些稍远的浴池，直接就可以洗浴了。池中的水很热，待凉后流到稻田里面，禾苗就会长得更加茂盛。水池周围僧人们所居住的房舍有四五所，错杂地建于各浴馆之间。

山的西部顶上建有一座佛塔，作为浴馆区的界线标志。塔从西向东建有一段长墙，连接着一座古台。野史中传说这里是辽国萧太后梳妆楼的遗址。在山顶上建一座亭子，仰头观看，亭子就像是一座壮美的高楼。它的周围绕着茂盛的大树，亭子就好像是从半空中现出的一样。再走出一里地左右，就是边塞，那里的城墙和楼台，隐隐的像是藏在云端；刁斗声也像是从天空上传来的一样。南面山阜上，众多的石头巍峨崔巍地耸立在那里。从寺西向北转，有一块地方平坦如同磨刀石，到山脚下长宽达百余丈。那里众石林立，形成一条像石门形状的夹道。沿着溪流往西，有许多石头，有的像山，有的像狮，有的像鼓，它们互相连接。东经山涧，有一块石片横跨在山涧上。中间裂开，为试剑桥。从上边走过去，有普陀岩，经过石岩北上，山岩险峻处，为出岫岩，为仙掌峰。从山脊上往下走数步，有一块石头傲然独立，像一位将军，举头向北眺望。突然右转，有一个石洞口高仅三尺，弯腰进入，洞中间虚空，如同一只小船。这就是此山所有石头中最为奇妙的地方，名为"仙舟洞"。

我认为温泉之中大多数都有硫黄气袭人，只有那些山上多出矾石地方，流出的温泉水才是最清的，骊山的华清池就是这样的汤泉。近来有人记载，认为南中安宁地方的汤泉水最好，却不曾提到遵化汤泉。遵化这座山上的泉水不也是这样清净的吗？遵化汤泉喷沫为珠，晶莹剔透如同琉璃。将铜钱投入池水中，直至沉降到底，仍可以数出其数量，钱上雕镂的纹饰依然清晰可见。泉水浓酽如同醍醐，水中酿出来的味道芳香甘甜，它确实是地底涌出的甘甜水泉，其味道比别处的更独特。为什么这样说呢？华清池，自从杨玉环把安禄山从范阳召来相见以后，安禄山把白玉石雕刻成的鱼、龙、兔、雁、石梁及石莲花等物运来奉献到华清池中，于是引发了战鼓频敲，以致祸乱当时。而这遵化温泉却因狭小，侥幸没有受到玷污。虽然此后不久被割让给契丹，又传说这里还建有萧太后梳妆台遗址，可是经历金、元两代，汤泉的名声也并不显著。难道不是因为此地有灵气，而要秘密地隐藏着它吗？到了我大明朝，这里才再次归属于中国。宣宗皇帝出征北虏，凯旋时曾经在这里驻跸；武宗皇帝时虽然也曾经游猎到此，但是都没有像唐朝的骊山那样，为了游玩而大兴工程。并且这里还有一位贤德的宫嫔留下吟咏，使得这个泉眼更加被人所重视。由此看来，我朝的德行超过前代很远了。

我有幸赶上士卒有闲暇之力，于是就让他们修缮亭馆以备天子冬天出来打猎时在这里驻跸。万军若只是披着薄薄的棉衣，到这里就可以免于遭受冻裂生疮的痛苦。战马受到霜雪侵害而生疮以后，也可以通过洗浴得到痊愈，从而能够奔腾跳跃。将帅们也可以有幸在这里休息、沐浴，如果不是天下太平，怎会出现这样的情形？所以敢于拜请诸大人之命，给我时间来修缮、建造亭馆、浴池。诸位大人是：前任总督北海人刘公应节、现任总督关中人杨公兆、现任巡抚武安人王公一鹗、监军济邱人辛公，我用他们和各县的县令赞助的金银，又将我军兵士在菜园和田地里的收获换成金钱，再加上罚款收入等款项，来建成这座水池。监工之人有马兰峪副总兵日福、领班都司邓某、中军诸材官沈秉懿等人。他们又告请我写下一篇记叙文章，来详细记载修建浴池和亭馆的过程。

万历五年（1577年）农历丁丑年六月十五日
特进光禄大夫、中军都督府左都督、奉敕总理练兵事务兼镇守蓟州、永平、山海等处地方、前福浙江广神威营总兵官署都指挥佥事
戚继光撰写文字
山西太原人日福竖立石碑
广东南海人陈经翰书写碑上文字
安徽歙县人黄沛镌刻碑石

王　衡

　　王衡，字辰玉，江苏太仓人，明朝大学士王锡爵子，少年即有才名。《游汤泉记》写于明万历二十一年（1593年）。

　　王衡的一生很不平坦，万历十六年（1588年），王衡参加了顺天乡试，以解元及第，但这次乡试的结果却在第二年引起了人们的非议。据《神宗实录》载：万历十七年（1589年）正月，礼部郎中高桂弹劾主试官黄洪宪徇私舞弊，提出此次中试的人中，有八名有舞弊之嫌，王衡即是其中之一。此事涉及面非常广，涉及当时的大学士申时行、王锡爵、主试官沈璟、陈与郊、刑部主事饶伸、御史乔璧星等人。最后的结果是虽然该年二月复试王衡等七人都准会试，但对所有涉及的人都是沉重一击。王衡也因此而没有参加这一次的会试和殿试。直到万历二十九年（1601年），其父王锡爵已在此前被罢去首辅的职务，王衡才参加会试和殿试。此次会试，王衡获第二名。殿试时，又获第二名，被授予翰林院编修之职。王衡以自己的才学证明了自己的冤枉。

　　因科场之事受到弹劾之后，王衡的心中十分郁闷。此后，为了排遣心中的闷气，他曾与友人相约共同游蓟州盘山，并在山上留下摩崖石刻。明万历二十一年（1593年），王衡再次游览盘山，此后又取道蓟州，经过石门驿到达遵化汤泉。在游览汤泉的过程中，王衡写下了这篇游记。在《游汤泉记》这篇文章中，作者借感叹戚继光的业绩，间接抨击了万历末年贿赂公行、朝政腐败的现象，并对此进行了批判，对于当时朝廷内部的党争，也隐隐约约地有所揭露。本篇游记文章华彩，叙事简洁流畅，有较高的文学价值。

　　王衡于万历三十九年（1611年）三月先于其父去世。他一生所撰写的游记和诗歌，散见于《遵化州志》《日下旧闻考》《天府广记》等书中。

游汤泉记

　　癸巳[1]秋，余有内戚[2]不自聊。九月之四日，从母舅朱向之、友人唐叔达、周季良、张伯新再游盘山。手旧游记，摩娑泉石间，如梦见六年前所栖薄[3]。而比时秋林殷红，溪水放流，又似别辟一境者，已详叔达记中。

初八日取道蓟州，过石门。石门两山巉巢[4]，正锁驿道。道旁祠汉张将军温，以有捍寇功也。又二十里为汤泉。泉在山坡下，初漫羡[5]四溢。戚将军继光始甃石为池。池正压九新堂，深二丈许，广几倍之。水势壮甚，然适如石而止。未至数十步声汤汤[6]然，气瀹瀹[7]然，若不可向迩。即而俯之，静若悬鉴[8]，可捧而盥。其气香，其气冲泡起于下，大小纷纷若转念珠。投以钱，作蛱蝶舞，与泡影相颉颃[9]，良久乃下。池之南穴，而下水支委。于墙外种荷花一渠，绿净可挹。又沟其北石唇承之，穿堂而出。中堂为檐除，甃为小方塘，以上受雨而下引泉。客至则设版焉。其东则铜龙张舌，喷泉甚怒。迤行入浴池，池之阴有窦焉，蓄寒水，浴者时其温凉之候而启闭之。九新堂后有池如偃月[10]，寒水所自出，色正凝碧。余谔问主者，具言泉本寒沁，有石根可一亩，类焦釜[11]覆之，水受石性故沸，所不及则不。盖数步之内，而水火其鼎，亦一奇也。

已乃循行壁间，读武宗宫人王氏诗，有"溶溶一脉流千古，不为人间洗冷肠"之语，为之欷嘘涕洟[12]。时同游者先浴，余乃与叔达登山冈藉黄[13]而饮。顾塞外诸山层复如青莲瓣，长城为带，金汤屹然，相与叹山河两戒之不偶。迨日衔半山，池上浓霭渐结，下而就浴，则弦月已印池中矣。因相与执杯就池而饮。时有老卒侍酒，问以塞上事，对娓娓而流涕，为言戚将军。将军赏罚严，得士死力，其所规造，无论戍堞楼橹，即小小台馆，皆有意要于不可易。常因材于山，因力于士，无侈费。而其大指，则恐士卒骄惰难用，故练磨之于斧薪畚插[14]之间。盖彼时虽外言斥堠[15]，内通苞苴[16]，而将帅犹得以其意为官，故其才力与精神俱闲，可以鼙鼓寓军兴，可以游观寓搜阅。今一切绞急迫促，文武吏局促自守。此佳泉怪石，仅以供吾辈幽闲好事之赏，而闻且有以为禁者。

嗟乎，款坚而网密者数十年于兹矣，盖昔之弊窦无一焉，而边事竟如之何也。叔达与余相顾太息。同游者曰："月斜矣，子姑痛饮一宿而去。"

注释：

[1] 癸巳（guǐ sì）：明神宗万历二十一年（1593年）。

[2] 内戚：内心的郁闷。此处指因科场之事受到参劾而感到内心闷闷不乐。

[3] 栖薄：栖息，停留。

[4] 巀嶪（jié yè）：山势高峻的样子。

[5] 漫羙：无边无际。宋范成大《吴船录》："余犯涨潦时来，水漫羙不复见滩，击楫飞渡，人翻以为快。"

[6] 汤（shāng）汤：大水急流的样子。

[7] 滃（wēng）滃：云气涌起的样子。

[8] 悬鉴：挂着的镜子。

[9] 颉颃（xié háng）：鸟儿上下飞的样子，这里指钱币下沉时上下翻飞的情形。

[10] 偃（yǎn）月：横卧形的半弦月。

[11] 焦釜（fǔ）：烧干了水的铁锅。

[12] 唏嘘涕洟（xī xiū tì yí）：涕，眼泪。洟，鼻涕。慨叹而且涕泪横流。

[13] 藉（jiè）黄：坐在枯黄的草上。因材于山，因力于士：到山上去取建筑用的材料，向士兵索取开展工程所需要的人力。

[14] 斧薪畚（xīn běn）插：斧薪，用斧上山砍柴；畚插，筐子和挖土的工具。这里指上山砍柴和进行土木工程。

[15] 斥堠（hóu）：古时军中派出进行侦探的人。

[16] 苞苴（bāo jū）：以财物行贿或指行贿的财物。

译文：

万历二十一年（1593年）秋季，我因为内心隐藏着忧闷而感到百无聊赖。在这一年的九月四日，我跟随着舅父朱向之，朋友唐叔达、周季良、张伯新再次到蓟州盘山游览。用手抚摸着古人刻在石头上的那些游记，徜徉于泉水山石之间，如同梦见六年前我们在这里居住时的那些地方。那个秋季，林木中的树叶一片殷红，溪水在山间静静地流淌着，就好像是在这里又重新开辟了一个仙境。这些美好的景致，都已经详细地记载于唐叔达所撰写的游记中了。

初八，我们又从盘山经由蓟州，再经过石门。石门两侧山峰高峻，如同墙壁般矗立在那里，正好锁住驿道。驿道旁有一座祠堂，里面祭祀着汉朝时的张温张将军，因为他有抗击敌寇之功。又走了二十里就到了汤泉。泉在福泉山的山坡下，当初，汤泉水在这里无边无际地四处漫溢。戚继光将军来到这里以后，才开始砌石为池。水池正压在九新堂上，深达二丈，宽度几乎是深度的倍数。池中水势很大，可是正好被石砌的方池围住了。在数十步之外，就能够听到水势浩荡地流淌着的声音。又看到水池里的蒸气上腾，使人觉得好像是不可以靠近的样子。等到走近水池以后，俯身向下看去，池子中的水面平静得如同悬挂着的镜子，人们可以用手捧着池水来洗脸。池里的水气味香醇，它冒出的气泡从下面向上升起，大大小小接连不断如同念珠；投下铜钱到水池之中，铜钱就像是蝴蝶在飞舞，与气泡一同在池水中翩翩舞动，经过很长的时间以后，才能够沉降到水底。水池南面，有一个小孔洞向外流着水，这水曲曲折折地流到墙外池中。水渠中种植的荷花，翠绿干净，伸手就可以攀缘得到。人们又在池北挖沟，水流穿过九新堂而出。砌成一座小小的方形水池，用它来接纳从天而降的雨水，又从下面引进泉水。客人到这里，就可以设置闸板蓄水以供洗浴。池东有一条铜质的龙，张开嘴向外喷涌着泉水，水势非常湍急。等到温水进入浴池后，地下又有孔洞引入凉水。到这里来洗浴的人，可以根据水温的凉热程度，随时开启和关闭闸门。九新堂之后有一座水池，如同在那里横卧着的半弦月，这是凉水引出的地方。池中水色纯净，如同凝固的碧玉。我惊讶地向这里管事的人问询，他们都说这里的泉水本来都是寒冷的，由于在地表层之下埋藏着一块石头，大约有一亩地那样大，就像是被烧干了水的锅扣在那里一样。水受到石头的烧烤，所以就沸腾了。而那些不流经这里的水，也就不会沸热。仅仅是在几步之间，寒热竟然是如此的不同，这也是一大奇观。

于是我顺着嵌满碑文的墙壁在那里行走，当读到武宗宫嫔王氏的诗时，看到其中有"溶溶一脉流千古，不为人间洗冷肠"的句子，我为此而感动得涕泗横流了。当时与我们一同来游玩的人全都去洗浴了，我便和唐叔达一起登上山冈，坐在枯黄的草地上饮酒。远望着塞外的诸山，层叠重复，如同青莲瓣一样。而那蜿蜒的长城就像是一条长长的带子，固若金汤地在那里巍然屹立。因此我和唐叔达二人，相对叹息，感慨自己和壮丽的山河之间，不能长期相伴。等到日头落山，方池上的水汽渐渐凝结成雾霭时，我们才走到山下来洗浴。此时，弯弯的月亮已经映照在池水中。随后，我们二人面面相对，共同端起酒杯，又在水池边饮酒。当时有一名老兵，在身边侍奉着我们喝酒。向他问起边塞上的事情，他娓娓而谈，并被这些往事感动得涕泗横流。他对我们说到戚继光将军。他说戚将军治军赏罚严明，所以士卒肯于为了他而拼死出力。他所规划建造的那些建筑物，大到城墙、敌楼、烽火台，小到那些小小的亭台、馆舍，也都有着深刻的含意在其中，都是不可以任意加以更改的。戚将军在开展这些工程时，常常到山上取来所用的材料，并在工程进行中借用士兵们的人力，整个施工过程中没有一点奢侈浪费的地方。他这样做的主要意思，就是恐怕士卒因为长期的闲逸无事，从而产生骄横懒惰之气，导致在实战中难以使用，所以想在伐薪砍柴与进行工程之中，使得士卒们得到磨炼砥砺。在那个时候，驻守边塞的将帅们，虽然需要在外部远远派出侦察人员对敌人进行侦探，在朝廷内部则需要用财物对主持朝政的人加以贿赂，可是这些边境上的将帅们，尚且能够按照自己的意志主持边塞的事情，所以他有闲适的时候，还可以在军中游戏之际寄托练兵的快乐，在游猎之中寓含着讲究练武的功效。可是，现在一切政务紧张急迫，文臣、武将们也就只能够拘谨自守了。这山中的佳泉怪石，也就只能够用来供我们这些幽静闲雅，并且喜欢多事的人来欣赏了，并且听说连这些事情也都要加以禁止了。

　　唉，治罪的条款越来越多，法网越来越严密的现象，已经有数十年了。过去在朝政中存在的那些弊端，也似乎都不存在了，可是边境的事情又怎么样了呢？谈到这些，唐叔达与我面面相对，也只能是在这里深深长叹了。和我们一起来这里游览的人说："月亮都已经西斜了，我们在这里痛饮一夜再离去吧。"

曹学佺

见上册。

游蓟门记

蓟门峙[1]以盘山、长城围之。己亥[2]春，偕友人张维诚，自通州行至三河。三河行五十里，至盘山之麓。仰望其巅，玄紫[3]迥异[4]，浮图、树石溢于目前。既入山，有长泉一道，从峡壁间飞喷而下，穿啮石趾，鸣瀺瀺[5]不已。壁上刻劁[6]"盘泉"二字，沿泉而上，至中盘寺，当即下盘耳。东折里许有亭，左右峰势拱抱，中一冈峦，窿然[7]突吐，是为亭。亭傍有松，髯甲[8]夭矫[9]如虬龙。石磘砑[10]魂礧[11]甚异，山之石乃从此始。石有一片数断，又数片相连，若飞若走，若蹲若伏，若卧若坐，若立若负，若搏噬[12]，若撑，若平，若倾欹[13]，若傲然以出，若畏而缩。树拳而曲，径诘[14]而折，皆以石故。

至其地差衍[15]，而松势得以少舒者，上盘寺也。实为之，中上不更有寺乎？安得遽称穷极[16]？且寺负雄崖，而面高冈，夹以峻壁[17]，四山崒确[18]巑岏[19]，鼻口呀[20]而断腭[21]露。树色蓊翠掩映，实峰峦辐辏[22]一都会[23]也。夜宿寺内，早陟[24]东西两崖，以揽晓色。西有悬石亭，亭址为平台。其阴，岩[25]百仞之上有石悬空，势压亭表。折而东北，蹑岭以登，将及半岭左望，前石若巨人，仰天卧其下，峭削。背与山合处，有光断而不断，悬空之妙，毕呈于此。上之，始见长城。长城，塞上山也。城与山为高下起伏，山青而城白如领之有缘[26]，金玉之有相[27]。大者为虹霓，小者为缟带[28]，缥缈纠纷，不可穷结。又上之，始见塔体圆质素，卓立云际，峻整精洁，如经磨耆[29]。

山有三盘，则此处其上也。寺乃别名，蒙蛇足[30]之讥矣。行过乎寺，再折而塔。西望长安，东指山海，下临蓟门，如左足之坠只履。西北转，小岭与平谷相向，中有长河横截。其前，即输挽[31]道也。岭陷于谷，皆松树。松石不甚相苦，予亦怡然，因与维诚席地而坐。清风徐来，日晛[32]丛薄[33]，景色飘摇，金翠万点，闪烁人衣。度宿是巅，必有佳处。乃返入塔，相视其处。塔前有小圆殿。殿不用材，垒砖为室。前开二扇，内广不满丈，有佛座。座前可容两人卧，塔后空屋，以处僮仆。因敕薙[34]草为茵，灸面饼数块，煮茗[35]一壶，燃灯一盏，以供长夜粮也。

　　既瞑[36]，望见塞外诸山，烽烟四起，如火龙掣[37]空，漫落点点，又如残星入室。掩屏坐藁席[38]上，以足抵垣。孤灯中悬，予两人伴佛而三。久之，寻趋谷中，其声轰如，后飒飒为松涛。松涛之上，浮图铃铎，更唱互答，清越节奏，铿鞳[39]缥缈，钧天[40]之乐，无以过是。风霁，则月出矣。披衣起视，月色高下，空濛[41]无际，神气惨憀[42]，予因就寝。维城尚有余兴，口占一律示予，亟称赏之而已。晨曦黪赤[43]，半吐层峦之上，维城大叫奇绝。促予起，则不能如是。及下山，半在云雾，长城亦不复望见矣！

　　盘山者，以山之盘旋而言之也。或曰山有三盘焉，其说近是。又谓山有盘石可摇动，故名。下山从他道，观之石围数丈，一人摇之辄动，但石体顽圆，又不类盘句。山麓行二十五里，至蓟门。见归雁冉冉趋塞北者，魂为之伤。

　　仲春二十有一日也，宿蓟门。以尺书期王将军。王将军者，马兰帅也。明日将军会于汤泉。泉有石池，深数丈，毫发见底，色白味甘，气蒸蒸向人。投钱而下，作蛱蝶舞。俄而气盛，则喷一缕如念珠上之。见底，则物大两倍。

　　昔武宗东幸时，有王宫人者，随而不见宠。马上占一绝曰："绝塞穷冬冻异常，小池何事暖如汤？可怜一脉溶溶水，不为人间洗冷肠。"好事者刻之于壁。壁上诗非一，遇此粉黛无色矣。将军曰："诘朝[44]有塞外之役，能从我乎？"予大喜过望，夜不能寐。质明[45]，号令已肃，旌旗在道，士马腾踊，鸣笳鼓[46]而发，声震山谷间。予以野服[47]，处将军左右，不知其身之列于戎行[48]也。将士故伏于骑上，候予骑过辄挥其骑往，如风飚雷电[49]，不可测识。过一队复一队，如是，予骑亦不惊。骑且善登山。有石舟山者，乱石如林立，平地突起。奇巧若琢，光可以鉴，皆有名称，而石舟为最。

始入之一洞也，坐久有天日漏彩，首尾内外无非舟者。舍舟，复乘骑至关。关名鲇鱼口，即长城也，将军宴于城楼上。维城好问边事，与材官[50]迅疾登城，辄指山何名，城高几丈，几里为堡，堡有几人守。夜不收[51]所念歌诀：虏从何方来，数多寡，欲犯何地，皆隐语[52]，人不能晓者，一一叩之。予意驰塞外，急促之，始行。初出关行，草石间多水，亦往往过冈岭。岭上赤烧随风蔓延，忽在平地，忽在高峰，疾如过隙[53]。盘山之巅，夜所望火龙掣空者，即此。盖边上无事常闭关，只朔望[54]启小窦[55]，放夜不收更番[56]出入。此则为伐木之役，一岁可两度云。夜不收者，人形而兽命也。每出关，半月始得归。去时夹带面食少许，作行粮，刀一把，箭数。昼则卧草间不敢见形，夜出探虏，或射鸟鼠自给，归则砍柴一束，可备晨炊而已。夜不收往往结识于熟夷。熟夷情甚狡，向背不一，互为我与虏之耳目。夜不收必探问其消息，然虏或犯，无不先告之者。夷以此要厚赏于我。我每年大放军士，伐木二次，以偿其费。必四山尽烧，防有伏者，仍塞军士于各口，帅始出。度口在百里远近，而帅营在三四十里也。虽去虏尚辽阔，然已无一纸之隔。予未见杯酒间，无虏报。

夷杂处草野间。召之，挟其妻女来，远即跪行几步，稍近复跪，如此者三。男子面黎黑[57]，女人鲜好，朱唇皓齿，垂发结缕。未嫁者，发尾圆；已嫁则散。衣服无以异，但袖口独精，有百十余褶，劲而不坏。命之唱，始犹作羞涩状，男子耳语，强而后可。两人挽手踟蹰而歌，与琵琶相合。其声惨栗，一句有数十字。问之译者，则云叙其朔方霜雪寒苦之状而已。歌终，自为慨息者三，想所谓一唱而三叹也。因赐以酒食。各携有刀，割肉于盘，以首块献上，其余藉草食之去。将军命士校射，大索禽兽，生获之，面炮[58]于火，以供客。士无不跳跃自见[59]者。日落鸣金，云将收关，则前军已如蚁度涧谷矣。予亦乘骑归，而将军为殿。入关，招予于马兰。马兰，帅府也。夜大宴，因犒军士。予谓维城："此足称壮游，但未睹塞上雪耳！"就寝之后，天大雪。明日，辞将军归。将军尚留客。予谓："不可不乘兴途间看雪。"因跃骑归。白色无际，晶莹射人目，若行银海[60]

玉京[61]。时作塞上之曲,人踪杳绝[62],问马首西来者谁也?

《石藏文稿》卷三

注释:

[1] 峙:通"恃"。凭借,依赖。宋王安石《大理丞杨君墓志铭》:"然峙其能,奋其气,不治防畛以取道于世,故终于无所就以穷。"

[2] 己亥:明万历二十七年(1599年)。

[3] 玄紫:玄,黑色。玄紫,即黑紫色。

[4] 迥异:大不相同。

[5] 漍(guó)漍:象声词,形容水流的声音。唐韩愈《蓝田县城厅壁记》:"水漍漍循除鸣。"

[6] 剺(chán):凿。宋辛弃疾《洞仙歌》:"剺叠嶂,卷飞泉,洞府凄凉。"

[7] 嶐(lóng):高起。

[8] 髯甲:胡须和鳞片。

[9] 夭矫:木枝屈曲貌。

[10] 谽砑(hān yà):山谷空旷而险峻的样子。

[11] 魂礧(kuǐ lěi):堆积的高低不平的石块。明刘基《题杂画卷子》诗:"枯树缯绫身,怪石魂礧貌。"

[12] 搏噬:搏击吞噬。亦以喻打击陷害或侵略吞并。《列子·黄帝》:"异类杂居,不相搏噬也。"

[13] 倾欹:倾斜,歪斜。清王士禛《池北偶谈·谈故三·宋四圣御押》:"唐末五季诸人押字,莫不怪诡飘扬,倾欹放荡。"

[14] 诘:屈曲;曲折。

[15] 衍:低而平坦的土地。《周礼·地官·大司徒》:"辨其山、林、川、泽、丘、陵、坟、衍、原、隰之名物。"郑玄注:"下平曰衍。"

[16] 穷极:穷尽;极尽。此处指尽头。《列子·汤问》:"故大小相含,无穷极也。"

[17] 峻壁:陡峭如壁的山崖。北魏郦道元《水经注·湿余水》:"南则绝谷,累石为关垣,崇墉峻壁,非轻功可举。"

[18] 岝(zuò):山势高峻的样子。

[19] 巑岏(cuán wán):山又高又尖的样子。南朝宋鲍照《登庐山望

石门》诗："斩绝类虎牙，巑岏象熊耳。"

[20] 呀（xiā）：口张开的样子。《魏书·崔巨伦传》："五月五日时，天气已大热。狗便呀欲死，牛复吐出舌。"

[21] 龂腭（yín è）：同"龈腭"，牙床和腭。泛指口腔。唐卢肇《海潮赋》："呀焉若天地之有龈腭。"

[22] 辐辏：亦作"辐凑"。集中；聚集。汉班固《东都赋》："平夷洞达，万方辐凑。"

[23] 都会：集会，会聚。《隋书·裴政传》："民有犯罪者，阴悉知之，或竟岁不发，至再三犯，乃因都会时，于众中召出，亲案其罪。"

[24] 陟（zhì）：由低处向高处走。与"降"相对。

[25] 岩（yán）：山峰。唐李白《梦游天姥吟留别》诗："千岩万转路不定，迷花倚石忽已暝。"

[26] 缘：衣服边上的镶绲；衣服的边。《礼记·玉藻》："缘广寸半。"

[27] 相（xiāng）：通"镶"。

[28] 缟带：白色的衣带。清钮琇《〈觚賸〉自序》："初垂缟带，便学长吟。"

[29] 磨砻（lóng）：磨治。《太平广记》卷三九八引唐张鷟《朝野佥载》："赵州石桥甚工，磨砻密致，如削焉。"

[30] 蛇足：比喻多余无用的事物。

[31] 输挽：运送物资。清吴伟业《赠松郡副守济陵陈三石》诗："廿载兵戈违故里，千村输挽向长安。"

[32] 睨（nǐ）：日过午偏斜。《玉篇·日部》："睨，日跌也。"

[33] 丛薄：丛生的草木。明何景明《赠王文熙》诗之四："迟迟仲春日，丛薄华且芬。"

[34] 薙（tì）：除草。《旧唐书·李元谅传》："芟林薙草，斩荆榛，俟干，尽焚之，方数十里，皆为美田。"

[35] 茗（míng）：泛指茶。明许次纾《茶疏·产茶》："明月之峡，厥有佳茗。"

[36] 暝（míng）：日暮；夜晚。

[37] 挈：摇曳的样子。

[38] 藁（gǎo）席：草席。

[39] 镗鞳（tāng tà）：亦作镗鎝。钟鼓声。隋江总《横吹曲》："镗

锴《渔阳掺》，怨抑胡笳断。"

[40] 钧天："钧天广乐"的略语。指天上的音乐。南朝梁刘勰《文心雕龙·乐府》："钧天九奏，既其上帝。"

[41] 空蒙：指缥缈、迷茫的境界。明皇甫冲《维摩寺雨坐》诗："展眺入空蒙，游心益昭朗。"

[42] 惨慄（piāo）：肃杀；凋谢。

[43] 黩赤：暗淡的红色。

[44] 诘朝：平明，清晨。

[45] 质明：天刚亮的时候。《仪礼·士冠礼》："摈者请期，宰告曰：'质明行事。'"郑玄注："质，正也。宰告曰：'旦日正明行冠事。'"

[46] 笳鼓：笳声与鼓声。借指军乐。明沈采《千金记·囊沙》："笳鼓震天鸣，旌旗耀日明。"

[47] 野服：与官服、朝服相对的普通的衣服。

[48] 戎行：行伍；军队。《左传·成公二年》："下臣不幸，属当戎行，无所逃隐。"

[49] 风飚雷电：像狂风和雷电一样迅疾。

[50] 材官：武卒或供差遣的低级武职。明高启《送林谟秀才东归谒松江守》诗："欲充材官挽强弩，关塞莫解穷城围。"

[51] 夜不收：古代军队中的哨探。因彻夜在外活动，故名。

[52] 隐语：指不直说本意而借别的词语来暗示的话。

[53] 过隙：喻时间短暂，光阴易逝。唐窦常《谒诸葛武侯庙》诗："人同过隙无留影，石在穷沙尚启行。"

[54] 朔望：朔日和望日。旧历每月初一日和十五日。

[55] 窦：孔穴；洞。

[56] 更番：轮流替换。唐王建《霓裳词》之二："自直梨园得出稀，更番上曲不教归。"

[57] 黎黑：黝黑。《荀子·尧问》："颜色黎黑。"

[58] 面炮：指直接将东西放在火中或带火的灰里煨熟。

[59] 自见：自我表白；显露自己。明方孝孺《复郑好义书》之二："所贵乎君子者，以能兼容并蓄，使才智者有以自见，而愚不肖者有以自全。"

[60] 银海：银色的海洋。云、水、冰雪与日、月光华互相辉映产生的景色。宋陆游《月夕》诗："天如玻璃锺，倒覆湿银海。"

[61] 玉京：泛指仙都。宋陆游《七月一日夜坐舍北水涯戏作》诗："斥仙岂复尘中恋，便拟骑鲸返玉京。"

[62] 杳（yǎo）绝：消失，不见踪影。

译文：

　　京师依赖盘山作为天险，又有长城围绕。万历二十七年（1599年）春季，我和朋友张维诚，从通州出发到三河，又从三河行五十里，到盘山山脚下。仰望盘山山顶，是与众不同的黑紫色，佛塔和树木、山石充溢于眼前。等到进入山中，有一条很长的水流，从山峡间飞流而下，穿越山石之间，声音潺潺不止。崖壁上刻凿着"盘泉"二字，溯泉水而上，至中盘寺，也就是到了下盘了。折向东行一里左右有亭子，左右山峰拱抱，中间有一座山冈，高起突出，这里就是亭子。亭子旁边有松树，树上裂片和枝叶屈曲，形状如同虬龙。山石险峻，大石丛生，形状非常怪异，山上怪石就是从这里开始出现的。石头有一块裂为几段的，又有几片连在一起的，像飞像跑，像蹲像伏，像卧像坐，像只身独立，像背负东西，像搏斗撕咬，像撑天而立，像平身而站，像斜身倚靠，像傲然挺立，像畏畏缩缩。树身如同握起的拳头般弯曲，曲曲折折，都是因为这里的石头而形成的。

　　到了稍微低而平坦，松树的枝杈也稍微得以舒展的地方，就是上盘寺了。这里都有寺庙，中盘和上盘不是有更多的寺吗？这里哪能马上就称为穷尽呢？并且这里的寺院，背靠伟岸的山崖，面对着高耸的山冈，两侧则是峻峭的石壁，四面山势参差高险，似是张开的大嘴，露出牙齿。树色苍翠掩映，真的像是峰峦聚会的一座都会啊。夜间住宿在寺内，早晨起来登上东西两崖，来观览日出时的景色。寺西有一座悬石亭，亭的基座是一块平台。亭北有山峰，百丈之上有一块巨石悬地半空，其气势如同压在亭子的顶上。向东北走去，踩着山岭向上将至半山腰向左望，只见前面有块大石头如同巨人仰面卧在山腰，极其陡峭。巨人脊背与山相合的地方，有光线似断非断，悬空的妙处，尽现在这里。再向上爬，才见到长城。长城，就是边塞上处的山啊。长城与山合为一体，上下起伏，高山呈绿色，长城显白色，就像衣领上有边缘，金玉镶着边框。大处如同虹霓，小处如同白色的衣带，缥缈纠结，看不到尽头。再向上行，又可以看到塔身圆形白地，高耸在云端，塔身高峻整洁，就像刚刚经过打磨一样。

　　山有三盘，这里就是那最上面的地方了。寺竟然另外取了一个名，就像给蛇画上足一样会被人讥笑了。走过寺院，再转向就到了塔。此处西望京城，东指山海关，下面紧临蓟丘，就像是左脚脱落下来的一只鞋子。转向西北，有矮小的山岭，与平谷县相对，中间有一条大河截断。河前就是运输物资的道路。山岭陷于山谷包围之中，周围都是松树。道路之上的松树和山石不很逼迫难行，我们也很轻松，于是和张维诚以地为席坐在上面。清风徐徐吹来，日头过午，草木丛生，景色美丽如同万点金翠闪烁照在衣服之上。思忖如果住宿在这个山顶上，一定有好的景色。于是回身走进塔身，仔细观察这里，见到塔前有一座圆形小殿。殿身不用木材，用砖垒成。前面开两扇门，室内宽度不足一丈，有一个佛座，佛座前可容纳两个人躺卧。塔后有空屋，可以供僮仆居住。于是命（僮仆）割草做褥，用火烤了几块面饼，煮茶一壶，点燃油灯一盏，以备长夜间食用。

已然到了夜晚，远远望见长城外的各座山峰上，烽烟四起，如同火龙在天空中飞舞摇曳，落下来的点点火星，又像是寥落的星辰进入室内。关上门窗静坐在草席上，用脚踹着墙壁。一盏灯孤悬，我们两个人和佛像一起一共三人。过了很久，便有在山谷的感觉，那里的声音轰隆隆响，后来又传来飒飒的松涛声。在松涛之上，又有塔上铃铛声音，互相穿越，那清脆悠扬的节奏，声音缥缈，即使是天上的音乐，也没有它美妙。风停时，月亮出来了。披衣起来看月色照到山上各个地方，缥缈迷茫，无边无际，景色充满肃杀之气，我们只好回去入睡了。而张维诚却尚有余兴，随口写了一首律诗给我看，我极为称赏。早晨的光使景色出现暗红色，太阳半露在层峦之上，维诚称赞这个景色太美了。催促我起来看，等到我起来后，却不能看到那种景色了。等我们下山时，山峰半在云雾之中，长城也看不到了。

盘山，是因为它的山势盘旋而命名的呀。也有人说是因为山有三盘，这个说法也接近事实。又有人说是因为山上有如盘的大石可以摇动，所以取了这个名字。下山时走的是另外一条路，见到一块大数丈的石头，一人推它石头就会摇动，但是石头形状呈圆形，又不像是人们所说的那种盘曲状。沿着山麓走了二十五里，便到了蓟门。看到天空中的归雁缓缓飞向塞北，为之黯然神伤。

春二月二十一日，住宿在蓟门。以一封书信与王将军相约。王将军，就是驻扎在马兰峪的主帅。第二天与将军在汤泉见面。汤泉有石砌水池，深达数丈，池底的头发都可以看得见。水颜色透明，味道甘甜，水汽蒸腾冲向人面。把铜钱投入水里，来回翻转像蝴蝶一样翩翩起舞。一会水汽盛大，池底喷出一缕水汽如同念珠一样升腾而上。看水底的物体，比平时放大两倍。

当年武宗东巡时，有一名妃子，随驾而行却不被宠幸。在马背上咏了一首绝句："绝塞穷冬冻异常，小池何事暖如汤？可怜一脉溶溶水，不为人间洗冷肠。"有好事的人把这首诗刻在墙壁上。墙壁上的诗不仅止这一首，但其他的诗遇到这位妃子所作的诗，都显得黯然无光了。王将军说："明天早晨在塞外有行动，能和我一起去吗？"我大喜过望，以至于一夜未睡。天刚亮的时候，将军号令已下，旌旗布满道路，军中鼓乐齐响，声音震动山谷之间。我穿着普通的衣服陪在将军左右，不知道自己身处行伍之中啊。将士们故意伏身在马背上，等到我通过以后就骤马向前，像狂风和雷电一样迅疾，不能猜测出它的速度。身边飞过一队又一队，就是这样，我骑的马也不受惊。这马还非常善于登山。有一座山名叫石舟，山上乱石如树木耸立，在平地上突兀而起。这些石头，形状奇巧如同被雕琢过一样，光洁可以照人，都有自己的名称，而石舟是其中最突出的。

刚开始进入的时候看起来也就是一个洞罢了，在里面坐时间长了，有太阳光照进来，洞前后没有一处不像是船的样子。从似船的洞里出来，又骑马来到关口。关名叫做鲇鱼口，也就是长城了。王将军在城楼上宴请了我们。张维诚喜欢打听边塞的事情，于是和下级军官很快登上长城，指着问山叫什么名，城高多少，几里有城堡，城堡有多少人守卫。军中哨探念有歌诀：敌人从哪里来，数量多少，想要侵犯哪里，这些都是暗语。旁人是不能知道其中的含义的，维诚一一询问明白。我的想法是要到塞外骑马奔驰，屡次催促维诚，他才肯走。刚出关，走在草丛和石头间，那里有很深的水，有时也在山岭上行走。山岭上烧荒的火随着风势蔓延，倏忽在平地，倏忽在高峰，火势凶猛烧过的时间非常短暂。我们在盘山顶上，夜间所看见的高入天空的火龙，就是这个呀！因为边关上没事的时候通常是闭锁关门的，只有逢每月初一和十五的时候开启小门，放那些哨探轮番出入。这就是砍伐边塞树木的工作，一年之中，要进行两次。那些人称为"夜不收"的哨探，虽有人形，行踪却像山中的野兽一样。每次出关，都要经过半个月才能回来。去的时候夹带着少量的面食做干粮，带刀一把，箭数支。白天潜伏在草木之间不敢露面，夜间出来侦察敌情，有时靠射鸟和鼠来供给自己食物。回到潜伏地时就砍来一小捆柴草，可供烧早饭就够了。那些哨探往往结识那些与自己熟悉的夷人。那些与哨探相熟悉的夷人非常狡猾，有时投向我军，有时投向敌虏，既做我军的耳目，也做敌虏的耳目。哨探一定会向他们打听消息，如果敌虏来侵犯时，那些熟夷就没有不预先告诉哨探的。那些熟夷也因此来向我方要求厚赏。我方每年要大规模安排军士砍伐塞外的树木，用来补偿熟夷所要求的费用。一定要等到四面山峰全部烧尽，以防备有埋伏在那里的敌兵，并且派出兵士把守各个关口，将帅才开始出塞。估摸着前锋离关口百里左右，而帅营在离关口三四十里的地方。虽然这时离敌军还很远，但似乎已经连一纸的间隔都没有了。我和大帅在一起喝酒的时候，随时都会听到关于敌情的通报。

那些熟夷，混杂居住在杂草山野之间。如果召唤他们，就会带着妻子儿女过来。稍远处就跪行数步，稍近处又跪，这样反复三次。那些男人面目黝黑，女人则是面目姣好，唇红齿白，头发下垂编成绺。没有出嫁的，头发编成圆形；已经出嫁的，头发则披散着。衣服与我们汉人的没有什么差别，但是袖口却做得很精美，做成上百褶，结实而不易坏。让她们唱歌，一开始还做出非常羞涩的样子，等到她的男人在她耳边劝说，又一再勉强才肯唱。唱的时候，男女手挽着手盘旋起舞，与琵琶声相和。歌声凄惨令人不寒而栗，有句歌中有数十个字。问身边的翻译人员，告诉我说，歌中叙述的是他们在北方受霜雪所侵的寒冷凄苦的情形。唱罢，他们又自己慨然长叹三次，想来就是人们所说的一唱三叹吧。大帅于是赐给他们酒和肉食。他们每人都带有刀具，在盘子里割肉，把第一块献给大帅，剩下的在草地上切开吃了，然后就离去。将军命士兵比赛射猎，搜捕禽兽，生擒活捉到的，就直接放到火里烤熟，用来招待客人。那些兵士没有不踊跃向前来显示自己的技能的。到了日落西山时鸣金，说是将要收兵入关了。这时，前军已经像蚂蚁一样进入山谷了。我们也骑马归来，大帅自己殿后。入关以后，大帅在马兰这里招待我们。马兰，是帅府啊。这一夜大排宴席，并犒赏军士。我对张维诚说："这次出游足可以称得上是壮游了，但可惜未能看到塞上的雪景啊！"就寝之后，天降大雪。天亮后，想要和将军告辞归去，将军还在留我。我对将军说："不能不乘兴在路途上看雪！"于是就跃马归去。一路上白色的雪景无边无际，晶莹耀人眼目，就像是行走在银色的海洋和仙境之中。偶尔有人唱塞上之曲，却不见人迹，只听有人问询："乘马西行的人是谁啊？"

宋懋澄

宋懋澄（1569—1619年），字幼清，号雅源，一作稚源或自源，明朝松江华亭人。

《汤泉纪事》一文，在叙事之中，层层记叙明王朝朝政和人事的沧桑变化，从而也抒发出了作者对世事、人生的深沉感慨，从中不难看出宋懋澄本人的忧国忧民之心和他的强烈用世之心。

宋懋澄的先祖，是宋朝皇帝赵氏宗室，宋高宗建炎年间南渡杭州。明隆庆三年（1569年），宋懋澄诞生于这样的一个豪家巨族之中。青少年时期的宋懋澄，就颇负文名，但是他天生不愿苦研儒家经典，而极其喜欢研究兵法。他所撰写的《汤泉纪事》一文中，屡屡谈到兵机。从中我们可以看得出来，他确实是一位深知兵法的人。但是由于当时的朝廷政治局势动荡，宋懋澄无有建功立业的机会。三十岁以后，才转而弃习武之心，开始钻修儒家经典。自明神宗万历十四年（1586年），宋懋澄乡试中举，后又北上京师成为太学生。他曾经三次参加进士考试，却都未能中第。于是怀着失望的心情，回到故乡居住。

作为明朝万历年间的文学家、藏书家，宋懋澄工诗文，其诗文高洁而富有奇趣，提倡诗文出于自然，因此其文洒脱流畅，自然清新，其诗古朴拙实，直质清爽。宋懋澄也以藏书而远近知名，所藏之书多秘本、抄本及名家校本。民间关于杜十娘戏文，即出自其所做的《稗篇》之中。宋懋澄将稗官家言与经史掌故并列，辟设"稗编"，使小说评话公然登上了大雅之堂，其中有《负情侬传》一篇，即冯梦龙《杜十娘怒沉百宝箱》的原本，其余《珍珠衫》《刘东山》等篇，也在被改写成白话文体后，收入《三言两拍》中。几百年来，人们为美丽、聪明、刚烈的杜十娘所感动时，往往大加赞赏冯梦龙，而此故事的最初创作者宋懋澄，却鲜为人知。

宋懋澄的书室名"九龠楼"，作品集称为《九龠集》。据著者自己说："鲍参军《开天行》云：'五图发金记，九龠丹经。'余好养生家言，故以名篇。一名《天龠》者，以斗宿下有天龠八星，而余生斗分也。"清康熙年间，因满族统治者认为，《九龠集》一书"自《东征纪略》以下，语皆低斥"，所以被列为禁书。今人王利器所藏的《九龠集》旧抄本中，尚有一些被清王朝看来非常敏感的"违碍用语",比如"抗彼五胡""以控胡天""交通夷狄"等等。在《游汤泉记》一文中,也有"虏寇""以夷御夷"等语。为此,到清康熙年间,此石刻因为触犯了清朝统治者的忌讳,被从汤泉嵌碑的墙壁上拆卸下来,此后不知去向。

  文中的卢龙刘中丞,即时任顺天巡抚的刘四科。明朝设巡抚顺天等府地方兼整饬蓟州等处兵备一员,管理顺天、永平二府。卢龙在当时归永平府管辖。卢龙刘中丞,也即是指明朝顺天巡抚。刘四科是陕西泾阳人,隆庆辛未进士,万历二十九年(1601年)任顺天巡抚。他在前任巡抚为政尚宽的基础上,以严治政。当时有一名部属,倚仗自己是刘四科的旧部,横行不法,被勒令辞职。在灾荒之年,捐俸购买粮食以赈济灾民。又对进行派出的宦官加以抑制,使民间获利较多。为此,被遵化县民祭祀其于名宦祠。

  宋懋澄本文中提到的王衡,前文已有介绍,《明史》中记载,王衡之父为太江苏太仓人,而遵化市文物管理所藏有王锡爵给户部尚书张守直所撰写的墓志铭,其署名为"太原王锡爵",则王衡也可称为是山西太原人,或者太原是王氏祖籍。可见宋文称王衡为"太原王伯子",也是有根据的。

汤泉纪事

  癸卯[1],复客燕中[2]。闻友人为辽海[3]游,甚壮。惜无地主,不可浪游[4]。会友人袁微之为卢龙刘中丞[5]裨将,座间人复津津侈汤泉不置。居久之,作书与微之约,遂鼓勇为遵化行,时六月十七也。

  行已晡[6]矣,抵通州东郭[7]宿焉。州为燕京左辅,漕河中错立帆樯[8]无算。自居长安,久不见此汹汹[9],因驱马浴其中。马当深流,顾余喷沫长鸣,若有所诉,于是仆夫代为之言。始知马初来太仆[10]时,夜食五斗料。日行人双控之,犹踱踱[11]不已。迨隶大营,选锋以官钱不办,而长安市都无庸追风、绝尘[12]为也,乃偕其妻,俱饲糟糠,马始骨与皮邻。然其耸爽[13],不能自匿。每轩轩来,营中人皆指之曰:"此罗家青[14]也!"识此马者,几三千人云。余歔嘘谓仆夫曰:"畴[15]者余骑而出都门,都人相顾咤惜，得非此马耶？微特汝以马重，即余亦因马得顾矣！"乃与马相让而入主人之门。余谓仆夫："姑饱以刍秣[16]，明日当代汝赏。"仆夫唯命。

黎晨渡河，走三河道。马之腾骧[17]异于昨之款段[18]殆十倍矣。日昳，抵邦均。仆夫不能徒行，觅蹇[19]弗获，遂宿。去蓟州六十里。秣之如昨，早复乘之，则不俟鞭影，安坐如在胡床[20]，唯欲酣睡。而同行者已指所渡桥曰："此五里桥也，将入遵化门矣！"

顷之，入微之之邸，握手道故，而友人许宾如在焉。斯时也，不问马矣。而马故隶大营，亦不能久淹，将还与其妻同糟糠。余愧不能解绨袍[21]以相赎，辄唤奈何而已。

休息凡七日，微之具饮食供帐甚设，余不安。谓微之："足下甫如田安[22]耳，而故人坐靡俸钱，异时位冠军[23]，坐莲花幕[24]，三军之胶，岂足供宋生一醉哉？此公孙[25]之所以宁逢恶宾也。"微之大笑。而宾如欲寻汤泉之盟，惜微之朝夕侍中丞，不能同行。为余索马于偏将，以两健儿从，且戒汤泉僧为设食供卧具。

余与宾如将五骑，出西郭，渡五里桥，达十里铺，始与石门路相歧。遥望山上边城，似紫襕[26]横玉，而山势自石门东奔，如伏狮狂象，若有会而然。瞻边城以北，山峰益耸，一起一伏，不异波涛。询诸父老，则大宁[27]诸卫也，朵颜酋长驻牧于中。自三卫而外，为东房部落凡百种，至蕃息者，亦不满二千，小仅数百。其入寇必俟纠连，动经岁月。故我军得以谨斥堠，崖烽火。虏寇得不偿失，款[28]则坐而享其利，是以乐款而重虏。其酋长唯长昂[29]为大，然绝款六年，部落冬无完襦[30]，率终就款。长昂，东房之最雄者也，赏格悬伯爵[31]募其首，终不获。昂亦自负。年六十余，壮心逾劲，居常勃勃入寇为事。一日，出帐房，遥见二鹿，弯弓迭射之，应弦而殪，乃其二子，于是雄心渐衰。居常火食，布种烹鲜，稍似中华，劲亦不能与西房齿。曾筑室大宁城，苦心眩竟不敢入，与西房居帐房无异。有自中国投虏者曰"板升"[32]，其入寇往往谋及妇人[33]。自西而东，无思不服也。昔文皇藉三卫之力，以绥内难，故不惜捐膏腴处之，议者抱羌胡居内之虞。顾二百年来，虽饥则附人，饱则扬去[34]，然不侵不叛，终不越我羁縻[35]。当其时设宜成算，文皇必有长策，岂书生所能测识哉？且以夷御夷，未必非中国之利也。

叹羡相半，不觉身渡数河。忽闻芰荷香气袭人，则已至汤泉矣。健儿付马于寺僧，随导至汤泉。亭下池广三丈有奇，深等之。池中石色如青琉璃，水清照见丝发。浮沤数从泉孔中直上水面，日色映之，如五色线贯大秦[36]珠，宛转水晶盘中。宾如拟之曰："似夜半星飞青汉。"好事者投钱其中，下时又若金蛇宛转于草间，钱虽至底，其字犹可指点。余循走于水墙之上，觉硫黄气上蒸。健儿忽变色，牵余请下。余异而问之，则对曰："未一月前，刘中丞材官名龙得池者，戏浴水墙上，失足堕池中，须臾钩出，则已糜烂矣。"余曰："彼为龙而得池，又何憾乎？且命名之日，造化已默识之，固可逃耶？"会宾如亦大叫，以为不可，遂跣足而下。

相与读壁间碑，至武宗宫人王氏诗，有"不为人间洗冷肠"之句，为之大诧。夫以宫嫔而受人冷暖，非我辈之不堪也。岂其触境兴感，故慷慨肝肠，吐男子未发之蕴耶？抑人患心肠不冷耳，冷则如滇蜀之山，雪封其上，孰敢干[37]之？所可恨者，非冷非热之肠。冷不凛毛骨，热不刺肺肝，既不能拒人干求，又不能拯人缓急，徒以一己之喜怒，一时之得失，为冷暖焉。使天下后世，谓之热不可，谓之冷不可。此等心肠为可恨耳！且古今为热肠者，又何可多得耶？尧、舜尚矣；汤、武一热肠，而天下皆温燠[38]矣！伊尹一热肠，而人主跻日新矣。嗣自而下，吾不知其为热肠者几何人。而此水汤汤，不舍昼夜[39]，岂非人道之不如天德哉？抑我闻之，捐有余补不足，天之道也。假令热肠之人，亦何待见汤泉而始热哉？彼冷肠之人，庶浇之汤泉，沸之鼎镬，容有瘳[40]乎？然则汤泉之生，虽谓之偏向人间洗冷肠可也。

转读一记，乃太原王伯子[41]感慨戚将军，亦大有会。何王氏一雌一雄，诗文皆可观耶！以世论之，女当为姑，男当为孙。客曰："其才亦然！"则吾不知之矣。

余尝与戚大将军诸偏裨交，谈蓟镇事甚悉。大都邀江陵[42]之宠灵，自中丞以下，黜陟生杀，捷如雷电，故能必行其志。及江陵不禄，少保南行，向人唯做痰疾状，一语辄一嗽，不异老妪。岂非伸于知己，而诎于不知己乎！其筑蓟州遵化三团城也，以箭核[43]砖隙，箭入则罪苾事者。当堕城时，城内发小棺，长仅数寸，不下万口。其人须眉支体俱具，衣冠鲜丽如世人。少保具祭，群葬之城南，亦一异也。

余登遵化城，观其樵橹雉堞[44]，几甲天下。及遥望边墙与汤泉，池亭堂奥，规制悉迥出寻常，其才诚有过人者。使当高皇帝时，封侯岂足道哉？[45]惜其生不逢时，不获与李宁远[46]同带砺之盟，岂李陇西之无封，果数奇耶[47]？亦岂出奇运智，不如宁远耶？吾不得而知矣。时健儿以酒侍旁，指莲池下禾黍离离[48]者，而谓余曰："此昔年大阅处也。"往者间三年，大将军同虎符使者，蒐[49]军实于此。自紫荆以东，山海以西，七萃咸属。控弦之士盖十有三万人，旌旗铠甲，车马辎重，照耀山川。少保登望军台，视军容不整者，即褫帅衣，贯士耳[50]，无少贷。自少保之南，而按使者大阅，各因其地，不复集汤泉矣。叩其不集之故，则以军集内地，恐虏有乘虚之虞。

噫，不曰彼有单弱之乘，而我有精锐之集乎？况以十万之众，而御乌合之虏，适成吾擒，又何患乎？且平居则士相服习，有事则彼此策应。非公不足以服众，非众无以示公。集师大阅，又安可废乎？嗟呼，世无戚少保耳！有之，则先声足以夺人之气，虏亦孰敢乘虚哉？

宾如不耐曰："此行为浴，今置浴而与兵大言，岂游行[51]意乎！设有热肠男子，提十万之师，横行沙漠，为少保吐气，亦何预足下事乎？"余曰："吾过矣，吾姑浴乎？"使健儿谋浴于馆人，拒曰："马兰路参戎[52]方税驾于此。"屏息听之，则琵琶压梵声，旌旗遮佛面，叱咤风生，渺小狂夫，不为所反接幸矣。俄而参戎就浴。僧曰："毋哗，浴矣。"俄曰："将食矣！"又俄而相谓曰："憩矣。"已而钟磬交鸣。山僧曰："幸就行矣，慎毋哗。"余曰："可以哗矣，而不哗者，何也？"山僧之慧者曰："武与文异，人之畏文也众，故缙绅之于释老，威少杀焉；

若武，则人慢之矣。彼视可以行威者，无如僧。吾故俟其威之未张而先致敬焉，非故诎也。"嗟呼，僧言确矣。以彼文武如是之异，而国家欲藉武士为干城，其可得乎？夫无事贱之如牛马，有事望其捐生。一何待之薄而责之厚乎？

宾如曰："参戎去矣，可以浴矣，子姑就浴矣。"相与就浴。中有二窦。南一窦发之来热；而北窦送冷，热冷得中。宾如笑曰："发而皆中节，谓之和矣。"浴竟，振衣[53]而出，晚复濯足汤泉之南亭。亭下流泉如带，因暖酒其中，酬饮甚畅。欲就寝于僧舍，苦臭虫剥肤。移卧官廨，馆人坚拒，遂宿近泉亭。草生屋上，栋梁将崩矣。四鼓大雨，雷电交作。宾如呼余曰："我辈自信不为龙王所诛，第[54]恐馆中宿魔，今夕当受天谴，而两生适丁其时，将与魔俱毙。"余曰："七尺一任雷公，但椽穴如斗，倾注向人，不免愧于屋漏耳。"久之渐止，余始就寝。

明晨随喜，佛殿建自唐贞观二年（628年），跌坐释迦像最古。武宗赐额"福泉禅寺"。两壁画佛为诸天设法及三世佛[55]，环坐十八罗汉[56]，金碧璀灿。则此寺当山前未割之先，已为水陆道场，汤泉称功德水久矣。不若诸台榭，至少保始赫然一新也。

嗟呼，一新一故，桑沧宁有尽耶？且余始感慨于马，既感慨于泉，既感慨于戚大将军，终复致慨于佛。即感慨亦几桑沧，而况人事哉！

余欲北登边城，望虏动静，而宾如已不胜惫，会天色黑惨，遂策马归遵化。欲雨不雨，山头处处出云，此景更不易得，宛如李卫公[57]乘青骢行雨也。此生不能如公勋垂竹帛，亦不复渡石门矣。因援笔记其始末。

赠中大夫、大理寺少卿宋懋澄撰

注释：

[1] 癸卯（mǎo）：明神宗万历三十一年（1603年）。

[2] 燕中：此处指燕都，即今北京。

[3] 辽海：泛指辽河以东的沿海地区。

[4] 浪游：漫游四方、游荡。

[5] 中丞：中丞，明清时期对巡抚的称呼。

[6] 晡（bū）：下午三点至五点；傍晚。

[7] 东郭：东城。

[8] 帆樯（qiáng）：船帆和桅杆。此处代指船只。

[9] 汹汹：水势浩大的样子。

[10] 太仆：官名。周朝时有太仆，掌管周王的衣服等事，为周王出入时驾车，作为前导。秦汉时沿袭，管为皇帝赶车、养牲畜等事。南朝不常置，北齐时始称太仆寺卿、少卿。历代沿置，清废。

[11] 蹀躞（dié xiè）：马行走的样子。元萨都剌《题画马图诗》："四蹄蹀躞若流星，两耳尖修如削竹。"即指马快步行走。

[12] 追风、绝尘：追风，名马。秦始皇有七匹名马：追风、白兔、蹑景、奔电、飞翮、铜爵、神凫，后泛指名马。绝尘，名马。汉文帝有九匹名马：浮云、赤电、绝群、逸骠、紫燕、绿螭、龙子、麟驹、绝尘。绝尘，也指马跑得快，跑起来脚不沾尘土。用来形容奔驰神速。《庄子》："夫子奔逸绝尘，而回瞠乎其后矣。"

[13] 耸爽：骨格高扬，神气清爽。

[14] 罗家青：一种名马。

[15] 畴（chóu）：过去。

[16] 刍秣（chú mǒ）：牛马的饲料。《周礼》："以九式均节财用，……七曰刍秣之式。"郑玄注："刍秣，养牛马禾谷也。"

[17] 腾骧（xiāng）：飞驰、奔腾。张衡《西京赋》："负笱业而余怒，乃奋翅而腾骧"。薛综注："腾骧，驰也。"

[18] 款段：马行走迟缓的样子。《后汉书·马援传》："士生一世，但取衣食裁足，乘下泽车，御款段马……斯可矣。"李贤注："款，犹缓也。"言形段迟缓也。

[19] 蹇（jiǎn）：劣马。袁宏道《与冯琢庵书》："贱体稍愈，便当乘蹇叩门，与师共穷生死之奥，不朽之旨。"

[20] 胡床：一种可以折叠的轻便坐具。《曹瞒传》："公将过河，前队适渡，超等奄至，公犹从胡床不起。"

[21] 绨（tì）袍：厚缯制成的袍。《后汉书》："故孝文皇帝绨袍革舄，木器无文。"

[22] 田安：不详何人。

[23] 冠军：位置列在诸军之首。《史记·黥布列传》："项梁涉淮而西，击景驹，秦嘉等，布常冠军。"

[24] 莲花幕：又称莲幕。即幕府。

[25] 公孙：不详何人。

[26] 紫襕（lán）：又称紫罗襕，一种用紫色罗缎缝制的官服。高明《琵琶记·伺询衷情》："你穿的是紫罗襕，系的是白玉带。"

[27] 大宁：即大宁都司。明太祖时设，管辖包括朵颜、福余、泰宁三卫在内的北方广大地区。

[28] 三卫：即朵颜、福余、泰宁三卫指挥使司，明太祖洪武二十二年设，其地在兀良哈，又名乌梁海，统辖黑龙江以南、渔阳塞北的广大地方。

[28] 款：议和。

[29] 长昂：明中期蒙古朵颜部首长。万历初年，因向明朝邀赏不遂，纠集部众入边劫掠，以后对明廷明叛时服，万历末年卒。

[30] 襦（rú）：短衣、短袄。襦有单层的双层之分，单襦与衫相近，双层与袄相近。史叔考《六犯清音·宫怨》："卷人，帘凭，金飚斜度，便觉绣襦轻。"

[31] 伯爵：封建社会中公侯伯子男五等，伯为第三等。

[32] 板升：蒙语，房屋、城、堡的意思。它是明朝时蒙古地区以汉族为主要居民的区域。本文指明朝时候到投身蒙古地区生活的汉族人。

[33] 谋及妇人：向妇人商议。

[34] 饥则附人，饱则扬去：语出明罗贯中《三国演义》："曹公笑曰：'不知卿言；吾待温侯，如养鹰耳。狐兔未息，不敢先饱。饥则为用，饱则扬去。'"这里是一种比喻，指长昂等的要求得不到满足时，就来依附明王朝，得到满足后又会离去。

[35] 羁縻（jī mí）：笼络，怀柔。司马相如《难蜀父老》："盖闻天子之牧夷狄也，其义羁縻勿绝而已。"

[36] 大秦：古国名。又名犁靬、海西。大秦是中国古代史书对罗马帝国的称呼。

[37] 干：干请，请求。

[38] 燠（ào）：热。

[39] 不舍昼夜：不分昼夜。《论语·子罕》："子在川上曰：'逝者如

斯夫，不舍昼夜。'"

[40] 瘳（chōu）：病痛减轻；减陨，消除。《庄子·人间世》："愿以所闻思其则，庶几其国有瘳乎？"

[41] 太原王伯子：《明史》记载，王衡是江苏太仓人，但《明故户部尚书笔峰张公墓志铭》中，却明确地记载着"赐进士及第光禄大夫太子太保礼部尚书兼武英殿大学士知制诰经筵事国史玉牒总裁太原王锡爵撰"。则太原可能是王氏祖籍。

[42] 江陵：明神宗时的大学士张居正，字叔大，祖籍湖广江陵，故称。他执政期间，致力于改革，实行"一条鞭法"，并且加强长城沿线的防御力量，任用戚继光等人治边，使得北方得以安宁。万历十年（1582年）六月卒。生前位至太师兼太子太师、吏部尚书、中极殿大学士。卒后被明神宗抄家。

[43] 核：查验、核实。汉张衡《西京赋》："化俗之本，有以有以推移。何以核诸。"薛综注："核，验也。"

[44] 樵橹雉堞（zhì dié）：樵，同"谯"，望楼。橹，没有顶盖的望楼。雉堞，城上的短墙，泛指城墙。

[45] 使当高皇帝时，封侯岂足道哉：此语出于司马迁《史记·李将军列传》："文帝曰：'惜乎子不遇时！如令子当高帝时，万户侯岂足道哉？'"在这里，作者宋懋澄是借汉代名将李广的不幸遭遇为戚继光鸣不平。

[46] 李宁远：明末辽东总兵李成梁，字汝契，明朝铁岭人。袭铁岭卫指挥佥事。因军功封参将、署都督同知、加太子太保、太保、指挥使，隆庆五年（1571年）封宁远伯，加太傅。万历末年卒，年90岁。因其曾受封宁远伯，故称。

[47] 李陇西无封，果数奇耶：李陇西，西汉名将李广。《史记·李将军列传》："李将军广者，陇西成纪人也。"他在汉文帝和汉武帝时，一生立下战功无数，却最终未能得封侯，最终竟然落得自杀而身亡，所以被称为"数奇"，即命运不佳。

[48] 禾黍（shǔ）离离：禾与黍，泛指各种粮食作物。指各种粮食作物生长茂盛。

[49] 搜：检阅，阅兵。《左传·宣公十四年》："告于诸侯，搜焉而还。"

[50] 贯士耳：古代刑罚之一，以箭穿耳。《左传·僖公二十七年》：

"子玉复治兵于蒍,终日而毕,鞭七人,贯三人耳。"

[51] 游行:出游,游逛,即出外旅游。

[52] 参戎:对参将的尊称。

[53] 振衣:抖去衣上的尘土,整衣。《楚辞·渔父》:"新沐者必弹冠,新浴者必振衣。"

[54] 第:仅仅,但。

[55] 三世佛:佛家称过去、现在、未来三世,各有千佛出世。过去佛为迦叶诸佛,现在佛为释迦牟尼佛,未来佛为弥勒诸佛。

[56] 十八罗汉:指释迦牟尼佛的十八名具足弟子。

[57] 李卫公:唐李靖,字药师,为唐朝开国功臣,封为卫国公,故称。贞观二十三年(649年)卒,年七十九岁,赠司徒、并州都督,陪葬唐太宗昭陵。

译文:

　　万历三十一年(1603年),我再一次来到燕京做客。听说我的友人们曾到辽东等沿海的地方去游览,他们说那里的景色很壮阔。可惜在那个地方没有朋友来接待我们,所以不敢贸然到那里去旅游。恰巧此时我的朋友袁微之,在卢龙刘巡抚的麾下做副将,而众人坐在一起谈论时,大家又津津有味地谈论着汤泉的景色赞不离口。待过了好长的一段时间以后,我就写了一封信与袁微之相约,鼓起勇气要去做一次遵化之行,当时是在万历三十一年(1603年)六月十七日。

　　动身的时候已经是当天傍晚,到了通州的东城,我们就在那里住下。通州是京师燕京的东侧近郊,在这里有用于运粮的运河,河中纵横交错地行驶着无数往来的船只。自从我在京城居住以后,有很长一段时间都没有看到过这样波涛汹涌的大河了,于是,我就把马匹赶到河中去洗澡。那匹马走到深水之中,回头看着我,嘴里喷着水沫向我长嘶,就像有什么话要向我说似的。这时,赶马的脚夫代替马匹向我解释了它的话。从脚夫的话中,我知道这匹马刚来到太仆寺的时候,一夜要吃上五斗马料。白天出行时,骑手用两根缰绳控制着,它仍然快步地向前行走。后来,这匹马被拨到大营中饲养,营官因官府所拨的钱粮不能按时供给,而且在京师中的马匹也用不着像追风、绝尘等骏马那样飞奔,于是营官就和他的妻子一起用糟糠来喂养这匹马。这匹马就瘦得只剩下皮包着骨头了。

尽管如此，它那种骨格高扬、气质清爽的神韵，仍然是掩盖不住的。每当它气宇轩昂地走过来的时候，军营中的人们就都会指着它说："这是像罗家青一样的骏马啊！"当时在军营中，知道它是一匹骏马的人，将近有三千人。我叹着气对脚夫说："我曾经骑着马走出京师的城门，京城中的人们都相互看着非常惊异并且纷纷叹息，难道就是这匹马吗？不仅脚夫你因为这匹马而被人们所看重，就是我也因为这匹马而被大家频频注目了！"于是，我恭恭敬敬地让这匹马先进入主人家的门。我对脚夫说："你先用好的粮草来喂马，明天我来替你来归还草料钱。"脚夫小心翼翼地按照我的指示去办了。

第二天早晨，我骑马渡过运河，走在三河县的路上。这匹马的奔走速度超过昨天行走时的那种迟缓速度将近十倍了。太阳偏西时候，抵达蓟州邦均地方。因为脚夫步行难以跟上马行的步伐，我想要找到一匹走得慢些的马来代步，可是却没有找到，于是就住宿在这里。邦均这个地方，距蓟州州城六十里。我们又像昨天那样喂了马。早晨再乘坐这匹马时，不用再扬起鞭子，就像是坐在胡床上一样平稳，只想睡觉了。而与我一起同行的人已经指着前面的渡桥说："这里就是五里桥啊，我们将要进入遵化城了！"

不一会，到了袁微之的府邸。我和袁微之手拉着手，叙述着旧日的友情。而此时，我的友人许宾如也恰巧在这里。这时我也就不顾得再管那匹马了。而那匹马因为归属于军营，也就不能长时间地在这里停留，将要复归大营去吃脚夫与他的妻子所喂的糟糠了。我恨自己不能解下丝袍来赎下这匹马，只有连声喊着无可奈何而已。

在这里前后一共休息了七天。袁微之每天都为我们准备了丰盛的食物和精美的寝具。我为此感到深深地不安。对袁微之说："你对客人就像田安那样慷慨！我作为朋友，每天只是白白地耗费着你的俸银禄米。像这样做的话，即使到你位列各军之上，成为高级幕僚，掌管着三军的粮秣时，又哪里能够供得上我宋生的一醉呢？这就是公孙先生宁愿遇到关系不好的宾客的原因了吧！"听到我的这番话之后，袁微之大笑起来。而这时许宾如也想要履行去汤泉的诺言，可惜袁微之还要早晚侍奉着巡抚刘大人，不能与我们一起到汤泉去。于是袁微之为我们在军营偏将那里要来了几匹马，又派了两名健壮的兵丁相随我们，并且还委托汤泉寺院里的僧人，为我们准备餐饭和安排住处。

我和许宾如一起，一行五人五骑，从遵化县城西门出来，渡过五里桥，到达十里铺，才与去石门的路分道而行。放眼远望山上的长城，像是在紫色衣服上横系着的玉带。而整个山势，从石门向东奔腾而来，如同雄卧的狮子和狂奔的大象，好像是要在这里聚集一样。眺望长城以北，山势更加高耸，群山一起一伏，与汹涌的波涛没有什么两样。向当地的父老乡亲们问询，他们告诉我说那里就是大宁等地方，朵颜各部的酋长们驻扎和游牧在那里。除朵颜、福余、泰宁三卫外，还有东房的小部落一共有百余个。其中人口最多的，大的也不够两千人，小的仅数百人。他们入寇边境的时候，一定要等待纠集齐兵力以后。有时候准备的时间竟然长达几个月。所以我大明的军队有足够的时间来做准备，只要是远远派出谍报人员，小心地准备报警的烽火。朵颜各部若是入寇则得不偿失，而与我明朝讲和却能够坐享其中利益，因此，蒙古各部都乐于与我朝讲和。在这些酋长中，只有长昂的势力最大，可是他们在与我大明断绝交往六年以后，部落的人们到了冬天，却连一套完整的衣服都穿不上，最终只得与我朝讲和。长昂是东部蒙古中最为桀骜不驯的一个酋长，朝廷曾以伯爵为赏格，来奖赏能够得到他脑袋的人，却始终没能得到。长昂也因此而自鸣得意。直到六十多岁时，他的野心依然很大，常常野心勃勃地以入寇我大明边境为乐趣。一天，他走出自己的帐房，远远地望见有两只鹿在那里，于是弯弓连发两箭，两只鹿随即被射死，但是被射死的原来是他的两个儿子，从此以后，长昂的雄心也渐渐地泯灭了。长昂部落，居住时也常常吃熟食，他们吃穿的方式与我汉族民族有些相似，其勇猛善战也不能与西部蒙古各部相比。长昂曾经在大宁城中盖起房子，但是苦于住到其中会心惊肉跳，竟然不敢入住，因此他们也与西部蒙古一样都住着帐房。那些投到蒙古中的汉人称为"板升"，在入侵我朝时，蒙古酋长时常与他们中间的妇女商议。从西往东，没有人敢不服从她们。

　　过去，成祖文皇帝借助朵颜、福余、泰宁三卫兵力的支持，打败了建文皇帝，所以不惜抛弃三卫地方肥沃土地来安置三卫蒙古。讨论此事的人都担心羌人、胡人进入汉族内地、扰乱中华的局面。回顾我大明建国二百余年以来，这些东部蒙古各部落，虽然他们处境困难时就来归附，得到利益以后就远远地逃去，但是他们终究不侵略我朝，不背叛我朝，不能脱离我大明朝廷的控制。在决策捐弃三卫土地的时候，成祖文皇帝一定有他自己的想法，其中的奥妙之处，难道是我们这些书生们能够揣测的吗？况且以夷虏来治理夷虏，也未必不能使中国从中得到好处。

在慨叹与羡慕之中，我们不知不觉地渡过了好几道河流。此刻忽然有荷花香气扑面，原来是已经到了汤泉了。随行的军卒把马匹交给寺院中的僧人，随后又把我们引到汤泉总池。流杯亭的北面有一座水池，长宽各有三丈多，深度与此相等。池中垒砌的石头颜色如同黑色的琉璃，水面清净得能够照见人的头发丝。泡沫从泉眼直冲上水面，被日光一照，就像是被五种颜色的彩线穿着的大秦珠，来回旋转于水晶盘中一样。对此，许宾如打了一个比方说："就好像是半夜时分的星斗，飞在天上一样！"有喜欢游戏的人把铜钱投在水中，铜钱下沉的时候，就又好像是金蛇蜿蜒曲折地爬行在草丛之间，钱虽然沉降到水底，钱上的字迹却仍能够看得清清楚楚。我顺着石墙走在水池的边上，忽然感觉到硫黄的气息升起。跟随的兵卒们忽然吓得脸都变了颜色，硬拉着我让我从墙上下来。我感到很诧异，就问他们为什么这样，兵卒们对我说："距今不到一个月的时候，刘巡抚有一名材官名叫龙得池的，在水池边的矮墙上玩耍，失足落入水池之中，虽然一小会就把他打捞了上来，但是他浑身的皮肉都已经烫得溃烂了！"我说："他是一条龙，而且又落在水池中，这还有什么值得遗憾的呢？并且在他取名的时候，上苍已经默默地把他记下来了，难道他能够逃得过这一劫吗？"恰在此时，许宾如也吓得大叫起来，认为我这样做太危险了。于是，我就光着脚从墙上跳下来了。

我们一起阅读那些镶嵌在墙壁上碑文，当读到明武宗宫人王氏的诗时，看到其中有"不为人间洗冷肠"的诗句，我感到非常地惊异。王氏以宫嫔的身份受到别人冷暖不同的待遇，不会是像我们的遭遇这样令人难以忍受啊。难道她是因为触景生情，激发出她慷慨激昂的心境，从而写出男人没能写出的意蕴？但这只是怕人们心肠不够冷罢了！如果人的心肠冷到像是云南和四川等地的高山，上面有大雪覆盖，谁还敢向他们有所请求呢？最可恨的，是那种不冷不热的心肠。冷又不能使人毛骨耸然，热又不能使人心肠感动，既不能拒绝人的请求，又不能救人于危难。不过是凭借着自己一时的喜怒之情，一时利益得失，来决定心肠的冷暖。使得天下后代的人们，说他是热心肠不行，说他是冷酷心肠也不行。这样的心肠，是最可恨的了！况且从古到今，真正称得上热心肠的人，又哪里能多得呢？尧、舜可以称得上是热心肠的人里面最杰出的了；商汤王和周武王，他们的心肠一热，就使得天下的百姓都得到温暖；伊尹的心肠一热,就使得君王治理的天下每天都有新气象。自汤、武、伊尹而后,我还没有听说过有几个人够得上热心肠!可是这个汤泉的水却仍在源源不断、不分昼夜地流着,这难道是在说人间世道不如上天的道理吗?可是我听说过这样的道理:"损有余以补不足,这是上天的规律啊!"假如真有热心肠的人,又何必等到看见这汤泉才开始心肠热起来?那些心肠冷酷的人,就是用汤泉水浇他,放在鼎镬中来煮他,他的心肠冷酷的毛病,难道能够治好吗?虽然是这样,这汤泉的存在,即使是说它偏要来洗涤人间冷肠也是可以的。

  转过来又读了一篇游记,是太原王衡王伯子为感慨戚继光将军而作的,读起也意味深长,并且很有趣味。为什么老王家的一女一男,她们的诗篇和文章都那样有看头呢?如果按照辈分来排的话,那王氏女的,当属姑奶奶辈;王氏男的,则应当属于孙子辈。一起来的宾客们说:"论起她们的才学,与这样的排辈也相符合。"对于这种看法,我无法评价。

  我曾经和戚将军的各位偏将、副将们都有过交往。他们说起蓟镇的事情时,都谈得非常详尽。大致上是说,戚将军倚仗首辅张居正的宠信,对巡抚以下官员的职务升降、性命生死,在处置时都能够做到像霹雳闪电一样快捷,所以下级都能够坚决地贯彻自己的意志。等到张居正去世之后,他被调到南方去当总兵官,对人却只能做出像是中风的样子,每说一句话都要咳嗽不止,与老太婆没有什么两样。难道真是他的志向在知己者面前就能够伸张,在不知己的人面前就不能伸张了吗?戚将军在修筑蓟州遵化县三屯营城的时候,用箭头来检查城墙上的砖缝,如果箭头能够插得进去,就要处分那些主持修城工程的人。当时在拆除城墙的时候,在城内发掘出很多小棺材,长仅有数寸,这样的棺材不少于几万个,里面装的人眉毛、眼睛、四肢全都具备,衣帽鲜艳漂亮与现在的人一样。戚将军在祭祀之后,把这些小棺材一起埋在了城南。这也是一件很奇特的事情。

  我登上遵化城时,看到城上的敌楼和短墙的规模、质量,几乎超过了天下所有的城池。等到看到长城和见到汤泉的水池、亭子、房屋和澡堂等建筑物时,感到它们的规制都与寻常的建筑不同,戚将军的才干确实是有超过常人的地方。假如他生在太祖高皇帝开创基业的时候,封为侯爵是微不足道的事情。可惜的是他生不逢时,竟然没有能够和宁远伯李成梁一样得到与国同休的盟书。难道他像汉朝的李广那样,一生没有得到侯爵，真是因为自己的命运不好吗？还是因为他的出奇制胜的本领不如宁远伯李成梁呢？这里面的原因又是我所不能知道的了。在说这话的时候，有一位兵卒在身旁持酒侍候，他指着荷花池下边长满庄稼的地方对我说："这里就是过去戚大将军阅兵的地方啊！"过去的时候，每隔三年，戚将军与朝廷派出的被授予调兵之权的使者一起，在这里检阅部队。那时，从紫荆关往东，到山海关以西的广大地域，所有精锐的部队，都归属于戚将军管辖，将士达到十三万人。旌旗猎猎，铠甲鲜明，车马腾跃，辎重齐备，照耀着山川大地。戚将军登上阅兵台，看到哪支队伍军容不整，就剥下这支队伍长官的衣服，用箭穿透那些军容不整的士兵的耳朵，对那些人一点也不宽恕。自从戚将军去南方当总兵官以后，朝廷派出使者来阅兵，就都在各自的属地进行，不再聚集于汤泉这个地方了。询问士卒不再聚集的原因，却说是如果军队聚集内地，恐怕那些夷虏有乘虚而入。

唉，怎么不说敌人兵力单弱，而我方兵力精锐聚集？并且以我们聚集的十多万兵力，来抵御乌合之众的敌人，正好使他们被我方擒获，又有什么可担心的。而且平时聚集检阅部队，可以使士兵与将领之间互相熟悉，在遇到战事时，才能够彼此互相策应。没有戚将军就不能使广大将士信服，而没有广大将士，也没有办法来显示戚将军的威信！像聚集军队，进行大规模的检阅这样的事情，又哪里可以废弛呢！唉，可恨世上再没有戚将军这样的人才了。如果有这样的人才，那么他的声威足以慑服敌人的气焰，那些夷虏又哪里还敢乘虚而入呢？

这时，许宾如不耐烦地说："我们这一趟是为了来洗浴的，可是你却放下洗浴的事，和军卒们大谈军事上的事，难道这是我们来汤泉游玩的本意吗？假使有一位有胆气的男子，率领着十万精兵，横行浩瀚的沙漠之中，以此来为戚将军吐出胸中的郁闷之气，这又与你有什么关系呢？"我听了以后，向许宾如道歉说："我错了！我们马上就去洗浴？"于是派士卒去向浴馆的人商议洗浴的事，却遭到了拒绝。浴馆的人说："马兰路的参将解下驾车的马正在这里停车休息。"大家屏住呼吸听着，就听到军中弹奏的琵琶声，压倒了庙宇里的僧人读经的声音；看到军中的旌旗遮盖着佛像的面孔；又听到将领的叱咤之声不绝于耳。不过是一名小小的狂妄参将罢了，没有参加过兴建这里的浴室，却有幸到这里来洗浴！一会儿，参将开始洗浴了。寺中的僧人说："不要乱说话，参将开始洗浴了！"

一会儿又说:"参将要用餐了!" 又过了一会儿,寺僧对我们说:"参将要休息了!"又一会儿,寺里钟磬齐鸣。僧人说:"参将终于走了!大家小心不要喧哗。"我说:"既然参将已经走了,我们也可以说话了,却不让我们说话,这是为了什么呢?"僧众中有个聪明的人说:"武将与文臣不同。世人怕文臣的多,所以那些士大夫们,对于释道中的人,要威风的时候派头要小一些。而那些武将们,世上的人都怠慢他们。他们自己认为可以要威风的对象,也就只有我们这些僧人了。因此我们故意在他们还没有要威风之前就先向他们表示敬意,这不是我们故意要向那些武将们献媚啊!"唉,僧人的话说得很准确呀。当今社会上,人们对待文臣和武将的态度,竟然有着这样的厚薄不同,可是朝廷却还想要凭借武将的力量来捍卫国家,难道这能够做得到吗?在国家无事的时候,像对待牛马一样的轻视那些武将,可是当国家有事的时候,却要求武将们为了国家献出自己的生命。为什么给他们的待遇如此之薄,而要求他们做的,却又是这样的苛刻呢?

许宾如说:"参将已经离去了,可以泡温泉了,你也去洗浴吧!"于是我与他们一起到浴池中洗浴。浴池中有两个孔窍,南面来的一窍,打开以后流进热水,北面来的一窍,送来冷水。冷热调和,温度正好适中。许宾如又说:"打开进水口时合于规则,也就叫适度了。"洗浴结束之后,大家抖去衣服上的尘土走出浴池。到了晚上,又到汤泉池南面的亭子里去洗脚。亭子下面泉水流动如同一条丝带,因而大家在水中烫酒,觥筹交错,开怀畅饮甚为痛快。过后想要在僧舍中住宿,却苦于被臭虫咬着皮肉,想要移到官府开办的旅店中去住,却遭到了馆驿人员的坚决拒绝。无奈,只好住在靠近水池的亭子里面。这个亭子的屋顶上长满杂草,栋梁糟朽快要坍塌了。天当四更的时候,天上下起了大雨,雷雨交加。许宾如呼叫我们说:"我们这些人自信没有犯下应该被龙王诛杀的罪过,但是恐怕亭子中藏着积年的魔怪,今天夜间应当受到老天的杀伐,可是我们两个书生恰好碰到了这个时间,将要与魔怪一同被击杀呀!"我说道:"我们的七尺身躯就任凭雷公来处置了。但是亭子上的椽子上的洞穴像斗一样大,雨水倾注到人的身上,我们睡在这里,难免被屋漏所困扰啊!"过了很长一段时间,雨水渐渐停止了,我才开始睡着了。

第二天早晨,我们随着那些僧人到佛殿内去施舍功德钱。佛殿是在唐朝贞观二年(628年)时候建成的,大殿内有盘膝而坐的释迦牟尼像,在大殿内供奉的那些塑像中是时间最长的。我大明武宗皇帝赐给这个禅院额名叫"福泉禅寺"。殿内两堵墙壁上所画的佛像有：诸天记法、三世佛、周围坐着的有十八罗汉，整座庙宇装饰得金碧辉煌，光辉灿烂。由此来看，建在福山南麓的汤泉寺院，在没有割让给契丹的时候，这里就已经成了僧人们做水陆道场的地方了。而这个汤泉，也在很早以前就被称为"功德水"了。不像那些亭台阁榭，是从戚将军时候起，才开始焕然一新呀！

唉，从这些景物的一新一旧之间而产生出来的世道沧桑的感觉，难道还会存在于人们的心头吗？而我自己，一开始从对马的遭遇产生了感慨，继而又对汤泉产生感慨，接着又对戚将军产生了感慨，最终又对佛产生感慨。就连我个人的情感上的感慨，前后也都经历了这样几次大的变化，而何况是人间的事情呢！

我想向北登上长城，眺望长城以北蒙古虏寇的动静，可是许宾如此时却非常的疲惫，又赶上当时天色黑暗得厉害，只得挥鞭赶马回归遵化城。此刻的天气，正是天上将要下雨而没有下的时候，山头上涌起片片乌云，这样的景色，平时更不容易看到。与唐朝卫国公李靖黑夜乘坐着青骢马行走在雨中的情形是一样的。我这一辈子，如果不能像李靖那样功垂史册的话，我将再也不会重过遵化的石门峡了。于是我提笔记下了这次游览汤泉的始末过程。

赠中大夫、大理寺少卿宋懋澄撰写

徐昌祚

徐昌祚，字伯昌，常熟人。其所撰《燕山丛录》共二十二卷，该书分为二十二类，大抵多涉及怪异之事，篇末附以京城俗语。该书写成于万历壬寅年即三十年（1602年）。本书是他在刑部任官时所作，书中多记载京畿之事，所以用"燕山"命名，一共分为二十二类，据徐昌祚自序所说，本书是他在编《太常寺志》时，得以征集各州、县志书，因而采撷各书中所记相关内容，编成此书。又因书中多载京畿之事，所以用"燕山"命名。

燕山丛录（节选）

遵化县北四十里温泉，浴之愈疥[1]。守臣[2]为凿池受之，覆以巨屋。导其流折而左入东院，以待仕宦[3]；复右折入西院，以待驺从[4]；复南注为两池，以待行旅[5]。使男女异处，皆石甃、石栏，浴者甚便。

注释：

[1] 疥：疥疮，是由疥虫引起的传染性皮肤病，多发生于手腕、指缝、臀、腹等部位。

[2] 守臣：镇守一方的地方长官。

[3] 仕宦：指官员。

[4] 驺从：古时贵族的骑马的侍从。清赵翼《偕补山崧霞游雪崖洞甲秀楼诸胜》诗："相邀出城游，屏却驺从吼。"

[5] 行旅：旅客。《孟子·梁惠王上》："商贾皆欲藏于王之市，行旅皆欲出于王之涂。"

译文：

遵化县（西）北四十里有温泉，在那里洗浴可以治愈疥疮。镇守在这里的地方长官为此凿了水池来盛放温泉水，并在池上覆盖了巨大的房屋。引温泉水向左进入东院，以招待那些官员沐浴；又向右折进入西院，以接待那些随从人员；又向南流注入两座水池中，以接待往来的客人。这些池，让男女分开，都是用石头垒砌，围以石栏，洗浴的人都感到非常方便。

蒋一葵

蒋一葵，字仲舒，常州人，明万历三十九年（1611年）曾任广西灵川县知县。"尧山"是他的读书堂的名字。著有《尧山堂外纪》一百卷、《八朝偶隽》六卷、《长安客话》八卷。《长安客话》记述了北京明代地方历史和地理沿革，全书共分八卷，内容包括：皇都杂记、郊坰杂记、畿辅杂记、关镇杂记、边镇杂记等。

长安客话（节选）

汤泉自平地涌出，浴之可以愈疾。上有福泉寺，寺迤北即马兰峪。

译文：

汤泉水从平地涌出，用它洗浴可以治愈疾病。泉上有一座福泉寺，寺以北就是马兰峪。

刘侗 于奕正

　　刘侗,字同人,号格庵,麻城人,刘侗"为诸生,即见赏于督学葛公。礼部以'文奇'奏参",复又遭人妒忌,在家乡不能立足,到北京来捐监生考北闱,中崇祯六年(1633年)进士。在此结识于奕正,并成为挚友。后调任吴县任知县,卒于赴职途中。于奕正,字司直,宛平人。明末文学家,工于诗,与刘侗友善。崇祯元年(1628年)秀才。家中较富裕,喜结交朋友,好游名山。著有《天下金石志》《朴草诗》等。《帝京景物略》,是明朝末年居京文人刘侗、于奕正合著的,崇祯八年(1635年)刊行。

　　该书由于奕正搜集各景物情况,刘侗纂集成文。按京师东、西、南、北,各分城内、城外以及西山和畿辅各地,一并载入。所列目共一百二十有九篇,每篇之末又各自系以诗。关于北京名胜景观的记录,是本书的重点。书中详细介绍了当时北京各地的寺庙祠堂、山川风物、名胜古迹、园林景观,甚至河流桥梁,许多今天脍炙人口的历史古迹和山川名胜,诸如卢沟桥、白塔寺、天主堂、碧云寺、潭柘寺、鹫峰寺、卧佛寺、戒坛、十刹海、海淀、玉泉山、西山等等,都能从本书探寻到它们的渊源所自、本来状貌、风格特征和历史变迁。遵化汤泉,载于《帝京景物略》卷八。

帝京景物略(节选)

　　汤泉,在遵化县北四十里,泉从山坡下沸而四出。魏氏土地记曰:徐无城东有温汤,水出北山溪,即温源也。养疾者不能澡其炎漂,以其过灼。万历五年(1577年),戚大将军继光甃石池之,深二丈,方四寻,覆以堂,曰"九新"。水东出于石,为之龙吻[1],喷甚怒[2]。未至泉数十步,气爣爣,声洶洶,其不可即。即之,静若鉴,投钱池中,翻翻若黄蝶,百折而下至底,宛然[3]钱也。以熟生物,与炊者等候[4]。数十年前,有小卒滑而入,不一反侧[5],糜焉。堂壁刻武宗宫人王氏怨诗。导而左,远之为小塘,塘阴[6]有窦,以通寒水,浴者时启而剂[7]泉之温。

寒水者，亦泉也，去汤泉数武[8]，出于泥沙。汤泉，有石根若焦釜[9]者，出之石。不及，则寒矣。泉前唐寺，贞观二年建，名福泉寺，人则呼汤泉寺。

考汤泉，或曰赤道[10]经之。王褒《汤泉铭》曰："白矾上彻[11]，丹砂下沉。"或曰："下有硫黄，以为之根，其臭硫也，而味正淡。"西洋熊三拔《水法》[12]曰："汤泉，硫之华，疾寒服硫，不若服汤泉。"其实繇地气燸沍[13]，温凉之征变，故壤为之硫，泉为之汤，岂根硫也。西国有山焉，七十余泉皆汤，国王试得其性味气，各所主治，各标厥泉，以教国人，不独硫焉。苏门答剌国境布那姑儿山，产皆硫黄，不闻其泉汤也。又水火者，阴阳之袭精，阴得质而阳得气，为泉，为汤。阳得质而阴得气，为焰，为凉。然而水性非热，火性非凉，汤泉以贮器还凉，萧丘[14]之凉焰，以燃物还热。唐刘悚[15]曰："江宁县寺有晋长明灯，岁久，火色变青而不热。"质存气易，此其征矣。

汤泉，最著骊山，最洁香溪[16]，最热遵化[17]，他而分宁[18]，而临川[19]，而崇仁[20]，而安宁，而宁州，而白崖，而德胜关，而浪穹，而宜良[21]，而邓州[22]，而庐陵[23]，而京山[24]，而新田[25]等。

注释：

[1] 龙吻：龙嘴。

[2] 怒：气势强盛；猛烈。北魏郦道元《水经注·河水四》："激石云洄，澴波怒溢。"

[3] 宛然：真切、清晰的样子。唐李肇《唐国史补》卷上："山川宛然，原野未改。"

[4] 与炊者等候：和平常的水在做饭时用的时间是一样的。

[5] 反侧：翻来覆去，转动身体。

[6] 塘阴：水池的北侧。

[7] 剂：调和；调节。《后汉书·刘梁传》："和如羹焉，酸苦以剂其味。"

[8] 武：半步。一次举足为武，两次举足为步。即两个脚印之间的距离叫武，三个脚印之间的距离叫步。

[9] 焦釜：烧干水的铁锅。《史记·田敬仲完世家》："且救赵之务，宜若奉漏瓮沃焦釜也。"

[10] 赤道：古代主浑天说者认为，天体是个浑圆形的球体，赤道即指天球表面距离南北两极相等的圆周线。现代天文学称为天球赤道。

[11] 彻：通达。

[12] 西洋熊三拔《水法》：熊三拔，《明史》记载为大西洋国人。《水法》即《泰西水法》，全书六卷，明万历四十年（1612年）即壬子年西洋熊三拔撰。该书中记载了取水和蓄水之方法。

[13] 熇冱（hào hù）：炎热和寒冷。

[14] 萧丘：传说中的海岛名。相传在南海中，上有寒火，春生秋灭，生长一种小而焦黑的树木。晋葛洪《抱朴子·论仙》："水性纯冷，而有温谷之汤泉；火体宜炽，而有萧丘之寒焰。"

[15] 刘悚：唐朝人，字鼎卿，刘知幾次子。曾任右补阙，撰有《史例》三卷等书。

[16] 香溪：香溪有几处，此处所说，是指浙江天目山第四峰下的汤泉。"泉沸如汤，出香溪中，号朱砂汤。"

[17] 遵化：顺天府蓟州遵化县汤泉。

[18] 分宁：历史上有分宁州，今江西修水县。

[19] 临川：今江西抚州市临川区。

[20] 崇仁：今江西抚州市崇仁县。

[21] 而安宁，而宁州，而白崖，而德胜关，而浪穹，而宜良：据《东坡诗记》所说，此数处温泉都应是在云南。

[22] 邓州：邓州市，河南省直管市，地处河南省西南部。

[23] 庐陵：明吉安府庐陵县。在今江西省，广义的庐陵指整个地级吉安市，狭义的庐陵指庐陵县。

[24] 京山：今湖北省京山县，有温泉。

[25] 新田：今湖南省永州市新田县。

译文：

汤泉在遵化县（西）北四十里，泉水从山坡下沸腾而四溢涌出。《魏氏风土记》记载说："徐无城东有温泉，水从北山脚下涌出，也就是温泉之源。"治疗疾病的人不能在那炎热的水里洗澡，因为水温太高了。万历五年（1577年），大将军戚继光用石头砌成水池，深有两丈，方二十八尺，上面覆盖着一个大屋，名叫"九新"。水向东流出石池，在那里雕刻成龙嘴状，水向外喷，气势雄壮猛烈。距离泉数十步，看到热气蒸腾，声音很大，像是不能靠近的样子。靠近以后，却看到池水平静得如同一面镜子。投入铜钱到水池中，翻飞旋转如同黄色的蝴蝶，千百次反转之后到达池底，依然能清晰地看到钱上字体和纹饰。用这水来煮生的食物，与平常做饭的水用一样的时间。几十年以前，有一名小卒滑落池中，才刚转动身体，就被烫烂了。九新堂上刻有宫人王氏所做的哀怨之诗。此处向左转，远处有一小池，塘的背面有孔，用来引入冷水，洗浴者随时可以开启以调剂泉水的温度。冷水，也是一眼泉水，离温泉几步远，从泥沙中流出。汤泉，有石头如同烧干了的铁锅，热水从石上出来。不是从石头上流过的，就是冷水泉。泉前的唐朝建的寺院，在唐贞观二年（628年）建，名叫福泉寺，人们俗称为汤泉寺。

考据汤泉，有人说是因为赤道从这里经过。王褒《汤泉铭》中说："白矾上升，丹砂下沉。"还有人说："下面有硫黄，以此作为热水的源头，这些就是臭硫，但是水的味道却很淡。"西洋人熊三拔在他所写的《泰西水法》一书中写道："汤泉，是硫黄的精华，人如果患寒疾服用硫黄，不如服用汤泉水更好。"温泉形成的实际原因，是由于地气的寒热交互作用，热气和寒气互相变化，所以土壤中含硫，泉水变热，哪里是与硫黄有关呢？西方某国家有一座山，上面七十多个泉，都是汤泉，国王测试水性和气味，发现它们各自主治不同的病，在泉上分别做了标记，以此来告诉国人，不仅仅只有硫黄啊。苏门答腊国境内的布那姑儿山，所产的都是硫黄，却没有听说它那里的泉水是热的。水和火是阴阳二气的变化，阴气为体而阳气为精神，就形成温暖的泉水。阳气为体而阴气为精神，就形成凉性的火。然而水的本性不是热，火的本性不是凉，汤泉水贮存在器具里就会转凉，萧丘地方的火是寒的，用它来引燃物体也会散发出热量来。唐朝刘餗说："江宁县寺院里有一盏晋朝时的长明灯，由于年代久远，火的颜色变成青色却不热。"本体存在可是精神却变化了，这就是一种表象啊。

汤泉，最著名的是骊山，最清洁的是香溪，最热的是遵化，其他有分宁、有临川、有崇仁、有安宁、有宁州、有白崖、有德胜关、有浪穹、有宜良、有邓州、有庐陵、有京山、有新田等处。

李 贤

　　李贤，字原德，河南邓人。举乡试第一，宣德八年（1433年）中进士。景泰三年（1452年）冬擢升兵部右侍郎，后转户部。英宗复辟以后，命兼翰林学士、入直文渊阁。成化二年（1466年）冬卒，年五十九。帝震悼，赠太师，谥"文达"。

　　明太祖洪武三年（1370年），命儒臣魏俊等六人编纂天下郡县地理形势，为《大明志》，其书后散佚。明成祖又采集天下图经，命儒臣纂辑为一书，书未及编成而中辍。至明英宗复辟后，又命李贤等人重编，天顺五年（1461年）四月书成进献，皇帝赐名《大明一统志》，御制序文置于书首，刻板颁行。至于嘉靖、隆庆时的建置，则是后人续写编入其中，故《大明一统志》的内容，也不都是英宗天顺年间所编纂。

　　关于遵化汤泉的记载，见《大明一统志》卷一《京师》。

大明一统志（节选）

　　汤泉，在遵化县西北福泉寺山下。宽平约半亩，泉水沸出，温可浴。旁引为浴池。

译文：

　　汤泉，在遵化县西北福泉寺山下。占地约半亩，泉水沸腾而出，温热可以用来洗浴。向旁边引出入浴池。

福泉骊珠
清代编

谈　迁

谈迁（1594—1658年），原名以训，字仲木，号射父。明末清初史学家。明朝灭亡后改名迁，字孺木，号观若，自称"江左遗民"。浙江海宁人。明诸生。终生不仕，以代人抄书和做幕僚为生。

谈迁自幼刻苦好学，顺治二年（1645年）曾为南明阁臣高弘图记室，出谋划策，力图恢复明朝，很受高弘图、张慎言等赏识。后拟荐为中书舍人及礼部司务，他感到"时事日非，不足与有为"，坚辞不就。后回家隐居。

谈迁博鉴群书，善诸子百家，精研历史，尤重明朝典故，立志编撰一部翔实可信的明史。从明天启元年（1621年）开始，历时二十余年，前后"六易其稿，汇至百卷"，完成一部编年体明史，共五百万字，取名《国榷》。清顺治四年（1647年），《国榷》手稿被窃。他时已五十三岁，发愤重写，经四年努力，矢志不挠，终于完成新稿。十年（1653年），携稿随人北上，在北京两年半，走访明代故臣搜集明代遗闻，并实地考察历史遗迹，加以补充、修订。书成后，署名"江左遗民"，以寄托亡国之痛。十四年（1657年），去山西平阳祭奠先师张慎言，病逝于旅舍。《国榷》以《明实录》为蓝本，参阅诸家史书，考证订补，取材广博，选择谨严，是后人研究明史的重要著作。另著有《枣林杂俎》《北游录》《枣林集》等。

北游录（节选）

（乙未四月）辛巳[1]，答杨徐二孝廉[2]，因过吴太史[3]所。太史里人[4]王生，方归自沈阳。述其往反曰：昨腊月出通州，渡潞河而东，历邦君店、柳河屯，至三河之七渡河，以抵蓟州。问安禄山遗迹，犹在城乾隅[5]，朽骨无万数。戊子（1647年），大贾程氏丛瘗[6]之天妃宫[7]侧。南六十里则遵化石门峡也，两山壁立。其西石将军，高三丈许。过是并塞筑亭鄣[8]，山上残雪遥遥也。又数里桃花寺，寺山半而泉环之。又数里大安口，有堡。己巳[9]北兵[10]所从入也。其南福泉山，汤泉约半亩，人争浴焉。三十里及遵化县。兵饥后，人多菜色[11]。

注释：

[1]（乙未四月）辛巳：清顺治十二年（1655年）农历四月二十七日。

[2] 孝廉：明清两代对举人的称呼。《二十年目睹之怪现状》第四七回："沿海的房舱本来甚少，都被那位何孝廉定去了。"张友鹤校注："〔孝廉〕举人的别称。"

[3] 太史：官名。明清时期，修史之职归之翰林院，故俗称翰林为太史。

[4] 里人：同乡。清蒲松龄《聊斋志异·李八缸》："翁最富，以缸贮金，里人称之'八缸'。"

[5] 乾隅：指西北方位。《易·说卦》："乾，西北之卦也。"

[6] 丛瘗：把尸体聚集在一起加以掩埋。

[7] 天妃宫：天妃，神名。亦称天后。《元史·祭祀志五》："惟南海女神灵惠夫人，至元中，以护海运有奇应，加封天妃神号……直沽、平江、周泾、泉、福、兴化等处皆有庙。"其庙或叫天妃庙、天妃宫，或叫天后宫。

[8] 亭障：古代边塞要地设置的堡垒。清吴伟业《赠辽左故人》诗："桑麻亭障行人断，松杏山河战骨空。"

[9] 己巳：明崇祯二年（1629年）。

[10] 北兵：后金兵。

[11] 菜色：指饥民营养不良的脸色。《礼记·王制》："虽有凶旱水溢，民无菜色。"

译文：

清顺治十二年（1655年）农历四月二十七日，为答谢杨徐二位举人，因此路过吴翰林寓所。吴翰林的同乡王姓青年，刚刚从沈阳归来。叙述他往返路程经历时说：自去年腊月从通州出发，渡过潞河向东，经过邦均店、柳河屯，到三河的七渡河，然后抵达蓟州。在这里访寻了安禄山的遗迹，这个地方在蓟州城的西北角，那里有枯骨数万具。清顺治四年（1647年），程姓大商人把这些尸骨集中起来埋葬在天妃宫之侧。从蓟州南行六十里，就是石门峡。两山如同墙壁一样矗立。石门峡西侧有一尊石将军像，高三丈左右。过了石门峡边塞要地上设置着堡垒，远远望去，山上有残留的白雪。又过数里有桃花寺，寺在山半腰而泉水环绕寺院。又经过数里到达大安口，山口有城堡。崇祯二年（1629年）后金兵从这里入关。大安口南有福泉山，山上有汤泉面积约有半亩，士兵争先恐后跳进去洗浴。又三十里到遵化县。经过兵荒马乱之后，饥民都带着饥饿的脸色。

张朝琮

　　张朝琮，杭州萧山人，监生。曾经做过文安三河县令，后来升任蓟州知州。康熙四十六年（1707年）任永平府知府，有政绩。萧山地方逼近钱塘江，风潮冲击，潮水淹到都会以及田禾，张朝琮建议兴修西江备塘及修筑潭头坝和闻家堰，又曾经镌刻《萧山水利书》，以供永久借鉴。《蓟州志》是张朝琮在任蓟州知州时组织纂修的。此内容在清康熙四十三年（1704年）《蓟州志》卷之一《美景》。

汤泉浴日

　　在城[1]东北六十里有汤泉，水热如沸，若经浴日者。今咫尺陵寝，修葺亭榭，无异帝京。上[2]时观猎休浴焉。

注释：

[1] 城：即蓟州城。位置基本上在今天津市蓟州区城地方。
[2] 上：皇上，即康熙皇帝。

译文：

　　在蓟州城东北六十里有汤泉，水热得如同沸腾一样，就像太阳在里面曾经洗浴过。现在汤泉距陵寝仅有咫尺之遥，泉旁修葺亭榭，与京城没有什么两样，当今皇上经常来这里观看打猎和休憩洗浴。

高士奇

见上册。

松亭纪行（节选）

康熙二十年（1681年）三月二十日癸酉，上奉太皇太后行幸温泉兼巡塞外。平明法驾[1]出东直门，龙旂凤盖[2]照耀川原。午张黄幄[3]尚食，上躬亲侍膳太皇太后。銮舆早晚出入，上纂鞭[4]骑导，执礼恭谨。道路观瞻，咸颂圣孝隆古未有也。……

康熙二十二年（1683年）三月二十日，銮舆东巡。臣士奇以职在禁近，得从属车。……

（四月）庚辰，驾回幸温泉，驻跸遵化州城东。按遵化本汉右北平境，唐于此置马监及铁冶，因县焉。今因陵寝重地，改为州治。……《水经注》云："灅水又东南迳石门峡，山高崭绝，壁立洞开，俗谓之石门口。汉中平四年（187年），渔阳张纯反，杀右北平太守刘政。五年（188年）辽东太守杨纮与中郎将孟溢率公孙瓒讨纯，战于石门，大败之。即此地也。"

辛巳，太皇太后驾至温泉宫。是日，上谒孝陵，随往仁孝皇后、孝昭皇后陵。驻跸鲇鱼池行宫。鲇鱼池旧有城堡，以山顶石似鲇鱼，故名。

汤泉在遵化西北四十里福泉山下，宽平约半亩许，有泉沸出。明总兵戚继光甃石为池，筑堂其上，曰"九新"。世祖章皇帝驾常临幸，命建宫其旁，丹碧而已，不加华彩。其池更以白玉石甃之，深二丈，方四寻，凿石为龙吻，喷甚怒。其泉深碧可鉴，气极温煖。投钱池中，翻若黄蝶，百折乃至底。

四壁碑刻唐顺之、汪道昆、周天球诗。最后一小石，刻明武宗宫人王氏诗云："绝塞穷冬冻异常，小池何事煖如汤。可怜一脉溶溶水，不为人间洗冷肠。"又有寒泉去汤泉数武，出于泥沙，以剂泉之温。明王衡《汤泉记》曰："泉本寒沁，有石根可一亩，类焦釜覆之，水受石性，故沸，所不及则否。"盖数武之内，而水火共鼎，亦一奇也。

宫又有寺，建自贞观二年（628年），名福泉寺。考《博物志》[5]云："凡水有石流黄，其泉则温。"或云："神人所煖，主疗人疾。"唐子西云："或说贵州地性酷烈，故山谷多汤泉。"或说："水出硫黄，地中即温。"今临潼汤泉，乃在正西。而贵州余水，未必皆热，则地性之说固已失之。以硫黄置水中，水未必皆热，则硫黄之论，亦未为得。窃意汤泉在天地间，自为一类，受性本然，不必有待然后温也。

《水经注》云："古右北平徐无城北，庚水[6]出焉，西南流，与㶟水合，又东南流，与温泉水合。"按《魏土地志》云："徐无城北有温汤。"宋王存《九域志》："遵化县福泉山下水沸出，温可燖鸡。旁引为池，方平如鉴。"而《水经注》言："温泉水，源出北山溪。"是今福泉，疑即温源也。南流百步伏入地中，又折而东南，经石门峡，是即今石门口也。

是岁三月六日，以两皇后山陵之役，扈从诸臣蒙恩赐观汤泉。同大学士臣明珠、李霨；尚书臣梁清标、吴正治、魏象枢、朱之弼、王熙；左都御史臣徐元文；侍郎臣杨永宁、李天馥、项景襄、杜臻；翰林院学士臣张英；侍讲学士臣张玉书；詹事臣沈荃、王顼昌、蒋弘道；通政使司通政臣王盛唐；大理寺卿臣张云翼；太常寺卿臣崔澄；编修臣杜讷，及臣士奇，赋诗应制，将勒石以垂不朽！……

四月朔甲申，上行围茅鹿山，射得二獐。就山阳张幄炙鲜，赐内大臣及近侍诸臣。因问臣杭州飞来峰及冷泉亭景物。臣士奇对曰："唐白居易记云：'山树为盖，岩石为屏，云从栋生，水与阶平。'约略见之矣"

丙戌驻跸鲇鱼池行宫……

丁亥随上行围，过马兰谷。马兰关，旧设副将，驻防关口。其标下守备，驻马兰谷。守陵官员及上三旗甲士杂居于此。

方二月时两皇后山陵巨典，臣士奇同学士臣张英、编修臣杜讷，寄寓道院旬有余日。春花未放，兹来已绿叶成阴矣。驻跸鲇鱼池行宫，再至马兰谷，怀学士臣张英、编修臣杜讷："春深谷口上陵时，坐卧闲房十日期。细雨才抽松叶暗，惊雷催放杏花迟。还家未久山光别,屐跸重来草色滋。今日经过怀旧侣,遥知退食[7]自彤墀[8]。"

戊子,上辞太皇太后,巡幸喜峰口外蒙古地方。驻跸三屯营城南。……

辛卯,晓发白台。自口内看塞上诸山,与长城共相起伏,坡坨平衍[9],步履可登。出口则叠嶂层崖,山势陡峻,密筱丛枝,攀援无路。四望长城,雉堞干天。如长蛇夭矫自西而东,绝巘[10]平连,飞鸟难越,天之所以限中外也。过九狐岭,又曰九宫岭。一径纡折,高下相乘,细涧横流,浅深竞渡。中多枫树,及楂梨榆柳。余花新叶,纷映马前。左右高山,蹲岩怪石,景随径转,为态多端。黄土崖一峰矗峙,峭壁如削,石色苍黄,高百余仞,其间多生松栝[11]。有一岩窦,在半山巉绝处。两崖中断,支一木桥,危险无异石梁。遥望窦中,窗牖[12]毕具,石佛横卧,昔传异僧居焉。山有大小石塔七十座,土人名为打蓝苏妹,译云七十座塔也。过此二十余里,境忽宽平,有土城遗址曰宽城,相传明宣宗驻跸于此。一面倚山,一面尚余土埠通南北二门。甃石残缺,蔓草荒芜,中微见井阑柱础。土人名为博洛忽洞者是也。

按《明宣宗实录》:宣德三年(1428年)八月丁未,车驾发京师,渡潞河。九月庚戌,入蓟州,至石门驿。喜峰口守将遣人驰奏,乌梁海万众侵边,已入大宁,经会州,将及宽河!宣宗览曰:'是天遣来此投死耳!'遂驻跸石门之东,召问诸将。咸请击之,亦有请益征兵者。宣宗曰:"此出喜峰口,路狭且险,单骑可行。若候诸将并进,虑缓事机。"遂决策亲征。简精锐骑士三千人,人二骑,自持十日粮。命文武扈从者悉留遵化,惟太子少傅[13]杨荣从。乙卯,出喜峰口。军士衔枚敛甲韬戈而驰。昧爽[14],至宽河。距敌营二十里,分铁骑为两翼,夹击之。宣宗亲射其前锋,殪[15]三人。敌望见黄龙旗,悉下马罗拜请降,皆生缚之。获生口驼马牛羊辎重。丙辰,驻跸宽河,分命诸将搜山。明日移营,前进至冷岭。又明日,驻会州,大飨将士,亲制诗歌慰劳之。又数日,班师驻铁将军店及摆山站。

按此,则宣宗当日驻跸宽河,才两日,不知此城何时所建也。过宽城数里，山更奇峭[16]，河流渐广。有石几黑色，周十数丈，交枕河畔，夹岸生芳，枳木连杂，以草卉山水之趣，聊以骋怀。

戊申，经三屯营、遵化州，见道傍野寺，榴花盛开。感节物之变，赋诗纪之。上至温泉问太皇太后安，驻跸鲇鱼池行宫。是日都门遣仆至，得家信。《入喜峰口后见路傍野寺榴花》："去时边草色初绿，归路山榴藥已红。古寺一枝偏照眼，短衣匹马夕阳中。"《过遵化》："突兀孤城倚重边，堠台了馆尚依然。将军幕冷埋戈甲，开府堂空咽管弦。耕凿已安全盛目，挽输[17]犹说乱离年。遥瞻王气陵园近，短麦青青遍野田。"

己酉驻跸鲇鱼池行宫。庚戌驻跸鲇鱼池行宫。辛亥致祭孝陵，驻跸鲇鱼池行宫。壬子上奉太皇太后回銮。

注释：

[1] 法驾：天子车驾的一种。天子的卤簿分大驾、法驾、小驾三种，其仪卫之繁简各有不同。

[2] 龙斿（yóu）凤盖：绣有龙凤纹饰的旌旗。

[3] 尚食：官名。掌帝王膳食。这里指掌管尚食之事。

[4] 櫜鞬（gāo jiān）：藏箭和弓的器具。

[5] 《博物志》：中国古代志怪小说集。传说为西晋张华编撰，分类记载异境奇物、古代琐闻杂事及神仙方术等。

[6] 庚水：庚字误，应为庚水，即今天的还乡河。

[7] 退食：退朝后在家里吃饭，或办公闲余时间休息。

[8] 彤墀：即丹墀。借指朝廷。唐韩愈《归鼓城》诗："我欲进短策，无由至彤墀。"

[9] 平衍：指地势平坦、宽广。

[10] 巘（yǎn）：险峻。

[11] 栝：木名。即桧。

[12] 窗牖：窗户。

[13] 太傅：古代官名。"三孤"之一。周代始置，为君国辅弼之官。与少师、少保合称"三孤"。后一般为大官加衔，以示恩宠而无实职。

[14] 昧爽：拂晓；黎明。

[15] 殪（yì）：杀死。

[16] 奇峭：谓山势奇特峻峭。宋周密《癸辛杂识后集·游阆古泉》："山顶更觉奇峭，必有可喜可愕者，以足惫，不果往。"

[17] 挽输：即挽输，犹运输。《汉书·韩安国传》："又遣子弟乘边守塞，转粟挽输，以为之备。"

译文：

康熙二十年（1681年）三月二十日即癸酉日，皇上侍奉太皇太后临幸汤泉，并且巡幸塞外。天刚亮时，车驾出东直门，龙凤旌旗照耀河流和原野。中午时在黄色帐篷内进食，皇上亲自侍奉太皇太后饮食。太皇太后的车舆早晚出入时，皇上身背弓箭骑马在前面引导，遵守礼节十分小心谨慎。道路上的人看到了，都称颂圣上的孝心是自古以来都不曾有过的……

康熙二十二年（1683年）三月二十日，皇上车驾东巡。臣高士奇因为侍奉皇上，得以跟在随行的车队里。……

四月庚辰，车驾回温泉，驻跸在遵化州城东。按：遵化本来在汉右北平境内，唐朝在这里设置养马监和铁冶厂，于是在这里设县。现因是皇陵所在之地，改为州治……《水经注》说："灅水又向东南流经过石门山口，山势高耸崖壁陡峭，山崖矗立如同洞一样，民间称之为石门口。汉中平四年（187年），渔阳张纯造反，杀害了右北平太守刘政。中平五年（188年）辽东太守杨纮和中郎将孟溢一起率公孙瓒讨伐张纯，在石门作战，大败张纯。说的就是这个地方。

辛巳日，太皇太后车驾至温泉宫。这一天，皇上拜谒孝陵，随后又至仁孝皇后和孝昭皇后陵。驻跸在鲇鱼池行宫。鲇鱼池旧时有城堡，因为山顶上有一块石头形似鲇鱼，所以取了这个名字。

汤泉在遵化州城西北四十里的福泉山下，面积约半亩左右，有泉水沸腾而出。明朝总兵戚继光用石头建成水池，并在其上筑房屋，名为"九新"。世祖章皇帝车驾经常临幸这里，命人在水池旁建筑宫殿，简单地加些彩色而已，没有浓墨重彩。那水池用白玉石砌上，深达二丈，方四二十八尺，刻石头成龙嘴状，水流非常急。那池中的水深而清澈，水蒸气极为温暖。把铜钱投到池中，来回翻转像黄蝴蝶一样，辗转许多次才到达水底。

四面墙壁上立碑，上刻唐顺之、汪道昆、周天球所作诗。最后有一块小石，上刻明武宗宫人王氏所作诗："绝塞穷冬冻异常，小池何事煖如汤。可怜一脉溶溶水，不为人间洗冷肠。"又有冷水泉距离汤泉有数步远，冷水从泥沙中流出，用来调剂泉水的温度。明朝时王衡的《汤泉记》中说："泉水本来是寒冷的，有一块石头约一亩大小，像是烧红了锅扣在水底，水接受了石头的热，所以就沸腾了，涉及不到石头的水就不热。"仅仅几步之间，水和火似乎是在一个器具里面，实在是一个奇观！

行宫旁又有庙宇，建于唐贞观二年（628年），名叫福泉寺。据考证，《博物志》一书说："只要是水中有石硫黄，那泉水就会热。"又有人说："是神人使水热，主治人的疾病。"唐子西写道："有人说贵州土性酷热，所以山谷间多汤泉。"也有人说："水里有硫黄，水在地下就热了。"今天的临潼汤泉，在遵化汤泉的正西。而贵州其他的泉水，未必都热，那么关于土地本性会热的说法，本来就是错误的。把硫黄放入水中，水也未必都会热，那么关于硫黄的说法，也未必是正确的。我私下里认为：汤泉存在在天地之间，自成一类，它本身就是热的，不必需要什么外在条件水才会热。

《水经注》说："古右北平徐无城北面，庚水出来，向西南流，与灅水汇合，又向东南流与温泉水汇合。"按《魏土地志》说："徐无城北有温泉。"宋朝王存所著《九域志》说："遵化县福泉山下泉水沸腾而出，其热度可以炖熟鸡肉。向旁边引出为水池，方正平静如同镜子。"而《水经注》所说的："温泉水，源头出于北山小溪。"今天这个福泉，应该就是温水的源头啊。温泉水向南流百步就潜入地下，又折向东南，经过石门峡，也就是今天的石门口啊。

这一年三月六日，因巡祭仁孝、孝昭两皇后陵的事情，随从而来的诸位大臣蒙皇上恩典赐游汤泉。同行的有大学士臣明珠、李霨；尚书臣梁清标、吴正治、魏象枢、朱之弼、王熙；左都御史臣徐元文；侍郎臣杨永宁、李天馥、项景襄、杜臻；翰林院学士臣张英；侍讲学士臣张玉书；詹事臣沈荃、王飏昌、蒋弘道；通政使司通政臣王盛唐；大理寺卿臣张云翼；太常寺卿臣崔澄；编修臣杜讷，以及我，大家按照皇上的旨意作诗，并将刻在石头上，以便长久流传，永不磨灭……

四月初一甲申日，皇上行猎在茅鹿山，射到两只獐子。在靠近山阳坡的地方支起帐篷烧烤这些新鲜的肉，赏赐给内大臣和近侍各位大臣。

皇上因而问到杭州飞来峰和泠泉亭等景物。我回答说："唐朝白居易记载说'山树为盖，岩石为屏，云从栋生，水与阶平'，这种景象，在汤泉基本可以见到了。"

当晚驻跸鲇鱼池行宫……

丁亥随皇上行围，经过马兰峪。马兰关过去的时候设副将驻防在关口。副将标下设守备，驻马兰谷。守陵的官员和上三旗的士卒杂居于此。

今年二月时候，在两位皇后的山陵举行祭祀大典，我和翰林学士张英、编修杜讷，寄居在道院中十几天。当时春天的花还没有开放，这次再来就已经绿叶成荫了。驻跸鲇鱼池行宫，再至马兰峪，写诗思念学士张英、编修杜讷："春深谷口上陵时，坐卧闲房十日期。细雨才抽松叶暗，惊雷催放杏花迟。还家未久山光别，扈跸重来草色滋。今日经过怀旧侣，遥知退食自恲慄。"

戊子，皇上辞别太皇太后，巡视喜峰口外蒙古地方，驻跸三屯营南。

辛卯，早晨从白台出发。从长城口内看边塞上的各山，和长城一同蜿蜒起伏，山坡平缓，可以徒步攀登。出了长城口以后就是层峦叠嶂，山势十分险峻，浓密的竹条，茂密的树枝互相勾连，没有道路可供向上攀爬。四面眺望长城，垛口连着天际。像是长蛇一样自西向东屈伸，绝壁相连，连飞鸟都难以飞越过去。似乎是天造的中外界限啊。过了九狐岭，又有九宫岭。一条道路曲曲折折，上下相交连贯，窄窄的山涧水势湍急，奔腾相激。山上多是枫树，杂以山楂梨树榆树和柳树。凋零的花朵以及新长出的叶子，纷纷呈现在马前。两旁的高山，怪石嶙峋，景色随着路径的反转而不同，呈现出各种姿态。黄土崖山峰高耸，峭壁如同斧削一样，石头的颜色是苍黄色，峰高百余丈，山间生长着许多松树和桧柏。有一个岩洞，在半山腰绝壁处。两道山崖中间断裂开来，上面支着一根独木桥，其危险程度无异于屋上的石梁。遥望山洞中，窗户具全，洞内横卧一尊石佛，相传过去曾有奇异的僧人在这里居住。山上有大大小小的石塔七十余座，当地人称为"打蓝苏妹"，译成汉语就是七十座塔。距离此处二十余里，地势忽然宽阔起来，有一座土城遗址叫作宽城，相传明宣宗曾经驻跸在这里。遗址一面靠山，一面还剩余有土墙通向南北二门。建城的石块残缺，城内到处是荒芜的野草，城中隐隐可见井栏和柱础。当地人所称为"博洛忽洞"的地方，就是指这里呀。

按照《明宣宗实录》记载：宣德三年（1428 年）八月丁未日，宣宗车驾从京师出发，渡过潞河。九月庚戌日，进入蓟州，到达石门驿站。喜峰口守将派人奔驰来奏，乌梁海部万余人侵犯边境，已经进入大宁，经过会州，将要到达宽河！宣宗看毕奏章说："这是上天派他们来送死的罢了！"于是车驾停在石门以东，召诸将来问计策。众将都请求攻击乌梁海，其中也有请求再增兵的。宣宗说："从这里出兵喜峰口，路径狭窄并且险要，只能容纳单骑经过。如果等到众将齐头并进，反而怕耽误军机。"于是决策亲征。挑选精锐奇兵三千人，每人带两匹马，自带可供吃十天的干粮。命那些扈从的文武官员都留在遵化，只有太子少傅杨荣随驾。乙卯日，宣宗兵出喜峰口。军士们口中衔着杖，隐藏起铠甲和兵器纵马奔驰。天将亮时，到达宽河。此地距离敌人军营二十里，分骑兵为两路，从两旁夹击敌人。宣宗亲自箭射乌梁海兵的前锋，射死其中三个人。敌人远远望见皇帝的黄龙旗，全数下马围着叩头请降，全部被捆绑起来。俘获了敌人的许多驼马牛羊。丙辰日，驻跸宽河，命诸将分兵搜山。第二天移动军营，前进到冷岭。第三天，驻跸会州，犒赏将士，亲自写诗歌慰劳他们。又过几天，班师驻跸铁将军店和摆山站。

  从这个记载来看，那么宣宗当年驻跸宽河，也不过仅仅两天，不知道这个城是什么时候建成的啊。过了宽城数里远，山势更加奇形怪状和陡峭，河流也渐渐宽阔起来。有石头接近黑色，周长有十几丈，交错在河畔，两岸长满鲜花，灌木和乔木丛杂，因草木山水皆有情趣，可以放开让人襟怀。

  戊申日，皇上车驾经三屯营、遵化州，见到路旁有一座山野小寺，寺内石榴花盛开。感慨季节的变化，写诗来记载这些事情。皇上到温泉问太皇太后安好，驻跸鲇鱼池行宫。这一天京城派遣仆人来，收到家信。我写了二首诗，其一是《入喜峰口后见路傍野寺榴花》："去时边草色初绝，归路山榴藜已红。古寺一枝偏照眼，短衣匹马夕阳中。"其二是《过遵化》："突兀孤城倚重边，堠台亭馆尚依然。将军幕冷埋戈甲，开府堂空咽管弦。耕凿已安全盛日，挽输犹说乱离年。遥瞻王气陵园近，短麦青青遍野田。"

  己酉、庚戌、辛亥到陵墓祭奠，皆驻跸在鲇鱼行宫。壬子日，皇上侍奉太皇太后回宫。

李 卫

  李卫（1686—1738年），字又玠，江南铜山人。康熙五十六年（1717年）入资为员外郎，补兵部，调户部郎中。历经康熙、雍正、乾隆三朝，深受雍正赏识。

  《畿辅通志》李卫等撰。自元代以来，记载京师典故的书籍，曾有《析津志》等，但它们所记的只涉及京城之内。至于京城近郊地方，明代隶属于六部，不设布政和按察两司，所以对于畿辅地方的通志独缺。

  清朝时期，专设直隶巡抚管辖京畿近郊地方。康熙十一年（1672年），大学士卫周祚奏请令天下各郡县分别编辑志书，得到允准。于是直隶巡抚于成龙、格尔古德等人创始写《畿辅通志》一事，翰林院侍读主持此事。仅用几个月时间就编纂成书。雍正七年（1729年），皇帝命天下重修通志，上交史馆，为修《大清一统志》准备材料。总督唐执玉奉旨，延请原任辰州同知田易等人，在莲花池设编志局。后任总督刘于义和李卫等人继续编纂，至雍正十三年（1735年）写成。全书共分为三十一目，人物和艺文之下又列出子目。

  关于遵化汤泉，在以后所修的光绪《畿辅通志》和乾隆朝所修的《大清一统志》中，均有类似的记载，不再重复。

畿辅通志（节选）

  汤泉，在遵化州西化[1]四十里福泉寺山下。宽平约半亩，泉水沸出，温可浴，旁引为浴池。本朝康熙年间，圣祖每临幸焉。

注释：

  [1] 西化：原书如此，应是"西北"。

译文：

  汤泉，在遵化州西北四十里福泉山下。宽广约有半亩大小，泉水沸腾而出，温暖可以洗浴，向旁边引出形成浴池。本朝康熙年间，圣祖经常临幸这里。

  银鱼　《宝坻县志》：银鱼霜降后自海中蛤山出，逆流北上蓟州温泉下育子，其色莹白如银。

译文：
  银鱼，《宝坻县志》记载：银鱼在霜降节后从海中蛤山出来，逆流而上到蓟州温泉下面产卵，鱼身晶莹雪白如同白银的颜色。

周体观

　　周体观，字伯衡，遵化州人。顺治六年（1649年）己丑科进士，七年（1650年）任翰林院庶吉士，后以庶吉士出为工科给事中，十三年（1656年）分巡徽宁道、岭北道，十八年（1661年）任分巡南瑞道等职。周体观自幼喜爱《左传》《国语》及魏晋文章，对于唐柳宗元文章、杜甫诗句也喜欢。与施闰章等被当时人视为"豫章四君子"。著有《南州草》《晴鹤集》。康熙初，因见《遵化县志》因兵火散佚，遂加以编辑成《遵化县志》，对于保护桑梓史事、文化做出很大贡献。康熙元年（1662年），周体观修纂明朝张杰所撰的《遵化县志》时，写了一篇《汤泉记》。

汤泉记

　　县西北四十里北山之阳，有泉沸而出，虽寒冬如汤。《魏氏风土记》曰："徐无城东有温汤，水出北蹊，即温源也。"史载，汉末田畴[1]避兵徐无山中，归之者五千余家。畴为制婚姻嫁娶之礼，兴学校讲授之。北边翕然[2]，未云城也。

　　岁且久，失徐城故址，即求徐无山，山错错然[3]，迷所是，唯斯泉在焉。万历五年（1577年）戚大将军继光甃石池之，深二丈，方四寻，石栏出地者三尺，外缭[4]石渠，俯以堂，曰"九新"，刻武宗宫人王氏诗。水东出，为之龙吻，泄不及犹南北溢出石栏，石渠受之。

　　未至泉数十步，气虫虫[5]，声浐浐[6]，若不可即。即之，静若鉴。探以指，辄不耐其灼而指色变。投钱池中，翻翻若小黄蝶百折而下，面背宛然。以熟生物，与炊者候等也。昔有小卒，失而入，不一反侧，糜矣。

　　池水及渠，引分南北：南者支委于山塘，种荷塘中；北者穿渠散入浴所，有官亭、有民池、有女池，各落别焉。导而左小沼，沼阴一窦通寒水，浴者时启而剂泉之温。寒水者，亦泉也，去汤数武。

汤者，有石根若焦釜，出之，不及石则寒矣。泉前唐寺，贞观二年（628年）建，名福泉寺，人则呼汤泉寺。《物类志》[7]："东海有石，其名曰焦，海浪沃[8]之，若熬鼎[9]之受洒汗耳。"《山海经》[10]："尧时十日并出，使羿射九日，落为沃焦[11]。"今釜者，其分块耶？

《谈荟》[12]云："琼海[13]之潮，东热如汤，西冷如雪。"《丹阳记》[14]："江乘[15]之汤山，半温半冷，共出一壑。"东坡记所经温泉，而黄山者，上有石屋，底皆白沙，热不可以足。有人见砂片若桃花，间出泉中。西洋熊三拔《水法》曰："汤泉硫之华，疾寒服硫，不如服汤泉。"王褒《汤泉铭》曰："白矾上彻，丹砂下沉。"或曰："下有硫黄，以为之根。"今泉微臭，硫也。而味正淡，其实地气温凉征变，相激而力结壤为之硫，泉为之汤，不根硫也，硫适会耳。西国有山，发七十余泉，皆汤，国王试得其性、其味、其气，各所主治，标之，以教国人。不独硫也。苏门答剌国境布那山，其产皆硫，不闻其泉汤也。又水火者，阴阳之气质。阴得质，阳得气，为泉而汤；阳得质，阴得气，为焰而凉。然水性非热，火性非凉。汤泉以贮器还凉。萧丘之凉，焰以燃物还热，质存气易，此可征矣。

注释：

[1] 田畴：东汉末年义士，无终县人，为避公孙瓒之难，隐居于徐无山中，即今遵化东南铁厂镇地方。

[2] 翕然：安宁、和顺的样子。《后汉书·何敞传》："君臣相合，天下翕然，治平之化，有望于今。"

[3] 错错然：交错；交叉的样子。

[4] 缭：缠绕；围绕。清顾炎武《京师作》诗："缭以皇城垣，靓深拟天上。"

[5] 虫虫：即爞爞。

[6] 湱（huò）湱：水波相击声。

[7]《物类志》：一本写植物动物和矿物等自然物的书，年代不详，著者不详。

[8] 沃：浇；灌。《素问·痹论》："胞痹者少腹膀胱，按之内痛，若

沃以汤。"

[9] 熬鼎：同鏊鼎。鏊，一种平底锅。常用以烙饼。鼎，古代炊器，又为盛熟牲之器。多用青铜或陶土制成。圆鼎两耳三足，方鼎两耳四足。盛行于商周。多用为宗庙的礼器和墓葬的明器。

[10]《山海经》：先秦时期地理类古籍，内容主要是民间传说中的地理知识等。

[11] 沃焦：古代传说中东海南部的大石山。"一名沃燋……在扶桑之东，有一石，方圆四万里，厚四万里，海水注者无不燋尽，故名沃燋。"

[12]《谈荟》：即《玉芝堂谈荟》，明徐应秋编，一部对事物进行考辨的书。

[13] 琼海：太空云海。

[14]《丹阳记》：山谦著，年代不详，内容不详。

[15] 江乘：江乘县。

译文：

遵化县城西北四十里北山南麓，有一眼泉水沸腾而出，即使是在寒冷的冬天，也滚烫如同开水。《魏氏风土记》说："徐无城东有温泉，水出北山脚下，也就是人们所说的汤河的源头。"史书记载，汉朝末年田畴避兵难于徐无山中，前来归附他的竟有五千多家。田畴为大家制定婚姻嫁娶的礼节，兴办学校教育这些人。北部边境因此而得以安宁，但没有说到筑城的事。

因年代久远，找不到徐无城的故址，退而寻找徐无山，这里的山势错综交叉，也寻找不到山的所在，只有这汤泉还在那里。明万历五年(1577年)，大将军戚继光用石头甃成水池，深两丈，周长四寻，石栏杆高出地面三尺，外面环绕着石砌水渠，覆盖着一座堂屋，名叫"九新"，刻有明武宗宫人王氏所作并书写的诗。水向东流，有石头刻成龙嘴，龙嘴内不能排完的水从南北两面石栏上溢出，石渠承接着这些水。

距离泉水数十步之外，就看到热气腾腾，听到水波相互激荡的声音。走近那里，却看到水面平稳如同镜面。用手指探入水中，手指却不能忍受水的高温而改变了颜色。向池中投入铜钱，来回翻转像黄色的小蝴蝶一样沉下，正面背面的文字依然可见。用这里的水来煮食物，却和平常的水一样，要用相同的时间和一样多的燃料。过去的时候有一个军中小卒，失足落入水中，不一会儿的时间，就被烫烂了。

池水注到渠中，引流分为南北：南流的曲折入山下的水塘，水塘中种植荷花；北行的分流入各个浴所，这些浴所有官亭，有民池，还有女池，各自加以区别。引流向东有小池，小池的北面有一孔注入冷水，洗浴的人可以随时开启冷水来调剂泉水的温度。冷水也是一眼泉水，距离汤泉仅有几步之遥。

汤泉下面有石头像是烧红了的锅，出来的是热水，遇不到石头的水出来就是冷水了。泉前的唐代建的寺院，贞观二年（628年）所建，名叫福泉寺，人们俗称为汤泉寺。《物类志》中说："东海有石头山，它的名字叫焦，海浪浇在上头，就像是烧红了的鏊和鼎上洒上汗珠一样。"《山海经》记载："尧在位的时候十颗太阳一起升起，尧帝派羿射落九颗太阳，落在地上成为沃焦。"现在汤泉的所谓釜的石头，也许是那射落太阳的碎块吧？

《玉芝堂谈荟》记载："琼海的潮水，东部滚烫如同开水，西部冰冷如雪。"《丹阳记》说："江乘县的汤山里的水，一半温一半冷，共出一条山沟。"黄东坡记叙所经历的温泉中，黄山温泉，上面有石屋，泉底都是白沙，热得不能下脚。有人见到朱砂片像是桃花，偶尔从泉底涌出。西洋人熊三拔《泰西水法》一书说："汤泉是硫黄的精华，有寒症时服用硫黄，不如服用汤泉水。"王褒《汤泉铭》说："白矾上浮，丹砂向下沉。"也有人说"汤泉下有硫黄，以此来作为水热的根源"。现在那种微带有臭味的温泉，水热是来源于硫黄。而那种味道寡淡的，它的根本原因，是因为地气的冷热变化相互作用在土壤中结晶为硫黄，泉水变成汤泉，其实不是起源于硫黄，硫黄不过是恰巧在那里罢了。西方某国家有一座山，上面七十多个泉，都是汤泉，国王测试水性和气味，发现它们各自主治不同的病，在泉上分别做了标记，以此来告诉国人，温泉形成不仅仅是因为硫黄啊。苏门答剌国境内的布那姑儿山，所产的都是硫黄，却没有听说它那里的泉出热水呀。水和火二者，是阴阳二气的变化，阴气为体而阳气为精神，就形成泉水和热水。阳气为体而阴气为精神，就形成火焰，形成凉火。然而水的本性不是热，火的本性不是凉，汤泉水贮存在器具里就会转凉，萧丘地方的火是寒的，用它来引燃物体也会散发出热量来。

布兰泰·英廉

布兰泰，云骑尉世职，曾管理出征准噶尔大军粮饷，后署理镶红旗蒙古都统，实授副都统。在任期间，撰写《昌瑞山万年统志》，对清东陵的建筑、仪式、官制等各方面皆有详细的记载。

英廉，曾任塔尔巴哈台参赞大臣，因办理与俄交涉事务未合，交部议处。后以镶白旗护军统领升任为正蓝旗汉军副都统。由副都统来署理马兰镇总兵，兼管内务府。在任时，对布兰泰所撰《昌瑞山万年统志》加以续修，增补乾隆七年（1742年）以后的清东陵事务。光绪二十六年（1900年），卒。

汤泉

汤泉在马兰峪东十八里，在遵化州西北四十里。北山之阳有泉沸而出，虽寒冬如汤。《水经注》："渔阳郡北有温泉。"盖其地也。又考《魏氏风土记》曰："徐无城东有泉。"即是泉也。明大将军戚继光曾甃石池于是，颜其堂曰"九新"，刻武宗宫人诗在焉，殆以人事而凑天工者。

由是东出则泄以龙口，南北出则溢于石栏，望如云，就如日，虽沸从中出，而朗自天成。乃昔人云："合白云，闳[1]丹砂，融淡液，流暄澜。"其斯之谓欤？

恭纪康熙十七年（1678年）秋圣祖仁皇帝谒孝陵毕幸汤泉，则有御笔亲题七言长古，至五十三年（1714年）冬圣祖仁皇帝谒孝陵驻跸马兰峪，则又有御书"拜奉山陵泪雨垂"一律，现于御书阁供奉，雍正三年（1725年）世宗宪皇帝展谒陵寝毕回京，御制对联赐汤泉福泉寺，则又有"溪上龙堂夜半云"之句。凡所以品题是泉者至矣，泉诚幸哉！

至当日内外大臣扈从应制，惟康熙辛酉岁季春，圣祖仁皇帝游幸召对时为极盛。如都察院左都御史徐元文、太子太傅户部尚书李霨、经筵讲官礼部尚书吴正治、形部[2]尚书魏象枢等二十八人，或序或诗，或四言、或五言、或七言七古，不拘体格，无不蹑跟[3]探窟[4]，绘影绘声，诗之举其大者，可撮其要。凡四言则有"灵沙内沸，阴火潜然"等句；五言则有"地势盘龙虎，峰形控蓟燕""澡身河汉阔，浴日古今荣""槛入千峰翠，霞蒸五色光"等句；七言则有"千峰巀嶪南熏绕，一派澄清太液通""万斛珠翻浮紫烟，灵源一派动中天"等句。若夫描摹神似，辨皙毫芒者，亦可撮其略：五言则有"喷珠纷上下，舞蝶宛中央""溜暖春常住，波暄火未然"等句；七言则有"翩翩舞蝶金钱下，髣沸跳珠玉碗盈""飞练疑从丹井出，濯缨疑在斗牛间""野寺春深塞草重，振衣人在碧云峰"等句。

猗欤[5]胜哉，鼓吹[6]文明[7]，颂扬休美[8]，蔑[9]以加矣。后之人不知斯泉者，见斯文而如见斯泉，后之人卫护斯泉者，护斯泉尤不得不护斯文，是为之记并附图焉。

注释：

[1] 闵：隐藏。
[2] 形部：刑部之误。
[3] 蹑跟：搜求根源。
[4] 探窟：探索奥秘。
[5] 猗欤：叹词。表示赞美。《诗经·潜》："猗与漆沮，潜有多鱼。"郑玄笺："猗与，叹美之言也。"
[6] 鼓吹：宣扬；宣传。明末清初张岱《陶庵梦忆·朱楚生》："班中脚色，足以鼓吹楚生者，方留之，故班次愈妙。"
[7] 文明：谓文治教化。前蜀杜光庭《贺黄云表》："柔远俗以文明，慑匈奴以武略。"
[8] 休美：美善。《三国志·蜀志·杨戏传》："赞时休美，和我业世。"
[9] 蔑：副词。表示否定。《左传·成公十六年》："宁事齐楚，有亡而已，蔑从晋矣。"

译文：

汤泉在马兰峪东十八里，在遵化州西北四十里。北山的南麓有泉水沸腾而出，即使在隆冬也像是开水。《水经注》："渔阳郡北有温泉。"就是说的这个地方啊。又《魏氏风土记》说："徐无城东有温泉。"也就是这个汤泉啊。明朝大将军戚继光曾在这里甃水池，并将池上的屋子名叫"九新"，刻明武宗宫人的诗在这里，这是用人的事来补充天成之事。

从池向东出则用龙嘴泄出，南北泄出的水溢出于石栏，远望像云雾样缭绕，走近如同太阳般火热，虽然沸水从地中涌出，却全然是天工造成。古人所说的："合白云，闵丹砂，融淡液，流暄澜。"说的就是这种景象吗？

恭敬地记录康熙十七年（1678年）秋，圣祖仁皇帝拜谒孝陵后驾幸汤泉，有御笔亲题的七言长古寺，到五十三年（1714年）冬圣祖仁皇帝谒孝陵后驻跸马兰峪，又有御笔亲书七律《拜奉山陵泪雨垂》一首，现在在御书阁中供奉。雍正三年（1725年）世宗宪皇帝叩谒陵寝完毕后回到京师，又有御制对联赐予汤泉福泉寺，其中有"溪上龙堂夜半云"的句子。

至于当时内外大臣随驾奉命作诗的景况，只有康熙二十年（1681年）春二月，圣祖仁皇帝游幸汤泉召群臣属对时最为盛大。如都察院左都御史徐元文、太子太傅、户部尚书李霨、经筵讲官、礼部尚书吴正治、刑部尚书魏象枢等二十八人，有的写序作诗，或四言、或五言、或七言、或七古，不拘于体裁，无不搜求根源，探索隐秘，绘声绘色，列举这些诗文的大概，可以看到其要点。凡是四言则有"灵沙内沸，阴火潜然"等句；五言则有"地势盘龙虎，峰形控蓟燕""澡身河汉阔，浴日古今荣""槛入千峰翠，霞蒸五色光"等句；七言则有"千峰巇崒南熏绕，一派澄清太液通""万斛珠翻浮紫烟，灵源一派动中天"等句。像那些描摹景物神情相似，可以辨别出毫发之细的诗句，也可以举出其中主要的：五言则有"喷珠纷上下，舞蝶宛中央""溜暖春常住，波暄火未然"等句；七言则有"翩翩舞蝶金钱下，鬐沸跳珠玉碗盈""飞练疑从丹井出，濯缨疑在斗牛间""野寺春深塞草重，振衣人在碧云峰"等句。

这些歌颂美好景色的诗句，宣扬我朝的文治和教化，颂扬美善的事物，没有能够比这更好的了。后来不知道这眼汤泉的人，见到这些文字就如同见到这眼汤泉，后来保护这眼汤泉的人，保护这眼汤泉，又不得不同时保护这些文字。我因此而作了这篇记，并附带画了一张图在这里。

刘 墉

　　刘墉，号园圃，号畅亭。河南省新郑县人，由康熙庚子科副榜保举引往福建，以知县试用，题署南平、侯官等县。又题补崇安县，调补台湾彰化县，俸满借升福州府理事同知。题补永春直隶州知州，丁忧。服满后借补景州知州，乾隆十二年（1747年）调升直隶遵化州知州，乾隆二十三年（1758年）升任云南知府。

　　在任直隶遵化州知州期间，曾组织纂写《直隶遵化州志》，兴建了五所义仓，倡议捐助粟米数百石，又重新修筑遵化城，增设义学，遵化州的人都追忆他的恩泽。清光绪《畿辅通志》卷一百九十二有记。

　　刘墉所记的萧后梳妆楼，在观音殿的院墙外东南山脚下。关于萧后梳妆楼的说法，在其他一些资料中时有所见，但其所在地点不同。

　　《戚继光书法》一文，见于《续四库全书》集部所收集的清新郑刘墉《片刻余闲集》卷二，原文无题目，题目系本书编者所加。

　　《汤泉浴日说》节选于刘墉组织编纂的《直隶遵化州志》一书，刘墉在编纂此书时，将遵化境内的十个景观列为"遵化十景"，并对各景进行说明。

萧后妆楼记

　　遵化汤泉山下有荒土台基，高可二丈余，在寺之东。相传为辽萧后梳妆楼，绝无考据。然寺院石幢[1]戚武毅公[2]所撰《重修汤泉记》："予尝于剥落残文中摩挲读之，有曰稗官氏言：'辽萧后妆楼址也。'"当日想亦见诸记载。又其文内言，初浚此泉时，命工下稻田凿渠百余武，以溯其趾。折甃二尺、深二丈三尺，而出泥丈余。有万户印一、白金五两，并簪珥之属黄金一、铜三十五斛[3]，钱六石七斗，镜一百五十七枚，皆蚀云云。按辽时有万户[4]官名，而泉池内遗金银铜钱簪珥各物，并有镜如许之多，其为当年宫眷随从游幸之地，建有楼阁无疑也，但确指萧后则未可知耳。

注释：

[1] 石幢（chuáng）：明朝戚继光修葺汤泉水池时，在总池之北建六棱石幢一座，上镌刻汤泉布局图和戚继光所撰《葺汤泉记》。其石幢至今尚存，为河北省级重点文物保护单位。

[2] 戚武毅公：明崇祯八年（1635），明思宗朱由检赐予戚继光谥号"武毅"。

[3] 斛（hú）：古量器名。古代以十斗为一斛，南宋末年改为五斗一斛，二斛为一石。

[4] 万户：官名。金初设置，元代相沿，为世袭官职。万户为"万夫之长"，总领于中央的枢密院，驻于各路者，则分属于行省。

译文：

遵化汤泉山脚之下，有一座荒土台基，高大约二丈有余，在福泉寺东边。相传，这里是辽国萧太后的梳妆楼，但是却没有根据。然而在寺院内有一座石幢，上面镌刻着戚武毅公继光所撰的《重修汤泉记》："予尝于剥落残文中摩挲读之，有曰稗官氏言：'辽萧后妆楼址也。'"当年想来也是见于记载的。又戚继光碑文内记载说，开始疏浚温泉时，命工匠下到稻田内，凿渠五十余步，以到达水池。拆开垒砌的水池宽二尺、深二丈三尺，挖出淤泥一丈余深。泥中有万户印一枚、白金五两，以及簪子耳环之类的东西，其中黄金之类的有一斛、铜类的有三十五斛，铜钱六石七斗，铜镜一百五十七枚，都已经被腐蚀了。按：辽时确实有万户这样一个官名，而泉池内遗留下来的金银、铜钱、簪子、耳环之类的东西，以及铜镜，数量如此之多，从这儿来看，说这里是当年宫中眷属随从游幸的地方，因此建有楼阁，应当是没有疑问的了。但来此地的人，是否确实是萧太后，则不得而知！

戚继光书法

戚武毅公继光，工诗兼善书。明神宗时，以左都督镇守蓟、永、山海[1]等处，先为闽、浙、江、广[2]总戎[3]。余昔为崇安令，曾于武夷宫[4]见其题壁墨迹，有"他年觅取封侯印，愿向君王换此山"之句。后十余年牧[5]蓟东之遵化，盖公当年往来驻防之所。城内外数十里中，行署、僧室所见墨笔石刻，不一其处。

遵之西北四十里外有汤泉寺，寺内六角石幢一，其三面刻汤泉图，又三面则公所撰《重修汤泉记》也。行书细小，年久多剥落不可读。寺院前门内，壁上嵌旧碑，载公绝句三首。末首云："风尘已老塞门[6]臣，欲向君王乞此身。一夜寒霜侵短鬓，明朝[7]不是镜中人。"次语与武夷山题句略同。数千里南北天涯，余两见公诗，而词意复有相似者。俯仰今昔，感慨[8]系之。

注释：

[1]蓟永山海：蓟州、永平、山海关。

[2]闽浙江广：福建、浙江、广东。戚继光先后在这些地方做过总兵官。

[3]总戎：统帅。亦用作某种武职的别称。如唐人称节度使为总戎；明清时称总兵为总戎。

[4]武夷宫：武夷山上的殿宇。

[5]牧：治民的人。指国君或州郡长官。

[6]塞门：边关。明李梦阳《送李中丞赴镇》诗："塞门萧萧风马鸣，长城雪残春草生。"

[7]明朝（zhāo）：以后，将来。

[8]感慨：感触，感叹。

译文：

武毅公戚继光，擅长写诗并且善于书法。明神宗的时候，任左都督镇守蓟州、永平府、山海关等处，先前曾经做过福建、浙江和广东等地的总兵。我过去的时候做崇安县令，曾经在武夷山殿宇内见到过他题在墙壁上的墨迹，有"他年觅取封侯印，愿向君王换此山"的句子。十多年以后，我在蓟州东的遵化做知州，也就是戚继光当年往来驻防的地方。在州城内外数十里的范围内，官员行署和僧房所见到的戚继光所作题字石刻，不是一个地方。

遵化城的西北四十里外有一座汤泉寺，寺内有一座六角石幢，石幢的三面刻汤泉图，另外三面则刻着戚公所撰写的《重修汤泉记》。字体是行书并且很细小，因为年代久远，大部分剥落不能读。寺院前门里面，墙壁上嵌有旧碑，上面刻有戚公所做绝句三首。最后一首是："风尘已老塞门臣，欲向君王乞此身。一夜寒霜侵短鬓，明朝不是镜中人。"诗的第二句的意义与武夷山的题句基本相同。两地相隔数千里如同天涯海角，我却两次见到戚公的诗，并且诗的意境又有相似的地方。想到过去和现在的时光，真的是深有感触。

汤泉浴日说

《水经注》云："渔阳之北有温泉。"《魏氏风土记》曰："徐无城东有温汤，水出北䃰。"按其地即遵化之汤泉也。州西北行四十里，抵北山之阳，一泉上沸而出，虽隆冬如汤。

万历五年（1577 年），戚武毅公继光甃石池之，深丈余，方四寻，石栏出地者三尺，外缭石渠，为龙吻以泄之。又为南北窦，以分疏之，南者流注山麓荷塘中，北者曲曲引入浴室。官民异区，男女异域。凡湿寒痞服[1]之疾，坐汤半日可立瘳[2]焉。未至泉数十步，暖气虫虫[3]上蒸如鼎沸，不可向迩。即之一泓若鉴，澄清见底。投以钱翻飞若小黄蝶，百折而下，面背宛然，游人诧为奇观。探以指，辄不可耐，汲之烹生物，又与井泉候等，造物[4]洵不测哉。

圣祖御制诗云："沐日浴月泛灵液。"窃意穴通虞渊[5]，尝邀羲驭[6]之晖云。

注释：

[1] 湿寒痞服：中医术语。湿，属阴邪，流行于夏季。寒，指因感受寒邪所致的疾病。痞，指胸腹内郁结成块的病。服，郁结。

[2] 瘳（chōu）：病愈。

[3] 虫虫（chóng）：即"爞爞"，热气熏蒸的样子。《诗经·云汉》："旱既大甚，蕴隆虫虫。"毛传："虫虫而热。"

[4] 造物：造物者，特指创造万物的神。

[5] 虞渊：亦称"虞泉"。传说为日落处。《淮南子·天文训》："日至于虞渊，是谓黄昏。"

[6] 羲驭：太阳的代称。羲和为太阳的驾驭者，故名。明高启《广陵

孙孝子爱日堂》诗："只愁老景苦骎骎，羲驭西驰疾飞鞚。"

译文：

《水经注》记载："渔阳郡北部有温泉。"《魏氏风土记》说："徐无城东有温泉，水出北山脚下。"探究其地，就是遵化汤泉啊。遵化州向西北行四十里，到达北山南山脚下，一眼泉水沸腾而出，即使是在严寒的冬季热得如同开水。

明万历五年（1577年），戚继光甃石为水池，深一丈有余，周长达二十八尺，石栏高出地面三尺，外面环绕着石渠，刻成龙嘴用来泄水，又留出南北孔来分开水流。向南的流到山脚荷花池中，向北的弯弯曲曲引入浴室，官员和普通人分开，男女在不同的浴室。只要是有湿寒痦服的症状，在汤泉中泡半日可以马上痊愈。距离泉水几十步之外，看到热气灼热，蒸腾而上如同鼎中的开水，就像是不能走近的样子。走到跟前，却看到一汪池水像一面镜子，水质清澈一眼见底。投钱到池中来回翻转如同黄色的小蝴蝶，反转无数次才沉降到水底下，钱正面背面的文字依然可见。游人惊叹称为奇观。以手指探入水中，就不能忍受水的滚热，取来这里的水煮食物，却和平常的井水泉水一样，要用相同的时间和一样多的燃料。创造万物的神的意志，真是深不可测！

圣祖御制诗写道："沐日浴月泛灵液。"我私下认为泉下有穴通到太阳落处，曾经邀请到羲和驾驭着太阳来到这里。

傅 修

见上册。以下二篇短文,载于清乾隆五十八年(1793年)傅修纂《直隶遵化州志》卷之"四方舆志"和同书卷之六"建置"。

汤泉

州西北福泉寺下,宽平约半亩,其水无冬夏常沸如汤。可浴,旁引为浴池。本朝康熙年间,圣祖曾临幸焉。

译文:

汤泉,在遵化州西北福泉寺下,面积约半亩大小,那里的水不论冬夏都是沸腾如同滚开的水。可以洗浴,向旁边引出为浴池。本朝康熙年间,圣祖皇帝曾经临幸这里。

福泉寺

州西北四十里,即汤泉寺。唐贞观二年(628年)建,明万历五年(1577年)总理戚继光修。

译文:

福泉寺,在州西北四十里,也叫作汤泉寺。唐朝贞观二年(628年)建,明朝万历五年(1577年)总理蓟镇练兵事务的戚继光重修。

何崧泰

何崧泰,河南凤阳人,咸丰六年丙辰科(1856年)二甲进士。曾任昌黎知县,编《昌黎县志》十卷。后任遵化知州,编《遵化县志》。后诰受资政大夫,其他事迹不详。

遵化通志(节选)

汤泉,州西北四十里茅山西南麓,宽平约半亩,其水常沸,如汤可浴。旁引为浴池,西有禅刹,明武宗赐额福泉寺,隆庆[1]年总兵戚继光修治池馆,皆有意致[2]。国朝康熙中曾建行宫,圣祖屡临幸焉。

注释:

[1] 隆庆:明穆宗朱载坖年号。
[2] 意致:意趣;情致;风致。清蒲松龄《聊斋志异·黄九郎》:"妇约五十许,意致清越。"

译文:

汤泉,在遵化州城西北四十里茅山西南脚下,面积约有半亩。那里的水总是沸腾着的,如同开水可以洗浴。向旁边引出建成浴池。池西有禅寺,明武宗赐予匾额:"福泉寺"。隆庆年间总兵戚继光修治浴池亭馆,都非常有意趣。我朝康熙年间曾经在这里兴建行宫,圣祖皇帝屡次临幸这里。

王士祯

王士祯（1634—1711年），原名王士禛，字子真，一字贻上，号阮亭，又号渔洋山人，世称王渔洋，谥"文简"。山东新城人，常自称济南人。清顺治十五年（1658年）进士，康熙四十三年（1704年）官至刑部尚书，颇有政声。清初杰出诗人、文学家，继钱谦益之后主盟诗坛，与朱彝尊并称"南朱北王"。诗论创"神韵"说，于后世影响深远。早年诗作清丽澄淡，中年转为苍劲。擅长各体，尤工七绝。好为笔记，有《池北偶谈》《古夫于亭杂录》《香祖笔记》等。

居易录（节选）

陆友记天下汤泉，知名者七：匡庐、汝水、尉氏、骊山、凤翔之骆谷、和州之惠济、渝州陈氏山居。又云：燕之昌平亦有温泉，而不及遵化之石门。李太仆日华[8]云：温泉有三种，朱砂者，水光赤；琉黄者，有琉气；乳石，则流白而无气。黄山朱砂、汝上琉黄、石门钟乳也。温泉与孝陵密迩[9]，康熙二十年（1681年），车驾谒陵毕，命宰臣李霨以下往观，皆赋诗，刻石泉上。

注释：

[1] 陆友：字友仁，元朝人，著有《研北杂志》。

[2] 匡庐：指江西的庐山。相传殷周之际有匡俗兄弟七人结庐于此，故称。庐山多温泉，下有温泉镇。

[3] 汝水：古代对汝河的书面称谓。《水经注》："汝水出河南汝州梁县勉乡西天息山。"上游即今河南的北汝河。

[4] 尉氏：县名。《汉书·地理志上》："陈留郡……封丘、长罗、尉氏。"今属河南省开封市。

[5] 凤翔之骆谷：凤翔，在今陕西宝鸡市凤翔县。骆谷，在今陕西周至西南。谷长四百余里，为关中与汉中间的交通要道。

[6] 和州：今安徽和州市。

[7] 渝州：今重庆市。

[8] 李太仆日华：李日华，字君实，号竹懒，嘉兴人。明万历壬辰进士，官至太仆寺少卿。

[9] 密迩：贴近；靠近。

译文：

陆友记载天下的汤泉，著名的有七处：庐山、汝水、尉氏、凤翔的骆谷、和州的惠济、渝州的陈氏山居。又说：燕地的昌平地方也有温泉，可是却不如遵化县石门地方的温泉。明太仆寺少卿李日华说：温泉有三种，朱砂泉水光滑颜色红；硫黄泉，有硫黄气味；乳石泉，水质白净并且没有气味。黄山是朱砂温泉、汝水上是硫黄温泉、石门是钟乳石温泉。石门温泉与孝陵靠近，康熙二十年（1681年），皇上车驾谒孝陵完毕，命大学士李霨以下各位官员前往观赏，这些人都写了诗，刻于石碑上立在泉边。

姚之骃

姚之骃，字鲁思，清代浙江钱塘人。康熙六十年（1721年）辛丑科进士，官至监察御史。辑有《〈后汉书〉补逸》二十一卷，收录《后汉书》不传者八家——东汉刘珍《东观汉记》八卷，三国谢承《后汉书》四卷，晋薛莹《后汉书》、晋张璠《后汉记》、晋华峤《后汉书》、晋谢沈《后汉书》一卷、晋袁山松《后汉书》一卷，晋司马彪《续汉书》四卷。另著有《类林新咏》三十六卷，词有《镂空词》四卷。

水火共鼎

明王衡《汤泉记》：遵化州有汤泉。泉本寒沁，有石根可一亩，类焦釜覆之，水受石性，故沸；所不及，则否。盖数武之内，而水火共鼎，亦一奇也。

译文：

明朝王衡《汤泉记》中记载：遵化州有汤泉，泉水本是冷水，有石根约一亩大小，像是一口烧红的锅扣在那里，水受到石的热量，所以沸腾；遇不到石头的，就不热。原来几步之内，似乎是水和火在一个容器内，也是一大奇观啊。

陈梦雷

陈梦雷（1650—1741年），字则震，号省斋，晚年号松鹤老人。福建侯官县人。他是康熙九年（1670年）进士，"读书五十载""涉猎万余卷"，康熙四十年（1701年）十月，开始编纂《图书汇编》一书，根据"协一堂"藏书和自己家藏典籍一万五千余卷，进行分类编辑，经过五年"目营手检，无间晨夕"，到康熙四十四年（1705年）五月，编成《古今图书集成》。全书一万卷，目录四十卷，共一亿六千万字。全书分历象、方舆、明论、博物、理学、经济等六编，每编再分若干典，共三十六典，每典又分若干部，总计六千一百零九部。内容繁多，分类明晰，康熙四十五年（1706年）四月完成初稿，康熙御览后改赐书名《古今图书集成》。但一直搁置，雍正即位降旨称："陈梦雷处所存《古今图书集成》一书，皆皇考指示训诲，钦定条例，费数十年圣心，故能贯穿今古，汇合经史，天文地理，皆有图记，下至山川草木、百工制造、海西秘法，靡不备具，洵为典籍之大观。此书工犹未竣，著九卿公举一二学问渊通之人，令其编辑竣事。原稿内有讹错未当者，即加润色增删，仰副皇考稽古博览至意。"命蒋廷锡重修，并去掉了陈梦雷的名字。1934年中华书局出版影印本《古今图书集成》时，才将陈梦雷的名字署上。

此赋写于康熙十七年，观遵化汤泉之后，僧德林曰："眷念万几，弗留弗数，自是一篇大题目。观数作，见忠君爱国深心。若作文字观，便失却只眼矣！敬仰敬仰！"黄叔威曰："此赋可谓工丽极矣！然其气骨苍坚，终似汉魏，非复近今比。"

温泉赋

戊午秋仲

维月之吉，曜灵[1]瑞光[2]，薰霭[3]葱妍[4]。天子乃勅欤飞[5]，龙旂[6]警跸[7]，玉辂[8]云阗[9]，勾陈[10]垒卫，风伯[11]驱先。千乘万骑，幸于温泉。于是虎观[12]侍从之臣，鸣镳[13]导驭，珥笔[14]陈篇[15]。其辞曰：

繄[16]乾元[17]之畲[18]，辟一生水而居先。二仪[19]蕴郁[20]以喷薄[21]，乃决石干云[22]而潋溦[23]。彼槛渍汍瀇[24]之殊号[25]兮，皆潺湲凛冽，而淫演[26]乎大川。兹岂欨瀑[27]薰蒸[28]之特出一源兮，乃沸沫涌汩[29]，而浸流为灼燂[30]。

盖尝博览方舆[31]，侈搜传史，骆谷渝州，匡庐汝水，剑浦雪峰，黄山惠济，皆含燠岩丛，赫曦[32]遐裔[33]，岂若凝和[34]畿辅，为銮舆之所迂祉[35]？又有骊山旧迹，华清故宫，徘徊百凤，惊蜷游龙，石浮菡萏，玉削芙蓉。亦天宝之遗事，又非若皇朝地灵，元气之所钟。盖我朝之有温泉也，蓄斗极[36]之阳精，而导源自扶桑之渚箕。风煽其炎，飚尾火炽，其烈炬祝融。北向而扬波，荧惑[37]降魄[38]而灌注。沃焦[39]呵噏以激荡，烛龙[40]腾蹩而就呴[41]。故其为状也，濎濎[42]泋泋[43]，渐渐[44]濩濩[45]，湍溜而虎须[46]戟竖，洞浟[47]而鱼目[48]星布。乍错彩舒，霞浮映以焕烂兮，轹[49]丹砂而纳吐也。倏芬芬靡靡，芳郁以酷烈兮，硫黄结而滋为甘露也。其为性也，则洋溢渾[50]漫，泄泄溶溶。浃肤[51]铸肌，燠髓[52]康躬[53]。畅痹[54]直躄[55]，蠲痁[56]扶癃[57]。袪寒邪[58]而固卫[59]，烁[60]阳气而荡攻。血周荣于大宅[61]，而气满乎泥丸[62]之宫。较药术而自然，比金石[63]而同功。其地脉所聚，余波所泽，柯冉冉其敷，条萋芊芊。其凝碧奇葩，盈艳而旖旎。嘉禾[64]擢颖[65]而被陌，较之寒泉溉输、时潦[66]霢霂[67]，哀益[68]计殖，又倍蓰[69]而什百尔。

乃金墉[70]缭绕，黄屋峥嵘，甃以郅支[71]之石，环以翡翠之屏。长渠流香，锦栏耀楹，蛟螭[72]盘拱，若俯睨乎深渊，彩凤若罢浴而振翅乎雕甍[73]。时则暄景微薰，金铺凝旭，纤尘不飞，惠风入律，玉帐屯鸾，和肃佳气，浮霞光煜[74]。锦枇[75]施兰，香馥亘银，丝响绿玉。乾情微怡，天步高属，神醴[76]涌兮露华清，采椒馨兮漱琼英。驾支机[77]兮虹梁，浮玉凫[78]兮飞鸣。荡漾兮玻璃，戛而铮铮；滉瀁[79]兮神乳[80]，沥而晶莹。紫薇光烛于天津[81]兮，朱幢玉女，卫太乙[82]于蓬瀛。于是川流效珍，坤灵叶福。宸躬清宁，神愉气淑。天子则睠念万几，弗留弗数。乃返旆扬旌，旋虬纵螭，赤汗[83]骄风，蹑景[84]争蹄。钟砰[85]雷磕[86]，回莅近畿[87]，父老望泽而欢嬉，君臣怵跃[88]而陈辞。乃歌曰：

　　　　上天眷德，皇建极[89]兮。岳渎[90]钟祥[91]，锡灵液[92]兮。葆和[93]导康，百神翼兮。宣豫维时，式厥则兮。璇宫[94]静拱，精宁一[95]兮。万龄寿昌[96]，永无致兮。

注释：

　　[1] 曜灵：太阳。

　　[2] 瑞光：吉祥之光。元王恽《平湖乐·寿李夫人》曲："见说仙家旧风度。寿星图，瑞光浮动云衢婺。"

　　[3] 薰霭：暖和的云气。

　　[4] 葱妍：青翠而美好。

　　[5] 佽（cì）飞：即佽非。汉武官名。少府属下左弋，自武帝太初元年改名为"佽飞"，掌弋射。后亦泛指武官。

　　[6] 龙旂（qí）：画有龙的旗帜。天子仪仗之一。

　　[7] 警跸：古代帝王出入时，于所经路途侍卫警戒，清道止行。清黄遵宪《不忍池晚游诗》："前呼后拥萧萧马，犹记将军警跸声。"

　　[8] 玉辂：古代帝王所乘之车，以玉为饰。明沈德符《野获编·列朝·御辂》："武宗以正德十四年亲征宸濠，曾乘革辂，最合古礼。玉辂则耕籍田用之，其他辂不知先朝亦曾御否。"

　　[9] 云阗：像云一样聚集在一起。

　　[10] 勾陈：即钩陈。星官名。汉刘向《说苑·辨物》："璇玑，谓北辰，勾陈枢星也。"

　　[11] 风伯：神话中的风神。

　　[12] 虎观：白虎观的简称。为汉宫中讲论经学之所。后泛指宫廷中讲学处。清吴伟业《送周子俶张青琱往河南学使者幕》："置酒龙门夜，论文虎观秋。"

　　[13] 鸣镳：马衔铁，借指乘骑。清高宗《观采茶作歌》："雨前价贵雨后贱，民艰触目陈鸣镳。"

　　[14] 珥笔：古代史官、谏官上朝，常插笔冠侧，以便记录，谓之"珥笔"。严复《救亡决论》："出宰百里，入主曹司，珥笔登朝，公卿跬步。"

　　[15] 陈篇：铺陈篇章。

　　[16] 繄（yī）：语气助词。

　　[17] 乾元：指天。唐钱起《泰阶六符赋》："既出没以候君德，又荧

煌以丽乾元。"

[18] 翕（xī）：和合，聚合。《诗经·常棣》："兄弟既翕，和乐且湛。"毛传："翕，合也。"

[19] 二仪：即两仪，指天地。

[20] 蕴郁：同孕育。

[21] 喷薄：汹涌激荡。

[22] 干云：高入云霄。《醒世恒言·灌园叟晚逢仙女》："芦苇中鸿雁群集，嘹呖干云，哀声动人。"

[23] 潎（piē）潊：水流盘旋。

[24] 槛（jiàn）濆（fén）汍（wán）瀵（fèn）：槛，栏杆，此处指水池。濆，水波涌动；喷水。汍，水流貌。瀵，水自地下深处喷涌而出。此处形容池中的水喷流涌动的样子。

[25] 殊号：不同的名称。

[26] 淫演：水大而流长。

[27] 歊（xiāo）瀑：炽热的瀑布。

[28] 薰蒸：犹蒸腾。

[29] 涌汩：水奔涌、翻腾。

[30] 灼燂（qián）：炽热。燂烧热；热。

[31] 方舆：指大地。此处系指各种与方舆有关的书。

[32] 赫曦：亦作"赫羲""赫爔"。炎暑炽盛貌。清魏源《栈道杂诗》之二："并为大岭阴，曾无赫曦暖。"

[33] 遐裔：远方；边远之地。明方孝孺《寿善堂记》："穷山遐裔之人，莫不稽首抃慄，俯伏内省，惟恐弗足称诏旨，当厚恩。"

[34] 凝和：混和，混合。

[35] 迓祉：迎福。

[36] 斗极：北斗星与北极星。元李谦思《读文山诗作》："两瓢倒翻水怪舞，斗极横轧天籁号。"

[37] 荧惑：火神名。古小说中称火德神君。唐张说《帝在潞州述圣颂》："荧惑降精，是为天使。"

[38] 降魄：生命终止。唐段成式《酉阳杂俎·壶史》："房琯太尉祈邢算终身之事，邢言：'若来由东南，止西北，禄命卒矣。降魄之处，非馆非寺，非途非署。病起于鱼飧，休于龟兹板。'"

[39] 沃焦：亦作"沃燋"。古代传说中东海南部的大石山。李善注引《玄中记》："天下之大者，东海之沃焦焉，水灌之而不已。沃焦，山名也，在东海南方三万里。"

[40] 烛龙：古代神话中的神名。传说其张目能照耀天下。《山海经·大荒北经》："西北海之外，赤水之北，有章尾山。有神，人面蛇身而赤，直目正乘，其瞑乃晦，其视乃明，不食不寝不息，风雨是谒。是烛九阴，是谓烛龙。"

[41] 呴：嘘气，哈气。《庄子·大宗师》："泉涸，鱼相与处于陆，相呴以湿，相濡以沫。"

[42] 淲淲（biāo）：水流貌。

[43] 洊洊（hàn）：水迅速流动貌。

[44] 渐渐：象声词。明高启《题大黄痴天池石辟图》诗："饮猿忽下藤袅袅，浴鹤乍立风渐渐。"

[45] 濩：形容水势汹涌。

[46] 虎须：老虎的胡须。

[47] 洄洑：湍急回旋的流水。

[48] 鱼目：鱼的眼珠子。南朝梁刘勰《文心雕龙·杂文》："自连珠以下，拟者间出。杜笃、贾逵之曹，刘珍、潘勖之辈，欲穿明珠，多贯鱼目。"

[49] 轹：撞击。《文选·张衡〈西京赋〉》："轹辐轻骛，容于一扉。"

[50] 澶（shàn）：宛转貌。

[51] 浃：浸透。

[52] 燠髓：温暖到骨髓内部。

[53] 康躬：使身体健康。

[54] 痹：中医指风、寒、湿侵袭肌体导致肢节疼痛、麻木、屈伸不利的病症。《素问·痹论》："黄帝问曰：'痹之安生？'岐伯对曰：'风、寒、湿三气杂至，合而为痹也。'"

[55] 躄（bì）：足不能行。《素问·痿论》："故肺热叶焦，则皮毛虚弱急薄着，则生痿躄也。"

[56] 痞（pǐ）：指胸腹内郁结成块的病。

[57] 癃（lóng）：跛，腿瘸。

[58] 邪：中医学上指一切致病因素为邪，如风寒暑湿之气。《急就篇》

卷四:"灸刺和药逐去邪。"颜师古注:"凡人正气不足则邪气入体而病生焉。故叙攻病云'逐去邪'也。"

[59] 卫：能防止疾病，有益于健康。

[60] 烁：热；烤。明方孝孺《溪喻》:"子其观乎海哉！烁之以九年之旱而不见其涸。"

[61] 大宅：人的面部。枚乘《七发》:"然阳气见于眉宇之间，侵淫而上，几满大宅。"刘良注:"大宅谓面也。"

[62] 泥丸：道教语。脑神的别名。道教以人体为小天地，各部分皆赋以神名，称脑神为精根，字泥丸。《黄庭内景经·至道》:"脑神精根字泥丸。"

[63] 金石：指古代丹药。明李贽《藏书·因时大臣·谢安》:"譬如人有虚怯之症……不遽试以金石之药，攻劫之剂。"

[64] 嘉禾：生长奇异的禾，古人以之为吉祥的征兆。亦泛指生长茁壮的禾稻。《清史稿·礼志二》:"雍正二年，耤田产嘉禾，一茎三四穗，越二年，乃至九穗。"

[65] 擢颖：犹抽穗。指穗状花实。唐韦模当《朱草合朔赋》:"分茎灼烁，擢颖超遥。"

[66] 潦(lǎo)：雨水大貌。亦指雨后的大水。明宋应星《天工开物·稻》:"湖滨之田，待夏潦已过，六月方栽者，其秧立夏播种，撒藏高亩之上，以待时也。"

[67] 霢霂(mài mù)：小雨。《诗经·信南山》:"益之以霢霂，既优既渥。"

[68] 裒(póu)益：减少和增加。

[69] 倍蓰(xǐ)：谓数倍。倍，一倍；蓰，五倍。《孟子·滕文公上》:"夫物之不齐，物之情也。或相倍蓰，或相什百，或相千万。"

[70] 金墉：犹金城。坚固的城墙。晋潘岳《西征赋》:"金墉郁其万雉，峻崶峭以绳直。"唐王勃《九成宫颂》序:"旁望斗城，金墉万仞。"明李东阳《和沈地官时旸〈游城西朝天宫〉韵》:"龙盘万岭合，虎踞千山重。我昔往观之，汤池带金墉。"

[71] 郅支：匈奴单于。呼韩邪单于之兄，名呼屠吾斯。汉宣帝五凤元年（前57），独立为郅支骨都单于。元帝初，叛汉。建昭三年（前36年），为西域副校尉陈汤攻杀，斩郅支首及名王以下千余级。后世因以"郅

支"代称外寇。此处是指外国。

[72] 蛟螭：犹蛟龙。亦泛指水族。汉扬雄《羽猎赋》："探岩排碕，薄索蛟螭。"明朱鼎《玉镜台记·石勒称王》："倚天长剑泣蛟螭，那怕金垒汤池。"

[73] 甍（méng）：屋檐。

[74] 煜（yù）：光耀；照耀。明张居正《赠霁翁尊师英老先生督学山东序》："故窾言者，弃德之窦也；缛采者，雕朽之饰也；攘窃者，剽文之宄也；挹波者，塞源之蘖也；士有此四者，即煜于春华奚益矣。"

[75] 柂（duò）：船舵。《后汉书·文苑传下·赵壹》："安危亡于旦夕，肆嗜欲于目前，奚异涉海之失柂，积薪而待燃。"李贤注："柂，可以正船也。音徒我反。"

[76] 醴：甘甜的泉水。扬雄《甘泉赋》："荫西海与幽都分，涌醴汩以生川。"李善注："涌醴，醴泉涌出也。"

[77] 支机：传说为天上织女用以支撑织布机的石头。相传汉代张骞奉命寻找河源，乘槎经月亮至天河，在月亮见一女织，又见一丈夫牵牛饮河，织女取支机石与骞。

[78] 玉凫（fú）：凫鸭形的玉雕。唐李贺《夜来乐》诗："五色丝封青玉凫，阿侯此笑千万余。"王琦汇解："青玉凫，刻青玉为凫鸭形，盖玩器也。"

[79] 滉瀁（huàng yàng）：水深广且动荡的样子。

[80] 神乳：神的乳汁。指雨水。唐司空图《移雨神》："天以神乳育百谷，必时。"

[81] 天津：银河。《楚辞·离骚》："朝发轫于天津兮，夕余至乎西极。"

[82] 太乙：星名，即帝星。又名北极二。因离北极星最近，故隋唐以前文献多以之为北极星。

[83] 赤汗：赤汗马，即汗血马。汉武帝时伐大宛得千里马，其马汗出如血，后因以"赤汗马"泛指名马。

[84] 蹑景：亦作"蹑影"。良马名。晋崔豹《古今注·鸟兽》："秦始皇有七名马：追风、白兔、蹑景、奔电、飞翮、铜爵、神凫。"

[85] 砰：发出大声。唐吴武陵《遗孟简书》："霆砰电射，天怒也，不能终朝。"

[86] 礚（kē）：象声词，形容水石轰击声等。

[87] 近畿：谓京城附近地区。南朝梁江淹《萧太尉子侄为领军江州兖州豫州淮南黄门谢启》："兄子臣鸾，忝守近畿。"

[88] 忭（biàn）跃：欢欣鼓舞；高兴得跳起来。唐元结《永泰元年贺赦表》："欢呼忭跃，不自禁止。"

[89] 建极：建立中正之道。语本《书·洪范》："皇建其有极。"孔颖达疏："皇，大也。极，中也。施政教，治下民，当使大得其中，无有邪僻。"

[90] 岳渎：五岳和四渎的并称。五岳，我国五大名山的总称。古书中记述略有不同。常指东岳泰山、南岳衡山、西岳华山、北岳恒山、中岳嵩山。四渎，是长江、黄河、淮河、济水的合称。

[91] 钟祥：谓得福。

[92] 灵液：滋润万物的雨露。唐武元衡《贺甘露表》："圣德至而和风应，元气滋而灵液降。"

[93] 葆和：保持恬淡平和。葆，通"保"。南朝宋谢灵运《山居赋》："庚宅垒以葆和，与陟峨而善狂。"唐司空图《蒲帅燕国太夫人石氏墓志铭》："三子皆葆和自晦，乐善相成。"

[94] 璇（xuán）：美玉。《集韵·平仙》："璇，《说文》：美玉也。"

[95] 宁一：安定统一。《宋书·沈文秀传》："今天下已定，四方宁一，卿独守穷城，何所归奉？"

[96] 寿昌：长寿昌盛。明刘基《处州分元帅府同知副都元帅石末公德政碑颂》："祝公于天，锡公寿昌。"

译文：

这个月的吉日，太阳放射出祥瑞的光芒，暖和的云气，青翠而美好。于是天子下令给武卫官，让他们摆设好仪仗，安排好警卫，装饰着美玉的车辆如同云团一样聚集在一起，星辰也来做护卫，风神也来为天子的开路。千辆车万匹马随后扈从，临幸温泉。在这时候，侍讲侍从的文臣，跟着皇帝的车驾，铺陈篇章。文中说：

那种天缘聚合的盛况，如同天上降到地上的雨珠一样奋勇争先，又似天地孕育万物一样汹涌激荡，竟然冲开石头，直入云霄，水流左右冲激而盘旋。那栏杆下的水池中滚水涌动、喷薄，虽然有着不同的名称，但是都滚滚流淌气势凛冽，水大而流长，汇集成洪大的河流。这哪里仅仅是炽热的瀑布蒸腾独出一眼汤泉，简直就是开水奔涌翻腾成了的一条河流。

我曾经广泛阅读各种方舆志类的书，大量搜集各种传说和史志，它们所记载的骆谷、渝州、庐山、汝水、剑浦、雪峰、黄山、惠济等地的温泉，都隐藏在深山老林之中，显赫在偏僻之地，哪里像这座温泉，凝聚在京城的近郊，为皇上车驾迎接福祉？还有那骊山旧址，华清池往时的宫殿，众多的后妃曾在这里徘徊，又惊动了在这里蜷睡的游龙唐玄宗，池中装饰着的石雕的荷花，玉刻的芙蓉。但那不过是唐朝天宝年间的往事，也不如我大清朝的温泉，是大地灵气所凝聚，被宇宙元气充盈。我朝的温泉，蓄积天上星斗的精华，发源于扶桑之畔。风煽动太阳的火势，飓风使它更加炎热，火的猛烈超越火神。向北扬起水波，火德星君也投身于其中。东海的火山喷薄激荡以帮助它滚热，烛龙也挣脱缰绳向水中呼出热气。由于以上缘故，所以这个温泉的样子，水势流动迅猛，汹涌而有声。水流急速如同老虎的胡须向上直立，急流回旋，鱼眼似的圆润气泡像星星一样密布。错落的彩云舒卷，红霞映照色彩灿烂啊，冲撞着水中丹砂向上喷吐。忽然间香气弥漫，气味浓郁水温酷热，硫黄凝结成为甘露。论起水的本性，它洋溢宛转，浩浩汤汤。说起它的功用，浸透肌肤强健肌肉，温暖到骨髓内部，使身体健康。使伸屈不便的地方能够顺畅，不能活动的足部得以伸直行走。去除体内的病块，让跛脚的病人挺直。祛除风寒暑湿之气，防止疾病，有益健康，扶阳气而攻邪气。洗浴温泉之后血脉养育着人的颜面，元气充满大脑之内。比用草药来得自然，与服丹药有着相同的功效。这里由于地脉聚集，地热余波的润泽，草木渐渐扩展铺开，枝条茂盛。那浓绿的叶子奇异的花朵，艳丽而美好。生长茁壮的禾稻抽出谷穗覆盖了田野。与那些用平常冷水浇灌、靠大雨小雨浇灌的谷物相比较，增加的产量，又不止几倍甚至达到十倍或百倍啊。

这里有坚固的城墙缭绕，高大的房屋矗立，浴池用国外的石头垒砌，池旁环绕着翡翠一样的屏风。流水的长渠中散发着香气，锦色的栏杆照耀着房梁，建筑上的蛟龙盘绕，像是俯瞰着深深的水池，彩凤如同刚刚洗浴完毕在屋檐上振翅鸣叫。这温暖的景色令人陶醉，门环上的铜片上也似是照射着晨曦，道路上一丝尘土也没有，柔和的风吹奏着音乐，玉帐里聚集着鸾凤，应和祥瑞之气，霞光照耀。锦绣的船舵上涂抹着香味的兰气，香气充盈无有边际，丝竹乐器振响绿玉。这时皇帝神情微露喜色，脚步迈得高远，甘甜的泉水向上涌动着如同露水一样清澈，采来的香料气味芬芳洗浴着美女。用天上织女支撑织布机的石头建成彩虹一样的桥梁，水上浮着的凫鸭形玉雕似是在飞翔鸣叫。水波荡漾像玻璃一样透明，敲击时发出金玉之声。深广啊神的乳汁，流淌着发出晶莹的光芒。紫薇星光照耀着天河啊，旌旗里的仙女护卫着仙境中的帝星。于是河流奉献上珍宝，大地也送来福祉。皇帝的身体因在此洗浴而清爽安宁，神情愉悦神气淑朗。天子却眷顾着国家大事，不留恋这美景，也不频繁临幸汤泉。于是护卫摇旗鼓旌，皇帝摆銮回驾，赤汗宝马与风比速，蹑影良驹奋蹄驰奔。钟声发出如雷般巨响，车驾到了京城近郊。父老乡亲们望见皇帝的身影而欢欣鼓舞，君臣也欣然跳跃而献上歌辞。于是唱道：

上天眷顾有德行的君王啊，建立伟大的中正之道。山河得到福佑啊，上天赐予汤泉这样美好的泉水。使君臣心境安和身体健康，众多的神灵来佑护着啊。身体的舒展按照规律，遵循着那养生的规则。美玉镶嵌的宫殿拱手而治，国家也安定统一呀。皇上万岁长寿宇内昌盛，盛世永远不坏，存留人间。

古今图书集成（节选）

汤泉　《景物略》曰："汤泉在遵化州北四十里，泉从山坡下沸而四出。"《魏土地记》曰："徐无城东有温汤，水出北山溪，即温源也。"万历五年（1577年），戚大将军继光甃石池之，深二丈、方四寻，覆以堂曰"九新"。水东出于石，为之龙吻，以喷其怒。未至泉数十步，其气燺燺，其声汹汹，即之静若鉴。投钱池中，翻翻若黄蝶，百折而下至底宛然钱也，以熟生物与炊者等候。堂壁刻武宗宫人王氏怨诗。导而左，远之为小塘，塘阴有窦，以通寒水。浴者时启而剂泉之温。寒水者亦泉也，去汤泉数步出于泥沙。汤泉有石根若焦釜者，出之石，不及则寒矣。泉前唐寺，贞观三年（629年）建，名福泉寺，人则呼汤泉寺。

译文：

  汤泉 《帝京景物略》说："汤泉在遵化州城北四十里，泉水从山坡下沸腾而出。"《魏土地记》记载说："徐无城东有温泉，水出北山的河流，也就是温泉的源头。"明万历五年（1577年），大将军戚继光甃成石头水池，深二丈、周长四寻，上面覆盖着一座屋子叫"九新"堂。水向东流出石池，做成龙嘴状，以泄出其中的汹涌的水流。距离泉池数十步远时，看到热气腾腾，听到水声滔滔，到了跟前水面平静得如同铜镜。投入铜钱到池中，上下翻转如同小黄蝴蝶，反转很多次才到底，依然能清晰地看清钱上的花纹。用这里的水来煮生的食物与其他地方的水用一样的时间。九新堂的墙壁上刻有明武宗宫人王氏所作抒发幽愤情绪的诗。水流引导向西，远处有一个小水塘，塘的北面有小孔，用来引进冷水。洗浴的人根据需要来开启，以调剂泉水的温度。那冷水也是来自泉眼，从距汤泉几步远的泥沙中涌出来。汤泉下面有大石头像是烧红了铁锅，热水从这个石头上流出来，流不到这里的就是冷水了。温泉前面的唐朝寺院，是贞观三年（629年）建的，名叫福泉寺，现在人称呼它叫汤泉寺。

  《燕山丛录》：遵化县北四十里温泉，浴之愈疥。守臣为凿池受之覆以巨屋。导其流折而左，入东院以待仕宦，又入右院以待驺从。复南注为两池以待行旅，使男女异处。皆石甃石栏，浴者甚便。

译文：

  《燕山丛录》：遵化县西北四十里温泉，在这里洗浴能够治愈皮肤病。当年在这里镇守的武臣凿了个水池容纳温泉水，覆盖了一个大的屋子。引导那水流曲折向左，进入东院以招待官府的人，又入右院以招待侍从人员。又向南流注入两个水池以招待行商的人，使男女分别在不同的池内。都以石栏杆围绕，洗浴的感觉非常方便。

毛奇龄

见上册。

汤泉赋应制有序

臣谨按：遵化汤泉，在州北福泉山下。明万历间始甃文石[1]为池，分上下二层，而覆以房。塞[2]则充之，决溜[3]而更之。亦粤[4]世祖皇帝，尝洒濯[5]明德[6]，而坐澡其中。铭盘之后，爰筑宫焉。今皇上纯孝，曾迎奉太皇太后养涤圣躬。会康熙辛酉（1681年），以仁孝、孝昭两皇后山陵之役，敕扈从诸臣仰瞻其下，并令赋诗，勒之岩户[7]。臣奇龄于沙河迎驾之次，不揣鄙陋，亦拈笔为赋。以慈、孝、并、隆、甘、泉、呈、瑞八字作韵。

其词曰：毖[8]彼灵水，厥名神泉。火生自地，源通于天。合德[9]在坎离[10]之际，栖神[11]介丁癸之间。名八柱[12]之要穴，实三辅之东偏。控之而关塞可守，仰之则园陵在焉。盖阳气之回，原有黍谷[13]。星精[14]之播，邻于玉田。或上莹而为飞雾，或下彻而成通川。其洒之霪霂[15]，俨若霖溜[16]。其气之幂羃[17]，本非云烟。乃触石而霈注[18]，遂如汤之泳漩[19]。堪烂毛与瀹卵，亦煮绢[20]而濯弦。手甫[21]探则寒冽减，身已溅而痹疴痊。是固焦釜之所不能沃，又岂神炭之可得而煎？尔乃上转翠华，下承彩卫。帐殿方悬，严阿[22]未闷[23]。浴日池边，流虹天际。虎躅泉来，鸡笼潮至。回沂上之歌，修洛川之禊。庆六疾之齐蠲，喜百神之俱侍。流惠泽[24]于四噢之中，播薰风[25]于九环之内。于是因山作宫，就水为砌。重门曲槛，洒榻澡器。两汤供奉，各有位置。不斵不斫，三古遗意。鄙骊山之营，陋华清之制。减泛水之珠凫，却凌波之石芰。祛醴泉于建武之朝，决神水于咸康之世。浮纹而绨缯扬其华，拾级而雁鸿张其翅。恍咸池之自温，非神鼎而长沸。固井冽之能春，抑滋泉之多瑞。至若虎须初射，蟹眼[26]未烹。山含玉润，水作金声，路移仙跸，云拥霓旌。苔衣[27]铢薄，瀫被纱轻。露缘岩而乳堕，日泻影而珠呈。沙白而星榆[28]坠英，波频则山桃落英。永信驭金根[29]之辇，中安驾紫罽之軿。问起居于长乐，请汤沐于慈宁。秉璇烛而瑶池泛雪，褰云帘而华渚流星。翚翟[30]舒光，觉金壶之灿烂；璁珩[31]解佩，恍玉液之玖琤[32]。保养圣躬，袚除[33]久传夫河洛；澡溉明德，混浣已接于蓬瀛。遂使上谷流银之窟，渔阳灼水之潭，炎质藏晖之壑，蒙情出险之岩，石分瞻而倍紫，水洗髢[34]以增蓝。胜盘盂之取洁，比沉潅之能甘。芹卷玲珑之带，蘋抽玳瑁[35]之簪。龙鸾之所自憩，鳞介之所不潜。扶舆[36]因而上届，和粹[37]于以中含。烟已消于铜浦，汞遂积乎铅岚。白矾漂而远散，硫黄爇而下湛。王廙药石之颂，张衡珍怪之谈，蔑不遐慕[38]溯洄。近思游泳，涤虑清神，除烦却病。测深浅之无端，拟寒暄而莫定。指玉酒[39]以善诬，谓英泉之难并。滑如雍伯[40]之脂，清似轩皇[41]之镜。经冰雪而弥和，汰泥沙而愈净。能历坎而守冲，自虚中而外映。况夫一人以锡类[42]为孝，两宫以解泽[43]为慈。瞻上陵而临幸，诏侍臣其观之。搴五花之藻井，把三露于莲池。玉龙蟠而妖矫，珠雁列为参差。想日驭之每住，盼天光而自思。俨淑气之顿至，捐烦襟于此时。何恩波之下浃，似闾澨之旁施。紫云[44]生乎玉牖[45]，黄沫溢乎金堤[46]。临清流而湔[47]胃，俯崇冈而振衣。虽子云之献赋，无以媲其光辉。岂长汤之十六[48]，可得而尽其涟漪？尔乃接浪云川[49]，通神员峤。屯转三河[50]，卫连五校[51]。采仗常悬，红旐远照。鬢沸一泉，永无旱涝。土蝗[52]鲜跃，天马未蹈。春风乍来，人迹罕到。导穿石之光，发藏珠之窍。时裖[53]可以渐消，民瘵于焉得疗。推国母之宏仁，广圣人之纯孝。岂徒远饰游观，迩资听眺。寻源主簿[54]之山，试浴吴郎之庙。氿泉[55]上下，揽新阳[56]玉女[57]之裳；云气低徊，窥姑射[58]仙人之貌。又况温汤扈从，不是离宫；宝慈临御，全非濯龙。幔城相接，暂转新丰。殚心孝养，以瞻肃雍[59]。上池可饮，仙源自通。维此泉水，产在无终。桥山上寝，虞思有熊[60]。矧当嬝简[61]，同启龙輁[62]。遂褰凤扆[63]，爱驾丰隆[64]。他时化浃，煌煌东封[65]。千乘万骑，诸方景从[66]。麟游凤至[67]，山高泽容。捧大安之辇，听长乐之钟。漱琼浆于蓊莅，采甘露于芙蓉。搜铜井于幽薄[68]，驾漆船于远峰。嶂启万年之碧，花开千岁之红。纪岣嵝[69]之沐浴，欲簪笔[70]而安庸？

注释：

[1] 文石：有纹理的石头。明陶宗仪《辍耕录·宫阙制度》："正殿四面，朱悬琐窗，文石甃地。"

[2] 塞：堵塞；填塞。《明史·太祖纪》："是月，河决开封，发民夫塞之。"

[3] 决溜（liù）：急流。

[4] 粤：助词。用于句首。表示审慎的语气。清钱大昕《十驾斋养新录·永乐大典》："粤以伏羲氏始画八卦，通神明之德，类万物之情。"

[5] 洒濯：洗涤；涤荡。《庄子·庚桑楚》："汝自洒濯孰哉！"

[6] 明德：光明之德；美德。

[7] 岩户：岩，崖岸，山或高地的边。户，门户。此处指汤泉总池边上的门户。

[8] 毖：通"泌"。泉水流貌。《诗经·泉水》："毖彼泉水，亦流于淇。"毛传："泉水出，毖然流也。"高亨注："毖，通'泌'，水流貌。"

[9] 合德：同德。汉王充《论衡·谴告》："天人同道，大人与天合德。"

[10] 坎离：坎、离本为《周易》的两卦，道教以"坎男"借指汞，内丹家谓为人体内部的阴精；以"离女"借指铅，内丹家谓为人体内部的阳气。犹言铅汞、水火、阴阳。《易·说卦》："坎为水……离为火。"

[11] "栖神"：凝神专一。为道家保其根本，养其元神之术。

[12] 八柱：古代神话传说，地有八柱，用以承天。《楚辞·天问》："八柱何当？东南何亏？"王逸注："言天有八山为柱。"洪兴祖补注："《河图》言，昆仑者，地之中也，地下有八柱，柱广十万里，有三千六百轴，互相牵制，名山大川，孔穴相通。"

[13] 黍谷：山谷名。在今北京市密云区西南。又称寒谷、燕谷山。《太平御览》卷八四二引汉刘向《别录》："传言邹衍在燕，有谷地美而寒，不生五谷。邹子居之，吹律而温至生黍，到今名黍谷焉。"

[14] 星精：犹言星之灵气。北周庾信《周太子太保步陆逞神道碑》："祥符云气，庆合星精。"

[15] 霫霫（xí）：降雨的声音。

[16] 霖溜：向下流的雨水。

[17] 幂㸌：烟雾升起的样子。

[18] 滂（yū）注：大雨如注的样子。

[19] 漩（xuán）：回旋的水流。

[20] 煮绢：煮蚕丝。

[21] 甫（fǔ）：方才；刚刚。《汉书·翼奉传》："天下甫二世耳，然周公犹作诗书深戒成王，以恐失天下。"

[22] 岩阿：山的曲折处。汉王粲《七哀诗》："山岗有余映，岩阿增重阴。"

[23] 闭（bì）：关门。亦泛指关闭。

[24] 惠泽：恩泽。

[25] 熏风：和暖的风。指初夏时的东南风。《吕氏春秋·有始》："东南曰熏风。"

[26] 蟹眼：螃蟹的眼睛。比喻水初沸时泛起的小气泡。《警世通言·王安石三难苏学士》："（荆公）命童儿茶灶中煨火，用银铫汲水烹之。先取白定碗一只，投阳羡茶一撮于内。候汤如蟹眼，急取起倾入。"

[27] 苔衣：泛指苔藓。南朝宋谢灵运《岭表赋》："萝蔓绝攀，苔衣流滑。"

[28] 星榆：榆荚形似钱，色白成串，因以"星榆"形容繁星。宋王禹偁《五老峰》："矗矗拂星榆，峥嵘与众殊。"

[29] 金根：即金根车，以黄金为饰的根车。帝王所乘。根车，用自然圆曲的树木做车轮装配成的车子。古代以为帝王有盛德，则山出根车，为祥瑞之兆。

[30] 翚翟：后妃的礼服。《旧唐书·舆服志》载，皇后服有袆衣，"其衣以深青织成为之，文为翚翟之形"，故以"翚翟"指后妃之服。

[31] 璁（cōng）珩：玉佩。隋许善心《奉和冬至干阳殿受朝应诏》："森森罗陛卫，哕哕锵璁珩。"

[32] 玬琤（cōng chēng）：象声词。玉石等碰撞声或水声。

[33] 祓除：除灾去邪之祭。《后汉书·礼仪志上》："是月（三月）上巳，官民皆洁于东流水上，曰洗濯祓除去宿垢疢为大洁。"

[34] 髲（bì）：假发。

[35] 玳瑁：爬行动物，形似龟。甲壳黄褐色，有黑斑和光泽，可做装饰品。甲片可入药。此处指玳瑁的甲壳，亦指用其甲壳制成的装饰品。《汉书·东方朔传》："宫人簪玳瑁，垂珠玑。"

[36] 扶舆：亦作"扶于""扶与"。犹扶摇。盘旋升腾貌。汉王褒《九怀·昭世》："登羊角兮扶舆，浮云漠兮自娱。"

[37] 和粹：平和纯朴；纯粹。三国魏嵇康《答难养生论》："弃世不群，志气和粹。"

[38] 遐慕：对过去人、事的企慕。

[39] 玉酒：醇美的酒、仙酒。《初学记》卷二七引《十洲记》："瀛洲有玉膏如酒，名曰玉酒，饮数升辄醉，令人长生。"

[40] 雍伯：干宝《搜神记》载，雍伯常常在山顶打水供人饮用。有人饮水后送给他一斗小石子说：选个好地方种下可以生出玉石。雍伯种石而得玉。

[41] 轩皇：即黄帝轩辕氏。汉张衡《同声歌》："众夫所希见，天老教轩皇。"

[42] 锡类：谓以善施及众人。语出《诗经·既醉》："孝子不匮，永锡尔类。"毛传："类，善也。"郑玄笺："孝子之行非有竭极之时，长以与女之族类，谓广之以教导天下也。"

[43] 解泽：布施恩泽。《史记·乐书》："上自朝廷，下至人民，得以接欢喜，合殷勤，非此和说不通，解泽不流。"

[44] 紫云：紫色云。古以为祥瑞之兆。

[45] 玉牖：窗户的美称。唐吴融《玉堂种竹六韵》："引风穿玉牖，摇露滴金盘。"

[46] 金堤：坚固的堤堰。后作为堤堰的美称。

[47] 湔（jiān）：洗涤。北周庾信《温汤碑》："洒胃湔肠，兴羸起瘠。"

[48] 长汤之十六：唐华清宫中的大型温泉浴池，为诸嫔御入浴之所。五代王仁裕《开元天宝遗事·长汤十六所》："华清宫中，除供奉两汤外，而别更有长汤十六所，嫔御之类浴焉。"

[49] 云川：银河。明王微《七襄怨》诗："藻帐越星波，玉饰渡云川。"

[50] 三河：指黄河、淮河、洛河。亦泛指众多河流。

[51] 五校：汉时对步兵、屯骑、长水、越骑、射声五校尉的合称。

[52] 蛫（lì）：传说中的神蛇。

[53] 祲（jìn）：日旁云气。古时迷信，认为此由阴阳二气相互作用而发生，能预示吉凶。常指妖气，不祥之气。

[54] 主簿：飞布山，又作布射山，《寰宇记》："飞布山，布射水源出焉，旧名主簿山，昔因寇乱，有歙县主簿率百姓保据此山，唐改今名。"

[55] 沈（guǐ）泉：从侧旁流出的泉水。《释名·释水》："侧出曰沈泉。沈，轨也，流狭而长如车轨也。"

[56] 新阳：指初春。谢灵运《登池上楼》："初景革绪风，新阳改故阴。"吕延济注："春为阳，秋为阴也。"

[57] 玉女：仙女。《神异经·东荒经》："东王公恒与一玉女投壶。"

[58] 姑射：《庄子·逍遥游》："藐姑射之山，有神人居焉，肌肤若冰雪，绰约若处子。"后诗文中以"姑射"为神仙或美人代称。

[59] 肃雍：为称颂妇德之辞。

[60] 有熊：黄帝的国号。汉班固《白虎通·号》："黄帝有天下，号有熊。有熊者，独宏大道德也。"

[61] 嫄（yuán）简：嫄，周朝祖先后稷之母的名字。商朝先祖契的生母简狄。此处借喻孝庄皇太后。

[62] 龙輁（gǒng）：画以龙的停放棺椁的器具。天子所用。其形似长床。

[63] 凤扆：皇帝宫殿上绘有凤凰图饰的屏风。置于户牖之间。亦指帝座。

[64] 丰隆：古代神话中的雷神。后多用作雷的代称。唐皮日休《霍山赋》："叱丰隆，奔列缺，轰然霹雳，天地俱裂。"

[65] 东封：汉司马相如临终前作《封禅文》，盛颂汉德宏大，请武帝东幸封泰山、禅梁父、以彰功业。相如卒后八年，武帝从其言，东至泰山行封禅事。事见《史记·司马相如列传》。后因以"东封"谓帝王行封禅事，昭告天下太平。

[66] 景（yǐng）从：如影随形。比喻追随之紧或趋从之盛。汉贾谊

《过秦论》："天下云集响应，赢粮而景从。"

[67] 麟游凤至：麟游，语本《淮南子·览冥训》："昔者黄帝治天下……凤皇翔于庭，麒麟游于郊。"后因以"麟游"为祥兆。凤至，凤翔。表示祥瑞景象。

[68] 幽薄：谓茂草丛生之处。《北史·萧大圜传》："筑蜗舍于丛林，构环堵于幽薄。"

[69] 岣嵝（gǒu lǒu）：衡山七十二峰之一，在湖南省衡阳市北。为衡山主峰，故衡山又名岣嵝山。古代传说，禹曾在此得金简玉书。

[70] 簪笔：谓插笔于冠或笏，以备书写。古代帝王近臣、书吏及士大夫均有此装束。隋薛道衡《从驾幸晋阳》诗："方观翠华反，簪笔上云亭。"

译文：

臣经过谨慎考察：遵化汤泉，在遵化州城北面的福泉山脚下。明朝万历年间才开始用有纹理的石头砌成水池，分为上下两层，在上面修建着房子。堵塞洞口就会充满水池，急流时就撤掉塞子。我朝世祖皇帝，曾经为了洗浴以使得美德更加高尚，就坐在这浴池中。把劝诫的言辞记录下来之后，又在这里筑建行宫。当今皇上至孝，曾经奉太皇太后到这里洗涤圣体。此后恰遇康熙二十年（1681），皇帝因视察仁孝皇后和孝昭两位皇后的陵墓，命扈从的诸位大臣们瞻仰这里的汤泉，并让大家写诗，并镌刻在汤泉边的石头上。我于沙河迎接圣驾之后，不怕自己文辞水平低，也提笔写了赋，赋中用慈、孝、并、隆、甘、泉、呈、瑞八个字来做韵脚。赋词说：

那汩汩流动的灵水，就是人们所说的神泉。火从地中出，水来自天。其德在水火交际之处，灵气停留在丁和癸之间。名称叫天下的重要位置，实际是京城附近地区偏东的地方。控制了此地，险要的关塞就可以镇守，仰望时能看见先祖的陵寝。阳气在此地回旋，是因为山中有黍谷。星辰的灵气播撒，是因为这里邻近种玉之田。汤泉水有的向上升腾成为飞雾，有的在地上流汇为河川。汤泉水流淌的声音，简直就像是天上降下水珠；那热气如烟雾升起，却不是云烟；遇到石头阻拦时如暴雨般倾泻，就如同开水在锅里洄漩。可以煮烂野兽和兔子，也能够用来煮蚕丝和牛百叶。

手刚刚探入水中，天气的寒冷就会减轻，身体经过洗浴偏瘫等疾病就能痊愈。这本来不是烧红的铁锅能让它发热，又哪里是天上的炭能够把它煮沸的？它竟然能够上供天子、下接皇帝的卫兵濯尘。太阳在水池旁洗浴，天边都映现出彩虹。似虎跑泉涌来，如鸡笼潮飞至。回荡着在沂水上洗浴时的歌，遵循着古人洛川洗浴的遗风。庆幸六种疾病一齐被洗除掉，欣喜有众神来服侍。皇帝的恩泽流传到边远的地区，播撒和暖的风于宇宙之内。于是背靠山势修建了行宫，按着水形砌筑浴池。布置了层层门户曲折栏廊，以及洗浴用的木榻和澡盥用具。两座汤池供奉两宫，各自有恰当的位置。行宫不雕刻，遵循夏商周三代古人的勤俭遗风。鄙夷唐朝对骊山的大规模建造，认为华清宫不应该那样奢侈。减掉华清池浮在水面上的玉凫，去除池水里的石雕莲花。摒弃建武各朝对泉水的崇拜之风，破除咸康年间对神水的依赖。水面的波纹像彩缎一样光波潋滟，顺着走上去，台阶如同大雁张开的翅膀。如同咸池的水一样能自己加热，而不是靠烧热了的鼎来升温。虽然是井水甘洌能带来春天的气息，也是这眼泉水有祥瑞之气。至于那泉水喷薄如虎须，泛起的气泡似未煮熟的螃蟹眼。山如同含蕴了玉石一样润泽，水流似金石有声。路途上有皇家的车辆行走，云彩拥卫着帝王的锦旗。地上铺着薄薄的苔藓，水浪如同覆盖着轻纱。露珠凝聚在山崖上如同乳汁般将要堕下，太阳光洒在水面上犹同颗颗珠光。沙滩上星光点点，如同榆钱落荚其上，水波赤色，犹如山上桃花飘下的花瓣。太皇太后驾金根车辇，太后乘毡帘之车。向太皇太后问起居安宁，请皇太后洗沐除尘。点燃蜡烛而瑶池飘雪，掀起彩云做成的门帘，映照水面泛起星光。后妃衣服发光，使金壶也更加灿烂；身上的佩玉声音清脆，俨然似池中水声琤琤。保养圣上的身体，除灾去邪的祭祀方法很久以前就在河洛地方流传；洗垢修德，水势浩大已与蓬莱瀛洲相连接。由于皇上的到来，于是就使流动着瀑布山洞的上谷、热水池潭的渔阳、隐藏着炎热材料的山沟、险峻的山崖增光，这些地方的石头分享帝后车帘的光辉，而更加斑斓，水有幸洗濯妃子们的假发而更添色彩。胜过用盘盂刻铭文来洗励德行，比天降的仙露更令人甘甜。芹藻卷起玲珑的叶子，苹草也长出玳瑁似的茎。这里是龙凤休憩的地方，鱼类介壳类都不敢在这里潜伏。盘旋而上升，其中蕴含着平和之气。烟火消弭在铜浦，汞气聚集在炼铅的烟雾中。水中的白矾随水漂流散到远处，硫黄经烧烤而下沉。王廙颂药石的言论，张衡谈珍怪的文章，无不让人企慕追述。在水里游泳，可洗去烦恼清爽精神。这水的深浅莫测，冷热也难以确定。认为神仙的酒与引相比在夸大效用，说是那落满花瓣的泉水也难以与之相比美。水质润滑如同雍伯所种的玉石，清莹似黄帝的轩辕铜镜。经过冰雪的融入更加和煦，洗去泥沙越显清净。能经历坎坷守住冲和之气，内心舒缓表现在外面。况且皇帝能以推善于众人为孝，两宫太后以广施恩泽于人为慈祥。瞻拜帝陵而临幸汤泉，降诏命侍臣来观览胜景。撷取各种花的形态绘行宫的天花板，接纳仙露于莲花池。玉龙在这里盘旋的样子十分娇美，大雁排列成行错落有致。希望太阳经常在这里留住，盼圣上来临而每天思念。似乎是温和之气突然降临，去掉烦闷的心情于此时。皇上的恩德下降，开阔深广而大面积施予。祥瑞的云彩生于窗子里面，黄色的水泡出现在堤堰。在清流里洗涤五脏，俯视高高的山冈拌去衣服上的尘土。即使让扬雄来这里作赋，也无法展现汤泉的光辉。华清池的十六座浴池哪里就能够尽现汤泉涟漪的美丽？汤泉水波涛通向天河，连接着仙山。泉水转注入各条河流，侍卫连接五校。采仗在此经常悬挂，红旗照耀到很远的地方。喷薄涌出的泉水，使这里永远无旱涝的忧虑。神蛇鳞片鲜明，骏马没有到过这里。皇家的春风忽然吹到这人迹罕至的地方。引出璞中玉石的光彩，使深藏的珍珠也开窍发光。洗过之后，不祥之气可以渐渐消去，老百姓的疾疫在这里会得到治疗。通过对国母太皇太后的大仁，以推广皇上纯孝的思想。那里是仅仅为了从远处游览观赏，到近处聆听眺望。到主簿山寻源，在吴郎庙试浴。侧出的泉水汤汤，揽着春天的仙女的衣裳；云气在地面上缭绕，偷窥姑射山上美人的容貌。又何况在汤泉是为了扈从国母，不是把这里当作离宫来享受，而是为了让太皇太后驾临汤泉，全然不是为了皇帝自己的洗浴。幔帐相连，似乎是临时回到皇帝故里。尽心尽力孝敬赡养，是为了让国人瞻仰太皇太后的妇德。水似仙露可以饮用，如同天上的源泉通达到这里。这美妙的泉水啊，产在无终这个地方。先帝的陵寝在这里，使我们恭敬地想到了先帝的宏大道德。何况有国母太皇太后，共同揭启停放先帝梓宫的器具。于是就掀开绣有凤纹的屏风，引来雷声般的轰鸣。以后会化成广大的恩惠，如同盛大辉煌东封泰山的仪式。千车万骑前行，四面八方都像影子一样随从。各种祥瑞的征兆都到此地，山更显高峻水更显润泽。侍奉着大安车辇,倾听着长乐宫的钟声。在蘙荞丛中饮着美酒,在芙蓉上收集甘露。从茂密的草丛中搜寻用以铜做口的井,摇动涂着彩漆的船驶向远处的山峰。山峰上长满万年碧绿的植物,鲜花盛开千载彤红。想要记载像大禹一样的沐浴,准备了笔,可是又哪里需要我来写?

徐乾学

见上册。

汤泉赋 有序

  古者辞赋[1]之作，所以铺扬[2]鸿业[3]，咏歌盛治[4]。然窃怪司马相如、扬雄之徒，矜夸[5]车马，侈陈[6]羽猎[7]。组织虽工，于主德奚[8]裨[9]焉？夫帝王之至德，要道无逾于孝。曾子曰："孝者，置之而塞[10]乎天地，施之而横[11]乎四海。"大哉其言之也。

  臣备员[12]史馆，伏见我皇上奉事两宫，先意承志[13]，听微察渺，可与虞舜、姬文比烈矣！汤泉之幸，亲承懿旨，銮舆所过，宜有纪载。私恐后世不察，以上林、长杨之制相为比拟，殊失厥旨。柳宗元云："思报国恩，惟有文章。"不揣弇陋[14]，敬摅[15]芜词[16]。虽未足测高深于万一，庶几[17]矢报答于涓埃[18]云尔。

  赋曰：皇帝御极[19]十有一载，庶征[20]协应[21]，群生[22]毕遂。鸿雁来宾[23]之候，律[24]中南吕之月。霜清东野[25]，斗指北阙[26]。云既净而天高，潦将收而水洁。天子于是坐总章[27]，戒臣工，宣长乐[28]之懿旨，问温井于无终。乃驾鸾辂[29]，载龙旗，千乘雷动，万骑云驰。石铠[30]犀衣[31]之士，连七萃[32]而雾卷；珠旒日羽[33]之兵，亘五营[34]以星移。其时旭日霁野[35]，庆云[36]霭[37]天，飞廉[38]雨师，洒道驰烟。宓妃[39]嬴女[40]，奔走后先。玉帐开而秋野[41]生春，宝炬[42]列而暮川增曙。香生枪垒[43]之间，彩绕枌榆[44]之树。圣心维则，意切承欢[45]。慈宫在路，出入盘桓[46]。遇险道则亲扶雕辇[47]，奉甘旨则手进珠盘。见玉色之愈和，必柔色而问安；欲坤贞之永固，假炎液以除烦。诚孝思之不匮，非往代之游观[48]。故吉行[49]而徐进，爰驻跸于温泉。夫温泉者，为域中之珍瑞[50]，亦天地之神灵。白矾上彻，丹砂下沉。非神鼎而长沸，异龙池而独深。五云[51]之浆比润，三危[52]之露同清。控汤谷[53]于瀛洲，濯日月于中营[54]。谷神[55]不老，川德弥盈。涮洒肠胃,澡雪精神。醴泉消疾,闻乎建武之世;神水蠲疴,不数咸康之辰。诚一沐而再浴,延永算于千龄。于焉停仙跸,设行宫。楼枕岭而倒影,殿当川而抱虹。长墉跨于障塞,列岫插于鸿蒙[56]。阅邃[57]而寒暑隔,岧峣[58]而云雾通。绣帷四幕,层城九重。水澹澹而岸花紫,烟微微而野树红。鸣文鹢[59]于波面,奏龙吟于水中。玉女乘车而进悦,神人灼水而擎钟。已温和之悦体,自苇禄[60]之在躬。慈圣既安,皇情愉悦。乃讲搜苗[61],饬羽猎,张竟野之罘[62],设垂天之罼[64]。虎落三峻[64],崇山作碣,围经百里,羽林罗列。驰朱汗[65]之马,校黄金之埒[66]。紫燕晨风,红阳飞鹊,凡有名驹,无不毕集。为之攫倚天之剑,弯落月之弓。金甲霜鸣于旷野,虹旗电掣于长空。羽毛扬兮九天绛,猎火然兮千山红。乃有参伐[67]之精,负隅林莽,喑鸣[68]哮[69]咽,摩牙[70]舔掌。川谷啸而风生,林峦闻而振荡。天子为之抽金戈,挥玉矢。刃若星流,簇如电驶。南山白额[71],应弦而毙。谷振千群,山呼万岁。谓圣武如我皇,岂往代所能拟?然后登九霄之台,宴八纮[72]之圃。管鸣而娇鸟不飞,篁[73]拂而轻花自舞。五蹄仁兽以扶轮,九翼威禽以节鼓。

是皆圣孝之祯祥,宜受昊苍之福祐。乘舆旋返,倾都聚观。欢声振地,红尘障天。散貔貅[74]之万骑,聚鸳鹭之千官。皇上方且心存得一[75],学务函三[76]。问寝龙楼[77],听政未央。弘孝思之锡类,谋寰宇[78]之乂安[79]。以河海为衽席[80],脯麟凤为瀡甘[81]。合万国之欢心,极尊养之多端。彼夫汉帝之游灞浐,唐家之幸醴泉,岂足以比隆[82]圣世,齐历大年[83]也哉?

注释:

[1] 辞赋:文体名。战国出现,至汉而赋体大盛,常以辞赋并称。辞赋讲求声调,以抒情为主,注意排比铺陈。

[2] 铺扬:即铺张扬厉,张大其事,极意宣扬。

[3] 鸿业:大业,多指王业。唐玄宗《并州置北都制》:"守宗社之大宝,恢中原之鸿业。"

[4] 盛治:昌明的政治。清钱谦益《苏州府修学记》:"成周之盛治,岂复可几于后世哉!"

[5] 矜夸：夸耀。明高启《江上看花》诗："花应得我相慰赏，似笑欲舞争矜夸。"

[6] 侈陈：过分地铺陈。

[7] 羽猎：帝王出猎，士卒负羽箭随从，故称"羽猎"。清陈维崧《满庭芳·题顾梁汾舍人扈驾诗后》词："万乘旌旗，千官羽猎，翠华绝塞重经。"

[8] 奚：疑问词。什么。《吕氏春秋·不屈》："蝗螟，农夫得而杀之，奚故？为其害稼也。"

[9] 裨（bì）：补益。唐韩愈《进学解》："头童齿豁，竟死何裨。"

[10] 塞：充塞；充满。《孟子·公孙丑上》："其为气也，至大至刚，以直养而无害，则塞于天地之间。"

[11] 横：充满；遮盖。《汉书·礼乐志》："扬金光，横泰河。"

[12] 备员：用作任职或任事的谦词。《续资治通鉴·宋英宗治平四年》："臣前日备员政府，所当共议。"

[13] 先意承志：本谓孝子先父母之意而承顺其志。《礼记·祭义》："君子之所为孝者，先意承志，谕父母于道。"

[14] 弇（yǎn）陋：浅薄。此处为作者自谦之辞。

[15] 摅（shū）：抒发；表达。汉班固《西都赋》："愿宾摅怀旧之蓄念，发思古之幽情。"

[16] 芜词：芜杂之词。常用作对自己文章的谦称。元无名氏《碧桃花》第一折："芜词拙笔，徒污仙眼耳。"

[17] 希望；但愿。《孟子·公孙丑下》："王庶几改之，予日望之！"

[18] 涓埃：细流与微尘。比喻微小。明无名氏《四贤记·赴选》："想我昔年受其大恩，未及涓埃之报。"

[19] 御极：登极；即位。南朝梁刘勰《文心雕龙·时序》："明帝秉哲，雅好文会，升储御极，孳孳讲艺。"

[20] 庶征：各种征候。《书·洪范》："八、庶征：曰雨，曰旸，曰燠，曰寒，曰风。"

[21] 协应：应时，应运而生。《宋史·乐志五》："比岁休祥协应，灵芝产于庙楹，瑞麦秀于留都。"

[22] 群生：指百姓。唐元结《大唐中兴颂》："边将骋兵，毒乱国经，群生失宁。"

[23] 来宾：来做宾客。《逸周书·时训》："寒露之日，鸿雁来宾。"

[24] 律：古代用竹管或金属管制成的定音仪器。以管的长短确定音阶高低。亦用作测候季节变化的仪器。唐李山甫《秋》诗："邹家不用偏吹律，到底荣枯也自均。"

[25] 东野：东郊。泛指乡野。

[26] 北阙：用为宫禁或朝廷的别称。

[27] 总章：古代天子明堂之西向室。取西方总成万物而章明之意。

[28] 长乐：本指长乐宫。后作为汉代天子母亲的代称，此处代指清孝庄皇太后。

[29] 鸾辂：天子王侯所乘之车。

[30] 石铠：坚固的铠甲。南朝梁简文帝《南郊颂》序："石铠犀衣之士，连七萃而云屯；珠旗日羽之兵，亘五营而星列。"

[31] 犀衣：即犀甲，犀牛皮制的铠甲。犀皮不常有，或用牛皮，亦称犀甲。

[32] 七萃：泛指天子的禁卫军或精锐的部队。

[33] 日羽：指太阳的光芒。唐李峤《奉和杜员外扈从教阅》："云区坠日羽，星苑毙天狼。"

[34] 五营：泛指诸军营。唐高适《信安王幕府》："雷霆七校发，旌斾五营连。"

[35] 霁野：晴朗的原野。唐刘祎之《酬郑沁州》："寒山敛轻霭，霁野澄初旭。"

[36] 庆云：五色云。古人以为喜庆、吉祥之气。《汉书·天文志》："若烟非烟，若云非云，郁郁纷纷，萧萧轮囷，是谓庆云。庆云见，喜气也。"

[37] 蔼：笼罩；布满。

[38] 飞廉：风神。一说能致风的神禽名。《楚辞·离骚》："前望舒使先驱兮，后飞廉使奔属。"

[39] 宓（fú）妃：传说中的洛水女神。此处指美女。

[40] 嬴女：指传说中的秦穆公女弄玉。秦，嬴姓，故称秦女为嬴女。

[41] 秋野：秋日的郊野。唐王维《早入荥阳界》："秋野田畴盛，朝光市井喧。"唐杜甫《秋野》："秋野日疏芜，寒江动碧虚。"唐李贺《南

山田中行》："秋野明，秋风白，塘水漻漻虫喷喷。"

[42] 宝炬：蜡烛的美称。《华严经·世主妙严品》："宝地普现妙光云，宝炬焰明如电发。"唐罗隐《台城》："宴罢明堂烂，诚成宝炬残。"宋张元干《感皇恩·寿》："宝炬密香，玉卮波滟，醉拥笙歌夜深院。"《再生缘》第十七回："但见那，洞房铺设似仙乡，宝炬高烧近绿窗。"

[43] 枪垒：古时用尖竹木所筑之壁垒。唐祖咏《扈从御宿池》："远树低枪垒，孤峰入慢城。"唐皎然《横吹曲辞·陇头水》："碎影摇枪垒，寒声咽帐军。"《新唐书·浑瑊传》："次黄菩原，瑊引众据险，设枪垒自营，遏贼奔突。"

[44] 枌榆：木名。《说文·木部》："枌，榆也。"段玉裁注："各本少'枌'，浅人以为复字而误删之。枌榆者，榆之一种。"

[45] 承欢：指侍奉父母。

[46] 盘桓：徘徊；逗留。晋李密《陈情事表》："过蒙拔擢，宠命优渥，岂敢盘桓，有所希冀？"

[47] 雕辇：饰有浮雕、彩绘的车；华美的车。汉张衡《东京赋》："是时称警跸已，下雕辇于东厢。"唐顾况《乐府》诗："细草承雕辇，繁花入慢城。"宋孙光宪《后庭花》词："修蛾慢脸陪雕辇，后庭新宴。"

[48] 游观：游逛观览。

[49] 吉行：为吉事而行。唐刘禹锡《德宗神武孝文皇帝挽歌》之二："凤翣拥铭旌，威迟异吉行。"

[50] 珍瑞：犹祥瑞，吉祥的征兆。唐无名氏《庆云抱日赋》："太阳淳精兮，表德于君，德感珍瑞兮，应天垂文。"

[51] 五云：五色瑞云。多作吉祥的征兆。唐骆宾王《为齐州父老请陪封禅表》："瑞开三眷，祥洽五云。"

[52] 三危：古代西部边疆山名。《书·禹贡》："三危既宅。"孔传："三危为西裔之山也。"

[53] 汤（yáng）谷：即旸谷。古代传说日出之处。清刘大櫆《祭左和中文》："讳曜灵之出汤谷兮，羲和狂驰而不辍。"

[54] 中营：营域之中。汉张衡《温泉赋》："控汤谷乎瀛州，濯日月乎中营。"

[55] 谷神：古代道家用语。谷，义为保养。神，指五脏神。《老子》"谷神不死"，河上公注："人能养神则不死，神谓五藏之神也。"

[56] 鸿蒙：指高空。明刘基《通天台赋》："矗鸿蒙以建标兮，拖甘泉以为祛。"

[57] 閟邃（bì suì）：闭塞而幽深。

[58] 岧峣（tiáo yáo）：高峻；高耸。明陆采《明珠记·买药》："五云楼阁郁岧峣，听玉佩频摇。"

[59] 鹢（yì）：水鸟名。形如鹭而大。羽色苍白，善高飞。古代在船首以彩色画鹢鸟之形。后借指船。

[60] 茀禄：犹福禄。茀，通"福"。明方孝孺《姚贞妇赞》："人曰孝子，茀禄是承。"

[61] 搜苗：春猎为搜，夏猎为苗，泛指狩猎。

[62] 罘（fú）：捕兔网。泛指狩猎用的网。唐白居易《想东游五十韵》："蛾须远灯烛，兔勿近罝罘。"

[63] 罼（bì）：掩捕鸟兔的长柄小网。

[64] 三嵕（zōng）：三峰并峙的山。《汉书·扬雄传上》："尔乃虎路三嵕以为司马，围经百里而为殿门。"

[65] 朱汗：《汉书·武帝纪》"贰师将军广利斩大宛王首，获汗血马来。"颜师古注引应劭曰："大宛旧有天马种，蹋石汗血。汗从前肩髆出，如血。号一日千里。"后因以"朱汗"形容骏马的优良特性。

[66] 埒（liè）：等同，比并。《史记·平准书》："故吴诸侯也，以即山铸钱，富埒天子。"

[67] 参伐：参、伐皆星名。伐星属于参宿。古人谓主斩伐之事。

[68] 喑呜：低沉的声音。明唐顺之《西峪山草堂记》："而殽函又秦汉以来百战故处，过而览者，莫不踌躇慨然，想见乎挥戈溅血虩虎喑呜之雄。"

[69] 哮（xiāo）：哮，兽怒吼。

[70] 磨牙：露出锐利的牙齿。状凶狠。

[71] 白额：猛虎。唐李白《大猎赋》："虽凿齿磨牙而致伉，谁谓南山白额之足睹。"王琦注："白额虎盖虎之老者，力雄势猛，人所难御。"

[72] 八纮：泛指天下。宋范仲淹《六官赋》："王者富有八纮，君临万国。"

[73] 簟（diàn）：供坐卧铺垫用的苇席或竹席。

[74] 貔貅：传说中的两种猛兽。多连用以比喻勇猛的战士。清毕著

《纪事》诗:"乘贼不及防,夜进千貔貅。"

[75] 得一:天的代称。唐无名氏《鸿庆寺碑》:"上奉得一,下及七世父母,法界众生。"

[76] 函三:谓包含天、地、人三气。

[77] 龙楼:指朝堂。唐蒋防《题杜宾客新丰里幽居》诗:"已去龙楼籍,犹分御廪储。"

[78] 寰宇:犹天下。旧指国家全境。明张四维《双烈记·访道》:"敢将长剑撑寰宇,欲挽天河洗甲兵。"

[79] 乂安:太平;安定。《史记·孝武本纪》:"汉兴已六十余岁矣,天下乂安。"

[80] 衽席:卧席,指床褥。

[81] 濉(suǐ)甘:柔滑、美味的食物。

[82] 比隆:同等兴盛。

[83] 大年:谓年寿长。《庄子·逍遥游》:"小知不及大知,小年不及大年。"

译文:

　　古人写作辞赋,是为了大肆宣扬皇家的伟业,歌颂天下繁盛治平。可是我私下里感到奇怪的是司马相如和扬雄等人,只是徒然夸耀车马,过分地铺张皇家射猎的事。文章的遣词造句虽然很工整,但是对皇上的圣德的完善有什么好处呢?帝王最大的圣德,最主要的无过于尽孝。曾子说:"孝啊,放在那里就会充塞天地之间,施行起来会充满四海。"庄子的这句话,真的气势很盛大呀!

　　我充任史馆的一员,仰见皇上侍奉两宫太后,能揣测她们的意图并按她们的想法去做,听从微小的要求,细致观察与她们有关的细节这种孝心可以与虞舜和周文王相比美了!临幸汤泉,是皇上听从两宫太后的懿旨,所以对皇上车驾所经过的地方,我应该有所记载。我私下里怕后代人不体察皇上大孝之心,把皇上的巡游单纯地与《上林赋》《长扬赋》中所描写的狩猎相比较,那就失去了皇上此次出行尽孝两宫的本意了。柳宗元说:"思报国恩,惟有文章。"于是我不怕自己学识浅薄,恭敬地书写下这些杂乱无章的文辞。即使不能够猜测到圣上本意的万分之一,但也希望能够很微小地展示出皇上的孝心。

我写道：皇帝登极十一年，各种和谐的征象应时而生，百姓安居乐业。时间是在鸿雁飞过、律中属南吕的八月。霜雪肃清于郊野，北斗七星的斗柄也开始指向北方。云彩清洁天空高朗，泛滥的洪水也收敛，水流更加清澈。于是天子坐在明堂西室，告谕群臣，宣布太皇太后的懿旨，要到温泉洗浴。于是就驱动鸾驾，布置龙旗，千车如雷而驱动，万骑似云般奔涌。披着铠甲的勇士，连着精锐部队如同云雾般翻卷；高擎珠旗光芒连着太阳的士兵，军营相连使得星辰都要移动。那个时节朝阳照耀着广阔的原野，五色祥云笼罩着天空。风神和雨神，洒扫道路驱赶风烟。洛水女神般的美女们前后奔走。玉帐所到之地使秋季的原野也生出春色，点燃成行的蜡烛使晚上的河流也增添了早晨的曙光。香气弥漫在壁垒之间，彩云缭绕在榆树之上。圣上的心是天下的楷模，一心只想让两宫太后欢欣。两宫太后在路上，皇上总是陪伴在左右。遇到崎岖不平的道路就用手扶着车辇，奉送美味食品的时候亲手端着精美的盘子。见到太后面时脸色更加和顺，一定以柔顺的颜色来问安；想要母德永远存在，借助温泉来除去祖母和母后的忧烦。这真是满怀孝顺的思绪，与过去朝代的游玩观览完全不同。所以缓缓行进，于是就驻跸在汤泉。汤泉是国家疆域中的珍宝，也是天地间的神异之物。水里白矾上浮，丹砂下沉。虽不是用神鼎烧热但是水长期沸腾，不同于龙池却很深，它的滋润可与五色云笼罩下的琼浆相比，它的清澈与三危山下的玉露相同。掌控日出之处在神山之上，洗浴日月在营域之中。能养人的精神以达到不老，河流的德行更加充盈。洗涤肠胃中的秽气，清洁人的精神。甜美的泉水能够消除人身体的疾患，这样的事在建武时听说过；神奇的水可以洗去沉疾，不仅仅在咸康一朝。小心翼翼地一再沐浴，就是要延长两宫太后的寿命于千年。在这里停下车驾，设置行宫。高楼背靠山岭映出倒影，殿宇对着河流如同怀抱长虹。长城跨越险要的边塞，众多山峰高耸插入云天。汤泉环境幽秘从而使得寒暑与世隔绝，山势高耸仅有云雾和外界相通。绣帷四幕相环，城郭九重相绕。水波荡漾，两岸的花呈紫色，烟雾袅袅，山野上的树木呈红色。水面上身有花纹的鸟在鸣叫，池深处蛟龙在长吟。仙女乘着车来呈上巾帕，神人烧开热水捧上水盅。已经有温和的泉水来使身体舒适，自然会有福禄亲临两宫太后身上。两宫圣母身体既已安康，皇上的心情自然也愉悦。于是就开始狩猎，张弓箭射鸟兽，布设铺天盖地网来捕捉鸟兽。虎被射杀在险峻的山上，高山作屏障，行猎的场面广达百里，士兵森然排列。原野上奔驰着汗血宝马，奖励的额度可与黄金相比美。紫燕、晨风、红阳、飞鹊等，天下所有的名马，无不齐聚这里。为此拔出倚天的长剑，拉弯能射落月亮的弓。黄金甲带着冰霜在旷野里鸣鸣作响，大旗如风驰电掣般在天空飞舞。羽旗飞扬让天空变成了红色，打猎的火把照耀得千山红透。于是就有善于杀伐的众星，占据莽莽丛林，发出低沉的怒吼声，露出尖利的牙齿，舔着掌上的鲜血。河流山谷呼啸生风，森林和山峦听到这声音也因之震荡。看到这个场面，天子也为此而挥动金戈，拉开玉弓，刀刃锋利如同流星，箭镞飞射犹如闪电。南山的老虎，随着弓弦声响倒地而死。喊声震动千座山峰，众人齐呼万岁。人们都说像我们皇上这样神圣威武的，以往各个朝代的君王哪里能够相比？狩猎结束后，登上耸入云天的高台，用天下的菜来宴请群臣和兵士。此时，管乐齐鸣鸟儿不忍离去，竹席上面的花瓣翩翩起舞。五个蹄瓣的仁兽来扶助车轮，九只翅膀的猛禽来帮着敲鼓。

  这些都是圣人的孝道引来的吉祥征兆，应该受到上天的赐福保佑。狩猎结束后车驾马上返回京城，都城里的百姓都出来聚集观看。欢呼声震天动地，尘土遮天。解散从猎的众多勇猛将士，召集朝中诸位大臣。皇上正在奉行上天之道，学问要达到容纳天地人三才的知识。在龙楼向两宫太后问安，在宫殿里听政。弘扬孝道于众人，以谋求天下太平安宁。让河海安静成为枕席，将麟凤的肉做成软滑甘甜的食物。融合万国的欢心，多方面对两宫太后极尽尊敬孝养之心。那汉朝皇帝游灞水和浐水，唐朝天子临幸醴泉的做法，哪里能够和我朝盛世游幸，以追求两宫太后长寿的行为相媲美啊！

彭孙遹

见上册。

温泉赋

若夫干维上运,[1]坤络旁宣[2]。结为五岳,散作百川。洛符禹范[3],河瑞羲年[4]。灵长之美,坎德[5]斯全。元气盎溢[6],温泉出焉。尔其山岭岑崟[7],冈峦层复。衍脉高原,发源峻谷。瑶窦溅珠,琼沙喷玉。初似游丝,渐如飘縠[8]。乍潆洄[9]于溪涧[10],终澶漫[11]于陵陆[12]。既汇之而渊渟[13],亦扬之而波属。遂喷薄于郊坰[14],且蔽亏[15]于林木。彼其因寒为性,就下而趋。凡水皆一,兹泉则殊。苞[16]五行而回干,乘一气而盘纡[17]。通机缄[18]于化轴,开橐钥[19]于灵枢[20]。含火德[21]之温煦,纳沃焦之委输[22]。历四时而皆暖,经三冬而不渝。审阴阳之为炭,知天地之为垆。揽之融泄[23],挹之静深。夏无毒热,冬无冱阴[24]。飞霰不积,繁霜讵侵?何俟凌人之政,无劳黍谷之音。蟠烛龙于水底,媚阳燧[25]于波心。浸咸池[26]之若木[27],浴蹕羽之阳禽[28]。澄之自定,淆之弥净。铺缟练[29]之缬文[30],莹玻璃之明镜。溯阳谷而可通,登炎洲[31]而若近。润能及物,非由挹注[32]之劳;热不因人,讵改清冷之性?况乃无终,旧封北平,胜概明月之峡,黄花之塞,控卢龙而作咽喉,翼神京而为襟带。拱北极而非遥,瞻孝陵而斯在。王气如龙,祥云如盖。丹砂的砾[33]而中藏,醴泉络绎而纷会。信天产之灵区,呈皇朝之上瑞。

至若焦溪见于郦经,骊山表于唐世,蜀都之井沈荧,曲阿之潭扬沸。讵有得于冲和[34],徒相夸其神异。岂若斯泉,郁为奥府,磅礴太和,絪缊终古。如湛露之斯浓,类熏风之自鼓。凝之则如醴如膏,泄之则为云为雨。可以涤烦释躁,悦志怡神,宁人便体,浴德澡身,蕃滋[35]卉物[36],粒[37]我生民。念庶征之时燠,跻一世于阳春。瀁[38]天波而勿幕[39],广圣泽于无垠。近日月而不冰,非如㳽水[40];现荣光而有耀,长似河津[41]。

注释：

[1] 上运：向上行。

[2] 旁宣：向四面发散。

[3] 禹范：大禹所形成的楷模。

[4] 羲年：伏羲氏治世的年代。

[5] 坎德：《易·说卦》："坎为水。"又《谦》："谦谦君子，卑以自牧也。"坎德，指水就下的性质。因以喻君子谦卑的美德。

[6] 盎溢：充盈洋溢。明徐弘祖《徐霞客游记·游白岳山日记》："溪环石映，佳趣盎溢。"

[7] 岑崟（cén yín）：山势险峻的样子。唐孟郊《连州吟》之一："连山何连连，连天碧岑崟。"

[8] 縠（hú）：有皱纹的纱。

[9] 潆洄：水流回旋貌。明徐弘祖《徐霞客游记·滇游日记七》："然其境水石潆回，峰崖倒突。"

[10] 溪涧：指山间的水流。

[11] 澶漫：泛滥。唐韦应物《冰赋》："由是依广澶漫，凭高峥嵘。"

[12] 陵陆：山陵与平地。汉桓宽《盐铁论·本议》："故圣人作为舟楫之用，以通川谷，服牛驾马，以达陵陆。"

[13] 渊渟（tíng）：潭水积聚不流貌。

[14] 郊坰（shǎng）：泛指郊外。晋葛洪《抱朴子·崇教》："或建翠翳之青葱，或射勇禽于郊坰。"

[15] 蔽亏：谓因遮蔽而半隐半现。唐孟郊《梦泽行》："楚山争蔽亏，日月无全辉。"

[16] 苞：通"包"。包藏；裹藏。《新唐书·桓彦范传》："昌宗谬横恩，苞祸心，亿测天命皇神降怒，自摘其咎。"

[17] 盘纡：回绕曲折。北魏郦道元《水经注·洭水》："山盘纡数百里，有赭岩迭起，冠以青林，与云霞乱采。"

[18] 机缄：机关开闭。谓推动事物发生变化的力量。亦指气数，气运。南朝宋谢灵运《山居赋》："览明达之抚运，乘机缄而理默。"

[19] 钥：锁钥。

[20] 灵枢：对中央枢要的美称。南朝梁王揖《在齐答弟寂》诗之一："氤氲代记，庵蔼宗图，凝祯道秘，动庆灵枢。"

[21] 火德：火的功能。明茅元仪《火药赋》："五材并用，火德最灵，秉荧惑之精气，酌朱雀之权衡。"

[22] 委输：汇聚，注聚。晋木华《海赋》："于廓灵海，长为委输。"

[23] 融泄：流动貌。宋吴文英《西河·陪鹤林登袁园》词："春乍霁，清涟画舫融泄。"

[24] 沍（hù）阴：阴冷之气，凝聚不散。唐崔湜《塞垣行》："十月边塞寒，四山沍阴积。"

[25] 阳燧：古代利用日光取火的铜镜。唐苏鹗《苏氏演义》卷下："阳燧以铜为之，形如镜，照物则影倒，向日则火生，以艾承之，则得火也。"

[26] 咸池：神话中谓日浴之处。《楚辞·离骚》："饮余马于咸池兮，揔余辔乎扶桑。"王逸注："咸池，日浴处也。"

[27] 若木：古代神话中的树名。即扶桑。

[28] 阳禽：指鸿雁。唐张说《岳州九日宴道观西阁》诗："北风嘶代马，南浦宿阳禽。"

[29] 缟练：白绢。明徐渭《缇芝赋》："既抒轮而揭伞，下缟练以褐中。"

[30] 缬文：彩色花纹。金祝简《杂诗》："榴花娇欲斗罗裙，石竹开成碎缬文。"

[31] 炎洲：神话中的南海炎热岛屿。《海内十洲记·炎洲》："炎洲在南海中，地方二千里，去北岸九万里。"

[32] 挹注：即"挹彼注兹"的省语，谓将彼器的液体倾注于此器。宋陈傅良《哭吕伯恭郎中舟行寄诸友》诗："挹注临溟渤，扶携薄穹昊。"

[33] 的砾：光亮、鲜明貌。

[34] 冲和：语本《老子》："冲气以为和。"后以"冲和"指真气、元气。

[35] 蕃滋：繁殖增益。《清史稿·兵志十二》："水草蕃滋，马恃以生息。"

[36] 卉物：草木物产。《隋书·高祖纪上》："龙首山川原秀丽，卉物滋阜，卜食相土，宜建都邑。"

[37] 粒：以谷米为食。《书·益稷》："烝民乃粒。"孔传："米食曰粒。"

[38] 瀺：汇聚。唐黄滔《祭宋员外》："德木千寻，人材八尺，夐云鹤于风栽，瀺陂湖于胸臆。"

[39] 幕：覆盖；隐蔽。《新唐书·曹华传》："视事三日，合军大飨，幕甲士于庑。"

[40] 渑水：古水名。源出今山东省淄博市东北，西北流至博兴县东南入时水。此下时水亦通称渑水。

[41] 河津：天河的津渡。唐李白《避地司空原言怀》："弄景奔日驭，攀星戏河津。"王琦注："河津，谓天河之津。"

译文：

　　天的纲领向上运行，地的力量向四面发散。凝结形成山岳，扩散成为河流。洛水的奔流符合当年大禹治水时的规范，黄河的祥瑞顺从伏羲治世的年代。这些广阔绵长的特性，水全部具备了。天地的元气充盈洋溢，温泉就在这里涌出了。那出温泉的地方山势险峻，山冈层层叠叠。水脉来自高原，发源于深山峡谷。玉石般洞里喷射出珍珠一样的水泡，玉石般的沙子里洄漩着玉屑。水流初起时像是游丝，渐渐汇集又如飞舞的丝绸。初起时回旋在山涧之间，最终泛滥于山陵和平地。聚集在一起就形成深潭，激荡起来遂成为波浪。随后汹涌激荡在郊外，又因树林的遮蔽而半隐半现。因水的天性属寒，所以它向低洼的地方流去。只要是水就都是寒凉的，可是这眼泉水却不一样。它包藏五行而回到本原，凭借着混沌之气曲折回绕。开通气运的关键，打开锁钥的中枢部位。包含着火德的温暖和煦，收纳着焦沃所输送来的热水。轮回四季却都是暖的，经历冬季温度也不降低。详细探究是因为阴阳是燃烧的炭，天地作为火炉。聚拢时缓缓流动，舀取时平静深沉。夏天没有酷烈的暑气，冬季没有阴冷的湿气。飞扬的雪珠不会在这里聚集，浓厚的霜又怎么能够侵袭？不用等到掌冰窖的人来管理，也无须等待吹化黍谷寒气的音乐。就如同烛龙蟠伏在水底，又像是把人们取火的铜镜放在波浪中央。浸泡着太阳洗浴地方的扶桑木，洗涤着停留在这里的大雁。泉水清澈而自然安宁，搅乱它却更加清净。铺开白练一样的纹理，展现着玻璃般明镜的光泽。像是能够到达太阳的浴池，又像是能够登上炎热的岛屿。润泽能够惠及万物，不用费倾注的劳力；发热不依靠人力，怎么能够改变水的清冷本性呢？况且这无终县，旧时封为北平郡，名胜之地有明月山峡，黄花险塞，控扼卢龙口成为咽喉要地，护卫京师而构成险要的地理形势。拱卫北极星而不遥远，瞻望孝陵就在眼前。王气如长龙，祥云似华盖。鲜明光亮的丹砂藏在水中，甜美的泉水络绎不绝地来这里汇聚。确实是天造的美善地方，展现出我朝最大的吉兆。

那焦溪温泉见于郦道元的《水经注》，骊山温泉显扬于唐代，蜀都的温井深沉闪亮，曲阿那里的潭水沸沸扬扬。可是它们哪里是曾经得到天地的元气，不过是徒然夸赞它的神异。哪里比得上这个汤泉，藏在深山的隐秘之处，充满在天地之间，交融在久远的光阴里。如同浓重的露水一样厚，像是和暖的东南风一样自我激励。凝结就如同是美酒和玉膏，喷泻出来就兴云作雨。可用它来洗去忧愁解除烦躁，使神志得到愉悦，让人心神得到安宁，使人的身体得以轻松，清洗人的品德，清洁人的身体，又可以使草木物产繁殖，供给我国百姓食物。感念阴晴暖寒风等各种气候按时到来，使整个世界都如同温暖的春天。使上天的恩泽不被掩盖，扩大皇上的恩泽于无边。接近寒月而不结冰，不同于渑水；呈现出五色祥云并放出光芒，永远像是天上的银河。

佚 名

　　重修福泉寺碑，立于清仁宗嘉庆十六年（1811）。此碑原立于汤泉福泉寺院内，"文革"期间，被人推倒弃置于汤泉池南面的一家浴池门口。1985 年，遵化县文物管理所发现此碑后，将此碑进行拓印，并进行了拍照。经考察和测量，该石碑为青石质地，通高 1.49 米，碑首部分宽 0.62 米，碑身宽 0.58 米，碑身厚 0.20 米。因年代久远且保护不善碑文残毁较为严重，相当一部分文字难以辨识，所以这里无法对《重修福泉寺碑记》进行译注。仅抄录于此，以资保护。

重修福泉寺碑记

　　凡有兴作，创不必固少佛寺。是池边□庙宇在多自古，在昔□为□□□之区，别修葺之□，宜也。□之□□汤泉寺，建自前代。参逢宗国□□□□□圣祖仁皇帝巡至□□□□□边，敕赐福泉寺□，□人泉不期至□□□□二月，由后□□□□庙宇藏龙炉而□神像，□□□□为怛□妥□□奥修恐念乃募当世缙绅富□善男女像金若干□是□□工材庀鸠经殆庚□年三月望日建八月朔日经营之手□□告夙成事规制宏丽丹艧焕发为胜□之壮观意今之旛影□□钟声乃昔之漏雨穿风者古今之庄□□□乃昔之尘埃负墙者也惟是力振宗风，董关净□成赖捐输好善念之众。为记输助姓氏，勖之碑阴以不朽。

□□城内刘德□拜撰

信士弟子会首七名

□谷李常沥敬书

大清嘉庆拾六年（1811 年）岁在辛未三月既望

住持寂怡□□□

□□穀旦立

参考文献

[1] （北魏）郦道元. 水经注疏. 南京：江苏古籍出版社, 1989.

[2] （北魏）郦道元, （清）王先谦校. 合校水经注. 北京：中华书局, 2009.

[3] （清）巴泰等. 清实录. 北京：中华书局, 1986.

[4] （清）唐执玉, （清）李卫. 雍正·畿辅通志. 北京：国家图书馆出版社, 2017.

[5] （清）李鸿章. 光绪·畿辅通志. 保定：河北大学出版社, 2017.

[6] （明）李贤等撰. 大明一统志. 西安：三秦出版社, 1990.

[7] （清）穆彰阿, （清）潘锡恩等. 大清一统志. 上海：上海古籍出版社, 2008.

[8] （清）允祹等. 大清会典. 南京：凤凰出版社, 2018.

[9] （清）昆冈, （清）李鸿章. 钦定大清会典事例. 光绪二十五年石印本影印本, 清嘉庆年间.

[10] （宋）王存撰, 魏嵩山、王文楚点校. 元丰九域志. 北京：中华书局, 1984.

[11] （明）刘侗, （明）于奕正. 帝京景物略. 北京：故宫出版社, 2013.

[12] （清）边中宝撰. 直隶遵化州志. 乾隆二十一年影印本.

[13] （清）刘埥修. 直隶遵化州志. 乾隆五十九年影印本.

[14] （清）何崧泰, （清）史朴纂修. 遵化通志. 光绪十二年（1886年）影印本.

[15] 徐尚定标点. 康熙起居注. 北京：东方出版社, 2014.

[16] （元）脱脱等. 辽史. 北京：中华书局, 2016.

[17] （宋）欧阳修等. 新五代史. 北京：中华书局, 2015.

[18] （清）布兰泰, （清）英廉等修. 昌瑞山万年统志. 光绪抄本复印本.

后　记

　　遵化汤泉，自古即是人文渊薮之地，历代有人流觞吟咏。可惜岁月更替，其相关诗文仅明正德以后有之，亦皆散落于万卷书中。如明珠沉落于海底，似璞玉深埋于山间。

　　要把这些散落在书海中的汤泉诗文打捞出来，是一项十分艰辛的工作。我们父女广搜博览，除《直隶遵化州志》《遵化通志》《昌瑞山万年统志》等地方史志之外，还翻阅了《皇清文颖》《明诗综》《清代诗文全集》、雍正同治两朝《畿辅通志》等众多书籍。当时我由于用眼疲劳，患上轻度飞蚊症，用女儿自己的话说："眼珠子累得就像要流出来了！"我们经过艰苦努力搜集到的这些诗文，是天上的云锦，是海里的珠玑。而今我们不仅要把它裁剪下来，打捞出来，还要把它们整理出书，也算是对汤泉诗文的传承尽了绵薄之力。

　　此书写作过程中，得到了许多朋友的多方支持与帮助。

　　北京依水源房地产公司董事长马鸿鸣先生，为本书的搜集整理提供了极大的便利；画家孙秀良先生，提供《汤泉浴日图》长卷中的精华部分，作为本书封面；亦感谢遵化市广播电视台记者李文惠、中国明史学会戚继光分会理事林汝志先生为本书提供的帮助。

　　在查阅中，明朝时期朝鲜人柳永吉的《福泉寺》诗，《明诗综》和清王渔洋《池北偶谈》两部书中，都说是明朝使者采自朝鲜的汉诗，本诗是柳永吉出使明朝时所作。但在汉文史料中，却找不到作者柳永吉的点滴记录。无奈之下，我们向一个有关地方志的 QQ 群发出求援，意想不到的是，竟然有网友回应，发来了相关资料。喜出望外之下，打开文件却傻了眼，映入眼中的是一篇韩文资料。冥思苦想之后，忽然想起前几年一位韩国庆熙大学在读博士，因想将我的拙著《清东西陵》译成韩文出版，曾经和我联系过，几经周折，终于找到了这位在江苏省扬州大学外国语学院任教的崔竹山先生，崔先生慷慨相助，为我们翻译了资料，从而使得我们对这位数百年前的朝鲜使者的经历有了一个大致的了解。本书交稿之后，西南交通大学出版社的李编辑，对文稿严格把关，提出

后　记

珍贵修改建议，为本书增彩甚多！

值此书即将付梓之际，向以上师友致以诚挚谢意，并请向我们提供韩文资料的网友，看到本消息之后和我联系，以表深谢！

晏颖　晏子有
2020 年夏